本书为国家社会科学基金西部项目"民间宗教视域下的河西宝卷研究"（项目编号：15XZJ014）结项成果

本书出版受河西学院河西史地与文化研究中心资助

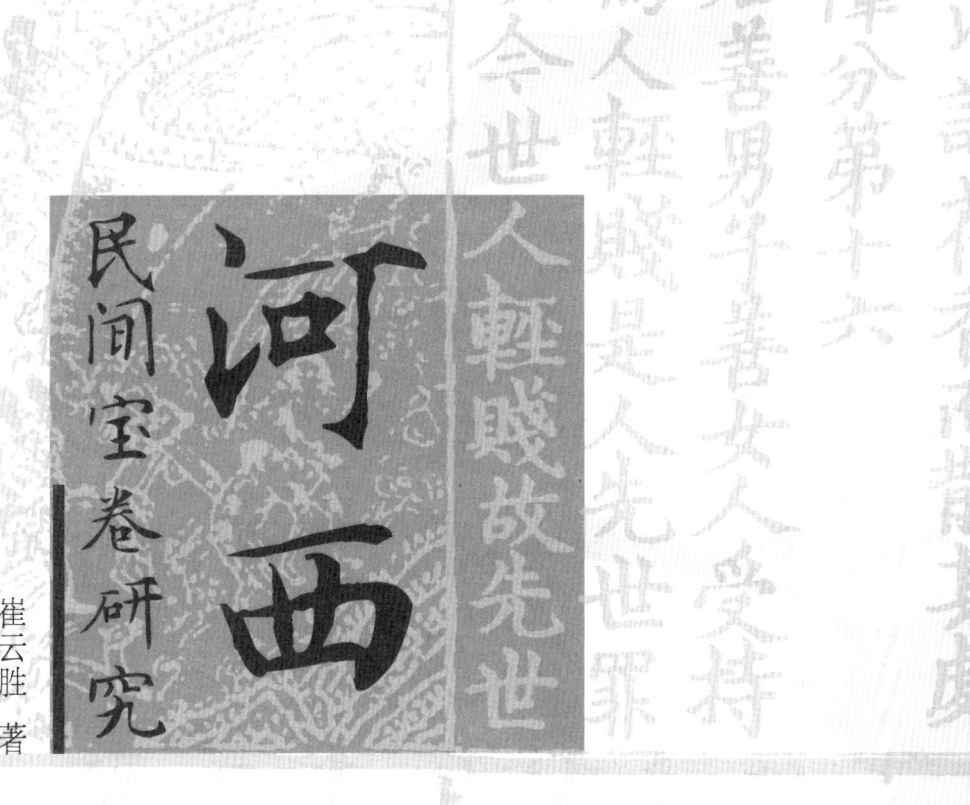

河西民间宝卷研究

崔云胜 著

A Study on the Folk
Baojuan in Hexi Area

中国社会科学出版社

图书在版编目(CIP)数据

河西民间宝卷研究 / 崔云胜著. —北京：中国社会科学出版社，2023.10
ISBN 978-7-5227-2486-7

Ⅰ.①河… Ⅱ.①崔… Ⅲ.①宝卷(文学)—文学研究—甘肃
Ⅳ.①I207.76

中国国家版本馆 CIP 数据核字(2023)第 155216 号

出 版 人	赵剑英
选题策划	宋燕鹏
责任编辑	金　燕　石志杭
责任校对	李　硕
责任印制	李寡寡

出　　版	中国社会科学出版社
社　　址	北京鼓楼西大街甲 158 号
邮　　编	100720
网　　址	http://www.csspw.cn
发 行 部	010-84083685
门 市 部	010-84029450
经　　销	新华书店及其他书店
印刷装订	三河市华骏印务包装有限公司
版　　次	2023 年 10 月第 1 版
印　　次	2023 年 10 月第 1 次印刷
开　　本	710×1000　1/16
印　　张	20.75
插　　页	2
字　　数	328 千字
定　　价	108.00 元

凡购买中国社会科学出版社图书，如有质量问题请与本社营销中心联系调换
电话：010-84083683
版权所有　侵权必究

序

李清凌

宝卷滥觞于唐人的佛教俗讲，崛起于宋元之际。明清以来，民间宗教兴盛，宝卷附丽而行，从内地传至陇右河西地区，枝繁叶茂，深受民众欢迎，流风余韵至今犹存。

敦煌文书中保存的俗讲底本主要有三种形式：即讲经文、因缘和变文。各种俗讲均以弘扬佛教义理、佛本生及佛教故事为旨趣，如《维摩诘经讲经文》《悉达太子修道因缘》《目连变文》等。往后又将触角延伸到世俗题材，创作可得而见者，有《伍子胥变文》《孟姜女变文》《李陵变文》《王昭君变文》《董永变文》《张议潮变文》《张淮深变文》等。

产生于宋元之际而兴盛于明清时期的宝卷，以佛教、民间宗教为依托，将俗讲和忏仪相结合，兼有信仰、劝善及娱乐等社会功能。其所涉及的文化领域，则包括宗教、民俗、文学、史学、音乐等。这类作品一般文风爽朗，文辞浅显。街头巷尾、家庭院落都可以聚众演唱，每次参加人数可多可少，但都十分虔诚投入。清光绪以后，河西地区写念宝卷的民众愈来愈多。民国时期，信奉者接踵继武，有增无减。今河西宝卷已被列入国家级和省级非物质文化遗产，它将以新的面貌服务于国家的文化建设和民众的文娱生活。

流传至今的宝卷底本，据车锡伦先生《中国宝卷总目》统计，国内收藏的宝卷，共计有1585种，5000余个版本。[①] 甘肃河西地区的宝卷，据车锡伦《甘肃河西地区流传抄本民间宝卷目》一文揭示，共有155种。[②] 又据王文仁

[①] 车锡伦：《中国宝卷总目·代前言》，北京燕山出版社2000年版，第19页。
[②] 见车锡伦《中国宝卷研究》第2编第7章附录，广西师范大学出版社2009年版，第260—267页。

《河西宝卷总目调查》统计，截至2013年3月，共收集到河西宝卷361个版本，"共计150种"①。以上车、王两个数据相差不大，说明他们的统计都是接近实际的。

对于河西宝卷的研究，相关科研机构、高校及地方文史工作者已从搜集、整理、综述、选介及专题研究等方面，做了大量工作。据崔云胜教授统计和汇总，河西地区先后出版和刊印的宝卷，主要有何登焕的《永昌宝卷》②《凉州宝卷·民歌》③，程耀禄、韩起祥的《临泽宝卷》④，王奎、赵旭峰的《凉州宝卷》⑤，张旭的《山丹宝卷》⑥，徐永成主编的《金张掖民间宝卷》⑦，宋进林、唐国增的《甘州宝卷》⑧，李中锋、王学斌的《民乐宝卷精选》⑨，王学斌的《河西宝卷集粹》⑩，中国人民政治协商会议民乐县委员会编的《民乐宝卷》⑪，酒泉市肃州区文化馆编的《酒泉宝卷》⑫，赵旭峰的《凉州宝卷》⑬，高德祥的《敦煌民歌宝卷曲子戏》⑭等。可谓琳琅满目，美不胜收。

崔云胜教授即将出版的《河西民间宝卷研究》一书，是他在这一领域多年辛勤耕耘的结果之一。云胜此书在全面评介20世纪80年代以来宝卷研究的基础上，重点叙述河西宝卷搜集、整理、研究的状况，他从民间宗教的角度，剖析河西宝卷产生、发展和繁荣的历程。然后就河西地区广泛流传，影响较大的《敕封平天仙姑宝卷》，青莲教的《观音济度本愿真经》，《目连救

---

① 王文仁：《河西宝卷总目调查》，《丝绸之路》2010年第12期。
② 永昌县文化局2003年印刷。
③ 西凉文学编辑部编，2003年版。
④ 程耀禄、韩起祥主编，临泽县华光印刷包装有限责任公司2006年印刷。
⑤ 王奎、赵旭峰搜集整理，武威天梯山石窟管理处编印，2007年6月武威华文印刷有限公司印刷。
⑥ 张旭主编，甘肃文化出版社2007年版。
⑦ 徐永成主编，甘肃文化出版社2007年版。
⑧ 宋进林、唐国增主编，中国书画出版社2009年版。
⑨ 民乐县政协2009年印刷。
⑩ 王学斌纂集，中国人民大学出版社2010年版。
⑪ 中国人民政治协商会议民乐县委员会编：《民乐文史资料》第15辑。
⑫ 酒泉市肃州区文化馆编，甘肃文化出版社2012年版。
⑬ 赵旭峰编，甘肃人民美术出版社2014年版。
⑭ 高德祥整理，中国图书出版社2009年版。

母幽冥宝卷》，南无教的《唐王游地狱宝卷》，黄天教的《伏魔宝卷》，反映河西民情风俗的《救劫宝卷》等，每部宝卷逐一考明编著者、流行版本、主要内容、奉持该宝卷的民间宗教等，鞭辟入里、条分缕析地加以考证，最后对河西民众的念卷活动进行宗教学分析，得出切合实际，颇有价值的结论。具体讲，此书有以下几个突出的特点。

一是从佛教及民间宗教发展演变的视角，剖析了河西宝卷的发展演变，给与河西宝卷以清楚的定位。魏晋南北朝隋唐时期佛教盛行，但它主要是在社会上层传播。由于当时许多教派如法相唯识宗、天台宗、华严宗等教派，师承严谨，哲理繁复，名物典故务求核实，语言雅致，翻译和颂念经典是各宗派传教、学佛的主要途径和形式，除知识分子和部分文化水平较高的僧尼外，普通民众若不是国家佃农，就是高门士族的私家依附民，他们既无人身自由，又无起码的文化素养，接触和学习佛典道经，其信仰多停留在宗教感情和呼念佛号等层面。为了扩大信仰佛教的人群，也为了践行佛教普渡众生的宗旨，唐代产生了模仿僧讲、面向普通民众的俗讲，深受广大民众的喜爱，一时之间成为风潮。然而，经过唐武宗及后周世宗的两次灭佛运动，佛教俗讲逐渐退出历史舞台。宋夏金时期，由于生产领域文书契约租佃制的普遍推行和广大佃农人身依附关系的减轻，普通民众有相对独立的社会地位，门阀士族彻底退出历史舞台，此前的贵族社会逐渐变成为平民社会，民众普遍有了自己的精神追求。为适应这一社会需要，佛教鼓励僧人走出寺院，到世俗社会中去修证菩提，度化众生。到南宋时期，各种法会道场相继涌现，一种将俗讲和忏仪相结合的宝卷悄然而生。明中叶以后，随着佛教的衰落，由罗清著作《五部六册》进而创立的罗教迅速兴起，各地民间宗教随风逐浪，应运而生。有的模仿《五部六册》创作新的宝卷，宣扬自己的教义主张，有的则专为娱乐而作。车锡伦先生指出，河西宝卷是明末清初随民间宗教从内地传来的。崔云胜教授此书，从佛教发展演变及其世俗化的角度，阐述了宝卷产生和发展演变的历程。他通过张掖马蹄寺千佛洞第二窟榜题的记载，证实明万历年间河西地区就存在天地会一类民间宗教组织；通过将河西地区目前所知最早、刊刻于清康熙三十七年（1698）的《仙姑宝卷》与黄天教《灵应泰山娘娘宝卷》的对比，揭示出《仙姑宝卷》模仿和借鉴《灵应泰山娘娘宝卷》而成书，以及黄天教在河西地区流传的情况。他指出，清咸丰年间（1851—1861）至新中国成立前，是河西宝卷的繁荣期。中华人民共和国成立至20世纪90年代，经过反封建迷信运动的涤荡，各种宝卷排除宗教迷信的羁绊，基本上转变成为娱乐性活动。

二是重点研究了几种有代表性的宗教性宝卷。明清以来，河西流传的宝卷，有流动人口从内地带过去的，也有半数左右是由本地信众或宝卷爱好者苦心孤诣地编写出来的。崔云胜教授从不下百数十种河西宝卷中，选择反映河西地区民间信仰女神"平天仙姑"事迹的《敕封平天仙姑宝卷》；反映千手千眼观世音菩萨香山证道的《观音济度本愿真经》；反映目连救母以弘扬孝道的《目连救母幽冥宝卷》；宣传受生寄库之说的《唐王游地狱宝卷》；与关帝信仰相联系的《伏魔宝卷》；以及反映凉州大地震前后武威古浪民众苦难生活的《救劫宝卷》等几种宝卷重点研究。这几部宝卷看似平常，实则其背后隐藏着民俗文化发展演变的重要内容和线索。它们或直接反映河西地区的民间信仰和习俗，或曲折地反映河西民众的生活状况。著者以点带面，深入剖析其来龙去脉，流行过程及社会影响等，使读者对河西民间宗教和宝卷从总体到重点，得到全面深入的了解。这一作法是科学的，成功的，也达到了预期的研究目标。

三是揭示了河西民众念卷活动的本质。云胜教授指出，宝卷是一个历史概念，不同时期的宝卷，其内容和形式会有所不同。如中华人民共和国成立以来河西地区民众的念卷活动，主要是娱乐性的文化活动。这种娱乐性的念卷活动，其形式和内容不再以宣传宗教教义和思想为主。但是，世俗宝卷毕竟是脱胎于民间宗教宝卷，其形式和内容难免有宗教宝卷的套路和思想，致使念卷活动具有宗教性、娱乐性和教育性的多重功用。就念卷活动的宗教性、娱乐性和教育性功能的关系而言，前两者是建立在后者的基础上。没有宝卷的教育功能，宗教性和娱乐性便是空虚的。崔云胜教授的这些论述，颇有深度和启发性。

四是有助于人们对河西民间文学类非物质文化遗产的认识和开发利用。经国务院批准，并于2006年5月20日公布的第一批国家级非物质文化遗产名录，将甘肃河西宝卷（武威宝卷、酒泉宝卷）列入"民间文学"类栏目。同年9月30日公布的甘肃省第一批省级非物质文化遗产名录，也将河西宝卷（武威宝卷、张掖宝卷、酒泉宝卷）列入"民间文学"类项目。这件事意义十分重大，它不仅给河西宝卷一个很高的文化定位和名分，而且启发人们进一步深入地搜集、整理和开发利用这一文化宝藏，使其在新时期社会主义文化建设中被激活，发挥其应有的积极作用。崔云胜教授的专题研究，照顾全面，突出一方，对于人们进一步从民间宗教、民间文学、风俗习惯、文化娱乐等方面，研究、开发和利用河西宝卷，具有可贵的帮助和参考价值。

　　作为一项专业人士系统性的研究课题，云胜教授的这项成果虽已引人注目，大可褒扬，但从更高的要求看，它还有可以拓展的空间。如从民间文学的角度，从非物质文化遗产的开发利用上以及对现有成果的理论提炼，精确表述，剔除重复等方面，可以做得更好一些。我们深知，学术研究的进步永无止境，细读眼前这一研究成果，我们感觉到它在现有河西宝卷的研究中已然枝繁叶茂，粲然可观。愿云胜教授在河西、甘肃、中国宝卷的研究中百尺竿头更进一步，取得新的更大的成绩。

前　言

20世纪初，宝卷这种长期流传于民间的文学艺术开始步入学术界的视野，顾颉刚、郑振铎、向达、傅惜华等学者纷纷从事宝卷的搜集、研究工作。与此同时，敦煌文书中讲唱类文学作品如变文、讲经文等也引起学界的高度重视。由于变文讲唱结合的艺术形式与宝卷有说有唱的形式极为相似，因此，变文与宝卷的关系问题也成为学界研究的焦点之一。时移世异，20世纪80年代，长期流传于河西地区民间的宝卷，由于民间艺术爱好者及段平、方步和、谭蝉雪等学者的整理、研究和宣扬而引起学界的高度重视。迄今为止，学界对宝卷的研究已有百年，百年期间，众多学者积极从事宝卷的研究工作，发表了为数众多的学术论文，出版了一批专著，宝卷的内涵和本质逐步显现。这里呈现在读者面前的《河西民间宝卷研究》，是我们课题组申请的国家社科基金西部项目"民间宗教视域下的河西宝卷研究"的研究成果。

本书在充分借鉴和吸收学界相关研究成果的基础上，从全国的视角、佛教发展演变及明代中叶民间宗教兴起、发展演变的大背景来窥视和探究河西宝卷的来源及其流传发展，以及其中隐含的河西地区的民俗和文化。全书共分八章。第一章梳理了百年来学界宝卷研究的历程及与本书有关的重要成果；第二章从佛教的世俗化以及明中叶以后民间宗教的兴起与发展的角度，解析了宝卷的渊源及其发展演变，揭示了宝卷的内涵及本质，探讨了河西宝卷的来源；第三章系统研究了河西地区独具特色的平天仙姑民间信仰的产生、发展、传播的历史和《平天仙姑宝卷》背后的民间宗教黄天教的背景，揭示了《平天仙姑宝卷》与明代中叶以来河西的时局及民俗的关系;第四章重点解析了与河西地区民俗紧密联系的五部宝卷,即《观音济度本愿真经》《目连救母幽冥宝卷》《韩湘子宝卷》《岳山宝卷》《还乡宝卷》,探讨了这几部宝卷的渊源与青莲教的教义和理论,分析和研究了它们与河西地区民俗的关系;第五章探讨了河西地区广为流传的《唐王游地狱宝卷》,分析了从唐代唐太宗入冥故事到明清时期唐王游地狱故事演变背后佛教的世俗化和衰落、儒佛道之间相互融合、民间宗教兴起和发展的社会文化根源,揭示了河西地区民间受生寄库思想的来源;第六章探讨了河西地区关帝信仰与《伏魔宝卷》的关系,揭示关帝信仰及《伏魔宝卷》对河西民俗的影响;第七章探讨了河西民间人士编创的带有纪实性质的《救劫宝卷》所反映的1927年凉州大地震前后古浪县大靖镇一代的社会状况及民间信仰思想;第八章从宗教学的角度对河西地区民众念卷活动进行了分析,探究了念卷活动中的三个要素:念卷人、请卷人、听众各自的精神和心理诉求,揭示了念卷活动的宗教性、教育性、娱乐性三者之间的相互依存关系,剖析了念卷活动的内涵和本质。

宝卷是佛教世俗化的产物,是佛教俗讲与忏仪相结合而产生的。但佛教宝卷数量不多,真正大量制作宝卷并将念卷活动推向高潮的是明代中叶兴起的为数众多的民间宗教派别,清康熙以后,宝卷逐渐演化为世俗化的民间宝卷。20世纪20年代以来,当宝卷步入学界视野时,宝卷已经走过了它的早期和中期阶段(即早期佛教宝卷和中期民间宗教宝卷阶段),处于后期阶段(即民间宝卷阶段)。宝卷从表面上看是一种俗文学,是一种讲唱文学,或者是一种讲唱艺术,但这仅仅是其特征之一,宝卷最主要的特征是其宗教性。然而,由于时代和时局的限制,有一些学者只注重其文学性而忽视其宗教性,致使他们的研究往往陷入似是而非、隔靴搔痒、难得要领的困境。目前,学界尚缺乏对河西宝卷从民间宗教的视角进行系统研究的著作,影响了学术研究的深入。拙作从民间宗教的视角,对河西宝卷进行了较为系统的透视和研究,试图填补这一空白。然而,由于水平有限,书中难免错误、疏漏之处,祈请方家批评指正。

本书是国家社科基金西部项目"民间宗教视域下的河西宝卷研究"的研究成果,成员有河西学院历史文化与旅游学院的武鸿钧副教授、杨军民副教授、濮仲远教授、毛雨辰副教授、王晓晶讲师,在研究及攻关过程中，五位老师的主要工作是在主持人崔云胜的指导下实地调研、搜集资料、查阅文献资料、对资料进行整理和初步的分析，书稿的撰写和修改由主持人崔云胜完成，项目能够及时完成并顺利结项，各位成员老师付出了辛勤的劳动和努力，谨表谢意！

崔云胜

2022 年 10 月

目　　录

第一章　相关研究现状述评 ……………………………………………（1）
　第一节　河西宝卷的搜集、整理与编目 …………………………（3）
　第二节　河西宝卷的性质、渊源、产生、分类和发展研究 ………（8）
　第三节　民间宗教与宝卷的研究 …………………………………（26）
　第四节　河西宝卷文学、音乐等方面的研究 ……………………（29）
　第五节　其他相关研究成果 ………………………………………（31）

第二章　宝卷产生的文化根源及其发展演变 ……………………（33）
　第一节　宝卷产生的文化根源 ……………………………………（33）
　第二节　民间宝卷的繁荣和发展 …………………………………（44）
　第三节　民间宝卷发展繁荣的原因 ………………………………（46）
　第四节　关于宝卷发展繁荣的几点思考 …………………………（47）

第三章　平天仙姑民间信仰与《平天仙姑宝卷》 …………………（63）
　第一节　平天仙姑民间信仰的产生与发展 ………………………（64）
　第二节　平天仙姑民间信仰的传播 ………………………………（81）
　第三节　《平天仙姑宝卷》的结构、内容以及与政治、
　　　　　民俗的关系 ………………………………………………（94）

第四章　与河西民俗紧密联系的几部宝卷 ………………………（107）
　第一节　《观音济度本愿真经》 ……………………………………（107）

第二节　《目连救母幽冥宝卷》 …………………………………（132）
　　第三节　《韩湘子宝卷》 ………………………………………（162）
　　第四节　《岳山宝卷》 …………………………………………（180）
　　第五节　《还乡宝卷》 …………………………………………（190）

第五章　河西地区的受生寄库习俗与《唐王游地狱宝卷》 ………（201）
　　第一节　《唐王游地狱宝卷》的基本内容 ……………………（203）
　　第二节　从唐太宗入冥故事到唐王游地狱故事的演变 ………（206）
　　第三节　《受生经》的渊源与民间信仰人士对唐王游
　　　　　　地狱故事的改编 ……………………………………（216）

第六章　河西地区的关帝信仰与《伏魔宝卷》 ……………………（229）
　　第一节　关帝信仰产生发展简述 ………………………………（229）
　　第二节　河西地区的关帝信仰 …………………………………（238）
　　第三节　河西地区流传的《伏魔宝卷》 ………………………（253）

第七章　河西地区民间信仰的劫运观与《救劫宝卷》 ……………（261）
　　第一节　河西地区民间信仰的劫运观 …………………………（261）
　　第二节　《救劫宝卷》中的劫运思想 …………………………（264）

第八章　河西民众念卷活动的心理学分析 …………………………（272）
　　第一节　河西地区民众的念卷活动 ……………………………（272）
　　第二节　民众念卷活动的心理学分析 …………………………（286）
　　第三节　民间信仰人士是念卷活动的中坚力量 ………………（295）

参考文献 ……………………………………………………………（303）

后　　记 ……………………………………………………………（316）

第一章 相关研究现状述评

宝卷是佛教世俗化的产物，大约产生于宋末元初。明代前期，佛教宝卷随着世俗化的佛教派别瑜伽教的广泛传播而广为流传，明代中期以后，由于罗教等民间宗教的纷纷兴起，他们大量创作宝卷借以宣传自己的教义和思想，民间宗教的宝卷盛极一时。民间宗教是相对于封建国家所认可的正统宗教佛教、道教而言的，它们在民间传播，满足下层百姓的宗教需求，适合下层百姓的胃口和喜好，传播极为迅速。代明而起的清政府，害怕民间宗教的传播会危及自己的统治，故而对之严厉镇压，迫使民间宗教以更加隐秘的形式传播，因而被称为民间秘密宗教。清代中叶以后，宝卷逐渐世俗化，大量世俗化的宝卷问世，这些宝卷，其宗教性被弱化，故事性、娱乐性增强，保留了劝善和教化功能。

宝卷是一种全国性的文化现象，由于它的世俗性、在下层百姓中流传以及清政府对民间宗教的严厉镇压等因素，长期以来难登大雅之堂，不为史书、方志、文人作品等关注和记载。19世纪后期，宝卷开始进入学界视野，学术史上第一次提到宝卷的是伦敦宣教会的传教士艾约瑟，他于1858年在英国皇家亚洲学会中国分会的会议上宣读了他研究中国民间秘密教派的论文，其中提到了《罗祖出世退番兵宝卷》。中国的宝卷研究发端于20世纪20年代，最先由顾颉刚介绍给学术界，随后郑振铎、向达、傅惜华等著名学者纷纷从事宝卷的搜集、研究工作，迄今为止，学界对宝卷的研究已近百年。回顾学界一个世纪的研究历史，可以看到，学术界的研究主要集中在三个方面：一是从文学的角度去研究，认为宝卷是一种俗文学，抑或是一种讲唱文学；二是从历史和宗教的角度去研究，认为宝卷是佛教世俗化的产物，后来被民间宗教所袭用，再后来演变成世俗化的宝卷，正因如此，宝卷对于研究佛教的演变、研究民间宗教的教义及其思想，以及下层民众的思想和精神世界、研究各地的民俗是一种很好的材料；三是从音乐的角度去研究，认为宝卷是一种曲艺，是一种音乐艺术，宝卷的念唱，其中唱的部分根据不同的故事情节有许多曲调，再加上有时候配有乐器的伴奏，产生一种音乐的美。

目前，学术界对宝卷的研究已非常广泛和深入了，发表了众多的学术论文，出版了一批专著。其中有学者也在不断地对宝卷的研究进行回顾和总结，此类文章有：车锡伦的《中国宝卷研究的世纪回顾》①，罗海燕、吴建征的《论宝卷学研究的三个维度：宗教·文学·音乐——以古月斋藏〈鹦儿宝卷〉为例》②，罗海燕的《多元化的解读：21世纪宝卷学研究新态势》③，王明博、李贵生的《近70年来中国宝卷研究回顾》④，王定勇、唐碧的《中国宝卷研究的纵深化、多元化和国际发展——中国宝卷国际研讨会暨中国俗文学学会2014年会综述》⑤等。

车锡伦先生的《中国宝卷研究的世纪回顾》一文，分4部分评述了20世纪中国宝卷的研究状况。第一部分是现代开拓者的宝卷研究；第二部分是20世纪五六十年代的宝卷研究，其中又分宝卷渊源、形成、分类和发展研究，宝卷文献的编目和宝卷作品的整理研究，田野调查3个方面；第三部分是20世纪80年代后的宝卷研究，其中又分宝卷渊源、产生、分类和发展的研究，各地宝卷的调查和研究，宝卷文学作品的研究3个方面；第四部分是结语：宝卷研究的问题、展望和"宝卷学"。罗海燕、吴建征的《论宝卷学研究的三个维度：宗教·文学·音乐——以古月斋藏〈鹦儿宝卷〉为例》一文以古月斋藏《鹦儿宝卷》为例，论述了宝卷研究中的三个维度，即宗教之维、文学之维、音乐之维。王明博、李贵生的《近70年来中国宝卷研究回顾》一文，分4个方面总结了新中国成立70年来宝卷研究的基本情况，共分6个问题：一是宝卷渊源、产生、分类和发展的

---

① 《东南大学学报》2001年第3期。
② 《北京化工大学学报》2011年第4期。
③ 《理论界》2013年第8期。
④ 《社会科学战线》2019年第3期。
⑤ 《民间文化论坛》2015年第1期。

研究；二是宝卷的信仰、娱乐和教化功能研究；三是宝卷的仪式和演唱形态研究；四是中国宝卷的编目与整理研究；五是中国宝卷的地域性研究，其中又分4个方面：吴方言区宝卷研究、河西宝卷研究、山西介休宝卷研究、青海宝卷研究；六是存在的问题与研究展望。罗海燕的《多元化的解读：21世纪宝卷学研究新态势》一文指出，21世纪以来，宝卷学研究呈现出多元化态势，主要表现在：一、传统的文学艺术视角；二、民间信仰与宗教视角；三、音乐学视角；四、女性主义视角；五、跨学科视角。王定勇、唐碧的《中国宝卷研究的纵深化、多元化和国际发展——中国宝卷国际研讨会暨中国俗文学学会2014年会综述》一文，虽是综述，但其第一部分"海内外宝卷研究状况及发展态势的介绍"，也是总结和介绍国内外宝卷研究状况及发展态势的，其他部分也使我们了解到了国内外学者的最新研究成果和方向动态。综括以上学界研究成果，我们对近百年来中国宝卷与本书相关的研究成果做一简要的分析与总结。

第一节　河西宝卷的搜集、整理与编目

自20世纪20年代宝卷进入中国学界视野以来，宝卷的搜集、编目与整理始终是一项重要工作，这项工作不断取得新的进展和成果，从而为学界提供了宝卷研究的丰富基础资料，也不断推动宝卷研究向更广更深层次发展。20世纪40年代末，傅惜华所编《宝卷总目》共收宝卷246种[①]，是我国第一部宝卷综合目录。1957年出版的胡士莹《弹词宝卷书目》[②]，主要收录他自己曾收藏过的宝卷计200余种。1961年李世瑜《宝卷综录》[③]，收录国内公私收藏宝卷618种，版本1478种。2000年，车锡伦出版重编本《中国宝卷总目》[④]，在前人基础上广泛搜集国内外收藏宝卷，共计宝卷1585种，版本5000余种，集宝卷目录之大成，体现了作者对宝卷文献的研究成果。

早在20世纪五六十年代，就有学者对宝卷进行刊布，主要是把宝卷

---

① 巴黎大学北京汉学研究所1951年版。
② 上海古籍出版社1984年版。
③ 中华书局1961年版。
④ 北京燕山出版社2000年版。

河西民间宝卷研究

视作俗文学,刊入俗文学作品的专集,比如路工编《孟姜女万里寻夫集》收录《孟姜仙女宝卷》《长城宝卷》[①],杜颖陶《董永沉香合集》收录《小董永卖身宝卷》《沉香宝卷》等[②]。

　　20世纪80年代以来,河西宝卷步入学术界的视野,兰州大学的段平、张掖师专的方步和、酒泉地区的谭蝉雪等先贤以及民乐县王学斌、甘州区宋文轩等民间人士纷纷对河西宝卷进行调查和研究。段平先后出版了《孟姜女哭长城——河西宝卷选(一)》[③]《河西宝卷选》[④]《河西宝卷续选》[⑤],西北师范大学古籍整理研究所与酒泉市文化馆合编出版了《酒泉宝卷》(上)[⑥],方步和出版了《河西宝卷真本校注研究》[⑦],在学术界引起了很大的反响。随即,大部头的宝卷汇刊相继出版。1994年,张希舜等主编的《宝卷初集》出版,共40册,收录宝卷153部。1999年,王见川、林万传主编的《明清民间宗教经卷文献》[⑧],收录明清民间宗教经卷207部,其中大部分为宝卷。2006年,王见川、车锡伦、宋军、李世伟、范纯武编辑出版了《明清民间宗教经卷文献(续编)》[⑨],收录明清民间宗教经卷204部,其中大部分为宝卷。2005年,中国宗教历史文献集成编纂委员会编辑出版了《民间宝卷》[⑩],共20册,收录宝卷357部。2012—2015年,马西沙主编的《中华珍本宝卷》第1辑、第2辑、第3辑相继出版[⑪],共收宝卷138部,这是从1500余种宝卷中精选出来的珍稀本、孤本。2013年,霍建瑜主编出版了《美国哈佛大学燕京图书馆藏宝卷汇刊》[⑫],共计7册,收录宝卷86种。2014年,车锡伦主编的《中国民间宝卷文献集成·江苏

---

① 中华书局1958年版。
② 上海出版公司1955年版。
③ 兰州大学出版社1988年版。
④ 新文丰出版公司1992年版。
⑤ 新文丰出版公司1994年版。
⑥ 甘肃人民出版社1991年版。
⑦ 兰州大学出版社1992年版。
⑧ 新文丰出版公司1999年版。
⑨ 新文丰出版公司2006年版。
⑩ 黄山书社2005年版。
⑪ 社会科学文献出版社2012—2015年版。
⑫ 广西师范大学出版社2013年版。

无锡卷》①出版，共计 15 册，收录宝卷 134 部，小卷偈文 235 个。与此同时，一些地区性的宝卷也相继出版。在吴方言区，尤红主编的《中国靖江宝卷》②，搜集整理江苏靖江地区流传的讲经宝卷 54 种，其中圣卷 25 种，草卷 18 种，科仪卷 11 种；中共张家港市委宣传部等部门主编的《中国河阳宝卷集》③，收录宝卷 163 种，《中国沙上宝卷集》④，收录宝卷 102 部。在河西地区，先后整理出版的宝卷集有何登焕的《永昌宝卷》⑤，西凉文学编辑部编《凉州宝卷·民歌》⑥，程耀禄、韩起祥的《临泽宝卷》⑦，王奎、赵旭峰的《凉州宝卷》⑧，张旭的《山丹宝卷》⑨，徐永成主编的《金张掖民间宝卷》（1—5 册）⑩，宋进林、唐国增的《甘州宝卷》⑪，李中锋、王学斌的《民乐宝卷精选》⑫，王学斌的《河西宝卷集粹》⑬，中国人民政治协商会议民乐县委员会编的《民乐宝卷》（1—3 册）⑭，酒泉市肃州区文化馆编的《酒泉宝卷》（1—5 册）⑮，王吉孝《宝卷》（1—9 册）⑯，赵旭峰的《凉州宝卷》⑰，高德祥的《敦煌民歌 宝卷 曲子戏》⑱ 等。

随着河西各地河西宝卷的调查整理和出版，有学者对河西宝卷也进行编目。调查其总数，方步和编有《河西宝卷目》⑲，段平有《河西宝卷

---

① 商务印书馆 2014 年版。
② 江苏文艺出版社 2007 年版。
③ 上海文艺出版社 2007 年版。
④ 上海文艺出版社 2011 年版。
⑤ 永昌县文化局 2003 年印刷。
⑥ 2003 年版。
⑦ 临泽县华光印刷包装有限责任公司 2006 年印刷。
⑧ 武威天梯山石窟管理处编印，2007 年 6 月武威华文印刷有限公司印刷。
⑨ 甘肃文化出版社 2007 年版。
⑩ 甘肃文化出版社 2007 年版。
⑪ 中国书画出版社 2009 年版。
⑫ 民乐县政协 2009 年印刷。
⑬ 中国人民大学出版社 2010 年版。
⑭ 《民乐文史资料》第 15 辑。
⑮ 甘肃文化出版社 2012 年版。
⑯ 2010 年印刷。
⑰ 甘肃人民美术出版社 2014 年版。
⑱ 中国图书出版社 2009 年版。
⑲ 稿本，未出版。

集录》①，著录河西宝卷 108 种；车锡伦有《甘肃河西地区流传抄本民间宝卷目》②，著录河西宝卷 155 种；王学斌有"待整理付梓的卷目"③，列河西宝卷 56 部；另外宋进林、唐国增主编的《甘州宝卷·甘州宝卷概述》中也列举了流传在张掖市甘州区的宝卷名目，著录河西宝卷 99 种；河西学院王文仁教授《河西宝卷总目调查》一文说他于 20 世纪 90 年代初开始调查河西宝卷，"截止 2013 年 3 月，共搜集、收集河西宝卷 361 个版本，取（当为'去'之误）其重复或同卷简名、又名者共计 150 种"，"由于已出版的宝卷册、集篇幅有限，或因残缺严重暂无法校补、整理出版的宝卷凡 60 种"④。河西学院朱瑜章教授《河西宝卷存目辑考》一文，在已刊行的河西宝卷汇辑刊本如《金张掖民间宝卷》等 11 个套本，车锡伦、段平等 5 个编目的基础上，"本着'眼见为实，耳听为虚'的原则，先作已经公开印行的汇辑刊本卷目，再作非刊本编目。下一步再作因残缺严重暂无法校补、整理出版的宝卷卷目"。他分别制作了《河西宝卷刊本存目表》和《河西宝卷非刊本编目存目表》，前者列举已刊的河西宝卷计 361 个版本 110 种，后者列举未刊的河西宝卷存目 189 个版本 100 种。朱玉璋先生的这种统计和编目比较科学和审慎，是一份比较完备和全面的河西宝卷目录。当然诚如朱先生自己所言，"河西宝卷的编目是一个动态的过程"，河西宝卷不时有新的整理汇辑本问世，比如王吉孝 2010 年印刷的山丹《宝卷》、2016 年出版的《民乐宝卷》（即《民乐文史资料》第十五辑，分上、中、下 3 册）等，另外，河西民间所藏宝卷尚未充分被发掘出来，比如甘州区代继生家藏有近百种宝卷，这些使得河西宝卷的编目工作还将继续。

宝卷的搜集、编目与整理出版，是学界同仁长期研究和辛勤工作所取得的重要成果，使得深藏于海内外各图书馆及文化机构的宝卷以及流传于各地民间的宝卷抄本、刻本纷纷面世，展现于世人面前，其中有许多珍本、孤本，破除了地区间、机构间的壁垒，为学术研究奠定了坚实的基

---

① 见段平整理《河西宝卷选（一）》附录。
② 见车锡伦《中国宝卷研究》第 2 编第 7 章附录。
③ 见王学斌《河西宝卷集粹》下册附录。
④ 《丝绸之路》2010 年第 12 期。

础，推动了宝卷研究的进一步发展。在宝卷的整理、出版中，一些大部头的宝卷集由于是由专家、学者编纂，以影印的方式出版，在宝卷版本的搜集、选择方面比较审慎，体现出其高质量和专业性，如《宝卷初集》和《明清民间宗教经卷文献》及其《续编》，以及《民间宝卷》《中华珍本宝卷》《美国哈佛大学燕京图书馆藏宝卷汇刊》《中国民间宝卷文献集成·江苏无锡卷》等，但是一些地方出版的由地方人士搜集整理的宝卷集，却存在这样那样的问题。就河西地区而言，河西各地出版的宝卷集，方步和的《河西宝卷真本校注研究》、酒泉文化馆编的《酒泉宝卷》，由于由专业人士编纂或有专业人士参与，比较专业，注意保持原宝卷的真实情况，并有搜集人、抄卷人及版本信息，《临泽宝卷》也比较严谨，一些原宝卷的信息得以保留，并有收藏者信息，《甘州宝卷》也注明抄卷者、收藏者、整理者信息，并有一些念卷人和抄藏者的介绍。其他的如《金张掖民间宝卷》《山丹宝卷》《永昌宝卷》《凉州宝卷》《河西宝卷集粹》《民乐宝卷》《宝卷》等，只注意宝卷内容的整理，忽视抄卷人、抄卷信息等版本信息的保存，并不同程度存在整理过度的情况。当然，这些宝卷的整理者，他们并非专业人士，依靠业余时间，凭借自身对宝卷的爱好和热情，数年如一日，不辞辛苦，搜集、整理隐藏在民间的宝卷，对他们的执着精神和辛勤劳动应当致以深深的敬意，对宝卷研究做出的重要贡献应当予以充分肯定。

在河西宝卷的整理工作中，有两种不同的态度和看法。一种以方步和为代表，其观点是，应当保留宝卷的真实面貌，他在《河西宝卷真本校注研究·凡例》中说："本书定名《河西宝卷真本校注研究》，是只选河西的宝卷；宝卷保留真实原貌，不任意删改，故称'真本'。或有残缺，如《昭君和北番宝卷》有较多遗失，则以'编者按'提示补出，并加括号标明，以防乱真。宝卷中的名利、宗教、忠孝节义、民族矛盾等内容，以及有的语言不雅等，为使研究者亲睹河西人民的历史心态和真实，均仍其旧。"[1] 一种以王学斌为代表，他认为经他整理的宝卷，应该做到以下几点："1. 不让诲淫诲盗的只言片语溢留于字里行间；2. 语言规范、简练、

---

[1] 方步和：《河西宝卷真本校注研究》，兰州大学出版社1992年版，第7页。

干净，不许有垃圾文字；3. 对其中的陋习和迷信要压缩到最小程度，并且最好给予合理的解释，即让人们认清楚是误信和偶然，并非其能；4. 宝卷既属于说唱文学，那唱词部分一定得基本押韵，读来朗朗上口；5. 要保持雅俗共赏，民间可念，高水平读者亦可读；6. 慎做分析，选择精华，不能把所有的都当宝贝，复活僵尸；7. 以保存原卷的基本框架为前提，但又不拘泥于斯，墨守其规；8. 力争使宝卷普及的形式有所提高。"① 这两种态度和看法，其实是由于各人看问题的角度不同而产生的，所谓"仁者见之谓之仁，智者见之谓之智"。方步和作为高校教师，是从专业研究的角度看问题，自然认为宝卷整理者应当保留其真实面貌。而王学斌身处民间，是从民间百姓念唱的角度看问题，念唱宝卷是一项大众的集体活动，听众有老有少，有男有女，自然会从大众念唱的角度，从语言的规范、干净、思想的健康与否等方面看问题。

日月如梭，时光荏苒，从20世纪70年代末到现今，40多年的时光，弹指一挥间，历史的脚步很快，河西地区的农村，青年人大量外出打工，农村中留守的多是上了年纪的老人，以前那种只要种好地就万事大吉的农村生活早已不再，再加上娱乐设施的更新换代、日新月异，农村中念卷活动的基础和氛围早已不复存在，念卷活动也濒临绝迹。因此，承载着历史、宗教信仰、民俗、文学艺术等内容的宝卷，我们还是希望在整理中能最大限度地保留其真实面貌。

第二节　河西宝卷的性质、渊源、产生、分类和发展研究

20世纪20年代，宝卷开始进入中国学术界的视野。对于宝卷的性质，开创期的学者就有不同的看法。郑振铎起初将敦煌变文与宝卷一并视作佛曲予以研究和介绍，不久，他就发现变文并非佛曲，宝卷与佛曲亦相差甚远，他说："我在前几年写《佛曲叙录》时，曾将敦煌石室文库中所发现的《维摩诘所说经变文》、《佛本行集经变文》、《八相成道经变文》诸种，

---

① 王学斌纂集：《河西宝卷集粹》，中国人民大学出版社2010年版，第10—11页。

第一章 相关研究现状述评

以及后代的《目连救母宝卷》、《香山宝卷》、《刘香女宝卷》等等,皆作为'佛曲'。佛曲这个名辞原是罗振玉氏刊行《燉煌拾零》时所给与他所藏的三种变文的总名,我也沿其误而未及时发觉——许多研究佛曲的人,如徐家瑞君、向觉明君,也都沿其误。去年,我着手写《中国文学史》中世卷,其中有一章是《俗文与变文》。因为对于俗文与变文有了一番很浅薄的讨究,便察觉出俗文与佛曲乃是完全不同性质的两种东西,不能相提并论的。后来的宝卷,乃是俗文或变文的支裔,所以与佛曲亦相差同样的远。"① 敦煌变文出自敦煌莫高窟藏经洞,在20世纪初进入学术界的视野,引起学界的高度重视。郑振铎敏锐地觉察到变文对于近代文学史的研究具有重大意义,也注意到变文与佛教的密切关系:"'变文'的重复出现于世,关系于近代文学史的研究者极大。这是五六百年来,潜伏在草野间而具有莫大的势力和影响的宝卷、弹词、鼓词一类文体的祖先。""变文以散文和韵文交杂组织起来;其结构是袭于佛经的。讲唱变文,在唐代成为僧侣的专业。到了宋代,还有所谓'说经'、'说参请'的大约便是其流辈。虽已不尽是僧侣们所独擅,却始终脱离不了宗教的气味,且也还是以僧侣们为主要的人物。"② 郑振铎从文学的角度去思考变文与宝卷的关系,他指出:"'宝卷'是变文的嫡系儿孙。到底在什么时候才把变文之名易为宝卷,则文献无征,不易考知。惟宋初尝严禁诸宗教,并禁及和尚们讲唱变文,则易名改辙,当在其时。《香山宝卷》(一名《观世音菩萨本行经简集》)的序,有宋普明禅师于崇宁二年(公元1103年)八月十五日在武林、上天竺受神之感示而作此之语。这也许只是一段神话。但可知宝卷的来源是决不是一般人所想象的那么晚的。"③ 郑振铎也对宝卷进行了分类,"宝卷也和变文一样可以分为数大类。第一类是劝世文,象《药师如来本愿宝卷》,《叹世无为宝卷》,《销释金刚科仪》等等,或释解经语,或泛

---

① 郑振铎:《佛曲俗文与变文》,见《郑振铎文集》第6卷,人民文学出版社1988年版,第211页。
② 郑振铎:《三十年来中国文学新资料的发现史略》,初刊于1934年生活书店出版的《文学》月刊第2卷第6期,后收入《郑振铎文集》第6卷,易名《三十年来中国文学新资料的发现记》,现引自《郑振铎文集》第6卷《中国文学研究下》,人民文学出版社1988年版,第473页。
③ 郑振铎:《三十年来中国文学新资料的发现史略》,引自《郑振铎文集》第6卷《中国文学研究下》,人民文学出版社1988年版,第476页。

河西民间宝卷研究

述因果,其中并不叙述什么故事"①。"第二类是叙述佛教故事,象《佛说弥勒下生三度王通宝卷》、《目连救母升天宝卷》、《香山宝卷》、《刘香女宝卷》等等;这些都是原原本本的故事歌曲。许多道教的故事宝卷,象《灶王宝卷》、《伏魔宝卷》、《药王宝卷》等等,也可附入此类。第三类是纯粹的叙事宝卷,不带有丝毫的宣教传道色彩,象《孟姜女宝卷》、《梁山伯祝英台宝卷》等等。而《百鸟名》、《百花名宝卷》也可附之。"②郑振铎在《三十年来中国文学新资料发现史略》一文中提出"宝卷是变文的嫡系儿孙"的观点之后,又在《中国俗文学史》中进一步充实、修正了自己的观点:

> 当"变文"在宋初被禁令消灭时,供佛的庙宇再不能够讲唱故事了。但民间是喜爱这种讲唱的故事的。于是在瓦子里有人模拟着和尚们的讲唱文学,而有所谓"诸宫调"、"小说"、"讲史"等等的讲唱的东西出现。但和尚们也不甘示弱。大约再过了一些时候,和尚们讲唱故事的禁令较宽了吧(但在庙里还是不能开讲),于是和尚们也出现于瓦子的讲唱场中了。这时有所谓"说经"的,有所谓"说诨经"的,有所谓"说参请"的,均是佛门弟子们为之。吴自牧《梦粱录》(卷二十)云:"谈经者,谓演说佛书;说参请者,谓宾主参禅悟道等事……又有说诨经者。"周密《武林旧事》诸色伎艺人条里,也记录着:"说经诨经,长啸和尚以下十七人。弹唱因缘,童道以下十一人。"
>
> 这里所谓"谈经"等等,当然便是讲唱"变文"的变相。可惜宋代的这些作品,今均未见只字,无从引证,然后来的"宝卷",实即"变文"的嫡派子孙,也当即"谈经"等的别名。"宝卷"的结构和"变文"无殊;且所讲唱的,也以因果报应及佛道的故事为主。直至

---

① 郑振铎:《三十年来中国文学新资料的发现史略》,引自《郑振铎文集》第6卷《中国文学研究下》,人民文学出版社1988年版,第477页。

② 郑振铎:《三十年来中国文学新资料的发现史略》,引自《郑振铎文集》第6卷《中国文学研究下》,人民文学出版社1988年版,第478页。

第一章 相关研究现状述评

今日，此风犹存。①

相传最早的宝卷的《香山宝卷》，为宋普明禅师所作。普明于宋崇宁二年（公元1103年）八月十五日，在武林上天竺受神之感示而作此卷，这当然是神话。但宝卷之已于那时出现于世，实非不可能。北平图书馆藏有宋或元人的抄本的《销释真空宝卷》。我于五年前，也在北平得到了残本的《目连救母出离地狱升天宝卷》一册。这是元末明初的金碧抄本。如果《香山宝卷》为宋人作的话不可靠，则"宝卷"二字的被发现于世，当以"销释真空宝卷"和《目连宝卷》为最早的了。②

作为文学家，郑振铎自然将宝卷视作俗文学的一类，以此来探讨宝卷的渊源及其与变文的关系，并对其进行了分类。他虽也注意到了变文、宝卷与佛教之间的关系，但由于并不研究宗教，对于中国宗教的发展演变历程并不清楚，因此对于变文、宝卷性质的研究也仅及于其特征之一即文学方面，而对其主要特质即宗教性论述不多。也正是由于不研究宗教，他对中国宗教发展演变的历程并不清楚，故而对发现于敦煌莫高窟的这批佛经俗讲的讲经文、变文、因缘等俗文学作品的认识是有偏差的，变文仅是这批俗文学作品中之一种，无法涵盖所有这批俗文学作品。其次，他对吴自牧《梦粱录》、周密《武林旧事》成书年代及所记内容之年代未做考证，便轻易将其中所载南宋瓦子中出现的"说经""说参请""弹唱因缘"等与变文挂钩，认为是由变文演变而来，而后来的"宝卷"为其别名。这其中显然缺乏事实根据和有机的逻辑联系，只能是一种想象和推测。

与郑振铎不同，向达则对宝卷的性质有不同的认识和看法，他在《明清之际的宝卷文学与白莲教》一文中，从佛教传入中国后发展演变的历史背景出发，说：

明朝末叶，民间——尤其是今日的河北省一带——流行一种仿佛

---

① 郑振铎：《中国俗文学史》，中国和平出版社2014年版，第549—550页。
② 郑振铎：《中国俗文学史》，中国和平出版社2014年版，第550—551页。

经式的经卷作品。这种作品大多数称为宝卷，也有叫做甚么经甚么忏以及科仪与夫论一类的名称。然而体裁大概相同，所以可以归纳到"宝卷文学"这一名辞底下。

这种宝卷文学大都仿照佛经的形式：长一点的分若干卷，卷分若干品；一卷或者一品末了并附有用驻云飞、清江引、黄莺儿、耍孩儿……等曲牌写成的小曲。所用的曲牌以驻云飞、清江引、红绣鞋、黄莺儿等为最习见。大都用一篇七言的赞同偈为全卷的开始，以下则语体的散文同韵语相间而出，韵语有时是五言或七言，有时是三、三、四的句子，也有时是五言或七言之后，间以一段三、三、四的句子的。文章大都叙说教中老师求道的经过，或者借一段故事来劝惩世人，宣传教义。

这是明末以至清初初期宝卷文学大概的体裁；到了后来，体制不无增减，那又是后事，不在话下了。

佛教传入中国以后，到了魏晋南北朝，净土一宗逐渐兴盛。净土宗分弥陀弥勒两派，弥勒一派在六朝后期的民间尤为流行，所以北魏、周、齐民间多造弥勒佛像，以为亡者同本身求福。隋唐之际，弥勒净土之势稍衰，然而仍有藉着弥勒佛出世的话来进行政治活动的，可见这时的弥勒信仰已逐渐带有一点人间的味道了。宋代是中国的思想大融合时代，不唯儒释道混糅而成宋代的理学，就是所谓"左道"也大盛于此时。宋、元、明、清对于左道的禁遏，都律有明文，其所禁的左道中就有弥勒佛、白莲社、明尊教、白云宗诸名目。明尊教是摩尼教的末流，白云宗是佛教的别一派，姑置不论。只有弥勒、白莲都是净土中弥勒、弥陀两派的旁门，以往生西方或兜率天为目的，最易引起民间希求侥幸的心思。元末韩林儿就是打的白莲教的旗子。其后韩林儿虽然为明太祖所扫平，而白莲教的种子仍然在民间潜生萌长。

明代左道之兴，大约以万历前后为极盛。据道光时黄育楩著《破邪详辩》引的《古佛天真考证龙华宝经》所纪，明末有：飘高倡的红阳教，净空僧的净空教，四维的无为教，吕菩萨的西大乘教，普静的黄天教，米菩萨的龙天教，孙祖师的南无教，南阳母的南阳教，悟明

第一章 相关研究现状述评

的悟明教,悲相的金山教,顿悟的顿悟教,金禅的金禅教,还源的还源教,石佛的大乘教,菩善的圆顿教,收源的收源教……

就这一类的宝卷文学看来,弥勒弥陀两派净土往往都有,而所谓真空无生的话语,几乎是各种经卷里的口头禅,十足表现白莲教一派的臭味。但是,虽然打着弥勒弥陀的旗帜,推究起来,所表现的宗教的意识形态其实甚为模糊,只是一些凭空杜撰以及敷张推演的故事,并无整齐的系统。这些作品自有其政治的目的,宣传的作用;偶然带着文学的意味,那只是一种副作用!换一副眼光说,这些初期的宝卷文学,倒是研究明清之际白莲教一类秘密教门的一宗好资料。①

可以说,向达兼具宗教及历史之眼光,对"初期宝卷"性质之认识,抓住了其主要特质,已然接近其真实面目,只是由于所掌握宝卷数量的限制以及缺乏对民间宗教的系统研究,致使他不能认识到红阳教、净空教、无为教、西大乘教等其实是新兴的民间宗教,而非白莲教。

以上两种观点对后世都产生了很大的影响,不断有学者去阐释和论证。就郑振铎的观点而言,20世纪80年代河西宝卷被发现后,由于敦煌就在河西,因而许多学者自然就将河西宝卷与敦煌变文做比较,去论证宝卷是变文的"嫡系儿孙"的观点。如,谢生宝先生《河西宝卷与敦煌变文的比较》一文,通过比较,得出结论说:"宝卷与变文相比较,虽有变异,但从文本形式、讲唱方法、宗教思想上,基本上继承了变文的衣钵,确为变文的'嫡系儿孙'。"② 段平先生在《河西宝卷的调查研究》一书中,也将河西宝卷与敦煌变文进行了比较,得出结论说:"今天看来,'宝卷'的形式、结构和'变文'没有大的差异。将它归为'说经'一类,是没有问题的。"③ 方步和的看法略有不同,他在《河西宝卷探源》一文中说:"河西宝卷是至今还活在河西人民中间,为河西人民所喜闻乐见的民间俗文

---

① 文章初载1934年生活书店出版的《文学》月刊第2卷第6期,后收入向达《唐代长安与西域文明》一书。现引自《唐代长安与西域文明》,生活·读书·新知三联书店1957年版,第600—615页。
② 《敦煌研究》1987年第4期。
③ 段平:《河西宝卷的调查研究·从敦煌变文到河西宝卷》,兰州大学出版社1992年版,第64页。

河西民间宝卷研究

学,是敦煌俗文学的活样本。"[1] 在河西宝卷的调查研究中,段平、方步和均认识到宝卷与宗教有着十分密切的关系,同时也都注意到李世瑜的文章《宝卷新研——与郑振铎先生商榷》,但由于缺乏对民间宗教的研究,故而对李世瑜对宝卷的分类和划分并不能理解,仍然沿袭郑振铎的观点对河西宝卷进行分类,段平说:"宝卷继承了变文的内容和形式,所以它的题材和变文一样,有着宗教的和非宗教的两大类。""所谓宗教宝卷,包括儒、释、道三教的经典理义。可说是'三教合一'的杂家思想。""反映宗教思想的宝卷,虽说是中国宝卷的正统,但因为它脱离实际、脱离群众,所以今天能在河西见到的已经很少了。我们看到的仅有佛家的《目连三世宝卷》、《灶君宝卷》;道家的《湘子宝卷》等不到十种。""非宗教宝卷也就是后期宝卷。前期宝卷虽说是宗教宝卷,可也有少量的非宗教宝卷,就象后期非宗教宝卷一样,也保留着少量的前期宗教性宝卷。""我们知道的《香山宝卷》《刘香宝卷》《目连三世宝卷》等,都是前期的宗教宝卷,象《董永宝卷》《潘公免灾宝卷》《叹世宝卷》《孟姜女哭长城宝卷》等,就是前期宝卷的演化、发展。写作者从民间故事和社会生活中吸取题材和营养,利用人民喜闻乐见的固有形式,写出了大量内容广泛的后期宝卷。"[2] 方步和将河西宝卷分为佛教的和非佛教的两类,又将非佛教类分为神话传说、历史民间故事宝卷和寓言故事宝卷三类。方先生认为敦煌文书中的俗讲(含佛变文)是河西佛教宝卷的源头;敦煌文书中的俗变文是河西神话传说、历史民间故事宝卷的源头;敦煌《燕子赋》等是河西寓言宝卷的源头。[3] 应当说,方步和将河西宝卷进行分类,并分别从敦煌文书中找到各自的源头,显得更加精细和深入,更合理一些。虽然方步和与谢生宝、段平的观点有一些差异,但总体上还是一致的,那就是不研究民间宗教,仅从俗文学的角度,将敦煌俗文学与河西宝卷进行简单对比,从敦煌俗文学中寻找河西宝卷的源头。台湾中正大学中国文学研究所王正婷1998年的

---

[1] 方步和编著:《河西宝卷真本校注研究》,兰州大学出版社1992年版,第369页。
[2] 段平:《河西宝卷的调查研究·河西宝卷的昨天、今天与明天》,兰州大学出版社1992年版,第27—29页。
[3] 参阅方步和编著《河西宝卷真本校注研究·河西宝卷探源》,兰州大学出版社1992年版,第375—387页。

· 14 ·

第一章 相关研究现状述评

硕士论文《变文与宝卷关系之研究》，沿袭的路线与谢生宝、段平、方步和一致，"以郑振铎所揭橥变文与宝卷关系为主要的基点，进一步从文学形式、讲唱模式、讲唱者、讲唱地点、题材等方面，全盘地对变文与宝卷之间的密和程度，做一详细的论述比较，以期能确实显现出变文与宝卷之间的一脉相承的文学关系"①。

进入21世纪，郑振铎的观点和研究思路仍然有学者在坚持、沿袭和论证，韩秉方先后发表了3篇论文：《观世音菩萨信仰与妙善的传说——兼及我国最早一部宝卷〈香山宝卷〉的诞生》②《〈香山宝卷〉与佛教的中国化》③《〈香山宝卷〉与中国俗文学之研究》④。在这3篇文章当中，韩秉方不断地重申了一个观点，那就是《香山宝卷》是中国最早的一部宝卷，认为《香山宝卷》（又名《观世音菩萨本行经》）卷首题记"宋崇宁二年天竺寺普明禅师编撰"是真实可信的。韩秉方赞同郑振铎的观点，他说："郑振铎先生在《俗文学史》中，准确地缕述了宝卷从唐变文演变而来的历史，并颇有远见地根据历史与逻辑的统一，认为'宝卷之已于那时（宋）出现于世，实非不可能'。这实际上是肯定了宝卷在宋代出笼面世的可能性。只不过对《香山宝卷》是普明禅师'受神之示'而编撰，这一具体案例表示了理性的怀疑罢了。对郑先生在科学考察中的远见卓识，笔者是赞同的。"⑤ 韩秉方指出，北宋元符二年（1099），翰林学士蒋之奇出守河南汝州，应本州香山寺僧怀昼之请，将其所献《香山大悲菩萨传》加以润饰，刻石立碑于香山寺内，碑首赫然题有"蒋之奇撰""蔡京书"字样。之后崇宁元年（1102），蒋之奇调任杭州任知府，崇宁三年（1104），杭州天竺寺立《香山大悲菩萨传》碑。而《香山宝卷》题记说，《香山宝卷》是"崇宁二年天竺寺普明禅师编撰"。"这三件事依次相继发生，难道仅仅是历史的巧合吗?! 否。其中必有某种历史的因果机缘在！"韩秉方这样论述《香山宝卷》产生于宋崇宁二年（1103）的真实性：

---

① 转引自车锡伦《中国宝卷研究的世纪回顾》，《东南大学学报》2001年第3期。
② 《世界宗教研究》2004年第2期。
③ 《宗教哲学》2006年第36期。
④ 《北京科技大学学报》2007年第3期。
⑤ 韩秉方：《〈香山宝卷〉与中国俗文学之研究》，《北京科技大学学报》2007年第3期。

按照历史与逻辑的统一来考察,《香山宝卷》题记所言,上天竺寺普明禅师所谓"受神人之示",显然只是受到汝州香山寺那本为天神传示,且由太守蒋之奇撰文刻石立碑的《香山大悲菩萨传》的启示而已,其有他哉! 这中间的关键人物是那位翰林学士蒋之奇。他不仅全力襄助《香山大悲菩萨传》,得以在汝州香山寺树碑这一善举,还在于他趁崇宁元年(1102)调任自古繁华的杭州任知府之便,特别把自己撰文、蔡京书碑的《香山大悲菩萨传》携带到任所,且将传扬此《大悲传》视为重大功德,散播于杭州佛教界知名人士。宋时文人学士与高僧交游,视为风流佳话。尔后才有天竺寺主持僧道育见碑文大悦,遂发愿把香山寺原碑,重刻于寺内这件大事的发生。同时,可以连带推想,《香山大悲菩萨传》中妙善故事,也深深感动了该寺中善于讲唱佛教故事的普明禅师。他遂依据该《传》故事,敷演编撰成流传后世的《香山宝卷》。以上的推理,应属合情合理,可谓是对"神人之示"这一神秘"托词"严丝合缝的解读,其有他哉!

至此,我们根据这一珍贵史料的发掘,完全可以将郑振铎先生的"可能性",更正成为"现实性"啦! 也就是说,《香山宝卷》题记"宋崇宁二年普明禅师编集",虽有神秘的"受神人之示"的托词,似神话传说,但那只不过是编撰者为了神圣其《宝卷》惯常的变通手法而已,丝毫不影响该《宝卷》出笼面世于"崇宁二年"的历史真实性。而关于《香山宝卷》面世的具体时间,如实地确定为北宋崇宁二年这一判断,也必将对国内外学术界有关宝卷的研究工作产生重大的影响。①

在此基础上,韩先生将宝卷的发展历史大致分为三个阶段,即初创期、成熟期和扩展期。从北宋崇宁二年(1103)到明正德四年(1609)为初创期。北宋崇宁二年是《香山宝卷》的诞生日,明正德四年是罗教五部六册的出版日,这期间历五百多年,社会上编撰印刷流通的宝卷其数量当不少,但我们现在能考知的不过十几部。从明正德四年到清道光初年

---

① 韩秉方:《〈香山宝卷〉与中国俗文学之研究》,《北京科技大学学报》2007年第3期。

第一章 相关研究现状述评

（19世纪20年代），为成熟期。这一阶段约200年。这一时期，罗清五部六册的问世标志着宝卷的成熟，随之民间宗教宝卷大量涌现，数量不下数百部。清道光初年至1949年中华人民共和国成立为扩展期，历时130年左右。这一时期众多教门的经典宝卷已创立完成，这些宝卷屡遭清政府搜查销毁，新作渐趋稀少。与此同时，故事类、劝善类宝卷如《狸猫宝卷》《雷锋宝卷》等走向兴旺发达，广泛传播。①

韩秉方与马西沙合著《中国民间宗教史》，其中重点叙述了明代以来主要的民间宗教的发展演变，以明清档案为主，参之以民间宗教宝卷，内容翔实，考证谨慎，成为中国民间宗教史的奠基之作。然而韩先生在这里对中国宝卷产生问题上的考证，却缺乏史实根据，多想象之辞。《香山宝卷》又名《观世音菩萨本行经》，现在所知最早的版本是清乾隆三十八年（1773）杭州昭庆大字经房刊本，陕西师范大学有藏本。此刊本卷首题"天竺普明禅师编辑、江西宝峰禅师流行、梅江智公禅师重修、太原文公法师传录"。通行本是简化的清同治七年（1868）杭州慧空经房刊本及各地重刻、重印本。乾隆本卷首有"序"，题为"宋太子吴府殿下海印拜贺"，其中说："伏惟佛氏之道，广大而难明……余仰慕慈荫，生于中华，端秉虔诚，奉施《观世音菩萨本行经》于众……谨序。"宝卷在正文开经说唱之后，又有一段文字叙述宝卷之由来，说有一女大士（名妙恺）将"此段因缘"交于庐山宝峰禅师，云为"普明禅师所集"，嘱其流通。"宝峰禅师闻是，发愿流通"，"抄成十本，一字三拜，散施诸方，乃作一偈……"偈后，接着另起一段文字，即简化本之序，其中说："昔普明禅师于崇宁二年八月十五日在武林上天竺，独坐期堂。三月已满，忽然一老僧云：'公单修无上乘正真之道，独接上乘，焉能普济？汝当代佛兴化，三乘演畅，顿渐齐行，便可广度中下群情。公若如此，方报佛恩。'普明问僧曰：'将何法可度于人？'僧答云：'吾观此土人与观世音菩萨宿有因缘。就将菩萨行状略说本末，流行于世，供养持念者，福不唐捐。'此僧乃尽宣其由，言已，隐身而去。普明禅师一历览耳，随即编成此经。忽然，观世音菩萨亲现紫磨金相，手提净瓶绿柳，驾云而现，良久归空。人皆见

---

① 参阅韩秉方《〈香山宝卷〉与中国俗文学之研究》，《北京科技大学学报》2007年第3期。

河西民间宝卷研究

之,愈加精进。以此流传天下闻,后人得道无穷数。"① 通过以上叙述可知,《观世音菩萨本行经》是由"宋太子吴府殿下海印"出资刊行流通于众的,其由来是由一神秘的女大士(妙恺)交付于"庐山宝峰禅师"嘱其流通的,其作者为宋普明禅师,是普明禅师受一老僧的启示而作。关于《观世音菩萨本行经》流传过程中的关键人物宋太子吴府殿下海印、宝峰禅师现无法考证,而那一神秘的"女大士"则更不可考。通行的简化本删掉了海印的"序"、女大士与宝峰禅师的对话,直接将"昔普明禅师……"这段文字改为"叙",置于卷首。郑振铎的结论是建立在简化本"序"的基础上的,他未见乾隆本。韩秉方对乾隆本关于考证《香山宝卷》作者的海印"序"等直接而关键的内容只字不提,仍然依据简化本的"序",仅凭一些相关史实加以推测,就要坐实普明于宋崇宁二年(1103)作《香山宝卷》的事实,显然是难以令人信服的。② 建立在此基础上的对宝卷发展历程的划分,自然也并不符合历史的实际。

就向达的观点而言,李世瑜的宝卷研究实际上是沿着向达的思路进行的。他于1948年毕业于辅仁大学人类学研究院,其毕业论文《中国秘密宗教研究》奠定了他中国民间宗教及宝卷研究的基础和方向。在读研期间的1947、1948年的暑假,他曾跟随何登松教授到察哈尔省的万全、宣化两县进行庙宇、宗教、民俗、方言等方面的田野调查。中华人民共和国成立后,宗教研究成为禁区,但民间宗教并未被宣布为反动,李世瑜以个人身份到北郊区进行调查,发现了仍然"活着"的民间宗教——红阳教。随后,他又陆续发现了圣贤道、天地门、普明大佛道、太上古佛门等民间宗教。1957年,他发表了《宝卷新研——兼与郑振铎先生商榷》一文,认为宝卷"虽然从形式上看它与变文的关系如此密切,但内容却全然不同。变文是为佛经服务的,而宝卷则是为流传于民间的秘密宗教服务的"。"因此宝卷的分类问题我们也应当重新考虑了,宝卷不能象郑著中按'佛教的'和'非佛教的'分成两大类,应当分为:一演述秘密宗教道理的;二

---

① 张家港文联编:《河阳宝卷·香山宝卷》,上海文化出版社2007年版,第32页。
② 关于《香山宝卷》的成书年代,车锡伦先生有考证,参阅车锡伦《中国宝卷研究》,第109—113页。

第一章 相关研究现状述评

袭取佛道经文或故事以宣传秘密宗教的；三杂取民间故事传说或戏文等的。"① 关于宝卷的起源，李世瑜自然也推翻了郑振铎的观点。他说：

> 什么时候，怎样有的宝卷呢？
>
> 这应该从秘密宗教谈起。从东汉五斗米道以后，如隋唐迄明所流行的弥勒教、宋元明清各代流行的白莲教，宋代的食菜事魔，清代的天理教（八卦教），义和门（拳）等，都是秘密宗教。这些秘密宗教的名字大家都很熟悉，因为它们在历史上都曾闹出过重大事件，没闹过什么事的，名目还很多，特别是明清两代，简直多得数不过来，但由于记载太少，大家就知道得较少了。这种宗教都是流传在社会下层的，布道时多半是口传心授，即便用些经卷，也多是袭自佛道教或其他宗教（如摩尼教）的。但到了明正德年间，大约是受到过去讲唱经文、说经以及词曲兴起和民间说唱形式的技艺的影响吧，秘密宗教的传教祖师们看到这些方式是群众喜闻乐见的，宣传效果是十分良好的，竟也仿照这些写起经文来；又因为正德以后的秘密宗教曾经打进了朝廷，一些太监（如红阳教就曾以魏忠贤、陈矩、张忠、石亨为"护法神"）、妃子甚至太后（神宗的母亲就号称"九莲圣母"）也都信奉起来，因此这些经卷又得到资助而刊印的机会，这就是第一次的秘密宗教自己的经卷——宝卷。②

对于他所划分的第三类宝卷，他指出：

> 但在清末民初，在南方，宝卷又以一种新的姿态出现过，那就是本文所说的第三类宝卷，也就是郑振铎先生曾在上海购自善书铺，在"佛曲叙录"里做过提要的那种宝卷。这类宝卷在上海、苏州、杭州、镇江、常州等地的善书铺里公开售卖，看不出什么秘密性质，它的流传也就是在这一地区（按利用第一二类宝卷的秘密宗教是流行在华北

---

① 李世瑜：《宝卷新研——兼与郑振铎先生商榷》，《文学遗产增刊》第4辑，作家出版社1957年版，第170—171页。

② 李世瑜：《宝卷新研——兼与郑振铎先生商榷》，《文学遗产增刊》第4辑，第171—172页。

的)。这种宝卷的内容与第一、二类宝卷也大有区别,它只是把一些民间故事或一些戏文、小说之类改造一下,如梁山伯与祝英台、十五贯、白蛇传、琵琶记、白兔记、窦娥冤、珍珠塔、李翠莲、杀子报、雌雄杯、蝴蝶杯、董永卖身、游龙戏凤,三笑因缘等等都写成宝卷了……

民国八年上海广文书局出版了一部"男女游戏大观",曾把宝卷与京戏、秦腔、昆曲、苏滩、时调、开篇并列起来,归入"曲调游戏类",更可见它不但离开了劝善,而且走入了游戏。①

李世瑜还指出:

民初以迄解放前,宝卷又有一种变体叫做"坛训",也是被一些秘密宗教利用的。"坛训"还是从第一、二类宝卷变来与第三类无甚关联。它只是保留了宝卷的十言韵文部分(间亦有七言韵文),"开经偈"等改成"定坛诗",其他全没有了,长篇也就改为短篇;不过内容还是明清两代秘密宗教所传的那一套。因为民初以后的秘密宗教加进了"扶乩"的把戏,所以"坛训"都是假托神佛所作。由于秘密宗教的"佛堂"里经常"开坛",每次开坛都要产生一篇坛训,所以坛训的产量是大得不可思议的。但是民初以后的秘密宗教都成为反动的东西,坛训也就根本不可能和宝卷相提并论,没有丝毫的文学价值可言了。②

李世瑜的宝卷研究有三个特点,一是注重田野调查,深入民间调查,寻访民间宗教,了解宝卷与民间宗教的关系。二是尽可能多地搜寻宝卷并进行编目,他于1961年出版的《宝卷综录》,收国内公私收藏的宝卷618种,版本1487种,成为当时最完备的一部宝卷目录。三是对曲艺有深入的认识,以曲艺的角度来考查后期宝卷。基于此,他对宝卷性质的认识、对宝卷的分类以及发展演变的论述,符合实际情况,基本上是正确的。但

---

① 李世瑜:《宝卷新研——兼与郑振铎先生商榷》,《文学遗产增刊》第4辑,第175—176页。
② 李世瑜:《宝卷新研——兼与郑振铎先生商榷》,《文学遗产增刊》第4辑,第176—177页。

是，由于对佛教宋元明以来世俗化的历史以及明代后期新兴民间宗教产生的原因缺乏深入研究，使得他对宝卷如何产生的论述显得比较空疏，其结论是不正确的。

与此同时，日本学者泽田瑞穗对中国宝卷的研究也做出了重要贡献。他在《宝卷研究》一书中也不同意郑振铎的观点，他根据"古宝卷"的特点，认为它们是"直接继承、模拟了"唐宋以来佛教的"科仪和忏法的体裁及其演出法，而为了进一步面向大众和把某一宗门的教义加进去，而插入了南北曲以增加其曲艺性，这就是宝卷及演唱宝卷的宣卷"[1]。刘祯的论文《宋元时期非戏剧形态目连救母故事与宝卷的形成》对《地母经》《慈悲道场目连报本忏法》《目连救母出离地狱升天宝卷》进行了比较。《地母经》初刻于元武宗至大四年（1311），发现于日本；《慈悲道场目连报本忏法》元代流行，其出现的时间可能早于《地母经》，《目连救母出离地狱升天宝卷》亦出现于元代。三者均讲述目连救母故事。通过三者的比较，刘祯指出，泽田瑞穗的观点"与《升天宝卷》形成的事实是吻合的"。"《升天宝卷》是现今存世最早的宝卷之一。它的形成表明，俗文学史上直接以'宝卷'命名的这一文学形式至迟在元代后期已经形成，宝卷是宗教忏法科仪类文学化、俗化的果品。""《升天宝卷》的形成过程说明，宝卷是宗教忏法、科仪与文学（韵文）结合、俗化而直接产生的。"[2]

车锡伦从1982年开始研究宝卷，取得了重要成就，他的《中国宝卷总目》集目前中国宝卷目录之大成[3]，著录国内外公私收藏宝卷1585种，版本5000余种，宝卷异名1100余个，他的《中国宝卷研究》[4]、与他人合著的《吴方言区宝卷研究》[5]都具有重要影响。车锡伦吸收和借鉴了学术界的研究成果，在中国宝卷的渊源方面进行了深入研究，先后发表了《清

---

[1] ［日］泽瑞穗：《宝卷研究》，日本东京国书刊行会1963初版，1975年增补本。转引自车锡伦《中国宝卷研究的世纪回顾》，《东南大学学报》2001年第3期。
[2] 刘祯：《宋元时期非戏剧形态目连救母故事与宝卷的形成》，《民间文学论坛》1994年第1期。
[3] 北京燕山出版社2000年版。
[4] 广西师范大学出版社2009年版。
[5] 社会科学文献出版社2012年版。

代民间宗教的两种宝卷》①《中国宝卷的发展、分类及其社会文化功能》②《明清民间宗教与甘肃的念卷和宝卷》③《中国宝卷的渊源》④《最早以"宝卷"命名的宝卷》⑤《形成期之宝卷与佛教之忏法、俗讲和变文》⑥等论文,否定了"宝卷是变文嫡系子孙"的观点,认为"佛教俗讲是宝卷的渊源",也可以说宝卷是俗讲的"嫡派子孙"。他指出,变文是一个笼统的概念,有学者接受以变文作为发现于敦煌藏经洞的说唱文学作品的统称,但实际上这是很不妥当的,周绍良先生认为这贬低了唐代丰富多彩的民间文学,周先生将敦煌说唱文学分为变文、俗讲文、词文、诗话、话本、赋等六类。车锡伦考证了俗讲的起源和发展,认为俗讲起源于唐代初年,唐武宗初年达到极盛。他分析了俗讲的仪轨和形式,并与经考证可以确定为中国最早的产生于宋末元初的3部宝卷《销释金刚科仪(宝卷)》《目连救母出离地狱生天宝卷》《佛门西游慈悲道场宝卷》做了比较,得出结论:宝卷渊源于佛教的俗讲:

其一,从这些早期的宝卷来看,它们同俗讲一样是佛教僧侣悟俗化众的说唱形式,且在民间的法会道场按照一定的宗教仪轨演唱。《销释金刚科仪(宝卷)》用之于"金刚道场",《目连救母出离地狱生天宝卷》用之于"盂兰盆道场",《佛门西游慈悲宝卷道场》用在说唱《生天宝卷》的盂兰盆道场之前。它们"开卷"和"结经"的仪式,同俗讲的仪式极其相似。

其二,这些宝卷在内容上也分为讲经和说唱因缘两大类。《销释金刚科仪(宝卷)》演释《金刚般若波罗蜜多经》,《目连救母出离地狱生天宝卷》、《佛门西游慈悲宝卷道场》分别讲唱目连救母和唐僧取经的故事。

---

① 《兰州学刊》1995年第4期。
② 《中国文学的多层面探讨国际学术会议论文集》,台湾大学中文系,1996年。
③ 《敦煌研究》1999年第4期。
④ 《敦煌研究》2001年第2期。
⑤ 《宁夏师范大学学报》(社会科学)2007年第2期。
⑥ 《民族文学研究》2011年第1期。

第一章 相关研究现状述评

因此，可以说宝卷的产生是对佛教俗讲的直接继承。①

车锡伦对南宋端平二年（1235）灌园耐得翁所著《都城纪盛》南宋末年吴自牧《梦粱录》宋末元初周密《武林旧事》所记载的瓦子中"说经""说参请""说诨经"的考证，得出结论，《都城纪盛》《梦粱录》《武林旧事》均为南宋末元初的文献，而约成书于南宋初年记载北宋汴京（今开封）瓦子技艺最详的《东京梦华录》及其他北宋文献均无"说经"等的记载，说明"说经等技艺在瓦子中的出现，最早是南宋中叶以后的事"，因此，它不可能是一百多年前即被"禁断"的"变文"（广义）的直接继承，而是一种新出现的民间说唱技艺。再者，北宋时期出现的瓦子，"为士庶放荡不羁之所，亦为子弟流连破坏之门"，而初期的宝卷具有严肃的宗教仪式，是不可能在其中演唱的。故此，"宝卷与南宋瓦子中的'说经'等无关"。他认为"宋代佛教悟俗化众的活动孕育了宝卷"，他指出，《梦粱录》卷一九"社会"条中介绍了南宋都城临安各寺庙奉佛信众举行的法会，有光明会、庚申会、茶场会、朝塔会、受生寄库大斋会、供天会、盂兰盆会、涅槃会、放生会等，"在上述各式各样的法会道场和结社念佛的活动中，孕育和产生了宝卷"②。车锡伦在泽田瑞穗和刘祯的基础上进一步揭示和论证了初期宝卷其实是继承和模拟了唐宋以来佛教科仪与忏法的体裁及演出法而形成的观点。所谓忏法"是佛教徒结合大乘经典中忏悔和礼赞的内容用于修行的宗教活动仪式"，他指出，"隋唐以后，佛教各宗派均以所宗经典撰成忏法修持，如天台宗的《法华三昧忏仪》《金光照忏法》，净土宗的《净土法事赞》，华严宗的《圆觉道场修证仪》等"。"宋元时期佛教宝卷产生的宗教背景是弥陀净土信仰的普及，笔者发现这一时期净土宗的忏法《中峰国师三时系念佛事》，不仅开始时的仪式与《金刚科仪》等宝卷相似，演唱过程和文本形式也极相似。"通过对二者的比较，他得出结论："早期佛教宝卷接受了佛教忏法仪式化的演唱形式，伴随教徒信仰活动演唱，并形成文辞格式化的特点，演唱者绝不能随意发挥。这种仪式化的演唱形式，一直影响到清及近代的民

---

① 车锡伦：《中国宝卷的渊源》，《敦煌研究》2001年第2期。
② 参阅车锡伦《中国宝卷的渊源》，《敦煌研究》2001年第2期。

间宣卷：尽管民间宣卷人演唱的手抄本宝卷，大都是宣卷艺人所编，且辗转传抄并无定本；许多宣卷先生已经将那些宝卷记得烂熟，演唱时不需要看卷本。但宣卷者必须把宝卷放在'经桌'上，'照本宣扬'；在宣卷结束时往往还要加上说明：'卷中倘有错误处，再宣小偈补团圆'、'卷中倘有差错事，念卷神咒送卷文。'"① 对于宝卷产生以后的发展演变以及分类，车锡伦也进行了深入研究，认为，中国的宝卷以清康熙年间为界，可以分为两个时期，前期是宗教宝卷，后期主要是"民间宝卷"。前期宗教宝卷又可以分为两个发展阶段：明正德以前是"佛教世俗化宝卷"，分为"演释佛经"和"讲唱因缘"两类；正德以后是"民间宗教宝卷"，分为"宣讲教义"和"讲唱故事"两类。后期的民间宝卷分为"劝世文""祝祷仪式""讲唱故事""小卷"四类。对于甘肃河西地区宝卷的来源，车锡伦通过考证认为，是明代后期随着民间宗教的传入，从陕西、宁夏、甘肃东部地区传入的。

可以看出，车锡伦详细考证了宝卷的源头——唐代的俗讲、初期宝卷如何产生、明代佛教宝卷的面貌，对佛教的渊源、产生和发展演变及其分类形成了成熟的见解和看法，他的观点以自己多年的研究以及所掌握的大量宝卷为基础，颇具说服力，得到学界同仁的肯定。

陆永峰在车锡伦的基础上，对宝卷及其产生发展的研究提出了一些新的见解，在车锡伦的基础上更进了一步。他在《试论变文与宝卷之关系》一文中指出，北宋末年的摩尼教经典中有《括地变文》，见载于王质（1127—1188）所撰之《雪山集》，以及撰成于1237年的宗鉴《释门正统·斥伪志》，并据此对日本学者泽田瑞穗的观点进行了反驳，他说："关于变文的最后记载的时间与可确定的宝卷的最早的抄写年代，其实相距不远。以宗鉴所记为标准，两者之间相隔不过一百三十五年。并未如日本学者泽田瑞穗所言，变文消失以后，'此后，一直到明初宝卷出现，这五百年间，几乎找不到具体的中间资料'在这一百三十余年中，由于佛教界内部对寺院变文演出的反对，以及朝廷对食菜事魔的镇压，原来存在于寺院中的变文演出转移到民间瓦子中，演变为说经、说参请，似乎是极为自然的事情。这也正好可以解释为什么到了元末明初，就已经有了相当成熟的

---

① 车锡伦：《中国宝卷研究》，广西师范大学出版社2009年版，第85—87页。

第一章 相关研究现状述评

宝卷的出现，说经、说参请的存在正好填补了其中的空白。"① 他就变文与宝卷，佛教科仪、忏法与宝卷的相似及不同进行了详细深入的比较，得出结论："我们认为，有关宝卷与变文的关系问题上，说宝卷是变文的嫡系子孙，或者否定其关系者，都是可以商榷的。宝卷与变文间确实存在着亲密的关系，但这种关系并不说明着宝卷一定是从变文直接发展而来的。宝卷的浓重的宗教信仰属性，它的仪式性，以及早期独特的韵文格式，都说明着它与佛教中以科仪、忏仪为主的法事活动间的继承关系。所以，作为主要流行于民间的一种说唱形式，宝卷的产生并不是某一种活动所能衍生的，它应该是吸取、综合了多方面的有利因素，融合、演化而成的。这种渊源上的多元性，兼具各家所长，正是宝卷得以流行的重要原因，也是学术界围绕着宝卷的产生问题聚讼纷纭的原因所在。"② 不过，这一结论，明显有折衷郑振铎"宝卷是变文嫡系子孙"与车锡伦"俗讲"才是宝卷的渊源两种观点的意味。本来，车锡伦从分析变文的概念入手，已经澄清了俗讲与变文的不同及其关系，经陆永峰这样一讲，又把这两个概念给模糊了。后来，陆永峰又在他与车锡伦合著的专著《吴方言区宝卷研究》中，对这篇文章中的不明确之处做了澄清，指出，南宋时期瓦子中的说经、弹唱因缘与宝卷无关。他说："最终，我们不赞成在'说经''说参请''说诨经'这些世俗娱乐色彩强烈的民间说唱文学与早期佛教宝卷这种宗教色彩突出的佛教布道方式之间，构筑继承发展的桥梁。"③ 关于宝卷的产生与发展，陆永峰在《吴方言区宝卷研究》一书中分四节"关于宝卷产生的推断""早期佛教宝卷""民间宗教宝卷""民间宝卷"进行了详细的考证和论述，基本上沿袭车锡伦的观点及路线，在某些方面充实了车锡伦的观点和论据，也有一些新的见解和论断。

尚丽新与车锡伦合著的《北方民间宝卷研究》一书，是在车锡伦有关宝卷发展演变及其分类的基础上，就中国北方地区的民间宝卷进行的综合

---

① 陆永峰：《试论变文与宝卷之关系》，初载于《中国俗文化研究国际学术研究会论文集》（2002年9月6日），后又发表于《中国俗文化研究》第2辑。现引自《中国俗文化研究》第2辑，巴蜀书社2004年版，第70页。

② 陆永峰：《试论变文与宝卷之关系》，引自《中国俗文化研究》第2辑，巴蜀书社2004年版，第81页。

③ 陆永峰、车锡伦：《吴方言区宝卷研究》，社会科学文献出版社2012年版，第32页。

的专门的研究，在宝卷发展演变问题上有一些新的见解，比如"实际上，宝卷的民间化绝不是从康熙之后进入民间宝卷时期才开始的。在佛教宝卷时期，宝卷的世俗化、娱乐化程度已经非常高"。"不过，佛教宝卷的世俗化发展在很大程度上被教派宝卷的兴起打断了，尤其是在北方。因为明代秘密宗教的发源地和兴盛地都是以直隶为中心的北方。明正德年间开始，民间秘密宗教兴起，为了传教布道，大量的教派经卷被制造出来。这些经卷中的很大一部分是在借用佛教宝卷形式的基础上完善而成的，形成了较佛教宝卷更为严格规整的形式。绝大多数的教派宝卷为了宣扬教义和教理，都采用神秘化的表述。它们是深奥的经典，蕴含着神圣的信仰，绝不是用来娱乐的"① 等。

第三节 民间宗教与宝卷的研究

自改革开放以来，民间信仰、民间宗教的研究逐渐出现热潮，一些学者致力于民间宗教和宝卷的研究，出版了一批专著，发表了大量论文，推动了学术研究的进步和发展。这方面的专著主要有：喻松青的《明清白莲教研究》②，李世瑜的《现代华北秘密宗教》③，濮文起的《中国民间秘密宗教》④，马西沙、韩秉方的《中国民间宗教史》⑤，王熙远的《桂西民间秘密宗教》⑥，濮文起主编的《中国民间秘密宗教辞典》⑦，濮文起的《秘密教门——中国民间秘密宗教溯源》⑧，秦宝琦的《清末民初秘密社会的蜕变》⑨，杨永兵的《山西永济道情宝卷及音乐研究》⑩ 等。其中马西沙、韩秉方的《中国民间宗教史》共分23章，其中前4章研究和介绍了从汉至

---

① 尚丽新、车锡伦：《北方民间宝卷研究》，商务印书馆2015年版，第8—9页。
② 四川人民出版社1987年版。
③ 上海文艺出版社1990年版。
④ 浙江人民出版社1991年版。
⑤ 上海人民出版社1992年版。
⑥ 广西师范大学1994年版。
⑦ 四川辞书出版社1996年版。
⑧ 江苏人民出版社2000年版。
⑨ 中国人民大学出版社2004年版。
⑩ 中国社会出版社2012年版。

元末民间道教、弥勒救世思想、摩尼教、白莲教的渊源与流变，其余19章着重研究和阐述了明代中叶以来罗教、江南斋教、黄天教、弘阳教、闻香教、西大乘教、龙天教、三一教、圆顿教、一炷香教、八卦教、一贯道、鸡足山大乘教、真空教、收元教、混元教、黄崖教、刘门教共18支民间宗教的历史。可见《中国民间宗教史》的重点是明代以来中国民间宗教历史的研究和介绍，其中主要依据档案文献，参之以民间宗教的宝卷。《中国民间宗教史》资料翔实，立论谨慎、公允，语言流畅，是民间宗教史的奠基之作。

与此同时，学术界涌现了大量关于民间宗教和宝卷的学术论文，就某一民间宗教、某一宝卷或某一区域的民间宗教或宝卷进行研究和探讨，这类论文数量很多，现仅就笔者所见，择其有代表性者列举若干。濮文起有《家谱宝卷表征》[1]《定劫宝卷管窥》[2]《晚清民间秘密宗教概说》[3]《弓长论》[4]《〈如意宝卷〉解析——清代天地门教经卷的重要发现》[5]《〈三教应劫总观通书〉再探——兼与李世瑜先生商榷》[6]《明代无为教及其思想简论》[7]《天地宝卷探赜》[8]《明代黄天道及其思想简论》[9]《民间宗教经卷的搜集、整理与研究》[10]《天地门教抉原》[11]等，马西沙有《宝卷与道教的炼养思想》[12]《宝卷与道教》[13]等，韩秉方有《罗教及其影响》[14]等，尚丽新有《黄氏女宝卷中的地狱巡游与民间地狱文化》[15]等；郭淑新有《"罗教"

---

[1] 《世界宗教研究》1996年第3期。
[2] 《世界宗教研究》1998年第1期。
[3] 《天津社会科学》1998年第5期。
[4] 《中国文化研究》1998年冬之卷。
[5] 《文史哲》2006年第1期。
[6] 《求索》2007年第4期。
[7] 《贵州大学学报》2008年第2期。
[8] 《贵州大学学报》2008年第6期。
[9] 《贵州大学学报》2009年第5期。
[10] 《贵州大学学报》2011年第1期。
[11] 《宗教学研究》2011年第1期。
[12] 《世界宗教研究》1994年第3期。
[13] 《北京联合大学学报》2003年第1期。
[14] 《世界宗教研究》1994年第1期。
[15] 《古典文学知识》2013年第6期。

与明代心学的遥契呼应》①，刘平有《"天人合一"还是"天地人合一"——明清民间"三才"思想研究》②，刘正平有《〈问答宝卷〉解析——江南无为教觉性正宗的传世经书》③，李志鸿有《南传罗祖教初探》④等，沈伟华有《刍议黄天教无生老母信仰的形成及其在民间宗教信仰体系中的地位》⑤《龙华三会思想的形成及其与民间宗教之关系》⑥等，刘永红有《传说与信仰的互动——宝卷〈金花仙姑成道传〉形成与传播》⑦，李言统、刘永红有《宝卷与青海嘛呢经流变的关系》⑧，张灵、孙逊有《从宝卷对小说的改编看民间多神信仰的历史生成》⑨，卞良君有《道情宝卷中的韩愈故事及其对相关地方戏曲的影响》⑩，宋军有《红阳教经卷考》⑪，陈改玲有《河湟地区宗教宝卷〈观音菩萨嘛呢真经〉探析》⑫，陆永峰有《论宝卷的劝善功能》⑬《论宝卷中的创世说》⑭等，韩国李浩栽有《中国民间宗教思想的结构与特点——〈龙华宝经〉新探》⑮，王超、狄洪旭有《中国民众意识与明清秘密教门的滋生和发展》⑯，崔云胜有《从碑刻资料中探寻临泽县平天仙姑民间宗教的发展历程》⑰等，程瑶有《河西民间宗教宝卷的叙事体例》⑱，钱秀琴有《同源异流下的河西宝卷与凉州贤孝》⑲等。需要指出的是，一些硕士研究生也将民间宗教或宝卷作

---

① 《理论与现代化》2015年第1期。
② 《世界宗教文化》2015年第2期。
③ 《世界宗教研究》2008年第4期。
④ 《世界宗教研究》2010年第6期。
⑤ 《淮阴师范学院学报》2013年第5期。
⑥ 《南京农业大学学报》2013年第4期。
⑦ 《青海师范大学学报》2012年第3期。
⑧ 《青海社会科学》2015年第4期。
⑨ 《明清小说研究》2013年第2期。
⑩ 《学术论坛》2015年第8期。
⑪ 《史学集刊》1995年第3期。
⑫ 《西藏研究》2014年第2期。
⑬ 《世界宗教研究》2011年第3期。
⑭ 《民族文学研究》2013年第3期。
⑮ 《贵州大学学报》2012年第3期。
⑯ 《贵州师范大学学报》2011年第5期。
⑰ 《民族与宗教》2015年。
⑱ 《宗教学研究》2016年第2期。
⑲ 《河西学院学报》2017年第6期。

为自己的硕士论文题目进行研究，比如田雨的硕士论文《世俗的神圣——以罗教为中心对明清民间宗教的考查》①，赵国鑫的硕士论文《〈五部六册〉的宗教思想及其历史影响》②，张金国的硕士论文《罗教与禅宗的修行观比较》③，刘志华的硕士论文《〈白马宝卷〉研究》④ 等。

第四节　河西宝卷文学、音乐等方面的研究

河西宝卷最早的调查和研究者均为文学方面的专家和学者，比如兰州大学的段平教授、张掖师专（今河西学院）的方步和教授、民间学者王学斌先生等，他们主要探讨和揭示河西宝卷的文学艺术价值。比如段平在其《河西宝卷的调查研究》中有《从敦煌变文到河西宝卷》《河西宝卷与民族文化》等论文，方步和在其《河西宝卷真本校注研究》中有《唐王所游地狱的由来和现实性》《河西青年爱情的凯歌》等论文，王学斌在其《河西宝卷集粹》中有《慨歌长留天地间——试评〈精忠宝卷〉》等论文。兰州大学庆振轩主编的《河西宝卷与敦煌文学研究》一书中收录有探讨河西宝卷文学价值的文章18篇，如庆振轩的《图文并茂、借图叙事——河西宝卷与敦煌变文渊源探论》、孙小霞的《酒泉宝卷与话本小说的文体共性初探》、田多瑞的《从地域文化看河西〈孟姜女宝卷〉的情节演变》等。学界发表的研究河西宝卷文学价值方面的文章还有翟建红的《对河西宝卷中民间精神的认识》⑤，张馨心的《河西宝卷与讲唱文学的关系——以〈方四姐宝卷〉为例》⑥，程国君的《河西宝卷的叙事形态与〈沪城奇案宝卷〉的启示意义》⑦，李贵生的《从敦煌变文到河西宝卷》⑧，李贵生、王明博的《河西宝卷说唱结构嬗变的历史层次及其特

---

① 辽宁师范大学，2009年5月。
② 山西大学，2011年6月。
③ 山西大学，2011年6月。
④ 山西大学，2013年6月。
⑤ 《河西学院学报》2008年第4期。
⑥ 《敦煌学辑刊》2013年第1辑。
⑦ 《丝绸之路》2012年第20期。
⑧ 《民族文化研究》2015年第1期。

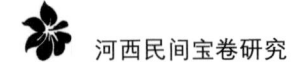

征》①等，不一一列举。

从音乐的角度研究河西宝卷也是河西宝卷研究的一个重要方面，这方面的成果主要有：刘旭辉的《娱乐的仪式》②，王文仁的《河西宝卷的曲牌曲调特点》③《河西宝卷曲牌与敦煌曲子词同名词牌的比较》④，刘永红的《甘肃宝卷念卷中的明清曲牌与民间小调》⑤等。

另外，有研究河西宝卷方言口语的，如敏春芳、程瑶的《河西宝卷方俗口语词的文化蕴涵——以民间宗教类宝卷为例》⑥；有研究河西宝卷中生存智慧与民间生态的，如哈建军的《河西宝卷中生存智慧和民间生态的建构与传播》⑦；有研究河西宝卷音韵价值的，如马月亮的《浅谈河西宝卷的音韵学价值》⑧；有研究河西宝卷对外译介的，如李亚琪的《中国民间文学的世界之路——河西宝卷的对外译介》⑨等。

值得注意的是，一些高校的研究生也以河西宝卷为研究对象，撰写自己的硕士论文，涉及河西宝卷的音乐价值、综合性的调查与研究、与话本小说的共性、音韵学价值、历史与文化、传承、表演、叙事类型等方面。这些硕士论文有：郇芳的《河西宝卷音乐历史形态与现状》⑩，吴玉堂的《河西宝卷的调查与研究》⑪，郭文翠《河西宝卷调查与研究》⑫，申娟的《酒泉宝卷的调查研究》⑬，孙小霞的《酒泉宝卷与话本小说的文体共性初探》⑭，马月亮的《河西宝卷的音韵研究》⑮，周兴婧

---

① 《社会科学战线》2015 年第 11 期。
② 《中国音乐学》2012 年 2 期。
③ 《人民音乐》2012 年第 9 期。
④ 《人民音乐》2015 年第 8 期。
⑤ 《青海师范大学民族师范学院学报》2014 年第 2 期。
⑥ 《世界宗教研究》2017 年第 2 期。
⑦ 《宁夏师范学院学报》2016 年第 1 期。
⑧ 《文教资料》2010 年 6 月号下旬刊。
⑨ 《语言与翻译》2018 年第 2 期。
⑩ 西北师范大学，2009 年 5 月。
⑪ 西北师范大学，2010 年 5 月。
⑫ 西北师范大学，2017 年 5 月。
⑬ 兰州大学，2011 年 5 月。
⑭ 兰州大学，2010 年 5 月。
⑮ 南京师范大学，2011 年 4 月。

的《永昌"宝卷"的三重历史与文化抉择》[1]，赵晓璐的《张掖地区宝卷传承研究》[2]，段小宁的《表演视域下的河西宝卷研究》[3]，王淑静的《河西宝卷故事叙事类型研究》[4]，潘晓爽的《敦煌变文与河西宝卷比较研究》[5]。

第五节　其他相关研究成果

这些成果主要是一些学者在田野调查的基础上撰写的关于地区性宝卷研究的专著，如陆永峰、车锡伦的《靖江宝卷研究》[6]《吴方言区宝卷研究》[7]，刘永红的《青海宝卷研究》[8]，黄靖的《宝卷民俗》[9]《解读靖江宝卷》[10]，侯冲的《云南与巴蜀佛教研究论稿》[11]等，使我们了解到江苏靖江等吴方言区、青海、云南等地区宝卷的面貌和特色，与佛教、道教、民间宗教的关系等，是本书研究的有益借鉴和参考。需要特别指出的是，青海在清代属于甘肃省，民国年间方才独立建省，青海地区流传的宝卷与甘肃河西地区流传的宝卷是同源异流的关系，即最初均为从中国东部地区传入，在流传过程中与本地宗教信仰和民俗相结合，形成了自己的特色，刘永红的《青海宝卷研究》在田野调查的基础上对青海地区的宝卷进行了系统的、综合性的研究，使我们了解到与河西走廊隔祁连山而临的青海地区宝卷的面貌和特色，与佛教、民间宗教、当地民俗之间的关系，对本书的研究有重要的参考价值。

另外，李永平的《禳灾与记忆——宝卷的社会功能研究》[12]一书从宝

---

[1] 厦门大学，2014年4月。
[2] 西北师范大学，2015年5月。
[3] 兰州大学，2018年4月。
[4] 内蒙古大学，2019年5月。
[5] 上海师范大学，2020年3月。
[6] 社会科学文献出版社2008年版。
[7] 社会科学文献出版社2012年版。
[8] 中国社会科学出版社2013年版。
[9] 古吴轩出版社2013年版。
[10] 江苏人民出版社2016年版。
[11] 宗教文化出版社2006年版。
[12] 中国社会科学出版社2016年版。

卷的重要社会功能——禳灾的角度，对中国宝卷进行了透视和解读；美国学者欧大年著，马睿译的《宝卷——十六至十七世纪中国宗教经卷导论》[1]，以美国人的角度，在自己搜集阅读130多种中国宝卷的基础上进行研究撰写而成。这些均是本书的有益参考。

---

[1] 中央编译出版社2012年版。

第二章 宝卷产生的文化根源及其发展演变

宝卷是佛教世俗化的产物，后来的民间宗教依样画葫芦，大量制作宝卷以宣传本教派教义，争取信众的信仰，发展自身势力。起初，民间宗教十分强调其信仰的神圣性，后来民间宗教也世俗化，编写了大量世俗化的宝卷，民间人士也依样画葫芦，编写了一系列宝卷，由此，民间宝卷大行于世。因此，宝卷的宗教性是其主要的特质，研究宝卷而不对民间宗教进行透彻的了解，则无疑无法对宝卷的来龙去脉有深刻、准确的把握，也无法对中国这一重要的文化现象有深入的认识。宝卷的产生、发展及其演变，其实反映着中国宗教的发展演变，其中隐藏着中国文化发展演变的诸多信息和内容。通过前面第一章的述评，我们看到，经过向达、郑振铎、李世瑜、车锡伦、马西沙、濮文起、陆永峰等学者的不懈努力和研究，宝卷的渊源、产生及其发展演变的基本情况已大致清楚。但是，对宝卷产生、发展、演变中所承载的中国宗教发展演变信息的发掘还很不够，从而对中国宗教发展演变历程的探讨不足，也对中国文化发展演变历程的探讨不足。反过来，也正是由于对中国宗教发展演变情况的认识不足，使得我们对宝卷的性质、内涵的认识不够深入和准确，也使得对中国文化发展演变的一些情况的认识不足。因此，通过民间宗教的视角来研究宝卷、来研究河西宝卷，不失为一把解决关键问题的钥匙。

第一节 宝卷产生的文化根源

佛教的世俗化是宝卷产生的文化根源。佛教传入中国后经过长期的传播和发展，到唐代，出现了繁荣兴盛的局面，开始中国化和世俗化。唐代佛教世俗化的表现，便是俗讲的盛极一时。然而唐武宗的灭佛运动，使得俗讲活动归于沉寂。宋代以后，佛教随着中国社会的转型，为适应世俗社会的特点，继续世俗化，其结果是衍生出瑜伽教、白莲教等世俗化的派别，而宝卷这种适应时代要求和特点、适合普通民众喜好的传播形式便应运而生。

一　佛教世俗化及俗讲

众所周知，佛教产生于古印度，大约于公元前后，即西汉末、东汉初传入中国，但在东汉一代传播极为缓慢。随着东汉王朝的崩溃，魏晋南北朝时期佛教迅速传播和发展，隋唐时期十分兴盛，出现了一系列派别，如天台宗、三论宗、法相宗、律宗、净土宗、禅宗、密宗等。佛教进入中国后，为了能够生存和发展，不断地迎合中国人的思维方式和生活习惯，吸取中国传统的儒家、道家的思想，采取灵活生动的传教方式，这便是佛教的中国化和世俗化。佛教传入中国后，经过长期的传播和发展，到隋唐时期，已经生根发芽和开花结果了。对此，从禅宗在中国的传播和发展就清楚地看得出来。宋代普济所著的《五灯会元》构建和记录了禅宗的来历及在中国传播和发展的历史。佛教认为，整个世界是无始无终的，而作为宇宙中大彻大悟的佛陀，也是层出不穷的，所谓"古佛应世，绵历无穷，不可以周知而悉数也"[①]。《五灯会元》从七佛写起，所谓毗婆尸佛（过去庄严劫中第998尊佛）、尸弃佛（庄严劫中第999尊佛）、毗舍浮佛（庄严劫中第1000尊佛）、拘留孙佛（现在贤劫第1尊佛）、拘那含牟尼佛（贤劫第2尊佛）、迦叶佛（贤劫第3尊佛）、释迦牟尼佛（贤劫第4尊佛，即现在佛）。禅宗之由来，是释迦牟尼佛在灵山会上拈花示众，众皆茫然，唯迦叶尊者破颜为笑，获佛陀印证，得佛陀真谛。迦叶即为禅宗初祖。由此而下，迦叶传法二祖阿难尊者，直至菩提达摩为西天第二十八祖。菩提达摩于中国梁武帝时渡海来到中国传播大乘佛教，为中国禅宗初祖。达摩传二祖慧可、二祖传三祖僧璨、三祖传四祖道信、四祖传五祖弘忍、五祖传六祖慧能。六祖慧能而后，禅宗大行于世，唐末五代时期形成了沩仰宗、

[①] （宋）普济著，苏渊雷点校：《五灯会元》，中华书局1984年版，第1页。

临济宗、曹洞宗、云门宗、法眼宗五宗,临济宗又分出了黄龙宗、杨岐宗,史称五家七宗。关于禅宗在中国传播发展兴盛的历程,可借用菩提达摩的一首偈子来形容:"吾本来兹土,传法救迷情。一花开五叶,结果自然成。"①

佛教对宇宙和人生进行了深入的思考和研究,构建起了一套自己完备的理论体系。佛教的基本理论可以概括为四圣谛、八正道、三十七觉支。四圣谛是苦、集、灭、道。简单来说,佛教对人生下了一个基本的判断,那就是人生是苦的,人的一生比如生、老、病、死都是痛苦,而佛陀则是大彻大悟的人,已经脱离了苦海的人。所以人们就应该向佛学习,了道成佛,以脱离苦海。这便是苦谛的基本内涵。要摆脱痛苦就得知道苦的根源,集谛便集中讲述苦的根源,主要内容可以概括为"五阴聚合说""十二因缘说""业报轮回说"。"业报轮回说"是说,人死了并不意味着什么都结束了、没有了,人虽然死了,但灵魂不灭,人死了,灵魂则在六道之间轮回。所谓"六道"指的是天、人、阿修罗、地狱、饿鬼、畜生。那么人的灵魂在六道之间轮回的依据是什么呢?这便是因果规律,就是说人的所作所为都会产生相应的结果,所谓有如是因,便有如是果。所以人的灵魂便是在因果规律的支配下在六道之中轮转不息。只有消灭了苦的根源,才能离苦得乐,灭谛集中讲如何消灭苦的根源以达到涅槃即佛的境界。那么有哪些正确的方法呢?这便是道谛所讲的内容。佛教认为有八条正确的方法,细分起来则有三十七条支道。佛教认为,佛陀出现于世的根本目的便是教化众生,使得他们脱离六道达到佛的境界而离苦得乐,《妙法莲华经》说:"诸佛世尊唯以一大事因缘故,出现于世……。诸佛世尊欲令众生开佛知见、使得清净故,出现于世;欲示众生佛之知见故,出现于世;欲令众生悟佛知见故,出现于世;欲令众生入佛知见故,出现于世。"② 到唐代,经历长时期的传播,佛教已经在中国生根发芽,开花结果。但大乘佛教认为,佛教僧人不能仅仅自己修成佛果,离苦得乐,而是要教导更多的人也来修习佛法,获得解脱,这便是佛教所说的普度众生。但是,佛教

---

① (宋)普济著,苏渊雷点校:《五灯会元》,中华书局1984年版,第45页。
② 引自(隋)智𫖮疏,(唐)湛然记,(宋)道威入疏《妙法莲华经·方便品第二》,上海古籍出版社1990年版,第101—103页。

· 35 ·

的这一套理论玄妙莫测,不可思议,如果法师像在寺院中对出家僧人那样讲经说法,显然是普通大众所理解不了的,于是便将佛教经典通俗化,适应于民众的口味和水平,这样便出现了佛教的俗讲。这便是佛教俗讲出现的理论根据。

根据车锡伦的考证,俗讲在唐代初期便已出现,到唐玄宗时期已很兴盛,以至于唐玄宗鉴于俗讲的流弊以皇帝诏令的形式下令禁断①:

> 释迦设教,出自外方;汉主中年,渐于东土。说兹因果,广树筌蹄;事涉虚玄,眇同河汉。故三皇作义,五帝乘时,未蒙方便之门,自有雍熙之化。朕念彼流俗,深迷至理,尽躯命以求缘,竭资财而作福,未来之胜因莫效,见在之家业以空,事等系风,曾无所悔。愚人寡识,屡陷刑科。近日僧尼,此风尤甚,因依讲说,眩惑闾阎,溪壑无厌,惟财是敛。津梁自坏,其教安施?无益于人,有蠹于俗。或出入州县,假托威权;或巡历村乡,恣行教化。因其聚会,便有宿宵,左道不常,异端斯起。自今已后,僧尼除讲律之外,一切禁断。六时礼忏,须依律仪。午夜不行,宜守俗制。如有犯者,先断还俗,仍依法科罪,所在州县,不能捉搦,并官吏辄与往还,各量事科贬。②

其中的"说兹因果,广树筌蹄","因依讲说,眩惑州间",当指当时社会上的俗讲活动。皇帝的一纸禁令,只能起一时的抑制之效,无法禁断民众的信仰需求和佛教的发展。玄宗以后,佛教的俗讲在继续发展,这其中不乏最高统治者的提倡和支持。据《旧唐书·代宗纪》,永泰元年(765),唐代宗于十月己未日"复讲《仁王经》于资圣寺"③。其中的《仁王经》当即《仁王护国般若波罗蜜多经》,《敦煌变文集》中收有《长兴四年中兴殿应圣节讲经文》④,此讲经文所讲即《仁王护国般若波罗蜜多经》。"复讲"者,说明肃宗不止一次至资圣寺听讲《仁王经》。佛教的俗

---

① 车锡伦的考证见车锡伦《中国宝卷研究》,第51—52页。
② (宋)宋敏求编:《唐大诏令集》卷113《诫厉僧尼敕》,商务印书馆1959年版,第588页。
③ (后晋)刘昫等:《旧唐书·代宗本纪》,中华书局1975标点本,第280页。
④ 见《敦煌变文集》,人民文学出版社1957年版,第411—425页。

讲活动，到武宗初年达到极盛，唐武宗会昌元年（841），为庆贺新帝登基，曾下敕旨，于长安左、右街七大寺院开俗讲。左街有四座寺院，资圣寺由海岸法师讲《花（华）严经》，宝寿寺由体虚法师讲《法花（华）经》，招福寺由齐高法师讲《涅槃经》，景公寺由影光法师讲。右街有三处寺院，会昌寺由文溆法师讲《法花（华）经》，会日寺、崇福寺的讲经法师未得其名。① 七座寺院由著名法师同时开俗讲，形成比赛竞争的热闹场面，盛况空前。然而"物盛而衰，固其变也"，佛教俗讲兴盛的背后隐藏着巨大的危机。会昌二年（842）、四年（844）、五年（845）唐武宗接连展开了灭佛运动，这场灭佛运动，"其天下所拆寺四千六百余所，还俗僧尼二十六万五百人，收充两税户，拆招提、兰若四万余所，收膏腴上田数千万顷，收奴婢为两税户十五万人。隶僧尼属主客，显明外国之教。勒大秦穆护、袄三千余人还俗，不杂中华之风"②。来势凶猛，声势浩大，对佛教是一个沉重打击，并波及景教和袄教。佛教的俗讲活动自然也成为重点打击的对象，据唐代赵璘所撰《因话录》卷四的记载，"有文淑僧者，公为聚众谭说，假托经论所言，无非淫秽鄙亵之事。不逞之徒，转相鼓扇扶树。愚夫冶妇，乐闻其说，听者填咽。寺舍瞻礼崇奉，呼为和尚。教坊效其声调，以为歌曲。其甿庶易诱，释徒苟知真理，及文义稍精，亦甚嗤鄙之。近日庸僧以名系功德使，不惧台省府县，以士流好窥其所为，视衣冠过于仇雠，而淑僧最甚，前后杖背，流在边地数矣"③。此文淑（又作文溆）僧，据段安节《乐府杂录》载，在唐穆宗长庆（821—824）年间就已声名卓著，唐武宗会昌元年，新帝登基，敕旨于长安城左、右街七大寺开俗讲，其中文溆僧在会昌寺讲《法花（华）经》，日本僧人圆仁所撰《入唐求法巡礼行记》记载说，"城中俗讲，此法师为第一"。但是，在会昌灭佛中，受到杖刑，流放边地。从《因话录》的记载可以看出，由于以文淑僧为代表的一些俗讲僧人曾一度受到统治者的尊崇，"名系功德使，不惧台省府县"，并且瞧不起衣冠之士，"视衣冠过于仇雠"，他们早就心

---

① 参阅［日］圆仁撰，顾承甫、何泉达点校《入唐求法巡礼行记》卷3，上海古籍出版社1986年版，第147页。
② （后晋）刘昫等：《旧唐书·武宗本纪》，中华书局1975年标点本，第606页。
③ （唐）赵璘：《因话录》，古典文学出版社1957年版，第94—95页。

生不满了。经唐武宗灭佛运动，佛教俗讲在唐王朝辖区内逐渐销声匿迹，但远在河西的敦煌，此时在吐蕃的统治之下，故而并未受到影响，继续流行，历唐末五代一直延续到宋初。

对于佛教正统讲经与俗讲的关系，周绍良有着精到的分析，他说：

> 佛教徒宣扬佛教，在正统上大致可分为两种，一种即讲经，就经释义，申问答辩，以期阐明哲理，是由法师、都讲协作进行的；另外一种是说法，是由法师一人说开示，可以依据一经讲说，亦可以综合哲理，由个人发挥，既无发问，也无辩论。这是讲经与说法不同之处，相对俗讲方面也有两种，一种即韵白相间之讲经文，也是由法师与都讲协作的；至于与说法相应的，则是说因缘，由一人讲说，主要择一段故事，加以编制敷衍，或迳取一段经文或传记，照本宣科，其旨总不外阐明因果……①

在这里，周绍良清楚地指出了佛教正统讲经与俗讲之间的关系。如果我们对比佛教的正统讲经与俗讲，可以发现二者之间既有区别又有联系。区别有二，一是讲经的对象不同，正统讲经的对象是寺院中出家的僧人，他们抛弃了世俗的束缚和干扰，进入寺院专门学习佛法，参禅悟道，以期获得解脱，是专业水平；俗讲的对象是世俗的普通民众，他们有世俗的各种束缚与干扰，只是对佛法感兴趣，是业余水平。二是讲经的深浅不同，正统讲经由于面对的是专业水平的僧人，无需搞许多花架子，自然要深入得多；俗讲面对的是世俗的普通民众，讲得深了听不懂，讲得不生动则不愿意听，故而要通俗易懂，生动有趣，要适合于他们的水平和口味。联系是，从形式上看，俗讲是对正统讲经的模仿；从内容上看，俗讲是正统讲经的通俗化和艺术化。从《敦煌变文集》收录的情况看，佛教一些重要而又适合俗讲的经典都有俗讲，比如《金刚般若波罗蜜经》《佛说阿弥陀经》《妙法莲华经》《维摩诘经》《佛说弥勒菩萨上生兜率天经》等。当

---

① 周绍良：《唐代变文及其它（代序）》，引自周绍良主编《敦煌文学作品选》，中华书局1987年版，第17页。

然，俗讲之俗并不仅仅体现在这些方面，还体现在尽量挖掘佛经中与中国传统思想一致的佛教经典进行俗讲，比如《盂兰盆经》讲目犍连救母之事，体现了孝道思想，正与中国儒家思想相符，所以备受重视，既有《盂兰盆经讲经文》，又有《目连缘起》《大目犍连冥间救母变文》。再比如，在中国皇权高于一切，对于佛教的发展有着巨大的影响，所以《仁王护国般若波罗蜜多经》也很受重视。

二 宋代以来社会的特点与早期宝卷

任何事物发展变化的道路都不是一条直线，佛教概莫能外。唐末大规模的农民战争和五代十国时期的社会动荡、周世宗的废佛运动，使得佛教的传承和发展受到很大影响，佛教不可避免地处于衰落状态。随着北宋统一的完成，宋、辽、西夏对峙局面的形成，社会局势趋于稳定，再加上统治阶级的提倡和扶持，佛教在中国又开始复兴和发展。然而，宋代的生产关系和社会结构与唐代相比发生了很大的变化，唐代那种以计口授田为基础的均田制已不复存在，代之以租佃关系为基础的租佃制，相应的社会结构也发生了重大变化，门阀氏族彻底退出历史舞台，贵族社会变成了平民社会，社会上士、农、工、商四民阶层更多的不再是等级贵贱的体现，而是因分工导致的职业差异的体现。在唐代，佛教僧人活动的主要场所为佛教寺院，佛教讲求出家为僧，隔断世俗，断绝亲情，一心修行，求得解脱，后来的俗讲，其对象是普通民众，但主要场地也是佛教寺院。到了宋代，佛教强调修行与世俗生活并不相悖，鼓励僧人走出佛教寺院，到世俗中去修证菩提，到世俗社会中去度化众生。这样，从唐末五代到两宋时期，经过长期的发展和演变，佛教的传播出现了新的现象和特点，这些新的现象和特点主要有：一是出现了世俗化的佛教派别瑜伽教、白莲教。二是在南宋时期，各种法会道场相继涌现。三是佛教地狱之说盛行。四是传教中功利性进一步强化，迷信现象加重。五是一种新的宣扬佛教的形式——宝卷产生。关于南宋时期临安的法会道场，吴自牧的《梦粱录》有这样的记载：

奉佛者有上天竺寺光明会，俱是富豪之家，及大街铺席施以大烛巨香，助以斋资供米，广设胜会，斋僧礼忏三日，作大福田。又有善女人，皆府室宅舍内司之府第娘子夫人等，建庚申会，诵《圆觉经》，俱带珠翠珍宝首饰赴会，人呼曰"斗宝会"。更有城东城北善友道者，建茶汤会，遇诸山寺院建会设斋，又神圣诞日，助缘设茶汤供众。四月初八日，六和塔集童男童女善信人建朝塔会。九月初一日，湖州市遇土神崇善王诞日，亦有童男童女迎献茶果，以还心愫。每月遇庚申或八日，诸寺庵舍，集善信人诵经设斋或建西归会。保俶塔寺每岁春季，建受生寄库大斋会。诸寺院清明建供天会，七月十五日，建盂兰盆会。二月十五日，长明寺及诸教院建涅槃会。四月八日，西湖放生池建放生会，顷者此会所集数万人。太平兴国传法寺向者建净业会，每月十七日集善男信人，十八日集善女信人，入寺诵经，设斋听法，年终以所收资金，建药师道场七昼夜，以终其会，今废之久矣。其余白莲、行法、三坛等会，各有所分也。①

宝卷的产生是宋代佛教世俗化的一个必然结果，它孕育产生于南宋时期的各种法会道场之中，是佛教忏仪与俗讲结合的产物。忏仪又名忏法，忏仪起源于晋代，至唐宋时大为流行，是佛教修行的一项重要内容。忏仪的进行大致可以分为十个阶段：

云何为十？一者严治净室，二者清净三业，三者香华供养，四者召请持咒，五者赞叹述意，六者称名奉供，七者礼敬三宝，八者修行五悔，九者旋绕自归，十者唱诵经典。②

至宋代，又出现了科仪，"科仪"之名，据《佛祖统纪》的说法，唐代就已出现，其中说，唐代释宗密（780—841）"著《圆觉》、《华严》、《涅槃》、《金刚》、《起信》、《唯识》、《兰盆》、《法界观》、《行愿品》"等

---

① （宋）吴自牧：《梦粱录》卷19，浙江人民出版社1984年版，第181—182页。
② （宋）遵式：《金光明忏法补注仪·按文开章以定诠次第二》，《中华乾隆大藏经》第139册第231页，中国书店2009年版。

疏钞及修证科仪凡九十余卷"①。其中的"修证科仪"当指其《圆觉经道场修证仪》。"从志磐的角度看，所谓科仪者，实际上应当指的是举办道场斋会时，信众忏悔、礼赞、祝祷时的宗教仪式，与忏仪、坛仪其实是一回事。"②但实际上，忏仪与科仪是有区别的，《销释金刚科仪会要注解》这样解释科仪：

科仪者，科者，断也。禾得斗而知共数，经得科而义自明。仪者，法也。佛说此经为一切众生断妄明真之法。今科家将此经中文义事理，复取三教圣人语言合为一体，科判以成篇章，故立科仪以为题名。③

两相比较，可以看出忏仪中，第十阶段为唱诵经典，而科仪中，不仅仅是唱诵，还要对经典进行解释。虽然有区别，但科仪与忏仪之间又有明显的继承关系，"因而可以说是讲经与忏仪结合在一起的，一种崭新的佛教宣扬活动"④。由此我们看到，由忏仪到科仪，正体现了佛教的世俗化。在忏仪中，唱诵经典仅为其中的一项内容，并不占重要地位，而在《销释金刚科仪》中，讲唱《金刚经》并逐品进行通俗的解释成为核心内容。南宋时期，出现了各种不同的法会道场，《销释金刚科仪》便是应用于金刚道场的科仪。不同的道场有不同的经典以及与之相适应的科仪或宝卷，盂兰盆道场中自然有适合其道场的《盂兰盆经》及忏仪与《目连变文》相结合的《目连救母出离地狱生天宝卷》。《金刚经》由于佛教中影响最为广泛的禅宗的提倡而广为人知，其普及程度是佛经中其他任何经典所比不上的，《盂兰盆经》由于讲述目连救母故事与儒家孝道相契合，因而深受中国各界喜爱和欢迎，流传也极为广泛，因此由这两部佛教经典首先衍生出宝卷这一新的传播佛教的形式，自然是不会令人奇怪的。

明代洪武年间的"分寺清宗"政策对中国佛教的走向产生了重大的影

---

① （宋）释志磐撰，释道法校注：《佛祖统纪》卷30，上海古籍出版社2012年版，第655页。
② 陆永峰：《试论变文与宝卷之关系》，《中国俗文化研究》第2辑，巴蜀书社2004年版，第72页。
③ （明）曹洞宗沙门重连重集：《销释金刚科仪会要注解》卷1，南普陀在线太虚图书馆。
④ 陆永峰：《试论变文与宝卷之关系》，《中国俗文化研究》第2辑，巴蜀书社2004年版，第72页。

响。所谓"分寺清宗"是指，明太祖朱元璋在洪武年间将全国的佛教寺院按其性质划分为禅、讲、教三类：禅僧以明心见性为目的，寺院中僧人参禅悟道为其本分；讲僧以天台、华严、唯识、净土之经典为依据，讲解佛教经典，探求佛教至理；"教"又称"瑜伽教"，其僧称瑜伽教僧、瑜伽僧、赴应僧等，简称教僧，周行乡里，以满足民众经忏法事的需要为本职。"三宗泾渭分明，各有所习，各居其寺，此为'分寺'；并对全国僧寺与僧团队伍进行归并整顿，务使其道风清净，僧团和合，各入本宗，利于管理，此为'清宗'，这就是明初佛教史上著名的'分寺清宗'政策。"①朱元璋之所以要对全国佛教进行整顿和规范，是由于他早年曾当过和尚，参加过白莲教发动的白莲教大起义，深知宗教在民众中有着巨大的影响，对政局也会产生重要的作用。因此，他企图通过对佛教的整顿和规范，使之成为新生的朱明王朝的有益辅助，稳定社会秩序。与此同时，严厉查禁和镇压各种民间秘密宗教。朱元璋这种既整顿和规范佛教，又严厉禁止和镇压民间秘密宗教的做法是非常高明的，对朱明王朝的长治久安是十分有利的。朱元璋的"分寺清宗"政策为后任者继承和遵循，对佛教产生了巨大的影响，它承接了宋元以来佛教世俗化的趋势，促进了教僧的职业化和进一步世俗化。在这些教僧深入民间民宅做经忏法事的道场中，产生于宋末的宝卷成为道场念诵的经典②，为适应不同道场或世俗化传播佛教的需要，一系列新的宝卷相继产生。根据车锡伦的考证，明代的佛教宝卷主要有以下 26 种：

1.《大乘金刚宝卷》
2.《弥陀卷》

---

① 李明阳：《明代佛教"分寺清宗"政策变迁与瑜伽教僧地位嬗变研究》，《安徽史学》2018 年第 3 期。

② 从洪武年间明政府的规定看，教僧赴应世俗，其所诵经典均为佛教正规经典，如《华严经》《般若经》《涅槃经》《妙法莲华经》《孔雀经》《宝积经》等。可能起初，教僧还是遵守规定的，但随着时间的推移，有些僧人有可能在法会道场中也念唱宝卷。比如，《金瓶梅词话》中，西门庆之妻月娘曾在家中请法华庵薛姑子宣唱《金刚科仪》，并不喜欢听卷的潘金莲曾私下说："大姐姐好干这营生。你家又不死人，平白交姑子家中宣起卷来了。"(《金瓶梅词话》，第 618 页）这说明《金刚科仪》确实是在丧事中念唱的。

3. 《圆通卷》
4. 《圆觉卷》
5. 《地藏科仪》(《地藏卷》)
6. 《法华卷》
7. 《心经卷》
8. 《无相卷》
9. 《正宗卷》
10. 《净土卷》
11. 《无漏卷》
12. 《因行卷》
13. 《睒子卷》
14. 《香山卷》
15. 《昭阳卷》
16. 《王文卷》
17. 《梅那卷》
18. 《白熊卷》
19. 《黄氏卷》
20. 《十世卷》
21. 《五祖黄梅卷》
22. 《红罗宝卷》
23. 《刘香女宝卷》
24. 《佛门取经道场·科书卷》
25. 《念佛三昧径路修行西资宝卷》
26. 《雪山宝卷》①

以上是车锡伦通过考证而得到的明代佛教宝卷的名目，这其中肯定存在一些遗漏，比如《受生宝卷》就没有列进去。南宋时期，随着佛教的世俗化和迷信化，受生寄库思想逐渐形成，于是一部伪经《佛说受生经》便

---

① 参阅车锡伦《明代的佛教宝卷》，《民俗研究》2005年第1期。

应运而生，明代在《受生经》的基础上又形成了《受生宝卷》。关于《受生宝卷》在后面的第五章中将有详细介绍，此不赘述。

第二节 民间宝卷的繁荣和发展

朱元璋的"分寺清宗"政策极大地影响了佛教的走向，客观上限制了禅僧、讲僧的发展，而队伍日益庞大的教僧则日益职业化，他们忙于赶经忏、做法事，不习禅定，不研经典，俨然成为一种世俗职业，严重影响了佛教的形象。随着明王朝统治阶层的日益腐朽，对下层社会的控制力日益降低，成化年间，山东莱州府即墨县人罗梦鸿创立了无为教，揭开了新兴的民间宗教运动的序幕，一个个新的民间宗教相继产生，来势凶猛，主要有无为教、三一教、黄天教、弘阳教、闻香教、西大乘教、龙天教、圆顿教等，他们依样画葫芦，仿照佛教宝卷制作自己的经典——宝卷，宣传本派教义和主张，发展势力。于是，大量民间宗教的宝卷如雨后春笋，纷纷涌现。比如罗梦鸿创立无为教，创制了所谓的"五部六册"，即《苦功悟道卷》《叹世无为卷》《破邪显正钥匙卷》（上、下两册）《正信除疑无修证自在卷》《巍巍不动泰山深根结果宝卷》。隆庆、万历年间西大乘教创始人归圆模仿并编写了自己的"五部六册"，弘阳教创始人韩太湖也模仿罗祖五部经，作"红阳五部经"，黄天教创始人李宾著有《普明如来无为了义宝卷》等。清道光年间，黄育楩《破邪详辩》搜集民间宗教的经卷68种，就其中的所谓"妖言"一一进行驳斥，以配合清政府对"邪教"的镇压。车锡伦的论文《〈破邪详辩〉所载明清民间宗教宝卷的存佚》考证了这68种宝卷的存佚、作者及其现存版本，明清民间宗教宝卷之繁荣可见一斑。现列举《破邪详辩》中的民间宗教宝卷如下：

1. 无为教的宝卷有11部：《苦功悟道卷》，一卷一册；《叹世无为卷》，一卷一册；《破邪显证钥匙卷》，二卷二册，二十四品；《正信除疑无修正自在卷》，一卷一册，二十五品；《巍巍不动太山深根结果卷》，一卷一册，二十四品。以上5部就是明罗清所著五部六册。罗清又作罗因、罗梦鸿等，是明代无为教的创始人，"五部六册"是明正德初年由罗清口授，其门徒记录，正德四年（1509）首刊。"五部六册"明万历以后被统治者屡加查禁，但各地陆续刊印的版本非常多，是明清民间宗教最重要的宝卷。此外明无为教的宝卷还有《姚秦三藏取清解论》，一卷；《佛说梁皇宝卷》，一卷二十二分；《销释授记无相宝卷》，一卷；《销释印空实际宝卷》，二卷二十四品；《佛说大方广圆觉修多罗了义宝卷》，二卷二十四品；《销释真空扫心宝卷》，二卷。

2. 大乘圆顿教的宝卷有1部：《古佛天真考证龙华宝卷》，四卷二十四品。

3. 明还源教的宝卷有6部：《销释悟性还源宝卷》，一卷二十四品；《开心结果宝卷》，一卷二十四品；《下生叹世宝卷》，一卷二十四品；《明证地狱宝卷》，二卷二十四品；《科意正宗宝卷》，一卷二十四品；《归家报恩宝卷》，一卷二十四品。以上6部宝卷均为还源教祖师还源祖所著，还源祖不详姓名，亦不详生年，卒于公元1588年，大约活动于明嘉靖、万历年间。

4. 明西大乘教的宝卷有9部：《护国佑民伏魔宝卷》，二卷二十四品；《泰山东岳十王宝卷》，二卷二十四品；《灵应泰山娘娘宝卷》，二卷二十四品。以上均为悟空编。①《护国威灵西王母宝卷》，二卷二十四品；《佛说离山老母宝卷》，二卷；《销释白衣观音菩萨送婴儿下生宝卷》，二卷二十四品；《普度新声救苦宝卷》，二卷；《东岳天齐仁圣大帝宝卷》，二卷二十四品。以上为刘香山、刘斗旋撰。《销释收圆行觉宝卷》，一卷，归圆撰，《大乘五部经》之一。

5. 弘阳教的宝卷有13部：《混元红（弘）阳显性结果经》，二卷二十四品；《混元红（弘）阳临凡飘高经》，二卷二十四品；《混元红（弘）阳悟道明心经》，二卷十八品；《混元（弘）阳叹世经》，二卷十八品；《混元（弘）阳叹世经》，二卷十八品。以上5部为"弘阳五部经"，"弘阳五部经"系明弘阳教创教初期最重要的五部经卷，可能是教祖韩太湖（公元1570—1598年，教内尊称飘高祖）所撰。《混元红（弘）阳大法祖明经》，二卷；《混元红（弘）阳血湖宝忏》，一卷；《混元无上大道元（玄）妙真经》，一卷；《混元红（弘）阳明心宝忏》，三卷；《混元红（弘）阳拔罪

---

① 此处，车锡伦的说法有误，这3部宝卷应当是黄天教编撰的宝卷。

地狱宝忏》，一卷；《混元红（弘）阳救苦升天宝忏》，一卷；《混元无上拔罪救苦真经》，一卷；《混元无上善化慈悲真经》，二卷。

6. 黄天道的宝卷有3部：《普静如来钥匙通天宝卷》，六卷五十四分，普静（郑光祖）撰。《普明如来无为了义宝卷》，二卷三十六分，普明（李宾）撰。《佛说皇极收元宝卷》，二卷十五品。

7. 东大乘教的宝卷有1部：《皇极金丹九莲正信皈真还乡宝卷》，二卷二十四品。此宝卷有人认为是石佛口东大乘教（或称闻香教）教祖王森家族所传，有人认为是清初先天道黄九祖（黄德辉）所撰。姑从前说。

8. 不明教派归属的宝卷有9部：《佛说弥陀宝卷》，一卷；《救苦忠孝药王宝卷》，二卷二十四品；《销释孟姜忠烈贞节贤良宝卷》，二卷三十二品；《佛说如如老祖宝卷》，二卷；《佛说黄氏女看经宝卷》，一卷；《观音释宗日北斗南经》，一卷；《销释地狱宝卷》，二卷，明净空撰；《金阙化身（玄）天上帝宝卷》，二卷二十四品；《福国镇宅灵应灶王宝卷》，二卷二十四品，清郭祥瑞撰。

9. 属于佛教的宝卷有1部：《销释金刚科仪》，题宋宗镜述。

10. 已佚的宝卷有11部：《三义护国佑民伏魔功案宝卷》《千手千眼菩萨报恩宝卷》《佛说无为金丹拣要科仪宝卷》《佛说明宗显性科仪》《佛说通元收源宝卷》《销释大宏觉通宝卷》《佛说三回九转下生曹溪宝卷》《佛祖传灯心印宝卷》《销释阐通救苦宝卷》《敕封刘守真君宝卷》《悟道心宗觉性宝卷》。

11. 有1部是《弘阳宝卷》的"序"：《红（弘）阳宝忏中华序》

12. 有1部是明罗清"五部六册"之一《苦功悟道卷》的注解：《苦功悟道卷略解》。

第三节　民间宝卷发展繁荣的原因

明代后期一系列新的民间宗教建立之初，这些创教祖师们制作的宝卷十分强调其教派仪式的庄严性、神圣性和神秘性，这些宝卷是各门派的经典，不是文学作品。民间宗教的迅猛发展，引起明朝统治者的警觉和重视，采取措施进行限制和镇压。明清易代，清政府鉴于民间宗教的传播会危及其统治，采取严厉措施予以取缔和镇压。这就极大地改变了民间宗教的发展走向，迫使他们以更加秘密的形式传教，他们深入民间，主动与各地民间信仰和民俗结合起来，编写一系列故事类宝卷，将本教派思想和教义融入其中。这种做法，弱化了民间宗教的神圣性和神秘性，促使其世俗化和娱乐化。在这种情况下，一些普通民众中的有识之士，也依样画葫芦，编写起宝卷来，于是民间宝卷大量涌现。当然，民间宝卷并非全是教外人士所编，许多教派宝卷中的故事类宝卷在流传过程中往往发生变异，娱乐性增强，仪式性消减，在该教派的非核心流行区成了民间宝卷。

第四节 关于宝卷发展繁荣的几点思考

一 佛教的世俗化促进了佛教的繁荣

佛教世俗化的内在理论根据是大乘佛教普度众生的宗教情怀和佛教立教的根本宗旨。在唐代，俗讲的兴起和兴盛，一方面满足了下层民众的宗教和精神需求，另一方面使得佛教深入民间，扩大了传播范围和影响的广度、深度，促进了佛教的繁荣。宋元时期，随着中国社会结构的变化，佛教紧随形势走出寺院，进入民间，通过各种法会道场和法事活动，传播佛教，把佛教同普通百姓的生、老、病、死结合起来，促使了佛教的进一步普及，"家家观世音，户户弥陀佛"的说法，正体现了佛教的普及程度。据王栐《燕翼诒谋录》载，宋初，"丧家命僧道诵经，设斋作醮作佛事，曰资冥福也；出葬用以导引，此何义耶？至于铙钹，乃胡乐也，胡俗燕乐则击之，而可用于丧柩乎？世俗无知，至用鼓吹作乐，又何忍也。开宝三年十月甲午，诏开封府禁止士庶之家丧葬不得用僧道威仪前引；太平兴国六年，又禁送葬不得用乐，庶人不得用方相魌头。今犯此禁者，所在皆是也。祖宗于移风易俗留意如此，惜乎州县间不能举行之也"[①]。可见，北宋初期，民间丧事活动请僧道做法事，用铙钹等乐器，出行还要用僧道作前引，已成风俗，皇帝的诏令亦不能禁止。众所周知，儒家有丧礼，专门讲

---

① （宋）王栐：《燕翼诒谋录》卷3，《丛书集成初编》本，中华书局1985年版，第21页。

述和规范丧事活动，佛教"侵入"民众的丧事活动，无疑侵犯了儒家的领地，引起儒学之士的不满和愤怒，北宋中期的郑獬就对这一习俗予以抨击，他说："今之举天下，凡为丧葬，一归之佛屠氏。不饭其徒，不诵其书，举天下诟笑之以为不孝，狃习成俗，沈酗溃烂，透骨髓，入膏肓，不可晓告。"① 佛教是一个非常善于和敢于创新的宗教，为适应法会道场中吸引民众以传播佛教的需要，由《金刚经》《盂兰盆经》改造而来的《销释金刚科仪》《目连救母出离地狱升天宝卷》便应运而生。这样，一种新的传播佛教的方式——宝卷便产生了。宝卷是佛教世俗化的产物，它促使佛教更深、更广地进入民间生活的各个方面，是佛教兴盛的体现。

二　佛教的过度世俗化败坏了佛教的形象

然而，佛教的世俗化是一把双刃剑。佛教本着普度众生的崇高理想，先在唐代兴起了俗讲，后又在宋代出现了宝卷，促使佛教普及于广大下层民众，进入普通民众的日常生活。但是，佛教僧人在传播佛教、影响和改变民众思想的过程中，不断迎合世俗的喜好和口味，不知不觉自身却被世俗所影响、所"污染"，逐渐丧失了自我。元朝末年，社会上出现了火居道人这一新的群体，他们仿瑜伽僧结坛说法，染指佛门瑜伽科仪，在民间做法事。对此，新兴的明王朝起初采取顺其自然的态度，洪武十年（1377）太祖朱元璋曾下旨："一切南北，僧道不论头陀人等，有道善人，但有愿归三宝，或受五戒十戒，持斋戒酒，学习经典。明心见性僧俗善人，许令赍持戒牒，随身执照，不论山林城郭，乡落村中，恁他结坛上座，拘集僧俗人等，日则讲经说教，化度一方，夜则取静修心。"② 然而，随着他对佛教整顿的完成，随即对火居道人这种行径进行严厉禁止。洪武二十四年（1391）颁布的《申明佛教榜册》中说：

　　瑜伽之教，显、密之法，非清净持守，字无讹谬，呼召之际，幽

---

① （宋）郑獬：《郧溪集》卷16《礼法论》，文渊阁《四库全书》第1097册，上海古籍出版社1987年影印版，第261页。
② （明）释幻轮汇编：《释氏稽古略续集》卷2，见江苏广陵古籍刻印社1992年影印版《释氏稽古略、释氏稽古略续集》，第672页。

第二章 宝卷产生的文化根源及其发展演变

冥鬼趣，咸使闻知，即时而至，非垢秽之躯世俗所持者。曩者，民间世俗多有仿僧瑜伽教者，呼为善友，为佛法不清，显密不灵，为污浊之所污有若是。今后止许僧为之，敢有似前如此者，罪以游食。①

《榜册》中指出，这些所谓的"善友"，他们"佛法不清，显密不灵，为污浊之所污有若是"，指的就是佛教世俗化带来的恶果。尽管朱元璋颁布了严格的禁令，但俗人染指佛门瑜伽科仪之事并未得到充分遏制，永乐十五年（1417），明成祖又重申洪武时期的禁令，并申明要予以更严厉的处罚：

佛、道二教，本以清净利益群生。今天下僧道多不守戒律，民间修斋诵经，动辄较利厚薄，又无诚心，甚至饮酒食肉、游荡荒淫，略无顾忌。又有一种无知愚夫，妄称道人，一概蛊惑，男女杂处无别，败坏风化。洪武中，僧道不务祖风，及俗人行瑜伽法，称火居道士者，俱有严禁。即揭榜申明，违者杀不赦。②

明成祖朱棣的禁令中僧道不守戒律、贪图利养、游荡荒淫的种种行为，正反映了当时佛教的状况。对此，靠佛教的自律已无法扭转局面，只能靠他律即政府的刑法来约束了。应当说，在明代前期，明政府的禁令还是行之有效的，但是，时移世易，朱元璋的子孙后代并不是个个都能严遵祖制，这导致明初的这一禁令逐渐松弛。到神宗万历年间，据沈德符《万历野获编》的记载，"今陕西西宁诸卫土僧，俱仿西番有室，且纳于寺中，而火居道士则遍天下矣"③。明初，朱元璋整顿佛教，实行"分寺清宗"政策，目的是规范佛教僧侣的行为，禁绝火居道士的存在，以防影响佛教的形象。然而，实际情况却是严重影响了佛教中禅僧、讲僧的发展，随着

---

① （明）葛寅亮撰，何孝荣点校：《金陵梵刹志》卷2《钦录集》，南京出版社2011年版，第68—69页。
② 《明太宗实录》卷128，永乐十年五月丙戌，"中央研究院"历史语言研究所1962年版，第1592页。
③ （明）沈德符：《万历野获编》卷27《僧道异法》，中华书局1959年版，第680页。

时间的推移，教僧队伍日益庞大，并演变成了一种世俗职业，他们贪于钱财，又不守戒律，而被禁止的火居道士又禁而不绝，到万历年间"遍于天下"，所有这些，严重败坏了佛教的声誉。在佛教内部，一些高僧对教僧赶经忏、做法事的行为甚为不屑，如寿昌经禅师就指出，这种做法"邀一时之利，开晚近流弊之端，使禅坊流为应院，岂非巨罪之魁也"①。

就世俗社会而言，火居道士、佛教僧徒也往往遭蔑视和嘲讽，例如明成化、正德年间散曲家陈铎《滑稽余韵》中描写道人的【北中吕满庭芳】的一段散曲：

称呼"烂面"，倚称佛教，那有师傅。沿街打听还经愿，整夜无眠。长布衫当袈裟施展，旧家堂作圣像高悬。宣罢了《金刚卷》，斋食儿未免，单顾嘴不图钱。②

《秋碧轩稿》中《道人应付》：

【北南吕一枝花】休提艺不高，莫说名不正。道人非是道，僧众不为僧，到处里"烂面"通称。揽斋事专察听，小家儿图减省。散众每暑袜芒鞋，缴首的低褶直领。

【梁州第七】这家里追亡荐祖，那家里了愿禳星，翻经演咒舌根硬。《金刚卷》护身老本，白连教惑众虚名；吃惯了见成茶饭，干不的本等营生。一般的洒净摇铃，一般的合掌观灯。你便是须菩提见了你丑形骸也把眉攒，你便是释迦佛受了你乔礼拜自然心影，你便是观世音听了你胡宣扬反害头疼。诸杂，不等，都是些愚顽军舍穷百姓。其实的不洁净，不食荤腥假志诚，到家里酒肉齐行。③

不光是游走于乡村之间满足下层穷苦百姓信仰需求的这些"道人"，不

---

① （清）自融撰，性磊补辑：《南宋元明禅林僧宝传》卷14《寿昌经禅师》，康熙乙丑岁（康熙二十四年，即1685年）王世雄瑞云精舍重刊本。
② 谢伯阳编纂：《全明散曲》（增补版），齐鲁书社2016年版，第600页。
③ 谢伯阳编纂：《全明散曲》（增补版），齐鲁书社2016年版，第666—667页。

第二章 宝卷产生的文化根源及其发展演变

守戒律,毫无道行,即便是有名的大寺院,其长老徒众也都不守戒律,不事修行,享受着世俗的供养,哄骗着施主的施舍,却干着召妓行淫的勾当。对此,陈铎《秋碧轩稿》中的散曲《火烧宝光寺》也有着形象的描述和揭露:

> 【北南吕一枝花】卒律律狂风就地来,刮咂咂大火从天落,昏邓邓猛烟遮日暗,㶿烘烘烈焰接云高。盖因是天数难逃。两廊边斩眠刚烧到,正殿上回头早点着。险荒煞不收心好酒阇黎,活諕死没定性贪淫长老。
>
> 【梁州第七】使不着解冤咒神通广大,消灾经法力坚牢,把一座梵王官生扭做火袄庙。跌脚的沙弥攮乱,攒眉的五戒煎熬,提水的头陀奔走,扒墙的行者悲嚎。战笃速禅床上扶不起凤友鸾交,软兀刺僧房中走不急柳怪花妖。谁着你合着掌哄愚人赞了些我佛慈悲,昧着心诱妓女说了些众生苦恼,白着眼要钱财叫了些施主难消。今朝,这遭,弄的你根椽片瓦无消耗。也是你招来的灾惹来的报,天意何曾错半毫,罪业昭昭!
>
> 【煞尾】则落的数株衰柳空斜照,几度残碑卧野蒿。常言道水火无情最麄慄,把一个铁罗汉不烧,铜观音化了,你便是泥塑的金刚免不的放翻倒。①

嘉靖初年,徐忠宪《吴兴掌故集》指出,浙江湖州地区盛行的宣卷为白莲教之遗习,败坏风俗,地方官应当予以禁绝:

> 近来村庄流俗,以佛经插入劝世文俗语,什伍群聚,相为倡和,名曰"宣卷"。盖白莲之遗习也。湖人大习之,村妪更相为主,多为黠僧所诱化,虽丈夫亦不知堕其术中,大为善俗之累,贤有司禁绝之可也。②

《金瓶梅词话》中多次叙及西门庆妻子吴月娘及其小妾们夜间请观音

---

① 谢伯阳编纂:《全明散曲》(增补版),齐鲁书社2016年版,第664页。
② (明)《吴兴掌故集》卷12《风土》,吴兴刘氏嘉业堂刊本。其实徐忠宪之说不确,湖州地区的宣卷活动当是佛教的宣卷。

庵王姑子、莲花庵薛姑子宣卷之事，其中揭露了薛姑子的丑行。《词话》通过王姑子披露薛姑子的身世说："他也是俺女僧，也有五十多岁。原在地藏庵儿住来，如今搬在南首里法华庵儿做首座。好不有道行！他好少经典儿，又会讲说《金刚科仪》，各样因果宝卷，成月说不了。专在大人家行走，要便接了去，十朝半月不放出来。"① 在叙及吴月娘第一次见到薛姑子时的情景时，这样描述："见他戴着清净僧帽，披着茶褐袈裟，剃的青旋旋头儿，生的魁硕胖大，沿口豚腮。进来与月娘众人合掌问讯。王姑子便道：'这个就是主家大娘，与列位娘。'慌的月娘众人连忙磕下头去。见他在人前铺眉苫眼，拿班做势，口里咬文嚼字，一口一声只称呼他为'薛爷'。他便叫月娘是'在家菩萨'，或称'官人娘子'。月娘甚是敬重他十分。"② 但就是这样一个道貌岸然的薛姑子，不巧在月娘房间由于躲避不及被突然进来的西门庆瞅见了一眼，便漏出了马脚，"问月娘：'那个是薛姑子，贼胖秃淫妇！来我这里做甚？'月娘道：'你好恁枉口拔舌，不当家化化的，骂他怎的。他惹着你来？你怎知道他姓薛？'西门庆道：'你还不知道他弄的乾坤儿哩！他把陈参政家小姐，七月十五日吊在地藏庵儿里，和一个小伙阮三偷奸。不想那阮三就死在女子身上。他知情，受了三两银子。事发，拿到衙门里，被我褪衣打了二十板，交他嫁汉子还俗。他怎的还不还俗？好不好，拿到衙门里，再与他几拶子！'月娘道：'你有要没紧，恁毁神谤佛的。他一个佛家弟子，想必善根还在，他平白还甚么俗？你还不知道他，好不有道行。'西门庆道：'你问他有道行一夜接几个汉子？'"③ 明郑之珍《新编目连救母劝善戏文》中，穿插有折子戏《尼姑下山》《和尚下山》，叙述一位小尼姑在一春暖花开之日思念凡间俊俏后生，乘师父下山做法事不在的机会下山，正好与一位思念凡间美娇娥乘师父下山不在之机下山的小和尚相遇，二者互相爱慕偷情之事④，在这一诙谐嬉笑的叙事之中，体现出的是对佛教僧人的揶揄与不敬。可见，在明代后

---

① （明）兰陵笑笑生：《金瓶梅词话》第40回，人民文学出版社2000年版，第474页。
② （明）兰陵笑笑生：《金瓶梅词话》第50回，人民文学出版社2000年版，第593页。
③ （明）兰陵笑笑生：《金瓶梅词话》第51回，人民文学出版社2000年版，第605页。
④ 参阅（明）郑之珍撰，朱万曙校点《皖人戏曲选刊·郑之珍卷》，黄山书社2014年版，第77—85页。

期，佛教在民间的形象已没有什么神圣性和庄严性可言了。

三　民间宗教的兴起与佛教的衰落

佛教在明代的腐败和堕落为新的民间宗教的产生和传播提供了机会，由无为教发其端，一系列新的教派勃然而兴，引起明政府的警觉，万历四十三年（1615）六月庚子，礼部题请禁止左道，其中说："近日妖僧流道，聚众谈经，醵钱轮会。一名涅槃教，一名红封教，一名老子教，又有罗祖教、南无教、净空教、悟明教、大成无为教，皆讳白莲之名，实演白莲之教，有一教名，便有一教主。愚夫愚妇，转相煽惑。宁怯于公赋而乐于私会；宁薄于骨肉而厚于夥党；宁骈首以死而不敢违其教主之令。此在天下处处盛行，而畿辅为甚。"对明政府的官员来说，他们自然不清楚这些民间宗教是如何产生和发展的，在他们看来，这些民间宗教与元末之白莲教没有什么区别，如不禁止，会危及其统治，"恐日新月盛，实繁有徒，张角、韩山童之祸将在今日"①。这些民间宗教并非白莲教，而是新兴的民间宗教，是中国儒、释、道三家思想相互融合的产物。自佛教传入中国后，在长期的传播发展中，与中国传统的儒、道两家既有矛盾和斗争，又相互吸收和借鉴，到宋元时期，三家出现了合一的趋势。就儒家而言，宋代兴起的理学，表面上看是儒家的复兴，但其思想深处，处处渗透着佛、道两家的思想。就道家而言，唐末五代以来，钟吕丹道流派逐渐兴起，宋金时期，北方形成的全真教，模仿佛教建立起道士出家修行的体制，又融入儒家的忠孝思想，在元初曾兴盛一时。就佛教而言，宋元时期形成的白莲教、瑜伽教吸收了儒家、道家的一些思想和做法，已演化为世俗化的民间宗教。明代后期出现的一系列民间宗教，他们与白莲教有渊源关系，但并非白莲教，他们有的表面上看好像是道教，但其经典中却充斥着佛教的思想和内容，有的表面上看是佛教，但其经典中却充斥着道家的炼养思想，但不论哪一派，其中又都渗透着儒家的忠孝观念，其实是儒、释、道三家合一的"混血儿"。无为教创始人罗梦鸿在《破邪显正钥匙卷》中就明确宣称，三教原本是一家，"一僧一道一儒缘，同入心空及第禅。是水

---

① 《明神宗实录》卷533，万历四十三年六月，第10094—10095页。

源流沧溟濱，日月星辰共一天。本来大道原无二，奈缘偏执别谈玄。了心更许诃谁论，三教原来总一般"①。民间宗教的迅猛发展和传播，迅速侵占了佛教的信仰阵地，引起一些佛门高僧的警觉，"名僧憨山德清于万历十四年（1586）来到山东时，见到信众几乎皆尊信罗教，而绝不知佛教三宝，感到十分震惊"。遂在山东传播正法，使民众知其为邪，归之于正。位列明末四大名僧之一的莲池袾宏在其《正讹集》中列专条，对罗教五部六册予以批驳，他对号称临济正宗的兰风和尚对五部六册的整理和注释也予以痛斥，"面对罗教及其五部六册在社会上广泛流传，咄咄逼人的气势，名僧大德一方面著书立说，奔走'摄化'，辨伪正讹，批判罗教之谬，达到破邪显正之目的，另一方面则发起和主持编纂刻印新的《大藏经》，颁行全国，借此以正压邪。这恐怕就是从万历十七年（1589）开始编纂出版著名的《嘉兴藏》的重要目的之一。其主要主持者就有带头攻击罗教的紫柏真可、憨山德清和密藏道开"②。然而，佛教的衰败和民间宗教的迅猛发展已然成为中国宗教发展的大趋势，纵然有统治者的取缔和镇压，一些佛教高僧的抵制和反对，也无济于事，明万历四十三年（1615）六月庚子礼部的奏言说当时民间宗教是"有一教名，便有一教主"，此言非虚，清初成书的圆顿教《古佛天真考证龙华宝经》记载了当时民间宗教的派别及其祖师名称，其中说：

> 老君教，设宗门，度下儿女；李老君，领弟子，皈依佛门。
> 达摩教，立法门，度下儿女；达摩祖，领失乡，龙华相逢。
> 宏阳教，设宗门，度下儿女；飘高祖，领门人，皈依佛门。
> 净空教，立法门，度下儿女；净空僧，领贤良，龙华相逢。
> 无为教，设宗门，度下儿女；四维祖，领贫儿，皈依佛门。
> 西大乘，立法门，度下儿女；吕菩萨，领乡儿，龙华相逢。
> 黄天教，设宗门，度下儿女；黄静祖，领皇胎，皈依佛门。

---

① 《破邪显正钥匙卷·破不论在家出家品第一》，濮文起主编：《民间宝卷》第1册，黄山书社2005年版，第250—251页。

② 以上参阅马西沙、韩秉方《中国民间宗教史》，中国社会科学出版社2004年版，第145—147页。

龙天教，立法门，度下儿女；米菩萨，领徒众，龙华相逢。
南无教，设宗门，度下儿女；孙祖师，领原人，皈依佛门。
南阳教，立法门，度下儿女；南阳母，领道人，龙华相逢。
悟明教，设宗门，度下儿女；悟明祖，领会首，皈依佛门。
金山教，立法门，度下儿女；悲相祖，领师乘，龙华相逢。
顿悟教，设宗门，度下儿女；顿悟祖，领前人，皈依佛门。
金禅教，立法门，度下儿女；金禅祖，领头行，龙华相逢。
还源教，设宗门，度下儿女；还源祖，领大众，皈依佛门。
大乘教，立法门，度下儿女；石佛祖，领知识，龙华相逢。
圆顿教，设宗门，度下儿女；普善祖，领护法，皈依佛门。
收源教，立法门，度下儿女；收源祖，领善人，龙华相逢。①

四　河西地区佛教的衰落与民间宗教的传播

河西地区，在明代地处边陲，佛教的衰败也一如内地，非常明显。有明一代，在河西地区设陕西行都司进行管理，又设甘肃镇以加强边防，甘州五卫是甘肃镇的政治、经济、文化中心。位于甘州城西南隅的大佛寺，受到明统治者的高度重视，终明一代曾屡加重修，河西各城乡的寺院也为数众多，但整个河西地区，作为佛法代表的德高望重的僧人却少之又少。编成于清康熙壬申年（康熙三十一年，即公元1692年）的马羲瑞的剧本《天山雪传奇》，以戏曲的形式曲折地反映了明崇祯末年李自成大将贺锦"屠甘州"的经过，其中第三十七出《长老说法》，揭露和讽刺了宏仁寺（即大佛寺）僧人的腐朽、荒淫与无耻。该出戏一开始以宏仁寺长老的唱词和自白，道出了宏仁寺僧人并不参禅悟道，却有柳巷家风，其唱词说：

> 空门放浪度年华，牟尼百八作生涯。日高三丈煮团茶，若说参禅却也差。②

---

① 《古佛天真考证龙华宝经·天真收圆品第二十三》，《民间宝卷》第3册，第462页。
② （清）马羲瑞著，周琪、周松校注：《天山雪传奇校注》，甘肃教育出版社2012年版，第226页。

其自白说：

> 自家弘仁寺长老便是。我想别处人出家，清修苦行，谁似我甘州人出家，便宜法门。不晓得罪上一乘，会什么脱离五浊！有几个言下大悟，才显出千寻海底、透网金鳞；有几个话里休粘，方像是百尺竿头、腾空铁汉。江西饼、赵州茶，馋吞渴饮，嚼出些红尘滋味；钗钏声、骷髅样，潜窥窃听，习成了柳巷家风……①

由于道老爷昨日吩咐，在寺中启建普度道场，超荐殉难的忠臣烈女，因此他吩咐徒弟们说："众僧们听着！如今道老爷在寺中建醮，你们将眷属隐藏隐藏，不要惹出事来。"徒弟们应说："昨日都送在施主家中去了。"《长老说法》以"外"——长老、"小丑"——徒弟之间的对白，揭露了宏仁寺僧人的贪、嗔、淫。关于贪的有两段，一段是：

> （小丑扮沙弥上）师父，且莫要唱。昨日我们念了经的那施主家，讲过是一千经钱，如今止送下八百，还少了一碟子供养，我上门要去。（外）太贪心了，不好意思，收下罢。（小丑）师父，你倒好意思，只是无钱使。（下）②

第二段是：

> （小丑上）师父，师父，人说西海上有活佛出世。我们收拾一分布施，送在他那里去，讨个设受。你也做个活佛，我却不是个活佛的徒弟么？（外）这是个妄想，活佛不是容易做的。（小丑）既不是容易做的，我且到厨房里与师娘烧火去。（下）③

---

① （清）马羲瑞著，周琪、周松校注：《天山雪传奇校注》，甘肃教育出版社2012年版，第226页。

② （清）马羲瑞著，周琪、周松校注：《天山雪传奇校注》，甘肃教育出版社2012年版，第226页。

③ （清）马羲瑞著，周琪、周松校注：《天山雪传奇校注》，甘肃教育出版社2012年版，第227页。

第二章 宝卷产生的文化根源及其发展演变

关于嗔的有一段：

（小丑上）师父，如今西寺里大有声名，近日甚是热闹，我们捏造些谤言，脏说些妄语，败落败落他才好。（外）这些嗔恨人的业障，不当人子。（小丑）师父你说业障，听我道来。【四字锦滚】有了他家，不显自家。东寺西寺，名渐争差。富豪施主，不来采咱。王公贵族，只管请他。香芹果馅，糖饴芝麻。油煎的面筋，笋拌的天花。肥熬的酥酪，嫩点的兰芽。笼团的那雀舌，松萝的那细茶。（捧口介）好香嘎！一点一滴，轮不到咱。我还替师父愁哩！（外）你替我愁什么？（小丑）我愁你过上一年，再经两夏，寺前冷冷，门外喳喳，你浑身上下再无些增加，光光儿的剩个偌大的个西瓜。（外）哇！（丑下介）①

关于淫的有一段：

（小丑上）师父，恭喜、恭喜！（外）恭喜什么？（小丑）师娘生下娃了，等师父去踹生哩！（外踢介）哇！人面前说这样的话！（小丑）嗳，我倒是个好意儿，你不去，只恐有施主来踹了生，就不像是你的了。（外打介）（小丑下）②

《天山雪传奇》中《长老说法》一出戏对河西地区最大的代表性佛教寺院僧人的嘲笑和揶揄，反映出清初正统佛教在民众中的正面形象已然坍塌，在这种情况下，民间宗教在河西兴起和传播便是很自然的事了。

车锡伦认为，在明末清初，民间宗教便由内地传入了河西地区，宝卷也随着民间宗教传入河西，这一说法是有根据的。张掖马蹄寺千佛洞第2窟榜题记载有明万历二十八年（1600）当地天地会众集资重妆佛像的经过：

---

① （清）马羲瑞著，周琪、周松校注：《天山雪传奇校注》，甘肃教育出版社2012年版，第227页。
② （清）马羲瑞著，周琪、周松校注：《天山雪传奇校注》，甘肃教育出版社2012年版，第227页。

大明国陕西行都司甘州城南新开小满渠李明堡地方各氏庄居住，奉佛舍金信士：杨禄、室人王氏，男杨添库、张氏，孙刺麻失（施）艮（银）一刃（两）。信士张德、室人朱氏张国化合家艮（银）三钱。信士朱汉、□氏□艮（银）二钱。信士马玉，信士乃廷卒、□杨氏艮（银）一钱。信女南氏艮（银）一钱。众等合金一厘。信士代良臣□左希明艮（银）三钱。汪福、陈氏艮（银）二钱。雷国甫□金氏艮（银）一钱。天地会一会二十名施米三斗买金半厘。

大明万历二十八年九月金到①

据《重刊甘镇志·兵防志·堡寨》，李明堡在甘州"城南三十里"②。此榜题中记载的天地会当为民间宗教之一派别，说明万历年间甘州五卫就有民间宗教存在。另外，明末清初，一支土生土长的民间宗教逐渐在甘州形成，这便是平天仙姑民间宗教。据笔者考证，平天仙姑民间宗教是在今临泽县板桥镇仙姑信仰的基础上形成的。仙姑信仰的起源，已难以考证清楚，但早在明弘治年间就已存在，明万历六年（1578）甘肃巡抚侯东莱重修仙姑庙后其影响迅速扩大，明末清初已扩展至上游的甘州、民乐和下游的高台、肃州等地，康熙三十七年（1698），随着《平天仙姑宝卷》的成书而成熟为民间宗教。《敕封平天仙姑宝卷》卷首有"举香赞""开经偈""开经赞""志心皈命礼"，正文内容共有19分，每分之前贯以"上小楼""浪淘沙""金字经"等小曲，卷末有"回向偈"，袭用的是民间宗教黄天教《灵应泰山娘娘宝卷》的格式。它的成书，说明清康熙年间河西地区黄天教已经流行，其编辑者谢厓，应当深谙黄天教内丹修炼体系及其理论。但是，我们目前所知河西地区清代前期的宝卷只有这一部。由于文献的缺乏，关于清代前期民间宗教在河西地区流传的情况，我们所知甚少，这大概与清政府对民间宗教的严查与取缔有关。清代乾隆、嘉庆年间，清地方政府曾在陕西、甘肃等地严厉查禁和镇压圆顿教，嘉庆、道光年间查禁和

---

① 姚桂兰主编：《马蹄寺石窟》，甘肃人民美术出版社2018年版，第63页。
② （清）杨春茂著，张志纯等校点：《重刊甘镇志》，甘肃文化出版社1996年版，第382页。

第二章 宝卷产生的文化根源及其发展演变

镇压青莲教。由于清政府的取缔和镇压，这些民间宗教受到沉重打击。

咸丰以后，清政府对民间宗教的控制渐趋松弛，民间宗教才逐渐恢复。河西地区的绝大多数宝卷是光绪以后的刻本和抄本，据《酒泉宝卷》，抄录时间较早的宝卷有《红灯宝卷》，最早抄录于光绪十三年（1887）；《目连救母幽冥宝卷》，抄录于光绪十六年（1890）；《贫和尚出家宝卷》，抄录于光绪二十九年（1903）；《岳山宝卷》，刻于宣统二年（1910）。《香山宝卷》（实为《观音济度本愿真经》），虽有"永乐丙午岁六月望日书"的《观音古佛原叙》，又有"大清康熙丙午岁冬至后三日广野山人月魄氏沐手敬叙"的《观音济度本愿真经叙》，但二者均系伪托。所谓广野山人，是先天道（即青莲教）"五老掌教"时期的"水法祖"彭德源，他在道光年间清政府搜捕青莲教的运动中逃脱，为"重建道场"，编写了大量布道书，《观音济度本愿真经》为其中之一。此卷首刊于道光三十年（1850），何时传入河西地区，没有明确记载，但《目连救母幽冥宝卷》亦为青莲教宝卷，其编写者为建康（即高台）人，时间是光绪十六年。那么，青莲教在光绪十六年之前，就应当传入了河西，《观音济度本愿真经》在此前也应传入了河西。据一些方志记载可知，清末民国以来，一系列民间宗教相继传入河西。民国《创修临泽县志》载：民国年间的临泽"信仰佛教者，占全县人口五分之二。信孔、道、耶各教者，共五分之三。大乘会、三阳会，皆佛门信徒之得道者所创设。入大乘会者，不茹荤，名曰'清斋'；所诵之经，为五部六册。入三阳会者，忌食五大荤，有谚云'天上斑鸠雁，地下鱼龟虾'是也。其经旨与大乘会相似，无非劝人改恶为善，因果报应之类，并无政治意味"[①]。说"大乘会、三阳会，皆佛门信徒之得道者所创设"，是编纂者的误解，大乘会、三阳会无疑是民间宗教，他们貌似佛教，实非佛教，其所诵之经"五部六册"可能就是罗教的五部六册。连《创修临泽县志》的编纂者这样有知识有文化的人都分不清何者为佛教，何者不是，那么一般的普通民众自然也是分不清的，说明，当地之人已不知道什么是佛教了。民国《重修敦煌县志》载，民国年间的敦煌，一系列

[①]（民国）高季良总纂，张志纯等校点：《创新临泽县志》卷3《民族志·宗教》，甘肃文化出版社2001年版，第111—112页。

民间宗教派别相继出现，有玉化会、大乘会、归根堂、同善社、志修堂、龙华会、万金堂，并对这些教派有简要介绍，其中载大乘会云："大乘会亦名钦察会①。其徒自云：遵八代罗公蔚群为始祖。明宏治时孝宗钦颁龙版护道榜文。经有《大乘经》、《钥匙经》、《护道经》。清康熙时遭刑狱，会帝后孕而病，夜梦神护，查知其情，赦其罪，赐名'钦察会'。宣统三年，由肃州传至敦煌，信徒约百余人。"②其徒所谓明孝宗颁赐护道榜文及清康熙时"夜梦神护"等事，显系为神秘其教而编造的神话，这是民间宗教的一贯手法。

清代以来，佛教的衰落程度更胜于明朝，晚清以来更是如此。近代著名高僧虚云和尚的一生，见证了晚清以来佛教衰落的历史。虚云和尚出生于道光二十年（1840），名古岩，字德清，又名演彻，60余岁时自号虚云，终于1959年，年120岁。虚云和尚一生致力于振兴佛教，光绪十五年（1889），当他来到云南大理鸡足山时，看到原本佛教兴隆的鸡足山，却找不到一个出家僧尼，也无僧人留宿之处，"据山志载：全山有360庵，七十二大寺，今则全山不足十寺，僧伽与俗人无殊，子孙相承，各据产业，非本山子孙，不准在山中住，并不留单。予念往昔法会之盛，今日人事之衰，叹息不已，思欲有为，而不知机缘之何在也？"③后来，光绪二十八年（1902）、光绪三十年（1904），虚云和尚又两次再上鸡足山，他折服了阿吒力宗中颇有影响的道成长老④，在鸡足山大禅觉寺重兴丛林制度，使大禅觉寺成为戒律精严、如法修行的佛教寺院，重兴了鸡足山佛教。虚云和尚一生以振兴弘扬佛教为己任，先后复兴了一系列佛教寺院，培养了一批佛教人才。

就西北地区而言，心道法师为振兴佛教做出了重要贡献。心道法师祖

---

① "钦察会"当是"清茶会"，因音近而误。
② （民国）吕钟修纂，敦煌市人民政府文献领导小组整理：《重修敦煌县志》，甘肃人民出版社2002年版，第108—109页。
③ 岑学吕编著：《虚云法师年谱》，宗教文化出版社1995年版，第19页。
④ 侯冲先生在《云南阿吒力经典的发现与认识》一文中指出："所谓阿吒力教，既不属于印度密教系统，也不属于藏传佛教系统，更不是本土化的印度密教即所谓'滇密'或'白密'，而是明初佛教禅、讲、教分离政策下出现并传入云南的'教'。"（侯冲：《云南与巴蜀佛教研究论稿》，宗教文化出版社2006年版，第193—194页）

籍湖北，生于光绪三十年（1904），二十八岁在松滋县出家，云游求法于东南诸大古刹，师事谛闲、宝静、印光、弘一、兴慈等法师，广参博览，深入研究佛教大小乘经典。1932年他和应顺、太醒二法师受虚云和尚邀请，在福建鼓山学院任教。1934年他只身赴青海塔尔寺学藏密，获堪布之位和班智达尊称。心道法师途径陕西、甘肃等省时，耳闻目睹了西北地区佛教式微，戒律松弛，僧伽无多和外道盛行，惑乱人心，邪教横行，危害正法的现象。面对这一现实，他在师从藏蒙诸大德研究藏文经典修学密宗的同时，开始构思在民族杂居、佛法衰弱的特有环境下，如何因地制宜地创宗弘法，"从1934年起，心道法师往返于青海、甘肃、陕西、宁夏、新疆、内蒙、四川等省区讲经说法，引导信仰民间宗教和各种反动会道门的群众和信徒，反邪归正，并要求僧侣彻底革除所沾染的社会恶习和原沿袭的教内陋规，严守戒律教规，农禅并重，植桑园、办佛光纺织厂等生产自养。对势力强大、霸持一方的道门教会，进行谈经论道、登台辩论、摧邪显正以弘扬佛法"①。面对多民族、多信仰和邪教横行的现实，心道法师严遵教规，从师命，于1942年在张掖创建了以破邪显正、显密并弘、禅净双修为宗旨的"法幢宗"，"心道法师在西北五省区弘法，前后达十六年之久，所到市和县皆创设、改组和筹建居士林等上百个佛教团体，新建、改建、恢复数十座寺院，传三坛大戒七次，剃度弟子百余人，受三皈依和五戒的居士数以万计，其中也有当局政要、名流和社会贤达、民族地区大头人及同盟会、国民党元老等"②。现如今，在河西地区，酒泉肃州区有法幢寺，张掖临泽县有香古寺、肃南县有马蹄寺，武威凉州区有鸠摩罗什寺，均为法幢宗寺院。

20世纪70年代末至80年代，河西地区农村中的念卷活动得以复兴，出现了一个高潮，河西宝卷步入学术界的视野。一些调查的学者注意到，"在佛、道的眼里：'宝卷不实在，它虽然能替神说话，为神办事，但却不真。'这正是宝卷日益背离宗教的明证。于是在当地，和尚和道士是绝不念卷的，仅有个别的听卷者"③。也有的对这一现象表示不理解，如谢生宝

---

① 王运天编著：《心道法师年谱·编者的话》，甘肃民族出版社2006年版，第2页。
② 王运天编著：《心道法师年谱·编者的话》，第3页。
③ 段平：《河西宝卷的调查研究》，兰州大学出版社1992年版，第43页。

先生说:"河西寺院里的僧人,无论在寺院内或寺院外都不讲唱宝卷。询问现在当地佛教协会的法顺,说是:'宝卷是邪经,不是真经,僧人不能念',其历史原因不明。"① 对这一问题,只要我们了解一下明清以来民间宗教发展的历史就清楚了。宝卷当然不是佛教经典,宝卷一度曾是民间宗教的经典,20世纪80年代调查者所得到的宝卷则又非民间宗教的经典,而是其发展演变而成的民间宝卷,这在正统佛教法幢宗看来,自然是"邪经"了。当然,在我们看来,20世纪70年代末期以来河西地区的宝卷及其念卷活动,在经历了历史长河的涤荡和洗礼之后,已演变成了一种俗文学、讲唱文学,一种集信仰、教育、娱乐为一体的民俗活动。

---

① 谢生宝:《河西宝卷与敦煌变文的比较》,《敦煌研究》1984年第4期。

第三章　平天仙姑民间信仰与《平天仙姑宝卷》

《平天仙姑宝卷》全名《敕封平天仙姑宝卷》（以下简称《仙姑宝卷》）是河西地区张掖市临泽县平天仙姑民间宗教的经典，它刊刻于清康熙三十七年（1698）五月，由仙姑庙组织并提供资料，太子少保振武将军孙思克资助，吏部州候铨同知金城（今兰州）人谢厴编辑。[①] 就目前笔者所掌握的情况，《仙姑宝卷》在今张掖市的临泽县、甘州区、山丹县，金昌市的永昌县，武威市的古浪县均有流传，甚至向东流传到了定西市的岷县。现北京大学图书馆藏有一部《仙姑宝卷》的木刻本，首尾完整，共有19分，原为马隅卿收藏，濮文起主编的《民间宝卷》第十三册收有此件的影印本。临泽县博物馆收藏有一件木刻本《仙姑宝卷》，首尾残缺，只存"仙姑设桥渡汉兵分第七"至"八洞神仙庆仙姑分第十八"12分。甘州区上秦镇有农民收藏有一部木刻本《仙姑宝卷》，此卷末尾已残，"仙姑近代显应分第十九"仅至"到后来万历六年间，巡抚侯都爷经过谒庙"，以后残缺。总体上看，基本完整，残缺不严重。此件《仙姑宝卷》的特殊之处是，卷首有《贤觉圣光菩萨赞》，后署"从九品职许默林谨赞"，隶书木刻。除木刻本外，河西地区的民间尚有许多抄本流传，这些抄本应当是根据木刻本抄录的。2006年出版的《临泽宝卷》收有《仙姑宝卷》，首尾完整，此卷与木刻本基本相同，据《临泽宝卷》的校注者魏延全先生讲，该卷是根据临泽褚兴业收藏的《仙姑宝卷》和另一传抄本互相补足、校对而成。徐永成主编的《金张掖民间宝卷》（一）收有《仙姑宝卷》，该卷共分19品，和木刻本

---

① 参阅北京大学图书馆藏《敕封平天仙姑宝卷》。

比，首尾略有压缩，缺少末尾的刻板信息，将木刻本的"分"变成了"品"，除此之外，基本完整。方步和的《河西宝卷真本校注研究》收有《仙姑宝卷》，此卷是根据甘州区花寨乡农民代兴位家藏手抄本校点的，署名"戴登科写"，时间为"民国三十年二月二十四日"。戴登科为代兴位祖父，"代"原本为"戴"，新中国成立后登记户口时嫌"戴"笔画繁多，改为"代"，他是前清秀才，屡应乡试不中，遂入龙华会，抄写了大量宝卷。此卷共分12品，是木刻本的节略本。方步和校点时出了一点小错误，即有两个第七品，这样就成了11品。此外，张旭《山丹宝卷》、何登焕《永昌宝卷》均收有《仙姑宝卷》，《山丹宝卷》所收录的《仙姑宝卷》当源自《河西宝卷真本校注研究》本，《永昌宝卷》所收《仙姑宝卷》当源自戴登科手抄本。王吉孝搜集整理的古浪《宝卷》收录有流传于古浪地区的《仙姑宝卷》的3个抄本，分别名为《仙姑宝卷》《神姑宝卷》《娘娘宝卷》。通过比较可以发现，这3个抄本均非全本，与原版《敕封平天仙姑宝卷》之间存在着渊源关系，有着明显的对原本压缩、改编和重组情况。另外，在定西市的岷县，张润平经调查，发现了3个《仙姑宝卷》的抄本，其中有一抄本后题："大清光绪拾贰年岁次丙戌五月吉日"，"书经人季启荣沐手腾录"，"发心弟子高廷举"。

《仙姑宝卷》以临泽县板桥镇一带民间信仰的女神平天仙姑灵异事迹为中心，讲述了仙姑发心修行、苦修板桥、受黎山老母点化修炼成仙、受玉帝敕封为平天仙姑、当地民众建庙、救渡霍去病汉兵、朝廷扩建庙宇、夷人焚庙、仙姑三次惩罚夷人、夷人悔过重修庙宇、仙姑惩恶扬善、八仙祝贺仙姑受敕封，以及近代以来仙姑显灵等故事。它的编辑刊刻是当地仙姑信仰发展成熟为平天仙姑民间宗教的重要条件之一，同时，《仙姑宝卷》的成书，又促进了平天仙姑民间宗教在河西地区及周边地区的传播。

第一节　平天仙姑民间信仰的产生与发展

关于平天仙姑民间信仰的起源与发展，《仙姑宝卷》有交代和记录，但《仙姑宝卷》的说法特别是关于仙姑信仰起源的说法是缺乏历史事实根据的，不过其中也有真实的成分，好在乾隆《甘肃通志》以及《甘州府

第三章 平天仙姑民间信仰与《平天仙姑宝卷》

志》、黄文炜《重修肃州新志》、民国《创修临泽县志》等方志有一些相关记载，我们可以相互对照，以探得比较符合历史实际的情况。

一 仙姑信仰的起源

平天仙姑民间宗教由仙姑信仰发展而来。关于仙姑信仰由来最早的记载，是明大司马侯东莱重修仙姑庙碑，此碑《甘州府志》卷一六《杂纂》有著录，说字迹已有半数模糊不清，此碑在20世纪90年代重修香古寺时被挖出，现藏临泽县香古寺仙姑殿。《甘州府志》只记载了部分内容，而民国《创修临泽县志》附录的《临泽县志采访录》收有此碑全文，其中载："甘镇北堡名曰板桥，境外庙曰仙姑。究所从来，自汉大将军霍去病和戎之继，百姓始得耕耨。见一女身体轩昂，宛然有不凡之像，因黑河之源水溢，非舟可渡，于是设桥以济人。斯民不患徒涉，而河西北亦且便耕，行称便利，而姑之功不在禹下。但时远水发，而桥崩废，姑亦随水而逝，踪迹则不昧。或显身于昼夜，或行施以风雨。民感其灵，寻尸而葬，故立庙以祀，而庙之设，由此以始焉。是以民间风波旱潦，祈福禳灾者，随祷即应，不啻影响……一日风雨大作，折木扬沙，斯庙前现一铁牌，上书'平天仙姑'，而仙姑之名由此称焉。"① 这里说，自从大将军霍去病出征河西之后，此地才有了农耕，才出现了仙姑修造板桥以方便百姓过河、免遭河水淹没之患的事情，才有了仙姑信仰和仙姑庙，但具体在何时，并未明言。明万历丁丑（万历六年，即公元1578年），抚台大司马侯东莱"下车巡行郊野，谒见是庙，悚然起敬。但规模卑狭，未足以满我公敬神之心，遂责委平川守备王经，命匠宏厂，添筑墙垣，续盖享堂三间，厢房四间，大门一座，彩绘侍卫，栽植树木，森然弱水合黎之胜境。由此香火日繁，人益敬信"②。

侯东莱只是重修了仙姑庙，那么仙姑庙始建于何时？仙姑信仰又是什么时候起源的？对于这两个问题，我们可以从《仙姑宝卷》之《仙姑近代显应分第十九》的记载中去探寻。《仙姑近代显应分第十九》讲述自明孝宗

---

① （民国）高季良总纂，张志纯等校点：《创修临泽县志》附录，甘肃文化出版社2001年版，第461—462页。
② （民国）高季良总纂，张志纯等校点《创修临泽县志》附录，甘肃文化出版社2001年版，第462页。

弘治以来至明末仙姑显灵事迹，带有纪实性质，除仙姑灵迹外，其中所说的历史事件及人物均可与历史文献相佐证①，其中记载，弘治年间北方蒙古曾南下入侵，焚烧了仙姑庙。据此，我们估计，板桥镇一带的仙姑信仰在明弘治以前就已存在。《仙姑宝卷》第1分至第12分说仙姑修板桥之事发生在霍去病出征河西之前，并说仙姑曾设桥渡汉兵。这显然是艺术性的虚构。我们估计，仙姑信仰大约兴起于弘治以前的一个时期内。板桥镇一带的洪水灾害是仙姑信仰产生的重要因素。临泽县板桥镇地处黑河中游，由于两条支流山丹河和大沙河的汇入，水势大增，给当地民众带来了丰富的灌溉水源，但在洪水季节也给民众带来灾难。早在西夏时期，当地民众就饱受洪水漂荡人畜之苦。据立于西夏乾祐七年（1176）的西夏黑河桥碑载，西夏皇帝李仁孝曾亲临黑河桥，躬祭黑河诸神，其中说："昔贤觉圣光菩萨哀悯此河年年暴涨，漂荡人畜，故发大慈悲兴建此桥，普令一切往返有情咸免徒涉之患，皆沾安济之福，斯诚利国便民之大端也。"② 由此可知黑河年年暴涨，漂荡人畜，对当地民众的生命财产安全构成重大威胁，故而在黑河上修建桥梁以方便行人往来，免去徒涉之患，便成了人们的迫切的愿望。《仙姑宝卷》中详细地交代了仙姑的来历、在当地通过募化苦修板桥，以及在合黎山修道，并在骊山老母的点化下修道成功，脱尸骸于板桥西十里之地的沙地之中，当地百姓在仙姑脱却尸骸之处建庙一座供奉仙姑的详细经过。为便于说明问题，据《仙姑宝卷》将仙姑事迹简述如下：

> 仙姑本为东岳泰山青阳宫内一名仙女，到西方显化，时值汉代。仙姑观见世人不敬天地，不礼三光，奸盗邪淫，不忠不孝，爱欲贪嗔，多沉地狱，多失人身。于是一心发愿立志修行，不恋世上繁华，不贪眼前之浮尘，志心向善，念佛看经。有一天，忽见黑河水大涨，水势汹涌。河的北岸，都是好田好地，百姓都想耕种。只因河水甚大，人不能渡，亦有冒险而渡者，尽皆漂没而死。仙姑一见，甚是不忍。于是发愿在河上修桥梁一座，往来之人着实便利。仙姑自身无有钱钞，于是便四处化

---

① 参阅崔云胜《平天仙姑宝卷中的河西历史》，《河西学院学报》2012年第3期。
② 引自王尧《西夏黑水桥碑考补》，见白滨编《西夏史论文集》，宁夏人民出版社1984年版，第465—466页。

第三章 平天仙姑民间信仰与《平天仙姑宝卷》

缘，整整化了一年零两个月的工夫。但在修桥过程中，木料还是不够。仙姑义举感动了黑河龙神，他让水兽夜叉神转鬼运，一夜之间送到了一百根大木，遂成就了仙姑造桥之功。桥梁的建成，方便了民众的南北往来，免去了徒涉之患。仙姑自修桥之后，越发为善不倦，修行更加刻苦，感动了骊山老母，化做一个白发老婆婆，授她以内丹修炼之法，并告诉她，所修桥梁自断之日，便是她成道之日。仙姑按照老母所授之法到合黎山上结茅庵一间，独自静坐炼丹。仙姑先后经历了猛虎、蟒蛇、魔王的磨练和试探，道心坚牢，功行圆满。一日，正在合黎山顶信步闲游，忽听一片山崩地裂之声，犹如军马呐喊之状。睁眼一看，乃是黑河水发，掀天揭地，波浪滔天，将仙姑苦心发愿所修的一座桥梁，竟冲去了。仙姑纵身一跳，坐上一块桥板，逆流而上。只见空中骊山老母左金童，右玉女，幡幢宝盖；前六丁，后六甲，排列众神，前来迎接。仙姑不知不觉间脱去凡胎，随老母上天庭参见玉帝。玉帝大喜，封仙姑为"至圣平天仙姑"，"冲和洞妙元君"，掌世上男女之籍，镇守北方，护国救民。仙姑凡胎遗弃于板桥堡以西十里边墙外沙漠之上，此地常有阴云笼罩，雷火交搏之声，祥云缭绕，瑞气腾腾，仙姑尸骸颜色如生。一天被一位牧羊老人发现，一时惊动了附近乡民。乡民感念仙姑修桥之恩，又见此奇异之景状，相商就地将仙姑尸骸埋葬，并于此地建庙一座，供奉仙姑。修盖庙宇之后，凡民间一切风沙旱涝，祈福禳灾，求男讨女者，千祈千应，万祈万灵。[①]

我们看到，关系当地民众日常生产生活的祸患莫过于洪水为灾，漂荡人畜，因而募化苦修板桥的仙姑便成了大慈大悲的化身，人们从仙姑身上看到的是解决灾害问题的勇气与毅力。仙姑信仰一旦形成，仙姑便成了当地民众的保护神，人们有什么痛苦和灾难，便到仙姑庙向仙姑诉说，寻求仙姑的庇佑和保护。《仙姑宝卷》中的一句话真切表达了民众的这一美好愿望："凡民间一切风沙旱涝，祈福禳灾，求男讨女者，千祈千应，万祈

[①] 参阅《敕封平天仙姑宝卷》之《仙姑修行分第一》《仙姑修板桥分第二》《骊山老母度仙姑分第三》《仙姑炼魔分第四》《仙姑得道升仙分第五》《仙姑显骨分第六》，见临泽县政协编《临泽宝卷》，临泽县华光印刷包装有限责任公司 2006 年印刷。

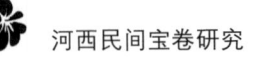

万灵。"仙姑成了当地民众战胜困难和摆脱痛苦的精神依靠和寄托。

二　仙姑信仰的发展与成熟

（一）明代后期和清代初期当地的战争灾难促使仙姑信仰迅速走向兴盛

明代前期的洪武、永乐、宣德时期，朝廷锐意经营河西，国力强大，河西地区保持了一个时期的安定局面。但自正统以后，国势渐衰，北方蒙古、西方吐鲁番相继侵扰，边患日趋严重，河西民众屡遭战争之苦。《仙姑宝卷》中"仙姑近代显应分第十九"讲述了明弘治至明末间仙姑显灵之事，反映了当地民众遭受的战争苦难。《仙姑宝卷》中"仙姑近代显应分第十九"所述与战争有关的事件有三件，第一件是：

明朝弘治年间，有北边鞑子竟预谋犯我内地，从娘娘的庙前经过，忽听庙内有许多的刀枪剑戟人马盔甲格斗之声，那鞑子不知道是娘娘的灵感，只当有兵马在内埋伏，内心慌惧，遂把娘娘庙用火点起，一齐惊忙逃窜而去了，并没动我内地一草一木。因为娘娘救了一方人民，有附近的居民，大家齐心合力，予娘娘从新修盖庙宇，但不像原日的规模，未免狭窄。到后来，即嘉靖十七年间，有巡抚杨博巡边，从庙前经过，忽听声音嘹亮，半空中有笙箫笛管细吹细唱。抬头观看，只见云端里站着一位娘娘，头戴缨络凤冠，身穿五色霞帔，渐渐向高空去，遂不见了。这杨爷仔细思想，回到营盘，方知此地有一仙姑庙，庙中娘娘甚是灵应，遂到庙里跪拜神像，与空中所见的一般无二。杨巡抚心中着实惊异，因见庙宇矮小，遂发愿心捐金银，将娘娘庙宇重新修盖了一番。[①]

参之以史书，我们看到，弘治十一年（1498）夏五月，小王子率兵南下，甘肃参将杨翥败之于黑山（今甘肃省嘉峪关市境内）。[②] 弘治十八年

[①] 《敕封平天仙姑宝卷》，见临泽县政协编《临泽宝卷》，临泽县华光印刷包装有限责任公司2006年印刷，第33页。以下引用《仙姑宝卷》内容，若不特别注明，均引自《临泽宝卷》。

[②] （清）张廷玉：《明史》卷15《孝宗本纪》，中华书局1974年校点本，第190页。

第三章 平天仙姑民间信仰与《平天仙姑宝卷》

(1505)"十月丙辰,小王子犯甘肃"①。可见,《仙姑宝卷》的说法有其事实的根据。杨博,字惟约,蒲州(今山西永济市)人,嘉靖八年(1529)进士。据《明史·翟銮传》,嘉靖十八年(1539),杨博曾随兵部尚书兼右都御史翟銮巡边,到达肃州。肃州即今酒泉,杨博到肃州必然要经过甘州即今张掖。又据《明史·杨博传》,嘉靖二十五年(1546),杨博以右佥都御史巡抚甘肃,这期间,他"大兴屯利,请募民垦田,永不征租。又以暇修筑肃州榆树泉及甘州平川境外大芦泉诸处墩台,凿龙首诸渠"。甘州平川即今临泽县平川乡,在板桥镇西。第二件是:

> 嘉靖四十三年,有鞑子又来犯边,走到娘娘庙前说:"这庙我们前边已烧了,怎么还照旧在哩?这个庙仍是汉人埋藏兵马之所,我们乘这大天白日逛去,细搜一番。"于是,到了庙中各处搜寻,并无一人一马。说:"想是汉人不知我们来的,还不曾埋伏。这庙留下终须不好,还是烧了才好。"于是将殿中所挂的宝幡点起火,眼看着中梁烧着了,然后到了前面扎下营盘,将至半夜,只见天昏地暗,阴云四合,乌洞洞对面不见手指,忽闻得营盘外面呐喊,恰像是汉人的兵马杀进来了,吓得那鞑子各个人不及甲,马不及鞍,提起刀枪就乱砍乱戳,见一个戳一个,见两个戳一双,整整闹了一夜,到天明仔细一看,那些鞑子叫声好苦也。原来,黑夜里不辨你我,都是鞑子各自杀鞑子,何曾有半个汉人来到他营盘中去来。那营盘中的尸骸斜倒横卧,不计其数,多一半都是自家杀了。那鞑子才知道是仙姑娘娘的感应,遂不敢进犯边界,连忙奔回去了。到后来万历年间,巡抚侯都爷经过谒庙,见殿上只烧了一根梁,问起原因,着实深感娘娘的威灵,于是发心捐俸,把娘娘的庙又从新修了一番。②

关于嘉靖四十三年(1564)蒙古入侵河西之事,乾隆《甘肃通志》卷三七《忠节》有如下记载:"赵思义,永昌县人,袭千户。嘉靖四十三年,海夷

---

① (清)张廷玉:《明史》卷16《武宗本纪》,中华书局1974年校点本,第199页。
② 《仙姑宝卷》第34页。

大举入寇，官军失利。思义身先士卒，出入血战，陷阵而亡。其仆赵忠亦冲阵死，诏恤赠。"① 其中的巡抚侯都爷即甘肃巡抚都御史侯东莱，侯东莱重修仙姑庙之事，有侯东莱重修仙姑庙碑，记载甚详，前文已有叙述，此不赘言。

第三件是：

> 崇祯七年，有擦秀家鞑子无边无岸地出来，要往南山意欲吞并西海。张总兵扎了兵营，被蒙古兵火烧了，不能抵挡，以至张总兵阵殒于军中。鞑子兵直到甘州城外，在驼黄湖扎了营盘，随在四乡庄村寨堡分行抢掠。有附近的庄民拖儿带女都来到城避躲。那鞑子兵见百姓都进入城，不能掠夺，一直来到城下扎营把甘州城围了。百姓都上城守垛，女墙传箭，自不必说了。忽然一夜阴风飕飕，黑云腾腾，雷声震地，冰雹如斗，端向鞑子营中直打下来，那擦秀家鞑子兵只见一位穿红衣的娘娘在前头领着张总兵，带无数的人马杀将前来。那些鞑子兵因多日在内地不服水土，也是神明的感应，一齐都出瘟疮，死了多半，活的都带病，见张总兵领兵杀来，说张总兵已死，又如何领兵来？心中甚是害怕，又加上雷鸣电闪，冰雹如斗，无数的狼牙石块从半空中打将下来。那些鞑子兵怎能对付，打了个披头散发，杀了个鸡飞狗跳墙。将抢去百姓的牛羊马匹，衣服等项，未得拿去一半。也有着刀伤的，也有打死在营盘的，也有杀死在半路的，残剩无多，四零五散地都乱行逃窜了。于是甘州之围方解，百姓才得安然了。内有打伤在地，逃不了的鞑子兵说起，才知道是张总兵的阴魂杀来。后仙姑庙的庙主说："这一晚，庙的钟鼓不敲不撞自然鸣了半夜。"所以才知道是仙姑娘娘督率张总兵的阴魂，追逐鞑子兵来。这擦秀家鞑子兵之事，隔不多年，老年人有亲身经见的，其仍略记其大概，以表扬我仙姑娘娘的感应。②

张总兵即张显谟，据乾隆《甘肃通志》载："张显谟，庄浪（今甘肃永登县）人，甘州总兵。崇祯七年春，察哈尔犯甘凉，率兵进剿，扎营三

---

① 文渊阁《四库全书》第 558 册，上海古籍出版社 1987 年影印版，第 429 页。
② 《仙姑宝卷》第 35 页。

第三章 平天仙姑民间信仰与《平天仙姑宝卷》

岔堡（在今武威市凉州区境内，武威城北七十里），用火车火器布为五层，炼以铁索，忽黄沙蔽天，敌乘风放火，困官兵于烈焰之中，遂大溃。谟左右冲杀，射死酋虏无算，矢尽，犹步战十余合而殁。事闻，赐祭葬。世袭锦衣千户，敕建忠孝元戎坊。"①

《仙姑宝卷》所载当地民众遭受的战争苦难只不过是河西地区民众所遭受战争苦难的冰山一角。翻阅史书我们看到，从明孝宗弘治至嘉靖初期，河西地区边患日趋严重。这种边患来自两个方面，一是北方的蒙古。据载，弘治五年（1492）鞑靼入寇永昌，甘肃游击鲁麟诿罪副总兵陶祯，总兵官刘宁则奏称镇守诸大臣不和。明廷派御史张泰前往勘察，经勘察后得知，"镇守太监傅德、故总兵官周玉侵据屯田，巡抚冯续削减军饷，寇数入莫肯为御，失士卒六百余，马驼牛羊二万不以闻"②。正德五年（1510）以来，内争中失败的蒙古阿尔秃厮、亦卜剌等为了躲避达延汗的追杀，"引众至凉州、永昌、山丹、甘州及高台、镇夷、肃州联络住牧，时巡抚都御史张翼，镇守太监宋彬，总兵官王勋、卫勇，分守太监张昭不能制。虏渐深入，攻破堡寨五十三，杀掠官军并居民一千二百有奇，孳畜、器械、粮饷亡失以数万计。翼、彬等皆隐匿不奏，间袭取虏老弱残病及为小王子所败亡者，断其首，冒为首功凡一千九百余，其所斩获实不及二百，前后以捷奏者十一次，每奏辄赐敕奖励，至增翼俸，赐勋蟒衣，加彬禄米，而贼益猖獗，甘肃苦之"③。二是西边的吐鲁番。吐鲁番于成化年间逐渐兴起，与明廷展开了对哈密的争夺。正德十一年（1516），吐鲁番速檀满速儿率大将牙木兰领兵万余攻入嘉峪关，打败明游击芮宁、参将蒋存礼等，其中芮宁所部700人全部阵亡。嘉靖三年（1524），满速儿领兵两万，再围肃州，并分兵犯甘州。这两次入侵，给甘肃镇造成重大损失。杨一清说："正德十一年肃州之衅，将官被其戕杀，兵民遭其荼毒。去年（指嘉靖三年）甘州之寇，堡寨残破，不知若干；人畜杀掠，河止数万！

---

① （清）许容、李迪修：《甘肃通志》卷37《忠节》，见文渊阁《四库全书》第558册，上海古籍出版社1987年影印版，第429页。
② （清）张廷玉：《明史》卷186《张泰传》，中华书局1974年校点本，第4940页。
③ 《明武宗实录》卷114，正德九年七月庚午条，"中央研究院"历史语言研究所1964版，第2310页。

比之正德十一年，又复数倍。彼为守臣者，寇之未来，既不阻遏；寇之即至，又不能截剿，满其所欲，得利而归。"①明世宗即位之时，由于战争的破坏和地方吏治的腐败，河西地区经济残破，民生凋敝。对此，杨一清有着非常清醒的认识，他说："初见甘肃一镇，自兰州所辖诸卫绵亘二千余里，番房夹于南北一线之路。其中肃州嘉峪关外，夷羌杂处，寇盗无时，自昔号为难守。而今日之事又有异者，亦不剌、阿尔秃斯二贼窃伏西海，始而残害诸番，今则与番联合窥我庄、凉，又犯我河、洮之境矣。西域吐鲁番踵恶数世，先年独残破哈密，后则沿边王子庄等处，赤斤、罕东等卫俱被蹂践，遂敢称兵叩关，犯我肃州，困我甘州镇城矣。……河西粮储匮乏，士有饥色，马多瘦损。内地所派，既不足外供，朝廷间发内帑给之，亦不过即籴所在之粟，入所在仓廪而已。而境内布种不广，别无辇致，虽有官银，无从籴入，以故谷价腾贵，日异月殊。所司往往以银散之卫所军余，令市买纳官，责限督并。众口嗷嗷，怨声载道。"又说，"河西屯地多侵没于将领豪右之家，以至屯军终岁赔粮"，"屯事至此，边人之困，尚忍言哉！"②明世宗即位之后，一方面采纳王琼的建议，放弃哈密，允许吐鲁番正常通贡，解决了与吐鲁番的冲突，另一方面大力整顿河西吏治，派遣得力官员巡抚河西，整顿和发展屯田，修建长城、墩台、城堡，加强防务，使得河西的防御力量增强了，有效地抵御了蒙古的入侵。"俺达封贡"以后，在张居正辅政期间，明廷派往河西的地方大员如甘肃巡抚侯东莱等注意修好与蒙古俺达汗所部的关系，在河西的庄浪、甘州开设互市，河西局势保持了一个时期的安定。但俺答汗去世之后，俺答汗所部缺乏一个有力首领的约束，同时，西海蒙古在青海已站稳脚跟，羽翼渐趋丰满，遂在河西边境频频袭扰，明廷派兵围剿，双方多次在河西交兵。

明末清初，甘州民众又经历了一次刀与剑、血与火的磨难。明崇祯十六年（1643），李自成命部将贺锦西征。贺锦于12月攻克兰州，渡河而西，除在凉州（今武威）城遭遇稍微抵抗外，一路势如破竹，直抵河西政治、军事中心甘州城下。双方在甘州城下激烈战斗，最终城破。由于甘州

---

① （明）杨一清：《为捕获奸细构引大势回贼犯边等事疏》，见《关中奏议》卷17，文渊阁《四库全书》第428册，上海古籍出版社1987年影印版，第528页。

② （明）杨一清：《论甘肃事宜》，见《明经世文编》，中华书局1992年版，第1137—1138页。

第三章　平天仙姑民间信仰与《平天仙姑宝卷》

守军的顽强抵抗，使贺锦所部损失惨重，城破后，贺锦"屠甘州，杀居民四万七千余人"。这种说法最早见于《明史纪事本末》，后来的《明史》《甘州府志》有同样的记载，这一数字显然有夸大的成分，据清马羲瑞《天山雪传奇·凡例》载，当时"甘州拒贼七日，火罐雷石打伤甚多。故城陷之日，贼恨为仇，屠戮最惨。又兼雪深数尺，被害不下万余"①。当为实录。可见战争的残酷。对于这场战争，甘州民众有着许多痛苦的回忆。据《甘州府志》卷一一《人物》载："欧阳衮，临洮副将。贼既渡河，从巡抚林日瑞归守甘州。城陷，焚其家，巷战死，妻某氏亦投火死"；"段自宏，字海若，恩贡生。起家山西垣曲县知县，廉正有声，以疾辞归。会流寇围甘州，宏及故总兵官罗杰分守西城。城陷，不屈死。继室朱不辱被杀，妾杨、王俱自缢"；"童志道，恩贡生，靖远卫教谕，致仕归。城陷，肃衣冠，端坐书室，贼至遇害"；"刘国栋，固原副将。城陷，及子灿率家丁巷战，杀伤甚众，力竭，举室自焚"；"赵宗礼，游击，年七十余。一子金刚保，甫八岁。城陷，有老仆请负以逃，不可，曰：'岂忍以先人嗣续为贼人隶邪？'手刃之，举室自焚"；"杨威，宁夏参将。被执不屈，骂尤烈，贼断喉折胫死"；"康万秋，生员。献策巡抚林日瑞，协同守城，后与妻段同缢杏树下，合门七口殉节"；"马腾锦，州民。城陷，杀其妻武氏，抱二子赴火死"；"周公台、陈通法、郭世洁，并州民。城陷，杀其子自焚死"。后来，清军在明朝河西土司祈廷谏等的导引下兵进河西，击败了贺锦所部，统治了河西。清王朝虽然占领了河西，但其统治并不稳固，顺治四年（1647），爆发了米喇印、丁国栋领导的回民大起义。起义军席卷河西，攻占临洮和巩昌（今陇西），关陇大震。三边总督孟乔芳迅速调兵镇压。清廷用了两年的时间，最终将起义镇压，但是，河西地区再次遭受了严重的战争蹂躏和破坏，尤其是在甘州城和肃州城下，由于双方激烈交战，战争的破坏更为严重。孟乔芳在顺治六年（1649）三月二十二日上奏清廷的《题为甘民被逆蹂躏已极特恳圣恩蠲免粮差以示宽恤事》中说："照得甘镇罹逆回之变，室庐焚毁，赀畜剽掠，下民涂炭，诚有不堪言者。

---

① （清）马羲瑞著，周琪、周松校注：《天山雪传奇校注》，甘肃教育出版社2012年版，第9页。

至近城左右粮窖、田苗，俱荡然一空。良由逆回发难之地，盘踞日久，是以如此其甚也。臣屯师城外已逾半载，目击十里之内，颓垣断壁，莽无炊烟，十里之外，仅存孑遗，亦皆蓬首鹑衣，啼饥号寒，有朝不谋夕之势。其五年应供额赋，力难完纳。自复城以来，屯丁、百姓，告赈告蠲，日无停时。观其饥寒之状，奄奄垂毙。"①

通过以上的简要叙述，我们看到，正是明代后期到清代初期这一战争频繁，社会剧烈动荡的局势，使得当地民众朝不保夕，生活痛苦，迫切需要精神的安抚与寄托，于是仙姑成为能够保佑民众免遭战争蹂躏的神灵，仙姑信仰迅速走向兴盛，影响不断扩大。其表现便是仙姑庙的不断重修，新仙姑庙的纷纷建立，以及《仙姑宝卷》的刊刻出版。明万历六年（1578）甘肃巡抚侯东莱对仙姑庙进行重修，"添筑墙垣，续盖享堂三间，厢房四间，大门一座，彩绘侍卫，栽植树木，森然弱水合黎之胜境"②。明天启三年（1623），徐承业又重修仙姑庙，"创建正殿抱厦三间，重建土地山神二祠，碑坊石碣之类，悉命兵卒，而土木工紧，遂不月告成焉"③。据《甘州府志》，抚彝厅（今临泽县）的仙姑庙在"城（指旧的临泽县城，在今临泽蓼泉镇）东北五十里边城内，先有旧庙在边城外相望，土人云其骸在焉，以祀祷不便，营此"④。边城内的仙姑庙是什么时候建的，方志无载，也没有碑记记载。《仙姑宝卷》记载说，天启四年（1624），巡西宁道右参政，带管肃州兵备道郭之琮到仙姑庙求嗣灵验，遂在边墙内择地"修盖正殿三间，两廊六间，也塑了一位金像在殿内"，称仙姑庙前殿。关于其他地方仙姑庙的兴建，方志有如下记载：《创修临泽县志》卷二《建置志》载，在县城（在今蓼泉镇）东关有仙姑庙，建于明代。⑤ 黄文炜

---

① 见（清）孟乔芳《孟忠毅公奏议》，《四库未收书辑刊》编委会编《四库未收书辑刊》肆辑第19册，北京出版社2000年版，第75页。
② 《侯东莱重修仙姑庙记》，高季良总纂，张志纯等校点：《创修临泽县志》附录，甘肃文化出版社2001年版，第462页。
③ 《徐承业重修平天仙姑庙记》，高季良总纂，张志纯等校点：《创修临泽县志》附录，甘肃文化出版社2001年版，第463—464页。
④ （清）钟赓起著，张志纯、张明林、高欣荣等校点：《甘州府志》，甘肃文化出版社1995年版，第193页。
⑤ （清）高季良总纂，张志纯等校点：《创修临泽县志》，甘肃文化出版社2001年版，第100页。

第三章 平天仙姑民间信仰与《平天仙姑宝卷》

《重修肃州新志》肃州分册载，在肃州北门外半里许有仙姑庙，是雍正元年（1723）监屯通判毛凤仪为求嗣而建；高台分册载，高台县城西北半里许有仙姑庙，建于康熙五十年（1711）。[①] 民国《新纂高台县志》卷三《祀事》载，高台县的仙姑庙，"在城外西北半里，清康熙五十年（1711）建修。一在梧桐泉，一在镇夷香山"[②]。在仙姑信仰影响不断扩大的情况下，清康熙三十七年（1698）金城（今兰州）人谢垩编辑完成了《仙姑宝卷》，由振武将军孙思克出资刊刻。《仙姑宝卷》详细讲述了仙姑修行、修板桥、修道成功、救渡霍去病汉兵、夷人焚庙、仙姑惩罚夷人、夷人为仙姑重修庙宇、仙姑惩恶扬善、玉皇大帝降敕于仙姑、八仙恭贺仙姑、仙姑近代以来显灵事迹等故事，是对长期流传于民间的仙姑事迹的搜集、整理与系统化，也是仙姑信仰兴盛的一种表现。

（二）现实生活中老百姓的其他各种苦难也是促使仙姑信仰走向兴盛的重要因素

当地民众的苦难并不只是洪水和战争，在现实生活中，恶人的为非作歹，生活的贫困，奸人的尔虞我诈无一不造成善良百姓的痛苦。仙姑能惩罚恶人，保护善良，因此，仙姑又成了正义的化身。《仙姑宝卷》也讲述了仙姑惩恶扬善的一系列事迹。"仙姑救周秀才分第十三"讲述了天仓卫周秀才的岳父嫌自己的女婿太贫困，买通强盗出身的项善，表面上让项善服侍周秀才上京应考，实则要项善半路上杀害周秀才，以便自己的姑娘再嫁他人。半路上无人之处，正当项善举刀要杀周秀才时，仙姑显灵，项善所持钢刀断作三截，救了周秀才。项善感念仙姑灵验，改恶从善。"仙姑将逆妇变狗分第十四"讲述了黑河北岸板桥堡温善的妻子，丈夫中年去世，婆婆年已八旬，双目失明。妇人图谋改嫁，因婆婆无人照管，被亲族劝住。妇人遂图谋用毒药毒死婆婆。仙姑显灵救了婆婆，并给婆婆一件青布衫。后来妇人因喜爱青布衫，穿在身上，顿时变成了一只狗。"仙姑救王志仁分第十五"讲述了南方丹阳郡客商王志仁年已五十二岁，尚无子嗣，前来酒泉郡贸易。一日在黑河边出钱救了投水自尽的母子二人，并资

---

① （清）黄文炜：《重修肃州新志》，甘肃省酒泉博物馆1984年翻印，第111、369页。
② 张志纯等辑校：《高台县志辑校》，甘肃人民出版社1988年版，第230页。

助银钱帮助妇人。晚上，王志仁投宿在仙姑庙西厢房。半夜间，妇人同他的丈夫一同到仙姑庙找王志仁，让他证明妇人的银子是他所赠，并非来路不明。王志仁刚出得厢房，厢房大墙倒塌，王志仁睡铺处被压得无有踪影，是仙姑显灵救了王志仁。王志仁出钱重修厢房，后连生三子，均登科甲。"仙姑救单氏母子分第十六"讲述了仙姑庙附近村堡之内姓陈的兄弟两人，兄长陈王道在弟弟陈王治死后欺负弟媳单氏母子，先是勾结单氏惯于偷盗的小厮招财偷盗单氏钗环、首饰、衣物以及买田产的文契、兄弟二人分家时的分单等，又借机哄骗了单氏母子三十两银子，随后又说单氏母子居住的三间楼房有他的一半，他要将木料拆去盖房，逼得单氏母子无处安身。仙姑显灵惩罚了作恶之人陈王道及招财，救了单氏母子。这些故事，或讲述仙姑对弱者的救助或讲述对为恶者的惩罚或讲述对为善者的褒奖，揭露了社会的阴暗面，鞭挞了社会中一些人的伪善、用心的险恶，教育人们要以故事中的恶人为戒，心地善良，多做好事。大家知道，文学作品本身不是真人真事，它讲求的是艺术的真实，是现实生活中某些现象的艺术再现。同样，《仙姑宝卷》中的以上故事也不是真人真事，但它曲折地反映了明清时期河西甘州一带老百姓的苦难生活，也可以说是对明清时期当地生活某些方面的艺术再现。正是由于现实生活中有着太多的苦难，惩恶扬善、救助贫苦的仙姑便成了大慈大悲、救苦救难的化身，受到人们炽烈的崇拜和信仰，促使仙姑信仰一步步兴盛。

通过以上的叙述，我们看到，黑河流域特别是临泽县板桥镇一带民众的苦难生活——洪水灾害、战争灾难以及社会中的种种苦难，是产生平天仙姑民间宗教的温床。随着仙姑信仰影响的不断扩大，各地仙姑庙纷纷建立，到清康熙年间，《仙姑宝卷》编辑出版，这使得仙姑信仰有了众多的活动场所，有了广泛的群众基础，有了自己的教义和理论，从而成熟为民间宗教。

（三）佛教、道教理论为平天仙姑民间信仰的成熟提供了理论的支持和借鉴

仙姑信仰刚产生的时候，信仰者主要是当地的民众，他们的文化水平普遍不高。随着仙姑信仰的逐渐兴盛和影响的不断扩大，一些统治阶层的人物也加入了信仰者的行列。《仙姑宝卷》及方志中提到的重要人物在明代有右金都御史杨博、甘肃巡抚侯东莱、甘肃游击将军陈洪范、巡西宁道

右参政郭之琮、甘肃巡抚白贻清等,在清代有监屯通判毛凤仪、吏部候铨同知谢厓、振武将军孙思克等,这些社会上层人物的加入,对仙姑信仰由民间信仰向民间宗教发展起到了重要作用。刊刻于清康熙三十七年(1698)的《敕封平天仙姑宝卷》利用佛教、道教的理论对仙姑信仰予以阐释和论证,从而使仙姑信仰发展成熟起来,《仙姑宝卷》则成为平天仙姑民间信仰的经典。

首先《仙姑宝卷》运用了佛教开经偈的形式,反映了佛教因果报应的思想。《仙姑宝卷》一开头的开经序言,使用了佛经的开经偈,打上了浓浓的佛教烙印。为便于说明问题,将《仙姑宝卷》开经序言转录如下:

敕封平天仙姑宝卷
举 香 赞

仙姑宝卷,法界来临。平天仙姑下天宫,随处化显神。救渡众生,拔苦出沉沦。

人生天地间,贵贱许多般。
恶者堕地狱,善者往升天。

南无香云盖菩萨摩诃萨。

法

南无尽虚空遍法界过现未来佛三宝。

僧
开 经 偈

无上甚深微妙法,百千万劫难遭遇。
我今见闻得受持,愿解如来真实意。

法

皈命十方一切佛,法轮常转渡众生。

僧
开 经 赞

仙姑宝卷才展开,诸佛菩萨降来临。
天龙八部神欢喜,大众宣赞永无灾。

读着以上的"举香赞""开经偈""开经赞",令人顿生神圣之感,使人油然而生对诸佛菩萨、平天仙姑的敬仰与崇敬之情,使人感觉到这是一部神圣的经典,不能有丝毫的亵渎。香古寺方丈释理空曾告诉笔者,他的父亲在20世纪80年代曾珍藏一部《仙姑宝卷》,是用红布包的,每次打开诵读前一定要净手焚香,然后,恭恭敬敬地打开阅读。这里透露出的信息是,当地的老百姓,就是把《仙姑宝卷》当作神圣的经典来看待的。其中,《举香赞》中"人生天地间,贵贱许多般。恶者堕地狱,善者往升天",反映的正是佛教因果报应的思想。

其次,仙姑的来历、修道、师承、在神谱中的位置,借助了道教的理论体系。虽然《仙姑宝卷》的开经序言,使用了佛经的开经偈,体现了佛教因果报应的思想,但就其内容而言,仙姑的来历、修道、师承、在神谱中的位置,都借助了道教的理论体系。据《仙姑宝卷》,仙姑原本是东岳泰山青阳宫内一名仙女,到西方显化,因见黑河暴涨,经常漂荡人畜,遂发愿在河上修桥一座,以方便行人往来。仙姑的善行感动了骊山老母前来点化,授以修炼之道。仙姑按照骊山老母所教方法修道成功,随老母上天庭拜谒玉帝,受玉帝敕封为"至圣平天仙姑""冲和洞妙元君",掌世上男女之籍,镇守北方,护国救民。由于仙姑屡显圣威、护国救民,功德无量,东华教主奏于玉帝,玉帝命太白金星降敕于仙姑,令她"永镇合黎,保安庶民"。仙姑受此殊荣,众神庆贺,八仙汉钟离、吕洞宾、张果老、曹国舅、铁拐李、蓝采和、何仙姑、韩湘子赴王母娘娘蟠桃会回归,路过合黎山,得知此事,亦来道贺。据刘成有的研究,关于骊山老母,有两种来源和说法。一说为女娲,她和伏羲、神农一起称"三皇",列为人类始祖之一。女娲不仅抟土造人,为人们制定婚姻繁衍人类,而且炼石补天救人民于水深火热之中,使人类得以安居乐业。女娲作为人类始祖受到后人的信仰和祭祀。另一说为星神——斗姥,即北斗众星之母。她在中国民间有很大的影响力,道观中通常都有供奉她的香火。在民间,骊山老母多因和睦社会、匡扶正义、指点迷津、传授秘籍而为世人所崇奉。[1] 点化仙姑的当属于后者。骊山老母点

---

[1] 参阅刘成有《"复合型"的中国民间信仰》,《宗教与民族》2014年第1期。

第三章 平天仙姑民间信仰与《平天仙姑宝卷》

化仙姑的修炼方法以及仙姑的修炼过程,都体现的是道家的修炼原理和方法。骊山老母告诉仙姑说:

我听说,神者火,魂者属木;我听说,精者水,魄者属金。
精主水,魄主金,金能生水;神主火,魂主木,火是木生。
金生水,所以精,藏于魄内;木生火,所以神,藏于魂中。
金在天,是为寒,在地为水;神在天,是为热,在地火形。
魂在天,是为风,在地为木;魄在天,是为燥,在地为金。
我之精,和天地,万物精气;比如那,万道水,一水归宗。
我之神,和天地,万物神气;比如那,万点火,合一火形。
我之魂,和天地,万物魂气;比如那,接异木,一木成形。
我之魄,和天地,万物魄气;比如那,合异金,熔成一金。
这天地,连万物,与我合一;皆吾精,皆吾神,皆吾魂魄。
若到了,这天地,何生何死;这是我,修行的,四符之名。
你若还,照这样,炼修前去;精与神,魂与魄,万化归根。

应当说,骊山老母所说的"四符之名"确真内含精义,深合道家的修炼之道,内中所述,无不过通过修炼,使得个人从魂魄之中生出精神,然后使个人精神与天地精神合而为一,以达到不生不死,与天地长存的目的。这与《老子》所述的修炼之道相一致,《老子》中说:"致虚极,守静笃,万物并作,吾以观复。夫物芸芸,各复归其根。归根曰静,是谓复命,复命曰常,知常曰明。不知常,妄作凶。知常容,容乃公,公乃王,王乃天,天乃道,道乃久,没身不殆。"[1] 仙姑在修炼中,先后经历了猛虎、蟒蛇、魔王的磨炼与试探,仙姑不为所动。于是"外道不侵,猛虎远遁。蟒蛇潜形,山精野鬼,悉化为尘。功成圆满,平地上青云"。其中,叙述蟒蛇磨炼仙姑的情形说:

有仙姑,心有主,退了猛虎;那一日,又来了,蟒蛇一根。

---

[1] (曹魏)王弼注:《老子道德经·十六章》,上海书店1986年版,第9页。

在蒲团，周围里，盘了几道；把头来，直对着，仙姑金容。
眼似灯，牙似剑，舌如闪电；身似缸，鳞似甲，口如血盆。
望仙姑，金容上，不住吐芯；这畜生，生的毒，好不怕人。
有仙姑，一见了，微微冷笑；这妖蛇，它又来，要把人伤。
我若是，心无主，方寸摇乱；前日里，在虎口，早丧其身。
既不该，死在那，猛虎口内；料不该，又死在，妖蛇口中。
任凭你，上蒲团，把我缠住；我一心，只炼我，四符精神。
有仙姑，用上功，闭目端坐；左边钟，右边鼓，两厢齐鸣。
只见那，涌泉内，腾腾云气；从丹田，直透到，泥丸宫中。
阳九七，阴八六，周流不息；又无形，又无色，缭绕虚空。
有仙姑，用功完，睁眼观看；只见那，一条蟒，无影无踪。

这正是道家炼丹成功时所经历的景象。

通过前面的分析，我们看到，临泽县平天仙姑民间信仰的产生、发展、成熟是多重因素综合作用的结果。首先，临泽县板桥镇一带民众的苦难生活是产生平天仙姑民间信仰的社会基础。这可以从两个方面来理解。临泽县板桥镇一带民众经受的洪水灾难为仙姑信仰的产生提供了条件，它与仙姑修板桥的动人传说相结合，促使了仙姑信仰的产生；明代后期至清代初期当地民众经受的战争灾难，使得仙姑成为能够保佑民众免遭战争蹂躏的神灵，促使仙姑信仰走向兴盛；现实生活中老百姓经受的其他各种苦难，使得仙姑成为正义的主持者，恶人的惩罚者，使得仙姑的香火进一步旺盛，各地仙姑庙纷纷建立。其次，佛教、道教理论为平天仙姑民间信仰的成熟提供了理论的支持和借鉴。如果没有自己的经典和教义，那么仙姑信仰就只能是一种原始而低层次的信仰。《仙姑宝卷》运用现成的佛教、道教理论对仙姑进行了理论的阐释和定位，使得仙姑信仰有了理论的依据和自己的教义，使得平天仙姑信仰成为一种具有理论深度、同时又具有地方特色的颇具影响力的信仰。《仙姑宝卷》将生动感人、曲折神奇的仙姑故事与宜说宜唱、当地百姓喜闻乐见的艺术形成相结合，推动了平天仙姑民间信仰在黑河流域的进一步传播和发展。

第三章　平天仙姑民间信仰与《平天仙姑宝卷》

第二节　平天仙姑民间信仰的传播

平天仙姑民间信仰在发展过程中不断向周边地区传播，其传播的方向有两条，那就是沿河西走廊向西和向东传播，向西传播到了今张掖市的高台县、酒泉市的金塔县和肃州区以及玉门市，甚至到了新疆维吾尔自治区的巴里坤县，向东传播到了今张掖市的甘州区、民乐县，金昌市的永昌县，武威市的凉州区、古浪县，甚至到了定西市的岷县。兹分述之。

（一）向西传播

仙姑信仰的传播是与仙姑庙的建立紧密相联系的，仙姑信仰传播到哪里并达到一定的程度，哪里就会兴建仙姑庙，仙姑庙的兴建是当地仙姑信仰发展到一定程度的产物。早在明代，临泽县城便兴建了仙姑庙，《创修临泽县志》卷二《建置志》载，在县城东关有仙姑庙，是明代建立的，清同治年间，有军队驻扎，仙姑庙被拆毁。光绪初年，邑人魏延成等通过募化予以重修。民国十年（1921），当地人管生瑞等又重修。[1] 据民国《新纂高台县志》卷三《祀事》的记载，在酒泉城外西北半里有仙姑庙，是清康熙五十年（1711）修建的。另外，在梧桐泉、镇夷（今高台县罗城乡天城村）香山均有仙姑庙。今高台县罗城乡明代属镇夷千户所，罗城乡有天城村，明代建有镇夷堡，在罗喜等人编纂的村志《天城志》中的镇夷城平面图中，城隍街衙署东标着仙姑庙[2]，说明镇夷城内是有仙姑庙的。仙姑信仰沿黑河下传到了今酒泉市金塔县的鼎新镇。鼎新镇在清代为高台县毛目分县，民国元年（1912）改为毛目县，十七年（1928）改为鼎新县，直属甘肃省政府。民国张应麒、蔡廷孝辑的《鼎新县志》录有《仙姑庙灵异记碑文》，其中记载了清咸丰十年（1860）地处黑河下游的高台县毛目水利分厅（今金塔县鼎新镇）民众在本地修建仙姑庙时发生的一些奇异事情，现转录如下：

---

[1] （清）高季良总纂，张志纯等校点：《创修临泽县志》，甘肃文化出版社2001年版，第100页。

[2] 罗喜：《天城志》，甘肃省张掖市第二印刷厂2002年印刷。

窃稽汉代霍去病将军西征班师时路遇仙姑显圣化桥、渡兵过河及平时木造板桥济众耕种沙田，神灵赫赫，载在本传甚详，嗣经奉玉帝敕封为平天仙姑，由来久矣。惟毛目离板桥庙路甚遥远，众姓上香不便，是以户民众议在毛目本处东石岗创造新庙一座，日后便于敬神还愿。乃于咸丰八年择地兴工建立庙基，前经会首单永禄、刘珍等持缘簿到署募化木料，澜玩许书衔助木六十根以应需用。迨至咸丰十年春三月十八日圣诞纪念，会首单永禄执具柬帖请澜到东石岗庙上。但见规模草创，神像未经采画，地砖门窗均未齐备。深责会首人等在三年户上众姓已供捐过布施一百九十七串文，迟延至久，迄无成功，该会首甚属怠玩。澜初意欲将原庙上梁栋木料撤下，移此庙於毛目营儿街上城隍庙西首建造，由署捐廉补修，不累户民，所有工程一切仍复易就经理，且使此庙户民上香完愿，地方较为近便，即庙宇亦易为兼管。经久择于某日动工移拆庙屋。当有众姓恳求勿移此庙。澜决意不肯，定要移庙。岂料木匠吴均等是日晚间工毕回家，因黑夜难行，恍见有红灯一枚，由庙之前隐隐移至土地庙过去。木匠等随灯光前去，及至土地庙门首，并不见有灯彩。其为神之显灵已可见矣。是夜，澜在署内，尚不知有此事。此日早间，复亲率匠人等移。当时毛目众姓无可奈何，至不得已，众姓归咎于单永禄，因伊请官工香移庙之举。众人遂闻然将单宅围绕争嚷不休。其时单永禄情急，偕同妻及子单珍捨命叩求澜免移此庙，以息众怒，如不允准，立死庙前。言犹未毕，自将石头、土块乱撞，二人几毙。澜念伊父子等愚诚可嘉，准其免移东石岗庙宇，单姓始慰，众姓亦欢然而散。澜复谆谆嘱咐单永禄等嗣复速行克日计资动工，即将庙貌修齐，不可怠缓，一切花费并不可再聚众硬向外面地方滥写布施，有累户民等情，当经该会首等均遵约束办理，澜立刻将盖就并立缘簿一本，查注详明交完，会首经管办理。其当经爱伤之单永禄、单珍等，前几危殆，默蒙神佑，甫经三日，庙基完好如初。澜复详问单永禄，何以尔等众姓坚持要在东石岗建庙，不愿迁移。据单永禄称，初欲移庙，拆庙之时，单永禄、单珍等至东石岗地方，若见有神化形，亲履真地指划界址，踪迹分明，忽然不见其人。单

第三章 平天仙姑民间信仰与《平天仙姑宝卷》

珍方虑此处无水无土，难以建造，不料终朝而井泉出，土泥生，真有神庙不可例者矣！故众姓愿建庙东石岗而不愿移徙之，实情也。澜始知改悔前此移庙之举气暴性急，妄力违众议，过出卤莽，深信仙姑之灵异，其敬单永禄之诚笃及单珍之奇敬、与毛目众姓之乐善好施而仍不敢犯上也。特爱笔为之详记真事，以彰澜过而表仙姑之灵感云。

尔时咸丰五年三月朔，知事水利屯田事浙江钱塘县虞文澜撰并书。

碑文内载鼎新仙姑庙动工于咸丰八年（1858），因移庙发生争执事发生在咸丰十年（1860），而末尾落款又说立碑时间为咸丰五年（1855），二者互相矛盾。估计，立碑时间"咸丰五年三月"为"咸丰十年三月"之误。鼎新镇的仙姑庙，在 20 世纪"文化大革命"期间被拆毁。笔者曾于 2019 年 8 月 20 日前往鼎新镇调查，经询问当地农民得知，20 世纪 90 年代，农民马天贵在仙姑庙周围开荒种地。据马天贵的儿子马强讲，以前他们家在那儿开荒种地，仙姑庙遗址尚在，有厚实的围墙残迹，还有瓦当、猫头残片，还有一座圆台，占地有 3—5 亩地。对仙姑庙遗址他们没有动，毕竟种地也不在乎那点地，再说那是庙宇遗迹，从心理上讲也不能动。但是 2013 年，他们不种地了，把地租给了新疆人，新疆人不管那些，用推土机全都推掉了，现在遗址整个都没有了。经交谈得知，马强今年 47 岁，他的父亲 71 岁，他现在不在鼎新住，而是在酒泉租的房子，因为小孩要上学。他的父母在鼎新住。前几年，有个金塔人，到这儿来自学风水，成了"半仙"，给人安宅、看风水，曾提议在仙姑庙遗址复修庙宇，但是好像申请没有被政府批准，只好作罢。仙姑信仰又向西传到了肃州区，黄文炜《重修肃州新志》肃州分册载，在肃州北门外半里许有仙姑庙，是雍正元年（1723）监屯通判毛凤仪为求嗣而建；在金塔寺下坝有仙姑庙，是雍正十三年（1735）修的。在文殊山也有仙姑庙的兴建，史岩先生曾于 1954 年 6 月 15 日对文殊山进行了两天的参观和考察，记录在他的《酒泉文殊山的石窟寺院遗迹》一文中①，在文殊山有座仙姑殿。再向西，仙姑信仰就传播到了玉门市，笔者曾到玉门市博物馆参观，看到对昌马寺石窟群的介绍，说昌马

---

① 文章载《文物参考资料》1956 年第 7 期。

寺石窟有座仙姑庙。清代前期，随着清王朝统一新疆，新疆巴里坤县城成为汉满民众的汇聚之地，甘州商人于清嘉庆五年（1800）在巴里坤修建了仙姑庙，作为甘州商人的会馆，无疑，甘州商人将仙姑视作自己的保护神。巴里坤县的仙姑庙在20世纪"文化大革命"期间被毁，1999年修复。

（二）向东传播

临泽县板桥镇的平天仙姑民间信仰除了向西传播外，也向东传播。沿黑河而上不远就到了甘州区，清乾隆年间，甘州城中心地带建起了仙姑庙，成书于乾隆四十一年（1776）的《甘州府志》卷五《营建》载，甘州城内有仙姑楼，在镇远楼西。① 镇远楼俗名钟鼓楼，是甘州城的中心，仙姑庙能在甘州城中心地带建立，说明仙姑信仰在当时是很兴盛的。20世纪"文化大革命"期间，仙姑楼被拆毁，周定国《丝路古城——金张掖》为我们留下了仙姑楼的最后一瞥：仙姑庙"位于镇远楼西，即今之大西街。这座庙重檐歇山，博敞宏丽。正殿宽敞高朗，前有卷棚拜台，殿宇内终年帷幔低垂，香烟缭绕，佛灯长明，求神问卜者络绎不绝，今改建为飞天百货大楼"②。民乐县也是仙姑信仰的一个重要传播区，樊得春《创修民乐县志》载，在民乐县城西门外有仙姑庙，"庙仅三楹，而瞻拜之士庶、络绎不绝，亦斯地敬神之所也"。在黄泥沟的仙姑庙规模则很大，"规模宏壮，楼阁连绵，每年四月八日，集会演戏，夙称千养会，今为名胜区，风景之雅，几与圣天寺相埒"③。这两座仙姑庙在20世纪"文化大革命"期间均已被毁，笔者曾专程前往黄泥沟考查仙姑庙遗迹，仙姑庙遗址在黄泥沟西岸台地上，只见荒草丛生，散落着一些石料和砖瓦的残片，笔者拣了两件石器，其中一件像人的鞋子，估计是当地人祈子的遗留。在板桥香古寺调查时，曾听有位信士讲，求子时要偷偷摸一只鞋子回去，等到生了小孩，就要来还愿，还上一双鞋子。沿黄泥沟一直往下，洪水河西岸现保存着一些石窟，现名上天乐石窟，古名朝阳洞，其中的仙姑

---

① （清）钟赓起著，张志纯等校点：《甘州府志》，甘肃文化出版社1995年版，第182页。
② 周定国：《丝路古城——金张掖》，张掖河西印刷厂1992年印刷，第130页。
③ （民国）张著常、樊得春原著，民乐县旧志整理审定委员会刘汶、王野苹、张志纯、何成才、张正宏、张建铭校注：《东乐县志·创修民乐县志校注》，兰州大学出版社2009年版，第488、496页。

第三章 平天仙姑民间信仰与《平天仙姑宝卷》

洞是最为重要的洞窟,该窟的壁画和题记,见证了仙姑信仰在民乐等地的传播和兴盛情况。石窟最早开凿于清顺治二年(1645),在首批开凿的石窟中就有"娘娘殿"即仙姑殿。其后,在康熙、乾隆、嘉庆年间屡有重修。据清康自发《重修朝阳洞碑记》的记载,朝阳洞是当时民乐县的一大景观,所谓"上有悬岩耸峙,下有清流湍绕,中有三十六洞。虽其庙宇巍(峨)、规模宏阔不及河岳泰岱之名著中华、声闻边塞,而幽闲静肃,亦甘城以南、红(洪)城以西之大观也"。又载,道光十六年(1836)春正月,上天乐石窟发生"地裂山奔"的灾害,"洞道隔绝,压毁龙王宫、牛王殿、百子宫数处",当地民众及四方信众捐资于道光十九年(1839)到二十年(1840)间进行了重修。重修后的朝阳洞,"窒者通,圮者葺,倾者植,污者新,一时慕义来观者,咸谓东西天桥,不即不离,缥缈乎如浮云汉;上下神像,惟妙惟肖,恐惧乎如睹尊严也"[1]。为便于说明问题,将石窟壁画和题记做一简要介绍。

民乐上天乐石窟仙姑洞壁画张宝玺先生称之为仙姑灵迹图,破坏十分严重,现已难以看清壁画的具体内容,左右两壁提示每一幅图画内容的榜书也被抠挖殆尽,幸好当年张宝玺考察时,壁画保存完好,他将两壁榜书题文及壁画内容写进了自己的论文《仙姑灵迹图》,为我们留下了弥足珍贵的资料。为便于说明问题,现将张宝玺论文所载仙姑灵迹图的内容转录如下:

左壁题记
"玉帝敕封平天仙姑永合黎感应无边"
"仙姑炼魔山神土地喝退群妖"
"老母一次点化伏虎"
"老母二次点化正果成真""黑水上流白日日升天"
"功园行满显象于板桥堡西十里"
"仙姑设桥渡汉兵"
右壁题记
"仙姑救单氏雷击招财"

---

[1] 碑记见张著常、樊得春原著,民乐县旧志整理审定委员会刘汶、王野苹、张志纯、何成才、张正宏、张建铭校注《东乐县志·创修民乐县志校注》,兰州大学出版社2009年版,第130页。

"仙姑救王志仁志仁板归"

"仙姑将逆妇变狗"

"仙姑显神通三殃彝人""夷人焚房招祸"

"彝人发愿一心重修庙堂"

张宝玺的论文发表于《西北史地》1990年第2期,由于当时尚不可能看到《仙姑宝卷》,所以,他对仙姑灵迹图内容的分析不是十分准确。将仙姑灵迹图与《仙姑宝卷》相对照,可以看出,仙姑灵迹图是根据《仙姑宝卷》的内容绘制的,其内容可分为三个部分:第一部分由"老母一次点化伏虎""仙姑炼魔山神土地喝退群妖""老母二次点化正果成真""黑水上流白日日升天""玉帝敕封平天仙姑永合黎感应无边""功园行满显象于板桥堡西十里"六幅图画构成,对应于《仙姑宝卷》中"仙姑修心分第一""仙姑修板桥分第二""骊山老母度仙姑分第三""仙姑炼魔分第四""仙姑得道升仙分第五""仙姑显骨分第六"前六分的内容,讲述的是仙姑于汉代在黑河一带显化,一心修道,看到当地黑河年年暴涨,漂荡人畜,遂发愿在河上建桥一座,后遇骊山老母点化,降龙伏虎、战退群魔,修道成真,由骊山老母引领上天庭朝见玉帝,被敕封为平天仙姑、至圣洞妙元君,永镇合黎,仙姑脱凡胎于板桥堡西十里沙漠之中,被当地民众发现,建庙供奉。第二部分由"仙姑设桥渡汉兵""夷人焚房招祸""仙姑显神通三殃彝人""彝人发愿一心重修庙堂"四幅图画构成,对应于《仙姑宝卷》中"仙姑设桥渡汉兵分第七""夷人焚庙分第八""仙姑一殃夷人分第九""仙姑二殃夷人分第十""仙姑三殃夷人分第十一""夷人修庙分第十二"六分内容,讲述的是汉武帝年间霍去病西征,退兵途中被黑河阻住去路,后边浑邪王率兵追来,正遑迫间,仙姑在河上化桥一座,渡过汉兵,桥与仙姑都不见了,浑邪王兵马阻于黑河,无法追击,救了霍去病汉兵。霍去病回朝奏明皇帝,皇帝敕命为仙姑重修庙宇。后浑邪王部属绰什噶率兵打围,发现了仙姑庙,一怒之下焚毁庙宇,仙姑显灵三次降灾于彝人。第一次彝人营帐内外大小人等均得浮肿病,死了一大片,首领丹进台吉向仙姑祷告情愿重修庙宇,瘟病才得以退却。病好之后,食却前言,仙姑遂又向彝人营帐降下蛇、蝎子、蛤蟆、蛆虫等毒虫,丹进台吉惊惶无

第三章　平天仙姑民间信仰与《平天仙姑宝卷》

措,遂又向仙姑祷告,定盖庙宇,不再退心,祷告毕,毒蛇、蝎子等无影无踪。丹进台吉想前往给仙姑盖庙,被其母亲阻拦,其母口出恶言咒骂仙姑,仙姑遂又降下飞沙扬尘与冰雹,向着彝人营帐打来,彝人受伤无数,丹进台吉赶忙向仙姑祷告请罪,发誓一定重修庙宇,灾祸才得解除。之后,丹进台吉为仙姑重修了庙宇。第三部分由"仙姑将逆妇变狗""仙姑救王志仁志仁板归""仙姑救单氏雷击招财"三幅图画构成,对应于《仙姑宝卷》中的"仙姑将逆妇变狗分第十四""仙姑救王志仁分第十五""仙姑救单氏母子分第十六"三分的内容,讲述的是仙姑惩恶扬善的故事。需要指出的是,《仙姑宝卷》中讲述的仙姑惩恶扬善的故事共有4件,张宝玺的考察记录中少了一件,即仙姑救周秀才之事。笔者仔细观察右壁壁画,发现在左下角有一幅图,图中前面有一人席地而坐,后边有一人作举刀欲砍状。笔者判断,此幅图画表现的应当就是仙姑救周秀才的故事。据《仙姑宝卷》"仙姑救周秀才分第十三",说天仓卫有个周秀才,家境贫寒,遭其岳父嫌弃。一年,周秀才要上京赶考,其岳父买通强盗出身的项善,化妆成仆人服侍周秀才上京赶考,要他半路杀了周秀才,以便自己的女儿好改嫁他人。半路上僻静之处,项善举刀要杀周秀才,突然,仙姑显灵,项善所持钢刀断作三截,救了周秀才。项善被仙姑灵验所感,也改恶从善。这样,该洞窟左边壁画有图7幅,右边壁画有图7幅,正好左右对称,而壁画内容也正好完整地表现了《仙姑宝卷》中从第一分到十六分的内容。

仙姑洞两壁壁画上方还有题记,左壁内容基本可识,右壁内容多数已模糊不清,现转录如下:

左壁题记:
计开
顺治乙酉岁季春吉旦,创修厨室洞四处。
三教洞、灵官洞门窗、窗扇于后。
三教殿。凌花隔扇门,皆隔扇门壹合,内门四合,前后路洞门陆合。
菩萨殿。隔扇门壹合,下隔扇窗贰合,小门贰合。
娘娘殿。花隔扇门壹合,两下门四合。

祖师殿。隔扇门壹合，西边又门贰合。

三皇殿。隔扇门壹合。

三代菩萨。隔扇门壹合。金刚

三门，里外贰合，两下房门共捌合。

上下前后共隔扇门柒合，隔扇窗肆合，双扇门共捌

合。单扇门共贰拾捌合，小窗子共肆合。此计。告白

十方善信、居士得知，日后但有小人，

天地诸神昭彰报也。

　　　　　卢玉霖

　　　　　王　顺

　　　　　张□恕

　　　　　杨枝柱

凉城北街朝山会弟子张峩公　　叩

　　　　　贾应儒

　　　　　王　祐

　　　　　何蕴美

　　　　　王　恺

□□□□中秋甲子良吉修洞道人王太□　　笔书之

　　乾隆七年六月初三日永邑弟子南宗诰

　　　　　　　　□□□

右壁题记：

伏以创修

救业观音、□□圣母，并前三皇、黑虎、朱天君等殿喜舍

　□□□□□□人等于后

　信儒张□　夏懋□　张致教　毛映日　毛□□　房九转　□□声　李□魁

　　□□□　□国□　王国栋　许文孜　张□□　房应魁　□□□

王处道

　　王□□　王□□　张鹤鸣　单宗礼　郑　谏　□进修　毛□□

□　□

第三章 平天仙姑民间信仰与《平天仙姑宝卷》

宋元福　张仲德　胡天化　崔进才　许文明　孙　明　王希□　陈治义

户　□　张国福　冉大福　李棲明　杨可选　□国文　武自□　许通

赵大用　张文芳　□应□　杨可茂　姚　钦　杨　文　杨启民　高　□

刘君□　魏国正　张明悟　□□学　李交仁　王□文　王□□　陈

周进□　姚彦明　尚光□　贾守才　武进福　□□□　李应　杨□□

杜弘吉　张应夏　王一□　□□□　王登□　樊□进　张□　梁进才

池国臣　王成才　张□□　张□□　王登科　尚□□　□□　□□□

宋国忠　杨国孝　池国□　　　宋国□　□尚信　张□魁　张□□

李□奉　刘应魁　李□□　陈仲□　降俊德　杜云亨　罗崇爵　杨□□

谢□让　董天成　杨天仁　□　□　吕希□　尚　衡　陈仲恩　张□□

杨可进　郭　仓　蒋应魁　闫可道　张　□

随缘信女　王门朱氏　李门张氏　房门李氏　房门马氏　张门詹氏　孙门张氏

　　　　□门安氏　蒋门陈氏　张门□□　□□氏　□□王氏　□□□氏

李门张氏　王门文氏

□□□开修，庚寅岁工完　　创修洞　王太中　刘冲□

据题记可知，此题记是清乾隆七年（1742）六月初三日仙姑信仰的弟子永昌人南宗诰等书于墙壁的。鉴于题记所在墙壁与壁画墙壁是一整体，仙姑

· 89 ·

灵迹图的绘制时间，应在乾隆七年（1742）以前。由于仙姑灵迹图是根据《仙姑宝卷》的内容绘制的，《仙姑宝卷》刊刻于康熙三十七年（1698）五月，故，仙姑灵迹图的绘制应在康熙三十七年之后。据此，仙姑灵迹图的绘制时间当在康熙三十七年至乾隆七年之间，即公元1698年至1742年之间。

题记书于墙壁的时间是乾隆七年，但题记的内容却是修洞道人王太中记录的关于上天乐石窟开凿的情况及修建洞窟的人员名单。左壁题记有王太中记录此事的时间，可惜已被挖去，无法知道，其中明确记载洞窟创修于清"顺治乙酉岁季春吉旦"，即顺治二年（1645）三月初一日。洞窟右壁题记记录的是修建"救业观音、□□圣母，并前三皇、黑虎、朱天君等殿"的喜舍人员名单，末尾记载的开修时间已模糊不清，完工的时间是庚寅年。此庚寅年当即顺治庚寅年，即顺治七年（1650）。可见，上天乐石窟开凿于清顺治二年，完工于顺治七年。

另外，在左壁壁画左上角又有几行题记：

乾隆五□□□四月廿□□
信士王□□□□修□□
□光菩萨全身一位
嘉庆□□□□□

此题记书写于嘉庆年间，记录的是"乾隆五□□□四月廿□□"信士王某塑造了一位"□□□光菩萨"全身神像。西夏黑河桥碑中有"昔贤觉圣光菩萨哀悯此河年年暴涨，漂荡人畜，故发大慈悲兴建此桥"的记载，《甘州府志》的作者认为，西夏皇帝李仁孝将平天仙姑尊称为"贤觉圣光菩萨"。故，此题记中"□□□光菩萨"所缺三字当为"贤觉圣"。

民乐上天乐石窟最早开凿于清顺治二年，据载共有36个洞窟，具体有哪些洞窟，由于自然灾害和人为破坏，现难以知晓。谈应孝的《上天乐石窟》记录了部分洞窟的名称，有三教殿、文昌殿、玉皇殿、山王殿、天王殿、火神殿、祖师殿、药王殿、三皇殿、观音殿、眼光殿、地藏殿、龙王宫、百子宫、牛王宫、仙姑洞等。[①] 这些洞窟中，现只有仙姑洞保存得稍微

---

① 见《民乐文史资料》第1辑，甘肃张掖河西印刷厂总厂1995年印刷，第94页。

第三章 平天仙姑民间信仰与《平天仙姑宝卷》

好一点,其中有模糊不清的壁画和题记,其壁画和题记记录了上天乐石窟的兴修历史,显示出仙姑洞是一个十分重要的洞窟。上天乐石窟中的仙姑洞及其壁画见证了仙姑信仰在民乐一带传播和发展的历史。不仅如此,仙姑洞题记的记载,还使我们发现了仙姑信仰在永昌和武威传播的线索。题记中有"乾隆七年六月初三日永邑弟子南宗诰"的记载,"永邑"当是永昌县,这说明,仙姑的信仰者中还有永昌人。何登焕《永昌县志》收有《仙姑宝卷》,这反映出,《仙姑宝卷》在永昌县有流传。二者相互印证,使得我们看到仙姑在永昌县肯定有不少的信仰弟子。仙姑洞题记中有"凉城北街朝山会弟子卢玉霖等叩"的记载,"凉城"应当是今武威城,说明顺治年间开凿上天乐石窟凉州(今武威)的信众起了重要的作用,这说明,仙姑的信仰者,不仅局限于今张掖市和酒泉市,还有武威市。据王其英主编的《武威金石录》,武威城内西北隅有一座仙姑庙,建于清代,1958年拆毁。[①] 武威县城有仙姑庙,说明在武威,有不少的仙姑信仰者。

仙姑信仰向东的传播并不止步于武威,而是继续向武威以东的古浪传播。王吉孝搜集整理的古浪《宝卷》收集了流传在古浪县境内的宝卷81部,其中收录的《仙姑宝卷》有3个抄本,分别名为《仙姑宝卷》《神姑宝卷》《娘娘宝卷》。通过比较可以发现,这3个抄本均非全本,与原版《敕封平天仙姑宝卷》之间存在着渊源关系,有着明显的对原本压缩、改编和重组情况。古浪县境内《仙姑宝卷》的广泛流传,是仙姑信仰在古浪地区流传的有力证据,为便于说明问题,兹将这三个抄本分别予以考证和介绍。

1.《仙姑宝卷》。《仙姑宝卷》在古浪《宝卷》第1册。《仙姑宝卷》全名《敕封平天仙姑宝卷》,刊刻于清康熙三十七年(1698),后世在河西地区民间有许多抄本流传。笔者在《〈仙姑宝卷〉的版本及其相关问题研究》一文中对《仙姑宝卷》的版本及其相互关系做过一番探究。这篇文章将这些抄本分为《临泽宝卷》本、《金张掖民间宝卷》本、《河西宝卷真本校注研究》本和《山丹宝卷》本。现在看来,这种分法尚不全面,应当再增加两个,即《永昌宝卷》本和古浪《宝卷》本。这些抄本中,"《临泽宝卷》本与木刻本最为接近,均分为19分;《金张掖民间宝卷》本分为19品,内容

[①] 王其英主编:《武威金石录》,兰州大学出版社2001年版,第310页。

虽与木刻版基本相同,但各章名称已由'分'变成了'品',首尾部分有压缩和改动;《河西宝卷真本校注》本和《山丹宝卷》本则变异更大,除了章节名称的变化外,若将两个第七品计算在内,共有 12 品,与木刻版相比,少了 7 品"①。可以看出,《金张掖民间宝卷》本是根据木刻本改编的,而《河西宝卷真本校注研究》本及《山丹宝卷》本则又是根据《金张掖民间宝卷》本压缩和改编的。如果我们把古浪《宝卷》所收录的 3 个抄本与木刻本以及前面几个抄本做对照的话,就会发现古浪《宝卷》中的《仙姑宝卷》与《河西宝卷真本校注研究》本的内容与形式基本相同,都分为 12 品,只是古浪《宝卷》本不像《河西宝卷真本校注研究本》那样有两个第七品,而是 1 到 12 品整齐排列,没有错讹;古浪《宝卷》本在内容上略有残缺,主要是丢掉了开头的曲牌炉香赞,下来的第 2 品到第 12 品前的曲牌名除第 2 品有外,其他各品均丢失。由此可见,古浪《宝卷》本《仙姑宝卷》与《河西宝卷真本校注研究》本存在渊源关系,或二者同出于一个祖本。

2.《神姑宝卷》。《神姑宝卷》在古浪《宝卷》第 7 册,不分品。通过比较可以看到,《神姑宝卷》是《仙姑宝卷》的一个节选本,节选了木刻本仙姑设桥渡汉兵分第七、夷人焚庙分第八、仙姑一殃夷人分第九、仙姑二殃夷人分第十、仙姑三殃夷人分第十一、夷人修庙分第十二、仙姑近代显应分第十九的内容。从内容来分析,这些内容反映的是仙姑救渡霍去病汉兵、夷人焚庙、仙姑 3 次惩罚夷人、夷人重修仙姑庙的故事,以及近代以来仙姑惩罚北方入侵的鞑子及显灵之事,具有明显的倾向性。

3.《娘娘宝卷》。《娘娘宝卷》在古浪《宝卷》第 8 册。编辑者指出:"此宝卷是中华民国二十六年敬录,也是我搜集年代比较早,保护较完整的一部宝卷。敬录者蝇头毛笔书写清楚,笔法整齐流畅。虽说与仙姑宝卷近似,但结构不同,文墨深厚整编宣读有意。"通过比较,我们看到,《娘娘宝卷》也不是一个全本,而是一个木刻本《仙姑宝卷》的节略本,它节选了木刻本的仙姑修心分第一、仙姑修板桥分第二、骊山老母度仙姑分第三、仙姑炼魔分第四、仙姑得道升仙分第五、仙姑显骨分第六、仙姑救周秀才分第十三、仙姑将逆妇变狗分第十四、仙姑救王志仁分第十五、仙姑

---

① 崔云胜:《〈仙姑宝卷〉的版本及其相关问题研究》,《河西学院学报》2015 年第 3 期。

第三章 平天仙姑民间信仰与《平天仙姑宝卷》

救单氏母子分第十六、玉帝降敕予仙姑分第十七、八洞神仙庆仙姑分第十八共12分的内容，其中第1分、第2分有明确的"仙姑修心分第一"、"仙姑修板桥分第二"的标题外，其他各分均无标题，木刻本每分前面的曲牌均被删除。

通过前面的叙述与分析，我们看到古浪《宝卷》中的三个抄本《仙姑宝卷》与在张掖地区流传的抄本《河西宝卷真本校注研究》本及木刻本之间有渊源关系，其中《仙姑宝卷》与《河西宝卷真本校注研究》本有渊源关系或同出于一个祖本，《神姑宝卷》和《娘娘宝卷》均明显地节略自木刻本《敕封平天仙姑宝卷》。有意思的是，《神姑宝卷》节选的是第七分、第八分、第九分、第十分、第十一分、第十二分、第十九分共7分的内容，《娘娘宝卷》节选的是第一分、第二分、第三分、第四分、第五分、第六分、第十三分、第十四分、第十五分、第十六分、第十七分、第十八分共12分的内容，若将《神姑宝卷》和《娘娘宝卷》合到一起，则构成一部基本完整的19分的《敕封平天仙姑宝卷》。在古浪这个狭小的区域之内居然有3个不同形式的《仙姑宝卷》抄本流传，足以说明《仙姑宝卷》在古浪地区有着深厚的群众基础。自然这儿会有一个疑问，那就是这背后是否有平天仙姑民间宗教信仰的背景呢？答案是肯定的。虽然经过历史的沧桑，比如民国十六年（1927）凉州大地震、1958年以来的破除封建迷信运动，平天仙姑民间宗教在古浪地区的实物遗存比如庙宇，已难见踪迹，但民国二十七年（1938）成书的《古浪县志》还是给我们提供了一些蛛丝马迹。《古浪县志·地理志·庙宇》载，在古浪县第一区境内有6座娘娘庙，"一在县城北街，一在北关，一在泗水堡，一在西川马洼沟，一在黑松堡，一在包圯坝胡家湾。俱废"。这6座娘娘庙和其他庙宇，"经民国十六年地震，完全震颓，空有地址，而归作教育产者有之，亦间有重修数楹者，不过十之一二"。在第三区境内有2座娘娘庙，"一在堡里城东城上，一在横沟桥"。第三区境内的祠堂庙宇，"经民国十六年地震，在堡城左右者，虽有破坏，未全颓倒，其在各乡者，大半摇平，间有修复者，亦属寥寥"[①]。通过前面的叙述可知，古浪《宝卷》中的《仙姑宝卷》一

---

① （民国）唐海云总纂，朱芳华、崔振兴、张奋武、田国治校点：《古浪县志校点》，2005年古浪多彩印务印刷，第41—44页。

· 93 ·

个叫《仙姑宝卷》，一个叫《神姑宝卷》，一个叫《娘娘宝卷》，所以《古浪县志》记载中的娘娘庙当属平天仙姑之庙。

第三节　《平天仙姑宝卷》的结构、内容以及与政治、民俗的关系

一　《平天仙姑宝卷》的结构与内容

《平天仙姑宝卷》（以下简称《仙姑宝卷》）共分19分，卷首有开经偈，现列表如下：

表3.1　　　　　　　　《仙姑宝卷》内容

1	举香赞、开经偈、开经赞、志心皈命礼
2	仙姑修心分第一
3	仙姑修板桥分第二
4	骊山老母度仙姑分第三
5	仙姑炼魔分第四
6	仙姑得道升仙分第五
7	仙姑显骨分第六
8	仙姑设桥渡汉兵分第七
9	夷人焚庙分第八
10	仙姑一殃夷人分第九
11	仙姑二殃夷人分第十
12	仙姑三殃夷人分第十一
13	夷人修庙分第十二
14	仙姑救周秀才分第十三
15	仙姑将逆妇变狗分第十四
16	仙姑救王志仁分第十五
17	仙姑救单氏母子分第十六
18	玉帝降敕予仙姑分第十七
19	八洞神仙庆仙姑分第十八
20	仙姑近代显应分第十九

第三章 平天仙姑民间信仰与《平天仙姑宝卷》

分析《仙姑宝卷》的内容，很明显由两部分构成。第一部分由第一分至第十八分组成，可以看作《仙姑宝卷》的主体部分，第二部分是"仙姑近代显应分第十九"，可以看作仙姑近代灵迹之汇编。这在《仙姑宝卷》第十九分的前面得很明白："仙姑娘娘的宝卷，前面已喧完了，但都是些远年之事，若不把近代以来之事与大众喧说一遍，还说我喧卷的都说的是荒唐无据之事，大众静坐，听我道来。"《仙姑宝卷》的主体部分又可分为4部分，第一部分由第一分到第六分构成，主要内容是仙姑修行和修建板桥的故事，第二部分由第七分到第十二分构成，主要内容是讲述仙姑设桥救渡霍去病汉兵、夷人焚庙、仙姑三次降灾于夷人、夷人最终畏惧悔过为仙姑重修庙宇的故事。第三部分由第十三分到第十六分构成，主要内容是讲述仙姑惩恶扬善的故事。第四部分由第十七分与第十八分构成，主要内容是讲述玉帝降敕嘉奖仙姑以及八仙庆贺仙姑之事。与明甘肃巡抚侯东莱《重修仙姑庙记》记载的明万历年间当地民间流传的仙姑故事相比较，我们发现，《仙姑宝卷》的第一部分其实是对明万历年间当地民间流传仙姑故事的演绎和发展。《重修仙姑庙记》载："甘镇北堡名曰板桥，境外庙曰仙姑。究所从来，自汉大将军霍去病和戎之继，百姓始得耕耨。见一女身体轩昂，窕然有不凡之像，因黑河之源水溢，非舟可渡，于是设桥以济人。斯民不患徒涉，而河西北亦且便耕，行称便利，而姑之功不在禹下。但时远水发，而桥崩废，姑亦随水而逝，踪迹则不昧。或显身于昼夜，或行施以风雨。民感其灵，寻尸而葬，故立庙以祀，而庙之设，由此以始焉。是以民间风波旱潦，祈福禳灾者，随祷即应，不啻影响……一日风雨大作，折木扬沙，斯庙前现一铁牌，上书'平天仙姑'，而仙姑之名由此称焉。是以万古灵威，千载感应，时有北虏犯边，见其像，毁之，其人即毙。虏怒，以火焚之，其九人自死于火中。自此北虏至庙者，不敢正视，但以手加额，敬畏不暇。"很明显，《仙姑宝卷》中第一分至第六分讲述的仙姑修行和修建板桥的故事与碑中所载仙姑修板桥、随水而逝、民众寻尸而葬并为立庙之事相对应；《仙姑宝卷》中第七分到第十二分讲述的仙姑设桥救渡霍去病汉兵、夷人焚庙、仙姑三次降灾于夷人、夷人最终畏惧悔过为仙姑重修庙宇的故事，与碑中"时有北虏犯边，见其像，毁之，其人即毙。虏怒，以火焚之，其九人自死于火中"的记载相对应；《仙姑宝卷》

中"仙姑救周秀才""仙姑惩罚为恶不良的不孝媳妇""仙姑救王志仁""仙姑救单氏母子"四个仙姑惩恶扬善的故事,与碑文中"是以万古灵威,千载感应"的记载相对应。《仙姑宝卷》中第十七与第十八分讲述的玉帝降敕嘉奖仙姑以及八仙庆贺仙姑之事,则是编订者的润色和修饰。可以看出,《仙姑宝卷》的雏形在侯东莱《重修仙姑庙记》中已经具备,《仙姑宝卷》主体部分是明万历年间民间流传仙姑故事的展开。《仙姑宝卷》的主体部分加上仙姑近代显应事迹,则构成了完整的《仙姑宝卷》。

二 《仙姑宝卷》的成书与当时复杂的河西局势

作为平天仙姑民间宗教经典《仙姑宝卷》的编辑成书,与清康熙年间复杂的河西局势有着密切的关系。资助《仙姑宝卷》刊刻的是清振武将军孙思克,据《清史稿·孙思克传》,孙思克,字荩臣,汉军正白旗人。初任王府护卫,先后担任牛录额真、甲喇额真等职。后从军,以征战有功,康熙二年(1663)提升为甘肃总兵,驻凉州。五年(1666),"厄鲁特蒙古徙牧大草滩(今山丹军马场一带),慰遣之。不受命,战于定羌庙(今山丹县境内),败去,扬言将分道入边为寇。思克与提督张勇疏请用兵,廷议不可轻启兵衅,令严防边境,抚恤番人。思克乃协勇修筑边墙,首扁都口西水关,至嘉峪关止,于是厄鲁特蒙古入边牧者皆徙走。思克遍视南山诸险隘,分兵固御,乃益敕军纪,简将才,汰冗卒,核饷糈,剔蠹蚀,戢兵安民,疆域粉宁。总督卢崇峻以闻,加右都督"。康熙十三年(1674),孙思克奉命在靖远前线与吴三桂叛军王辅臣作战,"厄鲁特默尔根台吉乘隙毁隘,入为寇,副将陈达战没。思克乃留参将刘选胜等守靖远,率师还凉州,默尔根台吉引去。高台黄番复入边为寇,攻围暖泉、顺德诸堡。思克率师赴甘州,黄番亦远遁"。于是,孙思克又率师东渡黄河,与张勇一道会剿王辅臣。孙思克作战勇敢,屡立战功。十五年(1676),在一次侦察地形的过程中,遭敌埋伏,"被巨创"。王辅臣被平定后,孙思克还凉州。"诏褒思克功,擢凉州提督,授世职一等阿达哈哈番",康熙十六年(1677),又"进三等阿思哈尼哈番"。这一年,"噶尔丹为乱,诸蒙古徙入边扰民,思克与勇遣兵驱之,乃去"。

康熙十八年(1679),正当康熙敕命图海统合诸军南下四川之时,京

第三章　平天仙姑民间信仰与《平天仙姑宝卷》

师发生地震，皇帝下诏内外大臣条陈己见，孙思克由于上疏建议今秋暂缓进兵，明春再议进兵，受到朝廷诘责。二十二年（1683），"追论缓师罪，罢提督，夺世职，仍留总兵。二十三年（1684），复受甘肃提督"。二十九年（1690），"学士达瑚，郎中桑格使西域归，至嘉峪关外，为西海阿奇罗卜藏所劫。思克遣游击朱应祥诱执其宰桑，达瑚等乃得返。又遣副将潘育龙、游击韩成率师讨之，斩四百余级，阿奇罗卜藏败走。复使诘责西海诸台吉，诸台吉惧，籍阿奇罗卜藏家偿所掠。思克疏请免穷治，上嘉思克筹划合宜，如其请"。

康熙三十年（1691），孙思克上疏："噶尔丹巢穴距边三十余里，其从子策妄阿拉布坦在西套驻牧。虽叔侄为仇，虑其复合，侵略西海，道必经嘉峪关外。今设副将，威望未尊，兵不盈千，不足资控御。请设总兵一、兵三千，以固边圉。甘肃地瘠民贫，布种收获，与腹地迥别。纵遇丰年，输将国赋，仅赡八口，并无盖藏。兵马粮料，不敷供支。宜于河西要地屯积粮草。本地无粮可买，挽运又恐劳民。请开事例，捐纳加级、记录、职监。俟边储稍充，即行停止。"三十一年（1692），"加太子少保，予世职，拜他喇布勒哈番"。孙思克上疏请求退休，朝廷予以慰留，并"加振武将军"。

康熙三十二年（1693），孙思克参加了平定准噶尔的昭莫多战役，由于奋勇杀敌，战功卓著，皇帝特命入京进见，在畅春园受到康熙皇帝的接见，礼遇甚厚。皇帝命他"驻肃州，诇噶尔丹踪迹"。"三十七年（1698），叙功，加拖沙喇哈番。三十九年（1700），以病乞休。遣医往视，仍命留任养疴。寻卒，赠太子太保，赐祭拜，谥襄武。"[①]

孙思克是一员武将，历任甘肃总兵、凉州提督、甘肃提督，他在河西期间，河西边境民族关系十分复杂，这种复杂的民族关系是前明遗留下来的。明代初期，明王朝在河西地区设立陕西行都司、建立甘肃镇，下辖庄浪、凉州、甘州五卫等15卫所，在嘉峪关以西的今甘肃、青海、新疆一带建立了七个羁縻卫，作为甘肃镇之屏蔽，史称"关西七卫"，即安定、

---

① （民国）赵尔巽等：《清史稿》卷255《孙思克传》，中华书局1977校点本，第9781—9785。

阿端、曲先、罕东、赤斤蒙古、沙州和哈密。明王朝通过对甘肃镇以及关西七卫的建设与经营，不仅有效地控制了河西，而且向西域扩展了声威和影响力，沟通了丝绸之路，起到了隔绝北方蒙古与青藏地区的联系、巩固边防的目的。但随着时间的推移，明王朝实力逐渐衰微，西北局势发生重大变化，关西七卫在蒙古、吐鲁番等政权的打击下相继破灭，河西边境变得动荡不宁。正德年间，在内争中失败的蒙古贵族亦不刺率众至凉州城下骚扰，看到明朝边防松弛，遂南破安定等四卫，夺其诰印，进入今青海西北部。不久，亦不刺又率部到庄浪、古浪、武威、永昌、酒泉一带游牧，并与哈密都督奄克孛剌结亲。正德八年（1513），进至讨来川（今肃南裕固族自治县陶勒河一带），遣使向都御史张翼请求边地驻牧通贡。张翼以金帛贿其远离，"亦不刺遂西掠乌斯藏，据之。自是，洮、岷、松潘无宁岁"①。后小王子部卜儿孩以内乱奔据"西海"（即青海湖），出没寇扰西北边塞，明廷无法控制。自此，明初以来欲"隔绝羌胡"、以茶马贸易羁縻番族的战略格局遂告瓦解。

此后，北方蒙古多次大规模进入青海，征服西番，迫使他们缴纳添巴（即赋税），并进而驱使西番一道骚扰河西。自明正德至崇祯年间，蒙古大规模进入青海的活动有 5 次。

正德年间亦不刺、卜儿孩进入青海是第 1 次。

嘉靖十二年（1533）春小王子达延汗之孙吉囊拥众屯据河套，欲击延绥。因延绥有备，乃率五万骑突然渡河西进，大破亦不刺、卜儿孩两部，卜儿孩衰败远徙。此后，吉囊与其弟俺答汗往来河套、河西等地，大为边患。这是第 2 次。

嘉靖后期，俺答汗势强，"岁掠宣、大诸镇。又羡慕青海富饶，于三十八年携子宾兔、丙兔等数万众，袭据其地"②。征服了青海周围的沙剌郭儿（今青海西北，甘肃河西西南部）、阿木多（今甘肃甘南和青海东南地区）、喀木（今四川西部和西藏东部）等地。俺答汗入青海后，共留有二十九支部落驻牧，实际上把青海变成了自己的属地。这是第 3 次。

---

① （清）张廷玉：《明史》卷 327《外国八》，中华书局 1974 年校点本，第 8477 页。
② （清）张廷玉：《明史》卷 330《西域二》，中华书局 1974 年校点本，第 8546 页。

第三章 平天仙姑民间信仰与《平天仙姑宝卷》

明崇祯五年（1632）居于漠北的喀尔喀蒙古贵族却图率部进入青海，征服了原西海蒙古，被称为却图汗。这是第4次。

却图汗家族世代信奉噶玛噶举派，他征服信奉格鲁派的原西海蒙古后，与西藏的藏巴汗、康区的白利土司遥相呼应，结成了反对格鲁派的同盟。格鲁派乃与新疆信奉格鲁派的厄鲁特（明代称瓦剌）和硕特部首领固始汗秘密联系，商定由固始汗率大军前来青海，消灭格鲁派的对手。公元1637年，固始汗在大小乌兰和硕（即两山）之间以少胜多，大败却图汗，不久即消灭了却图汗，占据青海，又打败藏巴汗和白利土司，建立了一个蒙藏结合的地方政权。其时，清兵正积极准备入关，固始汗和达赖喇嘛、班禅审时度势，归附了清政府。这是第5次。

明清易代，清王朝占据河西，继承的是明王朝在河西的统治格局。从顺治到康熙前期，由于清廷忙于平定"三藩之乱"、统一台湾、解决东北问题，无暇西顾，在河西一带采取守势，致使蒙古在青海和河西两山（即祁连山和北山）少数民族地带的统治日益巩固。随着他们力量的壮大，并不满足维持现状，而是时常侵入内地进行抢掠，图谋扩大牧地，对河西构成严重威胁。

青海蒙古在祁连山一带的频繁骚扰，使得清地方官吏伤透了脑筋。他们除了修筑边墙和城池，加强驻守兵力，全力防御之外，也充分利用宗教、文化等手段来维持边境的安宁和稳定。当地民间关于平天仙姑惩罚北方入侵的蒙古侵略者、保护民众的传说，非常适合统治者消弭民族冲突，增强少数民族对内地在文化心理方面的认同和向心力的愿望。因此，仙姑信仰自然就得到了统治者的大力提倡和支持，这样，《仙姑宝卷》便应运而生。

《仙姑宝卷》的编辑是以明代中叶以来直至清初的河西历史为背景的，虽然《仙姑宝卷》表面说仙姑修行、修板桥的事迹发生在汉代，并有救渡霍去病汉兵、夷人焚庙、仙姑惩罚夷人、夷人为仙姑重修庙宇以及惩恶扬善等事迹，但在叙述中明中叶以来河西的历史背景时隐时现。《仙姑宝卷》中一些用语体现了鲜明的明代特征。如"边墙""达子""天仓卫""骚奴""宰僧"等。"边墙"是明人对所修长城的称呼，秦始皇修长城，劳民伤财，名声很坏，因此明人对所修的长城不叫长城而称"边墙"。"鞑

· 99 ·

子""骚奴"则是明人对蒙古人带有蔑意的一种称呼，冯梦龙《三言》中不时出现。"天仓卫"这一名词则更具明朝的时代特点，卫所制度是明代所创，在边境实行，前代无之，明代在河西设十五卫所，虽然其中并无"天仓卫"，但足以说明《仙姑宝卷》的创作是以明代的地理区划为背景的。"宰僧"是蒙古部落中的一般办事人员，多见于明末清初关于蒙古的记载当中。《仙姑宝卷》中夷人焚庙以及仙姑惩罚夷人的故事，很明显是以明中叶以后蒙古人经常南下骚扰的历史为背景的。《夷人焚庙分第八》中说：浑邪王部下有一头目名绰什噶，领着10个儿子，一日来到仙姑庙前打围，因不满仙姑救霍去病，怒骂仙姑，被突然一阵风刮过来的一扇大门打死，其子卜什兔大怒，放火烧了庙宇，但除长子丹进外，其余9子均被大火烧死在庙中。这里绰什噶次子卜什兔的名字是直接从当时蒙古部落头领中的名字中借用过来的。据《明史》卷三二七《外国八》，卜失兔为扯力克孙，扯力克为黄台吉之子，黄台吉为俺答汗子。俺答汗曾被明朝封为顺义王，俺答死后，明又封黄台吉为顺义王，黄台吉死后，扯力克嗣为顺义王，扯力克死后，未有嗣，万历四十一年（1613），明廷封卜失兔为顺义王。卜失兔所部来往于宁夏、甘肃、青海之间，屡为边患。[①] 又据《明史》卷二三九《张臣传》，万历十八年（1590）春，张臣移镇甘肃，"火落赤犯洮、河，卜失兔将往助之，其母泣沮，不从，遂携妻女行，由永昌宋家庄穴墙入。臣逆战水泉三道沟，手格杀数人，夺其坐纛。卜失兔及其党炒胡儿并中流矢走，臣亦被创。将士斩级以百数，生获其爱女及牛马羊万八百有奇。卜失兔仰天大恸曰：'伤哉我女，悔不用母言，以至此也。'自是不敢归巢，与宰僧匿西海。已，属宰僧谢罪，其母及顺义王亦代为言，乃还其女，而使归套。臣以功进秩为真"[②]。"什"与"失"音近，当地百姓很难区分。正是由于卜失兔的以上事迹，卜失兔才为当地民众所熟知，才会被编者所借用而进入《仙姑宝卷》。

明代，北方蒙古时常南下骚扰侵略，因此甘州北边局势经常吃紧，所以处于北山脚下的临泽仙姑庙多次遭到焚毁，百姓多遭苦难。对此，《仙

---

① 参阅《明史》卷327《外国八》，中华书局1974年校点本，第8489—8494页。
② （清）张廷玉：《明史》卷327《外国八》，中华书局1974年校点本，第6207页。

第三章　平天仙姑民间信仰与《平天仙姑宝卷》

姑近代显应分》有真切的描述。俗话说三十年河东三十年河西，清代初期，情况发生了变化，这时，骚扰河西的主要是青海蒙古，处于祁连山脚下的民乐、山丹首当其冲，所以当时设在民乐的洪水堡便成了对抗青海蒙古的前沿阵地。仙姑能惩罚夷人使之悔过而重修庙宇，能够保护民众免遭战争的祸害，因此，民乐一代仙姑信仰十分兴盛。如前所述，民乐顺化乡上天乐黄泥沟的仙姑庙规模宏壮，楼阁连绵，每年四月初八的庙会热闹非凡。上天乐石窟中的仙姑洞则将《仙姑宝卷》中仙姑修行、修板桥、救渡霍去病汉兵、夷人焚庙、仙姑惩罚夷人、夷人悔过重修庙宇的事迹绘于墙壁之上，这不能不说反映了统治者以及民众希望和青海蒙古和平相处、边境安宁的良好愿望。

三　《仙姑宝卷》与当地民俗

河西地区的平天仙姑民间宗教源于临泽县板桥镇一代的仙姑信仰，仙姑信仰的起因是当地洪水给人们带来的苦难，人们给仙姑修庙予以供奉和祭祀，起初之意是对仙姑修建板桥使民众免遭徒涉之患这一功德的报答。这一思想有着传统文化的渊源。《礼记·祭法》载："夫圣王之制祭祀也，法施于民则祀之，以死勤事则祀之，能御大灾则祀之，能捍大患则祀之。是故厉山氏之有天下也，其子曰农，能殖百谷。夏之衰也，周弃继之，故祀以为稷。共工氏之霸九有也，其子曰后土，能平九州，故祀以为社。"[①]但是，仙姑信仰一旦形成，仙姑便被赋予了更多的职责和功能。《玉帝降敕与仙姑分第十七》说，由于东华教主的奏请，玉帝大喜，命太白金星降敕与仙姑，永镇合黎，保安黎庶：

有金童，把敕旨，高声宣读；上书着，玄穹帝，玉皇天尊。
降敕命，与冲和，平天仙姑；朕封你，合黎山，永镇威灵。
朕封你，西北方，一方之主；朕封你，保疆土，护国佑民。
如众人，患疾病，困苦床枕；童男女，出痘疹，服药无灵。

[①] 十三经注疏整理委员会：《礼记正义》（十三经注疏），北京大学出版社2000年校点本，第1524页。

若志心，皈命礼，平天仙姑；即令他，病痊愈，转死回生。
如众生，命犯着，三灾六害；男不生，女不育，祈讨儿童。
若志心，皈命礼，平天仙姑；即令他，生贵子，福寿延增。
如夷虏，不安静，侵犯边界；或贼氛，猖狂起，疆守不宁。
若志心，皈命礼，平天仙姑；即令他，妖氛息，殄灭边尘。
如众生，遭遇着，三灾八难；或水火，或盗贼，或遇刀兵。
若志心，皈命礼，平天仙姑；即令他，诸厄难，不来侵身。
如众生，偶遇着，狼虫虎豹；或蛇蝎，或毒蟒，一切恶虫。
若志心，皈命礼，平天仙姑；即令他，远回避，不伤其身。
如众生，家宅中，魍魉作怪；或山精，或水怪，树石成精。
若志心，皈命礼，平天仙姑；即令他，顷刻间，悉化为尘。
如众生，田苗中，飞蝗生鼠；或雷雨，或干旱，旱涝不均。
若志心，皈命礼，平天仙姑；即令他，风雨顺，五谷丰登。
如众生，有商贾，生意不顺；东不成，西不成，财运不通。
若志心，皈命礼，平天仙姑；即令他，财宝足，衣食充盈。
如众生，有妇人，延迟难产；或横生，或立生，命在顷刻。
若志心，皈命礼，平天仙姑；即令他，生产速，母子安宁。
如众生，有官灾，或者口舌；或是非，或横祸，缠害其身。
若志心，皈命礼，平天仙姑；即令他，一切厄，脱离不侵。
如众生，家宅中，六畜不利；或瘟癀，或疠疫，人口不宁。
若志心，皈命礼，平天仙姑；即令她，五瘟神，远避无踪。
凡有灾，凡有难，随心祷祝；千般祈，万般应，万祈万灵。
朕封你，行驾着，七宝金舆；朕封你，坐法席，座登五明。
朕封你，诸天真，同来侍卫；朕封你，各灵祇，俱皆朝迎。

正是由于仙姑受玉帝敕封，有着诸多职能和威灵，所以现实生活中的民众，遇着灾祸或不顺，便到仙姑庙祈求仙姑保佑，以解厄除灾，仙姑信仰持续兴盛。据明天启三年（1623）《徐承业重修仙姑庙记》，早在明代天启年间，临泽县板桥镇一代的仙姑信仰就十分兴盛，其中说："盖闻明禋肖像，崇祀报功，亘古今、率土滨之所不废。然未有如平天仙姑，河北

第三章 平天仙姑民间信仰与《平天仙姑宝卷》

一线殊方，无贵无贱，无遐无迩，肩尔往，肩尔来，咸竭诚奉祀，朝夕顶礼若弗遑者。"民国年间，这里的四月初八仙姑庙庙会十分热闹和兴盛，民国《创修临泽县志》卷三《民族志·风俗习惯》载："夏四月初八日，河北仙姑庙盛会，男女前三日乘车马赴会进香，至日尤盛。"① 樊得春《创修民乐县志》载，在民国时期，民乐县城西门外有仙姑庙，庙虽然规模不大，仅有三楹，但瞻拜之士庶、络绎不绝。在黄泥沟的仙姑庙规模则很大，"规模宏壮，楼阁连绵，每年四月八日，集会演戏，夙称千养会，今为名胜区"，风景之优雅，几乎可以和城内圣天寺相媲美。临泽县板桥镇的仙姑庙毁于1952年，随着国家宗教信仰自由政策的逐步落实，20世纪90年代初，在仙姑庙旧址，人们一到农历四月初八，便自发来到此地礼拜，有一万人的规模。时任临泽县统战部部长的魏延全说，他观察了两年后建议，与其如此，不如修个庙或寺，满足群众的礼拜需要。1992年，出家当和尚的临泽县平川乡黄一村村民边元龙倡议重修当地的佛寺和庙宇，当地民众纷纷响应。边元龙法名理空，在理空的带领下，经过15个春秋，在仙姑庙旧址建成了一座规划严整，气势恢宏的佛教寺院。寺院坐北朝南，南北向的中轴线上由南向北的建筑依次为山门、露天弥勒佛像、金刚殿、天王殿、大雄宝殿、鸠摩罗什塔。在天王殿两侧是钟鼓楼，钟楼在东，鼓楼在西，钟楼东南侧有观音殿，鼓楼西南侧有地藏菩萨殿。大雄宝殿东侧有伽蓝殿、祖师殿，大雄宝殿东面是东禅院。东禅院南面是仙姑殿，由仙姑殿、送子观音殿组成，仙姑殿居北为主殿，送子观音殿在西侧为配殿。寺院取名"香古寺"。随着香古寺的兴建，每年四月初八的庙会也得以恢复。

仙姑信仰的一项重要内容是祈子。《仙姑近代显应分第十九》中曾载有明天启四年（1624）郭巡道祈子之事。郭巡道当是郭之琮，他是明万历三十五年（1607）丁未科黄士俊榜进士，曾任巡西宁道右参政，带管肃州兵备道。② 其中说郭巡道年过半百尚无子嗣，听说仙姑非常灵威，求儿祈女者甚是灵应，便前往仙姑庙祈祷。其夫人年已四十五岁，是从未生育过

---

① （民国）高季良总纂，张志纯等校点：《创修临泽县志》，甘肃文化出版社2001年版，第112—113页。

② 参阅崔云胜《〈平天仙姑宝卷〉中的河西历史》，《河西学院学报》2012年第3期。

的，忽然怀孕，生了一子。郭巡道为答报仙姑，在长城里边，又为仙姑修了一座前殿。另据黄文炜《重修肃州新志》肃州分册载，在肃州（今酒泉）北门外半里许有仙姑庙，是清雍正元年（1723）监屯通判毛凤仪因为祈嗣而建。现今，当地民众到香古寺祈子的习俗仍然很盛，据调查得知，祈子者先要到仙姑殿、送子观音殿礼拜许愿，然后偷（摸）一只送子观音殿中的童鞋，回去之后若生了儿女，便要前来还愿，并送上一双童鞋。在过去，民间为了使小孩能够顺利长大成人，少病少灾，便给小孩取名"仙姑保"，这集中表达了人们祈求仙姑保佑小孩少病少灾，健康成长的良好愿望。

仙姑信仰的另一项重要内容是治病。《仙姑近代显应分第十九》中曾载有明崇祯九年（1636）巡抚甘肃都御史白贻清为女儿得病祈求仙姑之事。崇祯九年，巡抚白某因女儿有病，命在旦夕，听说仙姑娘娘甚是神灵，遂诚心祝祷，求娘娘保佑。祷告毕，来到后堂，因为女儿病重，心中忧虑，独坐无聊，神思昏倦，只见一个青衣女童手捧仙盒一具，往后宅直走。白巡抚问道："是哪里来的？"那女童道："我是差来与小姐送药的。"白巡抚正要问是谁差来的这话，忽然那女童不见了。白巡抚吃了一惊，走到房内只觉得异香满室，其味非常，白巡抚也不说破，只叫妇人好好看守女孩儿，再不可给她什么药饵吃。到了次日，这女孩儿眉开眼笑，渐渐把病减了，不到五日，全然康复，毫无病态了。白巡抚感激仙姑，先差人于娘娘挂了长幡，悬了金匾。又发愿捐俸予娘娘增修配殿三间。据笔者调查，现在板桥镇一代，民间仍有此俗。谁家家里人有了病痛或难解之事，就去找灵善[①]，灵善说你欠了神的，如欠了衣服等，要还愿。也有的主动给奶奶庙（仙姑庙）许愿，如鸡、羊、桃儿（形状像桃子的馒头）等，以求仙姑保佑，让病痛快点好。还愿有固定的日期，主要是正月十五和四月初八。

《仙姑宝卷》是平天仙姑民间宗教的经典，其结构形式严格，开卷有举香赞、开经偈、开经赞、志心皈命礼，每分开始前的演唱部分都有不同的曲牌，如上小楼、浪淘沙、金字经、黄莺儿、驻云飞、傍妆台等，结尾

[①] "灵善"为当地对神婆或神汉的称呼。

第三章 平天仙姑民间信仰与《平天仙姑宝卷》

有回向偈。但是，在流传过程中，《仙姑宝卷》出现了一些节略本，比较典型的节略本就是由戴登科抄录的《仙姑宝卷》，内容也发生了一些变异，最重要的变异是将"分"变成了"品"，同时结尾出现世俗化的现象，其表现是，如同其他世俗化的宝卷一样，有了请神回宫，并敬香于诸多民间神灵的偈语。我们可以做个对比。木刻本《仙姑宝卷》的结尾是功德回向，是这样的：

宝卷圆满，回向真仙。人人用心处，宣唱宝卷，神圣俱欢。上祝皇帝，圣寿万年；法界有情，同生极乐天。
回向无上佛菩提
伏愿经声郎朗，上彻九霄；佛号扬扬，通遍三界。三塗灾障诸烦恼，一切恶业悉消除。更愿家庭集庆，萃五福之咸臻；世代衍昌，早万世之已足。风调雨顺，国泰民安；五谷丰登，四民乐业。人人有庆寿延长，户户同登安乐国。
　　大哉虚皇道，开悟演真铨；救济众生苦，化显玉女宫。
　　合黎泰山顶，青阳应灵源；泓济桥边显，普度保国安。
　　志心皈命礼，随愿得飞仙。
十方三界一切佛文殊普贤观自在诸菩萨摩诃萨摩诃般若波罗蜜

戴登科手抄本《仙姑宝卷》的结尾语是这样的：

　　　　仙姑娘，显神威，永镇北方，
　　　　掌世间，男共女，大小安康。
　　　　又护国，又保民，天安地泰，
　　　　镇边墙，黑河岸，修积功成。
　　　　奉玉敕，封合黎，平天圣母，
　　　　道号尊，济中和，洞妙之君。
　　　　救世间，渡众生，消灾灭罪，
　　　　渡男女，多救敬，善济群生。
　　　　只（这）一本，仙姑卷，功果圆满，

送神灵，归本位，去上天宫。
一炷香，敬与了，玉皇大帝，
二炷香，敬与了，二郎神童。
三炷香，敬与了，二大财神，
四炷香，敬与了，四海龙君。
五炷香，敬与了，五方土地，
六炷香，敬与了，南斗六星。
七炷香，敬与了，北斗七星，
八炷香，敬与了，金刚大神。
九炷香，敬与了，九天圣母，
十炷香，敬与了，十帝阎君。①

---

① 方步和：《河西宝卷真本校注研究》，兰州大学出版社1992年版，第50—51页。

第四章　与河西民俗紧密联系的几部宝卷

河西地区有几部宝卷是青莲教的经典，它们随着青莲教的传入河西而在河西地区广为流传，与河西地区的民俗有着密切的联系。青莲教是在应继南无为教、江西姚门教基础上融合了黄德辉先天道思想而形成的一个民间宗教的派别，大约形成于清乾隆末期。它形成初期传播迅速，曾制订了一个雄心勃勃的向全国各省传教的庞大计划，但在道光年间受到清政府的严厉镇压，其内部也因争权夺利而发生分裂。咸丰以后，清政府的禁令逐渐松弛，青莲教也逐渐恢复元气，但内部再次发生分裂。青莲教分裂而形成的诸多支派，形成了中国近代史上主要的会道门。青莲教大约于清光绪年间传入河西，从河西走廊东头的古浪县到西边的敦煌市均有流传。河西地区流传的《观音济度本愿真经》《目连救母幽冥宝卷》《韩湘子宝卷》《岳山宝卷》《还乡宝卷》等，均为青莲教或其支派圆明道的宝卷。

第一节　《观音济度本愿真经》

《观音济度本愿真经》是河西地区广为流传的一部宝卷，从西边的酒泉到东边的古浪均有流传，其名称各不相同。《酒泉宝卷》题为"香山宝卷"；《金张掖民间宝卷》题为"观音宝卷"；《山丹宝卷》题为"观音济度宝卷"；《凉州宝卷》题为"观音宝卷"；古浪《宝卷》收有相关内容的宝卷3部，分别题为"观音宝卷""庄王宝卷""香山宝卷"。相互比较发现，《酒泉宝卷》本基本上算完整，古浪《宝卷》本则将内容分为"观音宝卷"和"庄王宝卷"两部分，合起来，首尾也基本完整，其他各本均非全本。其中,《金张掖宝卷》本、《凉州宝卷》本、古浪《宝卷》本中的《香山宝卷》只有上卷,没有下卷,《山丹宝卷》本只有上卷,且内容有较大压缩。河西地区所流传的这部宝卷,不管名称叫什么,就其内容来看,都是《观音济度本愿真经》的不同抄本,而非《香山宝卷》。车锡伦早就指出,《酒泉宝卷》所收的这部《香山宝卷》其实是《观音济度本愿真经》,校点者误改为"香山宝卷","两者虽都是讲述中国佛教观世音菩萨——妙庄王三公主妙善——修行成道的故事,但前者是佛教的世俗读物,后者则是清代先天道支派青莲教的布道书"①。青莲教的经典《观音济度本愿真经》在河西地区的广泛流传说明,青莲教在河西地区广有传播。

妙庄王三公主妙善在香山修道证成千手千眼观世音菩萨的故事源自河南平顶山市香山寺《香山大悲菩萨传碑》,后来又演化出佛教《香山宝卷》,清代青莲教教首彭超凡又据以改编成《观音济度本愿真经》。从《香山大悲菩萨传碑》到《香山宝卷》,再到《观音济度本愿真经》的演变,见证了中国佛教的世俗化以及明清以来民间宗教的发展历程,也深刻影响了包括河西地区在内的流传地区的民俗。

一 香山大悲菩萨传碑与《香山宝卷》

香山大悲菩萨传碑立于河南省平顶山市香山寺观音大士塔下券洞内,"碑高2.22米,宽1.46米,碑文为楷书,50行,满行91字"②。亦称千手千眼观世音菩萨得道正果史话碑。据碑文记载,此碑碑文是由北宋通议大夫同知枢密院事蒋之奇撰文,翰林学士承旨蔡京于元符三年(1100)九月书丹,时至元代,旧碑历经风雨导致残损,至大元年(1308)香山寺僧人重新雕刻。碑文记载蒋之奇撰写《香山大悲菩萨传》的过程时说:"香山千手眼大悲菩萨乃观音化身,异哉!元符二年仲冬晦日,余出守汝州,而香山实在境内。住持沙门怀昼遣侍僧命予至山,安于正寝,备蔬膳,礼貌严谨,乘闲从容而言。此月之吉,有比丘入山,风貌甚古,三衣蓝缕。问之云居长安终南山,闻香山有大悲菩萨,故来瞻礼,乃延馆之。是夕,

---

① 车锡伦:《清代民间宗教的两种宝卷》,《兰州学刊》1995年第4期。
② 袁桂娥:《〈香山大悲菩萨传〉与中国民间观音信仰体系的形成》,《平顶山学院学报》2010年第4期。

僧绕塔行道，达旦已。乃造方丈，谓昼曰：'贫道昔在南山灵感寺古屋经堆中，得一卷书，题曰《香山大悲菩萨传》，乃唐南山道宣律师问天神所传灵感神妙之语，叙菩萨应化之迹，藏之积年。晚闻京西汝州香山即菩萨成道之地，故跋涉而来，冀获瞻礼，果有灵迹在焉。'遂出传示昼。昼自念主持于此久矣，欲求其传而未之得，今是僧实携以来，岂非缘契，遂录传之。翌日，既而欲命僧话，卒无得处。乃曰：'日已夕矣，彼僧何诣？'命僧追之，莫知所止。昼亦不知其凡耶圣耶！因以其传为示。予读之，本末甚详，但其语或俚俗，岂义常者少文而失天神本语耶？然至菩萨之言，皆卓然奇特入理之极谈。予以菩萨之显化香山若此，而未有碑记此者，偶获本传，岂非菩萨咐嘱，欲予撰者乎！遂为伦次，刊灭俚辞，采菩萨实语著于篇。"① 这里关于香山大悲菩萨传碑来历的叙述颇为神奇，那位送《传》的僧人神龙见首不见尾，但有两点是真实不虚的。第一，蒋之奇所撰碑文是在香山寺主持怀昼所呈《香山大悲菩萨传》的基础上进行删削、润色、整理、加工而成；第二，唐代终南山道宣律师著有《道宣律师感通录》，内中讲述道宣与天人之间的问答之语，多载中国境内众多佛教遗迹之由来，其中有许多是过去佛迦叶佛时代遗迹，比如著名的凉州瑞像，就是迦叶佛时代利宾菩萨所建。不过《道宣律师感通录》中并无《香山大悲菩萨传》。据《宋史·蒋之奇传》的记载，他于崇宁元年（1102）"除观文殿学士，知杭州"②。崇宁三年（1104），杭州天竺寺僧人道育在天竺寺重刻《香山大悲菩萨传》。韩秉方认为，是蒋之奇将《香山大悲菩萨传》带到了杭州，促成了杭州天竺寺重刻香山大悲菩萨传碑之事。③

由香山大悲菩萨传碑的记载可知，河南平顶山香山寺是大悲观音菩萨道场，在蒋之奇来临之前，此地就有关于妙善三公主证道香山的民间传说。据碑文，妙善三公主香山修道证成千手千眼大悲观音菩萨的事迹是唐代道宣律师听天人所讲，由其弟子义常记录的。由于道宣律师"宿植德本，净修梵行，感致天神给侍左右"，一日，律师问天神曰："我闻观音大士于此土有缘，不审灵踪显发，何地最胜？"天神回答说："观音示现无

---

① 肖红、曹二虎、何清怀主编：《香山大悲菩萨传》，文物出版社2009年版，第109—110页。
② （元）脱脱等：《宋史》卷343《蒋之奇传》，中华书局1977年校点本，第10917页。
③ 韩秉方：《观音菩萨信仰与妙善的传说》，《世界宗教研究》2004年第2期。

方，而肉身降迹，惟香山因缘最为胜妙。"香山位于嵩岳之南二百余里。香山东北，过去有国王名曰庄王，有夫人名曰宝德。王心信邪，不敬三宝，没有太子，生有三女：长曰妙颜，次曰妙音，三曰妙善。妙善"资禀绝异，方娠之时，夫人梦吞明月，及将诞育，六种震动"。妙善及长，庄王欲为择婿婚配，妙善不从，意欲出家修行。庄王大怒，命其母规劝，妙善执意不肯。遂将妙善置于后园茅茨之下，不准送于饮食。夫人不忍，命人密馈饮食。后其母携二位姐姐前来规劝，均被妙善拒绝。其父庄王更加生气，召比丘尼惠真，让她带妙善回寺院规劝，让其回心转意。不料妙善在寺院虽经惠真等尼姑劝说，仍不回心，又经做饭、种菜、挑水等杂务折磨，而出家修行之心更加坚定。庄王闻报，大怒不已，命使臣擒往郊外斩首，不料正要行刑，被龙山山神"以神通力，天大暗冥，暴风雷电，摄取妙善，置于山下"，"使臣奔驰奏王"，"王复惊怒，驱五百军，尽斩众尼，悉焚舍宇"。妙善在龙山之下受山神指引，在大龙山、小龙山之中香山葺宇修行，草衣木食。三年之后，庄王罪业满盈，身染迦摩罗疾（一种恶性肌肤病，能致人死亡），疼痛难忍，国中医者束手，无药可医。一日有一异僧来至宫内，说："吾有神方，可疗王病。"异僧说要治此病，须得无嗔真人手眼和成药物，方可医治。并说："王国西南有山号曰香山，绝顶有仙人修行功著，人无知者，此人无嗔。"庄王说："如何得其手眼？"僧人说："他人莫求，惟王可得。此仙人者，过去与王有大因缘，得其手眼，王之此疾，立愈无疑。"庄王闻之，焚香祷告毕，命使臣持香入山求手眼。使臣入香山，见到仙人，宣王敕命。妙善遂以刀自剜双眼，复命使臣断其两手，持归救王。庄王得手眼，深生惭愧，令僧和药服之，不到十日，王病悉愈。遂在僧人指点下前往香山答谢仙人。庄王和夫人来至香山庵所，广陈妙供，焚香致谢。夫人审问瞻像，觉得仙人形像颇似妙善，不觉哽咽，涕泪悲泣。仙人忽曰："阿母夫人勿忆妙善，我身是也。父王恶疾，儿奉手眼上报王恩。"王与夫人抱持大哭，哀恸天地，曰："将以舌舐儿两眼，续儿两手，愿天地神灵，令儿枯眼重生，断臂复完。"庄王发愿已毕，口未至眼，忽失妙善所在。此时，天地震动，光明照耀，祥云周覆，天鼓发响，乃见千手千眼大悲观音身相端严，光明晃耀，巍巍堂堂，如星中月。庄王及夫人见此瑞像，扬声忏悔，愿回向三宝，重兴佛刹。须臾，仙人复还本身，手眼完具，跌坐合掌，俨然而化。庄王遂安葬妙善真身于庵基之下，出内库财，于香山建塔十三层，以覆菩萨真身。

蒋之奇撰文的香山大悲菩萨传碑的树立，使得妙善三公主香山修行证成大悲千手千眼观世音菩萨的故事逐渐传播开来，到元代，管道升在此基础上写成的《观世音菩萨传略》促使了妙善故事的进一步扩展，明代出现了佛教宝卷《香山宝卷》，又有章回体小说《南海观音菩萨出身修行传》的问世，从而使得妙善修道成观音的故事广为传播。

《香山宝卷》，简称《香山卷》，在明代流传颇广，无为教创始人罗梦鸿五部六册之《巍巍不动太山深根根结果宝卷》批评当时流传的许多宝卷，其中说："《香山卷》，有外道，七分邪宗。"[1]《香山宝卷》又名《观世音菩萨本行经》，是佛教世俗化的产物，讲述的是兴林国妙庄王三公主妙善不顾其父王反对出家修行、自割手眼救父、在香山成道为千手千眼观音菩萨的故事，现存最早刻本是乾隆三十八年（1773）杭州昭庆大字经房本，卷首题"天竺普明禅师编集、江西宝峰禅师流行、梅江智公禅师重修、太原文公法师传录"。通行本是经过简化的清同治七年（1868）杭州慧空经房刊本及各地重刻、重印本，名为《观世音菩萨本行经简集》。《香山宝卷》在交代《香山宝卷》的来历时说："昔普明禅师于崇宁二年八月十五日在武林上天竺，独坐期堂。三月已满，忽然一老僧云：'公单修无上乘正真之道，独接上乘，焉能普济？汝当代佛兴化，三乘演畅，顿渐齐行，便可广度中下群情。公若如此，方报佛恩。'普明问僧曰：'将何法可度于人？'僧答云：'吾观此土人与观世音菩萨宿有因缘。就将菩萨行状略说本末，流行于世，供养持念者，福不唐捐。'此僧乃尽宣其由，言已，隐身而去。普明禅师一历览耳，随即编成此经。忽然，观世音菩萨亲现紫磨金相，手提净瓶绿柳，驾云而现，良久归空。人皆见之，愈加精进。以此流传天下闻，后人得道无穷数。"[2]《香山宝卷》是在宋蒋之奇《香山大悲菩萨传》的基础上改编而成。北宋元符二年（1099），汝州太守蒋之奇对宝丰县香山寺僧人怀昼所呈《香山大悲菩萨传》进行了加工润色，第二

---

[1] 明刻本《巍巍不动太山深根根结果宝卷》，濮文起主编：《民间宝卷》第1册，黄山书社2005年版，第527页。

[2] 中共张家港市委宣传部等编：《中国·河阳宝卷》，上海文化出版社2007年版，第32页。

年，香山寺僧人请书法家蔡京写碑，在香山寺刻立了香山大悲菩萨传碑。崇宁元年（1102），蒋之奇迁知杭州，又将这部《香山大悲菩萨传》带到杭州，赠给天竺寺僧人。第三年，天竺寺僧道育将它改名为《香山大悲成道传》，也刻石立碑于天竺寺。韩秉方认为北宋崇宁二年（1103）上天竺普明禅师编撰《香山宝卷》的说法是可信的。他说，"蒋之奇于崇宁元年来杭州任知府、上天竺寺僧普明于崇宁二年撰《香山宝卷》、天竺寺于崇宁三年《香山大悲菩萨传》碑正式重刻落成。这三件事依次相继发生，难道仅仅是历史的巧合吗？！否。其中必有某种历史的因果机缘在！""按照历史与逻辑的统一来考察，《香山宝卷》题记所言，上天竺寺普明禅师所谓'受神人之示'，显然只是受到汝州香山寺那本为天神传示，且由太守蒋之奇撰文刻石立碑的《香山大悲菩萨传》的启示而已，其有他哉！"并认为《香山宝卷》是"迄今传世的第一部宝卷"，现今传世的《香山宝卷》已不是普明所编撰的原本了，"该《宝卷》经过此后多位禅师的加工，即所谓'流行'、'重修'、'传录'之类，其内容当已经历过不断丰富和发展，故事情节当然更符合中国普通信众的礼仪、风俗与口味"①。车锡伦对此有不同看法，他通过考证认为，所谓普明禅师受神之启示而作《香山宝卷》的说法是伪托的，日本学者塚本善隆认为这部宝卷产生于明代初年（1368年后）的看法，较为稳妥。②马西沙则持慎重态度，说"最早的宝卷有人认为是北宋产生的《香山宝卷》。北宋真宗时代禁断变文，变文由是易名为宝卷，有逻辑上的合理性，还需佐证"③。笔者同意车锡伦的说法，因为韩秉方的观点推测和想象成分过多，缺乏史料支撑，车锡伦从传播学的角度，运用相关史料进行佐证，让人觉得更合情理。普明禅师于北宋崇宁二年作《香山宝卷》的说法不可信，但韩秉方认为《香山宝卷》是依据《香山大悲菩萨传》改编的，这是正确的。

由于乾隆本《香山宝卷》很难见到，现据简化本《观世音菩萨本行经简集》来讨论《香山宝卷》与《香山大悲菩萨传》的关系。两相比较可以看出，《香山宝卷》在《香山大悲菩萨传》的基础上进行了许多演绎和

---

① 韩秉方：《观世音信仰与妙善的传说》，《世界宗教研究》2004年第2期。
② 车锡伦：《中国宝卷研究》，广西师范大学出版社2009年版，第113页。
③ 马西沙：《〈中华珍本宝卷〉前言》，《世界宗教研究》2013年第2期。

发挥，增加了许多故事情节。现举几例。其一，《香山大悲菩萨传》中说妙善三公主修行故事是道宣律师听闻天神所讲，由其弟子义常记录，但并未说发生在什么时代，《香山宝卷》明确说发生在过去佛迦叶佛时代，其中说："恭闻迦叶佛时，须弥山西有一世界，国名兴林，年号妙庄，彼土人皇姓婆名伽"，"其正宫皇后，名号宝德"。其二，《香山大悲菩萨传》中，由于妙善违庄王之意，庄王命人将妙善于郊外斩首，正要行刑之时，被龙神所救，后受山神点化，至香山茸庵修行，并无游地狱之事。《香山宝卷》则加进了妙善魂游地狱的情节，说妙善被庄王派人用弓弦绞死，尸首被一猛虎背进山林，妙善灵魂在善部青童子的引导之下游历地府十八层地狱，受到地藏王菩萨以及阎君的礼遇，并在地府讲经说法，广度众生。十殿阎君恐妙善度尽地狱众生，没了地狱，坏了善恶果报之理，世上之人不肯修善，遂让妙善转还人世。其三，《香山大悲菩萨传》中，自然不会有道教神灵，但在《香山宝卷》中，却出现了道教神灵太白金星、玉皇大帝等，其中说，妙善还魂之后，发现身处树林，无处安身，太白金星看见，遂飞奔下界，化为一老翁，指点妙善前往香山修道。由于香山有二千里之遥，妙善弓鞋三寸，徒步难到，于是玉皇大帝救香山土地化一猛虎驮妙善至香山，结庵修行。其四，故事的结尾，《香山宝卷》又增加了妙善三公主蒙佛授记以及其前世的一些故事，更增加了观世音菩萨的庄严性和神圣性。其中说："且说现在观世音功成行满，蒙佛授记，遂感大千世界六种震动，天垂宝盖，地涌金莲，十方诸佛、菩萨、圣僧、释梵诸天、龙神八部，尽赴香山。""尔时仙人告诸后贤，吾于过去无量劫中宝藏佛时，净音皇宫曾作第一太子，出家行道，至今身心不倦，头头救拔，随类化身。今国皇者，乃吾宿世檀越，妙书、妙音，乃是他生良友，及余眷属群臣，悉是助缘信士，前生曾结善缘，以致世世相随。""此时仙人方称观世音菩萨，自然体挂璎珞，头戴珠冠，手提净瓶绿柳，足踏千叶金莲，顶放白毫相光，遍照沙界。是诸大众齐白佛言，请问世尊，香山仙人本行因地，令诸信云何受持？""尔时世尊告四众言：汝今谛听，当为汝说。本山仙者，乃古佛正法明如来，于诸佛中慈悲第一，悯诸众生，出现凡世，假入轮回，化令同事，能舍身心，救拔迷人，归于净土。舍双眼，今得千眼报；舍双手，今得千手报，号曰：千手千眼大慈大悲救拔苦难广大灵感如来。应供、正遍知、明行足、善逝、世间解、无上士、调御丈夫、天人师、佛、世尊，即观音菩萨十号也。"①

《香山宝卷》与《香山大悲菩萨传》相比，故事情节更加丰满感人，其叙述和说理通俗易懂，还掺进了一些儒家和道教的内容和神灵，贴近下层百姓的思想和实际，这正体现了《香山宝卷》题记中所表达的佛教禅宗只接度上乘之人，不能普济众生，应当"三乘演畅，顿渐齐行，便可广度中下群情"的思想，这也正体现了编撰者编撰《香山宝卷》的目的，那就是通过妙善公主出家修行证果的曲折故事，将佛教的教义和理论通俗化，以适合中下根器民众的口味和水平，争取信众。这部宝卷在清及近现代民间广泛传承和演唱，有着深厚的群众基础。

在《香山宝卷》的影响下，关于观世音菩萨香山修行故事的小说和戏曲也纷纷涌现，比如明朱鼎臣编撰了章回体小说《南海观音菩萨出身修行传》，罗懋登编撰了戏曲剧本《观世音修行香山记》。这些小说和戏曲，出现了大量民间信仰的内容和思想观念，同样对后世产生了很大的影响。比如，在《香山宝卷》末尾，妙善说她的两位姐姐"妙书、妙音，乃是他生良友"，这给后人留下了想象空间，《南海观音菩萨出身修行传》则将妙善的两位姐姐直接附会成了文殊菩萨和普贤菩萨，在其末尾这样安排，说妙善在香山修道成功，玉皇大帝派太白金星来至庵前宣读诏书：

> 咨尔兴林国妙庄王，初未识天庭地府，六道轮回，造孽犯罪在先。今妙善专此责而脱凡尘，九载苦修成功，阴司救恩，舍身医父，济人利物，靡不曲尽。举目能瞩天下善恶，侧耳能听人间是非，朕甚嘉焉！其封为大慈大悲救苦救难南无灵感观世音菩萨，赐与莲花宝座一副，永作南海普陀岩道场之主。其姊妙清、妙音初耽世昧，后能改行迁善，修行慕道，遇难不污。妙清封为大善文殊菩萨，赐与青狮，出入骑坐；妙音封为大善普贤菩萨，赐与白象，出入骑坐；永作清凉山道场之主。其父庄王封为善胜菩萨都仙官；其母封为完善菩萨都夫

---

① 以上所引《香山宝卷》内容请参阅《观世音菩萨本行经》，见濮文起主编《民间宝卷》第10册，黄山书社2005年版。

人。其善财、龙女封为金童、玉女。呜呼！千叫万应，普度众生，合家封赠，万年香火。①

《南海观音菩萨出身修行传》附会妙善的两位姐姐为文殊、普贤菩萨的做法，成为清代青莲教教首彭超凡《观音济度本愿真经》妙善修道成功也度化两位姐姐修道成功后，佛祖封其两位姐姐为文殊、普贤菩萨的滥觞。

二 《观音济度本愿真经》

《观音济度本愿真经》是青莲教道首彭德源编撰的。据研究，"青莲教的渊源可以追溯到应继南的无为教与姚文宇的姚门教。当清初来自北方的圆顿大乘教和罗维行所传大乘教进入江西后，与在江西贵溪一带流传的一支姚门教相会合，形成吴子祥所传大乘教。该教后来由吴子祥的弟子何若（弱）带到贵州龙里，辗转传到了袁志谦。在袁志谦时，大乘教又接触到了黄德辉的先天道，确定了尊达摩为初祖及教内道阶制度，并将大乘教改称金丹大道或龙华会、青莲教"②。青莲教形成后，在四川、湖北等省得到广泛发展。在道光七年（1827），由于清政府的搜捕和镇压，青莲教受到沉重打击。但是，青莲教很快恢复了元气，并积极进行复教活动。道光二十四年（1844），青莲教内部形成了比较严密的组织机构，以水、火、木、金、土为序的"先天内五行""总持坛事"，以元、微、专、果、真为序的"后天外五行"与以温、良、恭、俭、让为序的"五德"构成"十地大总"，掌管各省传徒之教务。把全国十八省划分为"道家十方"，由"十地大总"各认一方，再由他们将其徒弟分为108盘，分散到各地去传徒，其中李一源掌管四川、陕西、甘肃。道光二十五年（1845），青莲教再次遭到清政府打击，"先天内五行"林一秘、安依成、彭超凡、陈文海、宋依道中，除林一秘、彭超凡漏网外，其余三人被捕获处决。在这种严峻的情况之下，道内推举彭超凡为首掌道。"超凡"是彭德源的字，在"先

---

① （明）朱鼎臣：《南海观音菩萨出身修行传》，见普通编注《观音菩萨传》，文化艺术出版社2012年版，第74—75页。

② 秦宝琦：《清代青莲教源流考》，《清史研究》1999年第4期。

天内五行"中属"水",为"水法祖","道号依法,又号浩然、沧州子、儒童老人、素一老人、水一老人、广野老人。湖北沔阳州人。嘉庆初年十二月八日降生,谓先天五老水精古佛化身。袁十二祖时地任。道光二十三年风考迭起,道场频临瓦解,奉袁祖乩谕晋升水行。临危受命,继火行陈玉贤重建先天道场,严立佛规,著有《破迷宗旨》《破迷宗旨篇》《八字觉源》……普传天下,大展宗风,咸丰八年十二月一日归西"①。《观音济度本愿真经》便是彭超凡所编的反映青莲教教义和思想的一部宝卷。②

《观音济度本愿真经》是根据《香山宝卷》改编的,但其卷首之《序》则把其来源说得十分神秘。《观音济度本愿真经》卷首有《观音古佛原叙》,其后是《西天达摩祖师题赞》《孚佑大帝吕祖题》,接着是《观音济度本愿真经叙》。《观音古佛原叙》与《观音济度本愿真经叙》前后呼应,编造了一个神话。《观音古佛原叙》借观音古佛之口,说观音古佛现身说法,"以吾之本末始终,逐一详叙。当时言语问答,缕细备载,……又将修道之火候功用、玄妙法则,一一流露于常言俗语中,……书成藏之朝元洞内石室门中,以待后之见者广为流布。……吾昔立下宏愿:济度一切,此经其吾济度之一助也欤!因以《济度本愿真经》名其书,而缀数语于笺端云。时永乐丙申岁六月望日书"。《观音济度本愿真经叙》说,广野山人"一日往朝普陀,舟至南海,预得真武祖师预报",在普陀朝元洞灵通寺遇一道童,得到此经,经文"系西天梵字",因译写刊刻传世。末署"时在大清康熙丙午岁冬至后三日广野山人月魄氏沐手敬叙于明心山房"。这位降生于嘉庆初年十二月八日的广野老人彭德源之所以要编造《观音济度本愿真经》成书于"永乐丙申岁六月望日",被发现于"大清康熙丙午岁",并自己由梵字译写刊刻传世的神话,目的是在青莲教多次受到清政府镇压和打击的背景下,便于掩人耳目,方便经文流通。

《观音济度本愿真经》集中反映了青莲教的教义和思想。首先,《真经》

---

① 见林万传《先天道研究》第6章,转引自马西沙、韩秉方《中国民间宗教史》,中国社会科学出版社2004年版,第840页。
② 关于《观音济度本愿真经》的成书有不同说法,王见川认为此书是广野老人彭依法据十三祖杨守一撰著修改整理而成(见王见川、林万传主编《明清民间宗教经卷文献》"导言",新文丰出版公司1999年版,第7—8页)。

中的神谱体系及妙善三公主出家修行证道香山的故事架构,都是按照青莲教的教义和思想安排的。《真经》开首叙述慈航尊者悲悯东土众生,启奏瑶池金母无极天尊下凡度人,金母说东土众生"甘堕沉沦,难以劝转"。慈航苦苦哀告,金母方才准许,并说"尔若定要下世,时下尘苦,不比于前,须当小心,莫落苦海,自误前程,谨记于心。后日吾命达摩指你大道,回光返照"。诸佛菩萨送慈航至兴林国,东岳城隍土地等神齐来迎接佛驾。慈航投身为兴林国三公主,名为妙善。妙善长大后,拒绝父王招赘驸马之命坚持要修行,值日功曹、鉴察护法将妙善之善言善行及志向直奏佛前,佛祖命达摩尊者下界传以大道。后妙善公主被其父妙庄王绞斩,黄龙真人奉金母法旨,引妙善朝见四尊三佛及瑶池金母。金母命黄龙真人与金童玉女领妙善遍游十大地狱。游完地狱还阳后,由黄龙真人与太白金星送妙善至香山修道。在香山,妙善修道成功。妙庄王恶满,上帝降灾生了重病,无药可治。妙善化作和尚揭了妙庄王所挂寻医榜文,开出药方,需要亲人手眼配熏丹药。大公主、二公主均不肯施舍手眼。妙善慈悲心切,乘机劝父王"皈依三宝,积德解冤,诚心忏悔",并指示香山有位仙姑,其手眼也可用得,也能够施舍。妙庄王命人到香山求来了手眼,医好了病症,到香山还愿,发现仙姑乃自己的三公主,遂与王后一起舍位出家修行。妙善又度化两位姐姐和两位姐夫亦到香山修道。最后均证果成真。青莲教供奉的最高神灵为无生老母。道光二十四年(1844)正月,李一源与彭超凡等"在湖北汉阳萧家塘租用当地刘王氏的空屋,'设坛请乩',将'无生老母'改为'瑶池金母'"[1]。另外,青莲教将禅宗东土初祖达摩尊为自己的开山祖师。《真经》中,慈航尊者奉瑶池金母之命下凡度众,而达摩祖师又在花园中授妙善以先天大道,这都是彭超凡在编撰《真经》时的精心安排。

其次,青莲教在传徒时有一定的仪式,要"借扶乩祷圣,假托圣贤仙佛转世,劝人吃斋行善,声称如此便可'获福延年,不遭水火劫难。'信徒要在神像前盟誓,宣称'后若改悔,定遭雷殛',并由教首或师父传给打坐运气之术"[2]。关于这一仪式,在《真经》中屡有体现。《花园受苦得

---

[1] 秦宝琦:《清代青莲教源流考》,《清史研究》1999年第4期。
[2] 秦宝琦:《清代青莲教源流考》,《清史研究》1999年第4期。

乐之道第二》中，当达摩尊者在花园中向妙善传授先天大道时，要求妙善发誓赌咒，说："大道立誓方为凭！"妙善公主朝西跪下，虔诚敬禀告天京："上告玉皇大齐主，三十三天诸佛尊。下禀阴曹幽冥主，十殿阎君听分明。弟子本是皇王女，取号妙善是乳名。自幼五荤都戒除，今年方才十六春。立誓求领先天道，蒙师指点无字经。若还后来有退悔，永堕沉沦地狱门！伏望诸佛来护佑，保佑妙善无灾星。"达摩听后，方才授以先天炼养之道。《香山温养圣胎第六》中，当香山寺当家师周全功求妙善公主传授大道时，公主说："你既求我大道，请备供果，秉烛焚香立誓，申文奏明我佛如来，方可指点于尔也。"周氏不辞辛劳，备办齐供果，"公主观看色色到，十分欢喜在眉梢。诚心默诵佛旨告，惊动三曹鬼哭嚎。护法诸神来挂号，先天大道不轻交。开口便把金功叫，自立洪誓心坚牢"。周氏发誓说："弟子修行依大道，不敢冒犯佛规条。我若反悔违圣教，万劫沉沦不生超。"公主看到周氏已立誓愿，遂传以先天大道。《驸马香山求道第十一》中，当大公主、二公主、大驸马、二驸马请求妙善公主指示修道下手之法时，公主同样要求他们立愿发誓，"你们既求先天大道，须要备设供果，凭佛立誓，方可传授！"当大驸马表示不解时，妙善引用儒家《论语》《大学》等经典，说圣人亦将玄妙法则，一一备载于经典之中，不遇至人指示，难以惺悟。在阐述了必须发誓的缘由后说："先天大道，非时不泄、非人不传，要奉天命而传。"四人如法发誓之后，方才授以大道口诀。

第三，《真经》从表面看讲人生无常、因果报应，劝世人吃斋念佛，勤修大道，但在具体的修炼上却讲的是道家的金丹炼养之道，这正是青莲教的特色之一。王见川指出，青莲教的特色是"奉行三皈五戒，吃长斋，修炼九节玄功，传教者以《礼本》开示信众"[①]。收徒时传授先天大道成为青莲教的重要特色，这先天大道的具体修炼口诀，在《真经》当中屡有揭示，如《花园受苦得乐之道第二》中，达摩尊者在花园中向妙善传授的先天大道是："一不杀生并偷盗，三不邪淫守戒清。四不酒肉并妄语，五戒总要守得精。皈依佛法僧三宝，二五相交妙合凝。灵台收取先天气，北海存留龙虎迎。定静恍惚无人我，一元复始地雷鸣。牛郎织女意相合，五

---

① 王见川：《青莲教道脉源流新论——兼谈九祖"黄德辉"》，《清史研究》2010年第2期。

行攒簇毫光腾。一四二三颠倒会，移戌就巳虎龙吟，牟尼宝珠能结就，功行圆满内果纯。"其中的实质就是道家的金丹修炼口诀。

第四，《真经》末尾借鉴了《南海观音菩萨出身修行传》的做法，编撰了一个大团圆的结局，说妙善修道成功，割手眼救父恶疾，度化其父皇妙庄王和母亲伯牙夫人以及二位姐姐、姐夫也到香山修道，功果圆满，三官大地一一奏知我佛如来，如来命三官接引妙善等人赴西天大雄宝殿。如来封妙善为：南无大慈大悲寻声救苦广大灵感观世音菩萨；封大姐为：南无大智师利文殊菩萨；封二姐为：南无大行能仁普贤菩萨；封妙庄王为：南无大庄严善胜菩萨；封伯牙夫人为：南无大胜慈万善胜菩萨。《真经》的这一结局安排，从表面看，又回到了佛教的架构体系，但实际上早已离佛教十万八千里了。因为，佛教的理论，就中国最大的两个派别禅宗和净土宗而言，一个讲求明心见性，顿悟成佛，一个讲求一心念佛，往生西方，最终的果位是成佛，其境界是"不生不灭、不垢不净、不增不减"，一切了无差别。而动辄由玉皇大帝或如来佛祖敕封为某某菩萨，这是典型的中国人君权至上，诸大臣的官职、爵位均由皇帝敕封的思维习惯，与佛教差之远矣。

三　《观音济度本愿真经》与河西民俗

自北宋元符三年（1100），河南平顶山香山寺香山大悲菩萨传碑树立以来，妙善三公主修道香山证成大悲观音菩萨的故事逐渐传播开来。随着文人作品《大悲菩萨传略》、佛教宝卷《香山宝卷》、章回体小说《观世音菩萨出身修行传》、戏曲《香山记》、青莲教宝卷《观音济度本愿真经》等的宣传和推动，大悲观音菩萨的信仰走向全国，深入民间，涌现了众多的香山及香山寺，深刻影响了中国的民俗。"据有关资料记载，我国现有大大小小的香山30多处"，"在中国众多香山中，据不完全统计，建香山寺的有9处"[①]。据笔者所知，在西北地区，陕西耀州有香山和香山寺，在甘肃陇南市礼县和西和县交界处有香山和香山寺，在张掖高台县有香山和香山寺。另外，在甘肃省定西市岷县也有《观音济度本愿真经》的流

[①] 袁桂娥：《〈香山大悲菩萨传〉与中国民间观音信仰体系的形成》，《平顶山学院学报》2010年第4期。

传。由此,从陕西耀州、甘肃陇南市西和县、定西市岷县、武威市、张掖市、酒泉市,一条青莲教由东向西传播的路线隐然可见。

(一)陇南香山寺与当地民俗

陇南香山形成的时间并不长,是在晚清以后,它的形成是青莲教及《观音济度本愿真经》传播影响的结果。笔者曾专程前往陇南市,对香山做了一些考察。陇南香山位于礼县和西和县交界地带,最高峰海拔2532米,现在,从礼县和西和县均有水泥路从山脚下直通山顶香山寺。对于香山胜景,清光绪《重建香山寺碑记》有着生动的描写:"斯山也,象具奇观,形由天造,蜿蜒不知几千里,高俊不知几万丈;野花开于九夏,赤松秀于三冬,实同仇池八盘之号,无殊香山九老之名。社结绝顶,石龙峙其左,石塔峙其右。水洞峙其前,冬消夏冻;石碑峙其后,似雕若琢。中峙莲台一座,下露地穴,以砖弥掩,微隙则风从中吼,空落透底,名曰风洞。况殿角地势极险,高耸无量,如切如削,上极于天,下达于河。人惊俯视,金指为菩萨舍身崖。其间虽足迹发影,迄今犹有存者。以故峦头之云终日而不断;石泉之水,当旱而常盈。或采茗叶,忽有而忽无;或见神虎,倏来而倏没。真乃蓬岛仙境,鹫岭福地。"[1]《重建香山寺碑记》的描述虽然有些夸张和想象,但陇南香山地势绝妙、香山寺的修建巧妙利用地形,自然和人工有机融合,浑然天成,确实是一处人间胜景。关于陇南香山寺最早的记载是立于香山寺的两块石碑,一是立于清咸丰十一年(1861)的"建立香山寺山门碑"[2],一是立于光绪九年(1883)的"重建香山寺碑"。据《建立香山寺山门碑记》的记载,咸丰辛亥(咸丰元年,即公元1851年),香山寺就已存在,只是少山门,咸丰十一年,冯敷荣建立山门一座。《重建香山寺碑记》载,光绪五年(1879)五月发生地震,"庙宇漂摇,道路崩溃",当地民众又募化资金重修庙宇,于光绪九年完工。现今的香山寺有住庙道士1人,姓吕,今年48岁,属全真教龙门派。据他讲,现今的庙宇是1984年重修的。香山寺的庙会为农历四月初八。每年四月初八,据一位礼县人讲,附近几县民众,甚至有从四川来

---

[1] 《重建香山寺碑记》,载(民国)王访卿编纂《重修西和县志·文艺下》,甘肃人民出版社2018年版,第531页。

[2] 载(民国)王访卿编纂《重修西和县志·文艺下》,甘肃人民出版社2018年版。

第四章 与河西民俗紧密联系的几部宝卷

者,朝山进香,人如潮涌。《陇南秦文化民俗资料》收录有民间流传的小调《大香山还愿》,反映了一些当地的民俗,现转录如下:

二嫂子:大嫂子,我们好好走,我们上香山还愿去呢。

大嫂子:他二娘(方言读 niá),快点走,今天是四月初八,他三娘来了咘(方言读 wāi)怂(方言,"很不好""极坏"的意思)得很。大嫂子和二嫂子正在议论三嫂子,正好三嫂子来了。

三嫂子:大嫂、二嫂,你们有钱,我穷得很,丑得很,怂得很。我有多么怂啊!

大嫂子和二嫂子说:你好一个丑婆娘、怂婆娘、摇婆子。

三嫂子:哼,我是一个丑摇婆,你们知不知道我穷摇婆、丑摇婆?

大嫂子、二嫂子:我们不知道。

三嫂子:你们富得很,你们光眉画眼的,知道什么,看起来连(方言"像模像样"的意思)人啊的,很有道理,能得很。那你们听我道来:上等子人是早梳油头,晚打扮,上油梳得光光的,心底坏,身体实在脏脏的。我下等子人早梳头,晚打扮,头上无油,吐点口水抹一下,抹得肌肉白白的,脸上晒得黑黑的,心地善良净净的,说我怂,说我丑,我是天下的丑婆娘。天摇婆,地摇婆,天下的摇婆不如我——我两个奶头踏调和,两个胳膊压馍馍,看我摇婆不摇婆。我的两个辣椒耳坠甩得嘀哩咕噜,嘀哩咕噜。

唱:一走一说二三里,烟烟村村走过去,穿山过河好风景,远看香山烟雾生,近看香山神仙地。

说:姐姐们,我们到了大香山胜地,你们二位给千手观音都拿的什么贡品?

大嫂子、二嫂子:我们二人给观世音拿的是香烛纸火,哎,三妹,你拿的什么贡品?

三嫂子:你们拿的仙人只能看不能吃的东西,嘿,看把你们给咋聪明来!观世音是人,人家也要吃饭呢,我的贡品是猪头羊头,油果子,葱根蒜瓣韭菜鸡蛋,姐妹们,我们赶快上香案吧!

唱：一上香，保佑儿孙精忠保国身体棒。二上香，保佑老人长寿家吉祥。三上香，保佑国泰民安永安康。①

到香山上香还愿，是陇南广为流传的民俗。此小调《大香山还愿》通过大嫂子、二嫂子、三嫂子滑稽嬉笑的对白，反映了陇南市西和县、礼县一带民众的思想和感情世界，以及朝山还愿的习俗。

另外，在西和县城西2千米的西峪乡观音村四台山有白雀寺，在《观音济度本愿真经》中，妙庄王三公主妙善曾在白雀寺修行。1990年至2002年，驻山和尚筹资对寺院进行了维修和复建，一进山门有四大院，院内有真武祖师殿、香山菩萨殿、三清殿、大雄宝殿等，四大院两侧又有八小院，院内建有天王殿、财神殿、文昌殿、僧尼殿、娘娘殿、灵官殿、地藏殿、火神殿、三官殿、达摩祖师殿等。每年农历四月初八，白雀寺举行浴佛会，四月二十二日为正会日，善男信女入寺拜佛，亦有观光者，人涌如潮。

在西和县城东岷郡山上有萨祖殿，供奉萨祖萨守坚。道观中，前殿为萨祖殿，殿门上边挂一"杏林春雨"匾额，是1985年所献。萨祖殿之后正在建一座新殿，尚未完工，再往后边是观音殿，殿内正中供奉观音菩萨，善财、龙女侍立两旁；左手供奉文殊菩萨，骑青狮；右手供奉普贤菩萨，骑白象。从这里，我们可以看出青莲教及《观音济度本愿真经》的影响。"杏林"为"兴林"之讹或有意将"兴林"讹为"杏林"，指兴林国，妙善为兴林国妙庄王三公主。观音殿正中供观音菩萨，两边供文殊、普贤菩萨，显然是将《观音济度本愿真经》中末尾妙善及其二位姐姐受如来佛祖敕封为大悲观音菩萨、文殊菩萨、普贤菩萨的具象化，从而成为民众的信仰对象。

无独有偶，陇南市城北山有药王庙，在药王殿东侧有一座观音殿，殿内供奉菩萨与岷郡山观音殿所供如出一辙，也是观音菩萨居中，文殊、普贤菩萨分居左右。庙内主持是一位道士，姓王，70多岁。笔者问：殿内塑

---

① 邱正保、张全新、田佐主编：《陇南秦文化民俗资料》，甘肃人民出版社2011年版，第388—389页。

像为什么这样供奉？他只回答了一句话：她们是姊妹三人。这一句话，就已道出了其中的内涵。

（二）高台香山寺与当地民俗

在清代，高台县属于肃州直隶州管辖。据方志记载，在高台罗城乡天城村有一座香山寺。民国十年（1921）徐家瑞编《新纂高台县志》载："香山寺。在镇夷峡口。"① 又在记载仙姑庙时说："仙姑庙。在城外西北半里，清康熙五十年修建。一在梧桐泉，一在镇夷香山。"②《新纂高台县志》还收有阎佩璋歌咏香山寺的诗两首，其一是《谒香山寺中峰》："梵宇临高巘，登临色相空。岩前青霭合，槛外碧流通。法雨飞时妙，天花散处红。仙缘何处是，应在此山中。"③ 其二是《访香山寺韩道》："问偈西岩下，行来万虑除。重峦当荜户，弱水绕蓬庐。云气生丹灶，花香馥道书。青牛与白鹤，送我过郊墟。羽客栖山寺，仙踪任步趋。乍来疑瘦岛，久坐似方壶。法演天花落，经谈水月孤。黄庭才一卷，顿觉出迷途。跨鹤来西域，飘然憩碧山。重楼临世界，方丈隔尘寰。鸟集花千树，风回水一湾。仙缘如可结，明岁更跻攀。"对于韩道，作者注云："公，酒泉人，老年悟道，憩鹤此山，时八十有一岁。"④ 在阎佩璋的笔下，香山寺俨然仙境。在这里透露出的信息是，以《观音济度本愿真经》为载体的观世音菩萨的信仰在这里传播，并落地生根。在《天城志》编委会所编《天城志》中记载有香山寺："香山寺（西山寺）。明成化年间修建。位于石峡口黑河西岸。香山高300米，庙宇顺山层建筑，上下通道由石梯和木桥相接。山顶建有三宝殿1座，三宝佛肖像大坐青狮子白象于中。下有观音堂和财神阁。中山段建无量殿，两旁设有僧房和斋房各3间，左构灵关庙，又构达矛殿。下山段建有菩萨楼，罗神庵，地藏楼。山下建筑戏台1座。四月初八为庙会。"⑤ 据《天城志》载，在天城村的明代碑刻中就有香山寺碑⑥，

---

① 参见张志纯等校点《高台县志辑校》，甘肃人民出版社1998年版，第237页。
② 参见张志纯等校点《高台县志辑校》，甘肃人民出版社1998年版，第230页。
③ 参见张志纯等校点《高台县志辑校》，甘肃人民出版社1998年版，第490页。
④ 参见张志纯等校点《高台县志辑校》，甘肃人民出版社1998年版，第491—492页。
⑤ 罗喜主编：《天城志》，甘肃省张掖市第二印刷厂2000年印刷，第192页。
⑥ 罗喜主编：《天城志》，甘肃省张掖市第二印刷厂2000年印刷，第355页。

现已不复存在了，因而无法知道当时建寺的情况。这段记载中的"山顶建有三宝殿 1 座，三宝佛肖像大坐青狮子白象于中"很令人费解，好像话没有说完整。香山寺建筑在 1958 年反封建迷信以及后来的"文化大革命"中被破坏无遗，这些记载应当是编撰者根据记忆撰写的，故没有说明白。据推断，三宝殿中供奉的菩萨亦如西和县岷郡山观音殿一样，是观音菩萨居中，文殊菩萨骑青狮、普贤菩萨骑白象分居两边。"达矛殿"亦令人费解，大概是"达摩庵"之误吧。其中还有一座"罗神庵"，不知供奉的是哪个神灵，有可能是罗祖教创始人罗祖。这些信息反映出，香山寺可能是青莲教某个支派的建筑。

今人孙其芳在《天城古迹印象记》中，记录了小时候游历天城的印象，其中说："我小时寄居在红山姐家上学。有一年四月初，学校组织我们到天城旅行"，"大概是'四月八'的那天吧，老师带领我们全部同学去城西的香山寺游玩，我们约走了三四里，淌过水将干的弱水，一上西岸就到了。岸上宽不足 50 米，岸西就是陡峭的高山，香山寺便在山上。由于山陡，在山下近处反而看不见山上的寺庙，只有在河东岸较远处，才能看清全貌。山上寺庙，高高低低约有四五处，直到山顶。由于山上没有草木，路又险窄，我没有敢上去。当时岸上人已熙熙攘攘，还有些临时搭起来卖饮食、杂货的小摊，游人都是逛四月八庙会的。主要是天城人，还有河南的常丰、河西人。我们到后，第二高小的学生也到了。他们穿了制服，排队站在戏台下，我们挤在周围人群中。接着他们的校长杨之蒲在台上讲话。他们都说的是镇夷话，我们听得不太懂，随后戏台上已经唱戏，不知唱的是什么，也许是《香山卷》吧。"[①] 田瞳在《千古镇夷峡》中也有一段关于香山寺的记载，"山上又有许多座古代庙宇，不知古人为何多把庙宇建在高山之上。最有名的是香山寺，明代成化年间修建。该寺是一组颇具规模的系列建筑，从山顶到山脚依次排列下来，分作三层，上下通道由石桥和木桥相连，远近的善男信女来朝拜，盛况空前。当然这些都是昔年的景象了，今日遥见山顶，只见寺庙残墙，旧貌已再难寻了"[②]。

---

① 罗喜主编：《天城志》，甘肃省张掖市第二印刷厂 2000 年印刷，第 338、340 页。
② 罗喜主编：《天城志》，甘肃省张掖市第二印刷厂 2000 年印刷，第 343 页。

（三）酒泉文殊山与当地民俗

鉴于《观音济度本愿真经》在酒泉地区"颇为流行"，青莲教或其支派应当在酒泉地区有流行和传播。值得注意的是，酒泉的文殊山，自清代以来便是民间宗教传播和发展基地。清黄文炜《重修肃州新志》中有多处记载文殊山的情况，在《肃州》第二册《山川》载："文殊山，城西南三十里。山峡之内，凿山为洞，盖房为寺，内塑佛像，近年又修庵阁，曰黑窑洞、曰红门寺、曰大士清庵、曰台子寺、曰接引殿、曰亥母洞、曰园觉庵、曰千佛阁、曰观音堂、曰玉皇阁，古碣无数，旧称有三百禅堂，号曰小西天。增废先后不常，大约皆是唐贞观中所遗也，岁久皆湮废。惟台子寺，玉皇阁尚存，今有喇嘛僧三百余人，主持大寺。其西有缁衣僧，募建圣寿寺，内有元太子喃答失重修碑记刊名。两山南北对峙，中有药泉水东流。"①《肃州》第十四册《诗》收有程世绂《观文殊口道场歌》，其中有"欣闻雪岭有殊宫，文殊涅槃栖此中。只今番僧阐象教，广张罪福诱愚蒙。撞钟吹螺供奉具，贝页喽啰朝复暮。观者如云施金钱，老少牛驴塞行路。就中首座属阿谁？竞说沙弥是导师。三生公案吾不晓，前尘幻影姑阙疑。独爱神清肤玉雪，光音原与常儿别。不学阳翟货居奇，安知造就非上列。是日恶伎进西凉，牛鬼蛇神闹佛场。夜义（疑为"叉"之误）双鬟浑弥戾，修罗两掌犹披猖。我为皱眉深惋惜，如此道场真戏剧。刹那倒竖久凌夷，掠影希光纷狼籍"。"观者如云施金钱，老少牛驴塞行路"展现出文殊山庙会期间，周围信众朝山进香热闹非凡的景象。笔者曾指出"其中'独爱神清肤玉雪，光音原与常儿别'，'是日恶伎进西凉，牛鬼蛇神闹佛场。夜叉双鬟浑弥戾，修罗两掌犹披猖'似乎是在描述戏曲'香山还愿'的一些故事情节"②。所谓"香山还愿"，其内容和《香山宝卷》基本相同，就笔者所知，自从 20 世纪 80 年代国家宗教信仰自由政策落实以后，在甘肃有些农村地区庙会期间有演出。黄文炜《重修肃州新志》成书于乾隆二年（1737），故程世绂《观文殊口道场歌》的写作当在其前，它反映的应当是雍正末、乾隆初年文殊山的情况。而《观音济度本愿真经》刊刻于道光

---

① （清）黄文炜：《重修肃州新志》，甘肃省酒泉博物馆 1984 年翻印，第 43—44 页。
② 参见崔云胜《〈仙姑宝卷〉的版本及其相关问题研究》，《河西学院学报》2015 年第 3 期。

三十年（1850），比程世绥《观文殊口道场歌》的写作至少晚了113年。故，假如笔者的推测没错的话，乾隆初年在文殊山庙会期间演出的"香山还愿"是根据《香山宝卷》亦即《观世音菩萨本行集》改编的，《香山宝卷》乾隆初年在酒泉地区就有流传。

　　文殊山的古寺庙建筑已经在同治四年（1865）毁于战火，其后的清光绪、宣统及民国年间又进行了重修。史岩先生于1954年6月份曾到文殊山参观了两天，他记下了当时文殊山的寺观建筑情况："寺观数量之多，确是惊人，特别是后山里，我们费了半天的时间，才得匆匆走遍各个寺观。这个寺观群的内容和性质，大体上道教的居多数，其名称有：斗姆宫，三皇宫，无量殿，眼光娘娘殿，灵官洞，三义殿，药王殿，翠云宫，龙王宫，玉皇宫，三清宫，城隍殿，东岳庙，罗祖宫，山神殿，十王殿，仙姑殿，日月宫，玉皇楼，王姆宫，五圣宫，百子阁，无极宫，普渡宫，文昌宫，财神庙……等。佛教的占少数，其名称有：千佛楼，观音洞，地藏寺，文殊寺，闪佛洞，收圆寺，睡佛寺，古佛洞，千佛洞……之类。寺观名称相同的，也颇不少。"① 史岩的记载弥足珍贵，给我们留下了新中国成立初期文殊山寺庙建筑的状况。1958年以后，文殊山的寺庙建筑被拆毁无遗，现在的建筑是20世纪80年代以后又重修的。史岩根据自己的第一印象对这些寺庙建筑进行了分类，认为"大体上道教的居多数"，"佛教的占少数"。现在看来，这种分法显然是不够准确的。从名称看，应该是这些寺庙建筑真正属于佛教、道教的是少数，大多数是民间宗教的。在史岩先生认为是道教的建筑中，罗祖宫、仙姑殿、无极宫显然属于民间宗教的建筑。明代成化至正德年间，北直隶密云卫罗梦鸿创立了无为教，一场新兴的民间宗教运动由此勃兴，影响后世十分深远。后世门徒将罗梦鸿称为罗祖，其教又俗称罗教、罗道教、罗祖教。罗祖宫有可能是罗教的建筑。仙姑殿估计是明代后期兴起于今临泽县板桥镇一带的平天仙姑民间宗教的建筑。平天仙姑信仰在清代康熙、雍正、乾隆年间迅速向四周传播，在肃州城附近及金塔寺下坝等处均修建有仙姑庙。故，此仙姑殿是供奉平天仙姑的殿堂，当是合理的推测。如前所述，青莲教供奉的最高神灵为"无生

---

① 史岩：《酒泉文殊山的石窟寺院遗迹》，《文物参考资料》1956年第7期。

老母",道光二十四年（1844）又将"无生老母"改为"瑶池金母",在《观音济度本愿真经》中"瑶池金母"又称"无极天尊"。所以无极宫当是青莲教供奉其最高神灵"无生老母"的殿堂。在史岩认为是佛教的建筑中,收圆寺可能也是民间宗教青莲教的建筑。在反映青莲教思想的《还乡宝卷》中说,混沌初分之时,无生老母先默运阴阳之气生成天地,再逆运阴阳二气于八卦炉中锻炼成人,共有九十六亿,散布宇宙,是为三才天地人。但无生老母九十六亿儿女流浪东土,迷失真性,忘却家乡老娘亲,不肯回头。故元始天尊慈悲不忍,开道指引迷人返回家乡。先设辰会,由道门老子掌教,燃灯道人主持,大开普度,收圆结果,有二亿仙人成真。次设巳会,由释迦佛掌其佛教,乃归弥陀主持,大开普度,收圆结果,又有二亿佛子了道归西。现今为皇极午会,道落儒门,弥勒掌教,乃归儒童主持,大开普度,要救回剩余的九十二亿残零。① 又说,现在白羊午会又分三期："'水老大开普度'为一期,'木公辨理收圆'为二期,'皇极归根龙华'为三期。"② 其中表达的"收圆"思想,其实就是无生老母要将自己锻炼而成的九十六亿儿女再圆满地收回去,让他们归根返祖,重返家乡。史岩还记载了他了解到的当地民众的一些信仰状况,说这些寺庙"建造人十九是地主和豪绅,或由地主发起募缘集资而营造的。因此这种寺观,在以前,它的主人不是地主豪绅的私产,便是属于某一团体或某个乡村所公有,性质上和普通寺观不同。所以这里没有长住的僧人和道士,每年农历四月初八浴佛节庙会期间,或其他节日,主人们骑着牲口,带着眷属,载着酒菜,到这里住上几天,名为拜佛学道,实际上是借此逍遥作乐;平时此间满山房屋就像空谷一般,没有一个人影的"③。这里或多或少揭示了民间宗教的信仰特色。

1958 年以后,文殊山的寺庙建筑被破坏殆尽。1988 年初,嘉峪关市文殊镇塔湾村居民茹世义（法名释谛义）经多方奔走,取得了批准恢复兴建文殊山观音楼的立项报告和土地使用手续,开始了恢复新建文殊山佛教

---

① 参阅徐永成主编《金张掖民间宝卷》（3）,甘肃文化出版社 2007 年版,第 1011—1012 页。中国古代以十万为亿,故九十二亿为 960 万。
② 徐永成主编:《金张掖民间宝卷》（3）,甘肃文化出版社 2007 年版,第 1013 页。
③ 史岩:《酒泉文殊山的石窟寺院遗迹》,《文物参考资料》1956 年第 7 期。

场所的工作。经过他和管理小组及僧众、居士、香客30多年的努力，建成了"前山的：百子楼、三肖圣母殿、城隍庙、文王庙、观音院、弥勒宝殿、地藏殿、观音宝殿、大雄宝殿、财神殿、太白金星殿、寿星洞、钟楼、西天门、普化寺、玉皇楼、五方佛殿。后山的：总土地庙、鲁班殿、山神庙、龙王宫、张天师庙、子牙楼、王母宫、无生殿、地母殿、元始天尊庵、白衣洞、三皇洞、盘古洞、女娲洞、老君洞、睡佛殿、孤魂庙、天桥、万佛塔等"①，共计39间。笔者曾于2016年5月9日专程前往文殊山考察。笔者以为，现在文殊山的寺庙建筑，除了藏传佛教的文殊寺外，无论是前山和后山，绝大多数是民间宗教的建筑。比如前山的百子楼，上面悬挂一匾额，上写"清凉寺百子楼前院"，清凉寺是文殊菩萨的道场，此牌匾说明前山整个建筑都是清凉寺，百子楼是清凉寺的前院。该匾署"酒泉四乡大乘阖社众等公修"，末后署名：关瑞彩、王裕文、杨天德、张廷钊、周正、杨克明。匾额是民国十六年（1927）夏月建康龚九龄书写的。大乘社可能就是大乘教，大乘教是罗教的一个支派，青莲教与其有渊源关系，前文已有介绍，不再赘述。后山的王母宫、无生殿、地母殿、元始天尊庵、白衣洞、三皇洞、盘古洞、女娲洞，应当都是民间宗教的建筑，此民间宗教当属青莲教的分支。只有前山的大雄宝殿，应当是佛教的建筑，住庙的是尼姑，经采访得知，是心道法师所创的法幢宗。在后山，还有一座天王宫，它不是茹世义等人所修，是私人修的。该庙内有城隍庙、三霄殿、财神殿、天王殿，在天王殿内供奉的是弥勒佛，两侧是四大天王。笔者曾与天王宫的一位主持进行过简单的交谈，该主持着俗衣，当问及是佛教还是道教时，他的回答是佛教，但该庙分明弥漫着一种浓厚的道教气息。回来后翻阅《观音济度本愿真经》时，偶尔发现，在《香山温养圣胎第六》中说，妙善公主到香山后，来到庙内，看到头殿供的四大金刚，中间供的布袋祖师。这和天王宫的天王殿供奉极为相似。由此可以推测，天王宫的主持者有可能是青莲教的某一支派，当然，这还需要进一步的调查来证实。

---

① 参见2012年文殊山观音楼众弟子立《释谛义法师功德录碑》。

（四）张掖北武当、民乐青龙寺与当地民俗

1. 张掖北武当与当地民俗

张掖北武当山位于张掖市甘州区靖安乡境内，南距甘州城约25千米，处合黎山南侧龙首山腹地。因北武当有多座山峰，与武当山太和72峰相似，山中建有真武庙，与湖北武当山相比，处于西北方，就本地位置而言，位于张掖城以北，故名。据笔者了解，张掖市境内有4座武当山，除北武当外，还有东武当（在山丹县境内）、西武当（在甘州区龙渠乡境内）、中武当（在临泽县境内）。关于张掖北武当的历史，清乾隆《甘州府志》、民国《新修张掖县志》均不载。在真武殿前原本立有"北武当香火地碑"，对研究北武当的历史具有很重要的价值，可惜，1957年遭到毁坏，断为三截，曾被当地民众拿去当作磨盘使用。据北武当出家和尚陈乐庭师傅说，此碑在2015年被靖安乡政府从民间寻回并进行了修补，又立于原处。此碑字迹脱落比较严重，2018年兰州大学吴景山教授制作了拓片，使得我们对残存字迹有了辨识的可能。据碑记，此碑是"大清康熙五□□□岁在癸巳秋八月□□□立"。癸巳年为康熙五十二年（1713）。此碑简单记载了北武当初建的经过，说北武当的第一座殿宇是由一位道人创立的，后有一"胡师"发愿，通过在甘州城南募化"百余金"，修建了玉皇殿、祖师殿等殿宇，并铸造"玉皇、真武上圣"铜像。铜像"自康熙□十七年兴工，□十二年告竣。善工甫毕，胡师羽化而登仙"。主要记载了本地官绅民众捐资购买武当山香火田地的情况，其中有"康熙四十九年十二月内□□□永作香火"之语。其旁边另立一碑，为1995年间所立的，简单介绍了20世纪80年代以来武当山的复建情况："北武当始建于康熙三十七年四月，修复于一九九五年六月十五日。一、北武当起源于康熙三十七年四月，至今已有三百六十年之久（清康熙三十七年为公元一六九八年，迄今为止也仅三百二十年的历史，此处应是立碑时计算错误）；二、北武当原共有大小宫殿三十座（此处所说北武当初建时有庙宇三十座，与住庙师傅陈乐庭所讲北武当初建时有庙宇三十六座有出入），现今修复二十八座；三、神堂庙宇的修复，共有五十六名信氏弟子；四北武当亭子、山门、唐僧师徒以及美化，都由靖安乡投资，各村社出工完成（乙亥年壬午月丁丑日庚子时）。"

据调查得知，从1982年开始，当地政府和信众们开始在民间重新整理有关北武当的资料，并对其进行修复，至1995年共修复庙宇28座。据陈乐庭师傅所讲，北武当原先共有庙宇36座，分别是：无极阁、佛母殿、太清宫、玉皇阁、祖师殿、关帝财神庙（关神庙）、万寿无疆（马头明王殿）、里城正神（山神土地庙）、财神殿、关煞洞、药王殿、地藏殿、眼光殿、丘子洞、鲁班殿、弥勒殿、罗祖宫、王母宫、城隍殿、龙王宫、老母殿、长寿殿、总神堂、三官殿、观音洞（黎山老母洞）、观音殿、地母殿、三皇洞、老君殿、三宝佛殿、西方三圣殿、三清宫、日月神宫、文昌宫、观音堂、大雄宝殿。北武当现存庙宇58座，山门正前方分别是：天王殿、文殊殿、大雄宝殿、老君殿，文殊殿南侧是鼓楼，大雄宝殿南侧是钟楼，均为现代所建，老君殿后方是正在修建的有唐僧师徒塑像的新殿。进山门右侧有现代新修建的戏台，沿戏台前方小道直上分别有北武当亭子、观音堂、文昌宫、日月神宫，沿日月神宫前方山路去往山后，可在另一座山上看到正在重修的关煞洞，穿过关煞洞可到达山的另一侧。进山门左手边分别有：地藏殿、三清宫、西方三圣殿、观音寺（观音寺中有：准菩提佛殿、送子观音殿、普度众生），沿西方三圣殿与观音寺之间的小道径直而上又有千手千眼观音殿、三宝佛殿、大雄宝殿，沿三宝佛殿右侧小道径直而上又有观音殿、观音洞（黎山老母洞），三宝佛殿右侧分别有庙宇：财神殿、长寿殿、总神堂、三教殿、三官殿，沿长寿殿与总神堂之间的小道径直而上有地母殿、三皇洞，三官殿右侧呈弧形一直往右分别有：祖师殿、文昌宫（药王殿）、无极宫（老祖殿）、福禄宫（财神殿），文昌宫上方为老母殿、龙王宫，龙王宫右上方为城隍殿、王母宫、罗祖宫、弥勒殿，弥勒殿左下方有：阿弥陀佛殿、武当殿（正在新建）、道德观（正在兴建），城隍殿左上方为（顺序从右往左）：鲁班殿、丘子洞、眼光殿、地藏殿、药王殿（正在兴建）、财神殿，沿财神殿右侧山路径直而上有祖师殿，东北侧山梁上有关帝财神庙（关神庙）、万寿无疆（马头明王殿）、祖师殿，沿祖师殿右侧山路去往后山所见庙宇分别是：玉皇阁、太清宫、佛母殿、无极阁。

通过以上对北武当山殿宇的列举，我们可以看到，张掖北武当是当地民间信仰和民间宗教的汇聚之地，殿宇众多，信仰的神灵五花八门。为什么1957年以前旧有的庙宇36座，而20世纪80年代以来复建过程中出现了58座殿宇呢？笔者的分析是，1957年以前张掖市城乡庙宇众多，甘州城曾有"半城芦苇半城庙"之说，但20世纪80年代以来，城内只有极个别的庙宇得到修复，无法满足民众的信仰需求，因此荒凉偏僻的北武当山便成了民间修复庙宇，寄托信仰的"宝地"。通过前面的介绍，我们可以看到，这其中的有些庙宇从名字看，肯定是佛教或道教的寺院宫观，比如天王殿、文殊殿、大雄宝殿、三清宫、武当殿等，但实际的情况却有可能大相径庭。比如，文殊殿，其中的塑像却是观音菩萨居中，文殊菩萨、普贤菩萨分居两边，殿名和实际情况完全不符。其实根据塑像分析，此殿当名观音殿。这是一座典型的青莲教的殿宇，和陇南市西和县岷郡山观音殿、武都区城北观音殿塑法如出一辙。另外，像文昌宫、祖师殿、罗祖宫、无极宫、城隍殿等，均为典型的民间宗教宫观。如今的张掖北武当山，每年农历三月初三为庙会日，其实庙会在三月初三之前两三天就开始了，庙会期间朝山进香者络绎不绝，每个人的目的各不一样，有的是游历观光，有的是拜佛，有的是求神问卜，有的是治病，有的是参加法事活动，北武当成为当地民众寄托和抒发宗教情感、满足信仰需求的重要场所。

2. 民乐青龙寺与当地民俗

民乐青龙寺位于民乐县丰乐镇易家湾村，祁连山北麓，东北距民乐县城15千米。关于民乐青龙寺的历史和20世纪80年代以来的复建情况，立于2004年的《青龙寺碑铭》有简单介绍，现抄录如下：

青龙寺碑铭

青龙寺位于民乐县城西南大鹿沟，雄踞海潮坝之麓也。初，明季，一行脚比丘尼见此处山环水绕，草木畅茂，瑞气隐显，窃自惊喜，遂建茅庵于峰巅，诵经坐禅。复有陈道西道长慕名至此修善，并与邑地仁翁慈众，矢志积水成渊，踵事增华，拓庵成寺，虽历经艰辛，然卒愿满意遂。道人尚存祯旋又募资继业续建，寺名乃远播。惜哉，自山民并县合府后，因寺院长住流动频繁，且疏于管理，致令殿坍垣倾，寺不成寺矣。迨及春风拂煦之际，偌大寺院，但存土窑一

131

孔，敝舍三间而已。千佛洞理光法师见状伤怀，誓愿古刹重光，遂率先垂范，募南缘北，不辞劳苦，历时八度春秋，应建所建，次第尽成，诸如大雄宝殿、地藏殿、韦驮殿、龙王殿、念佛堂、香房、斋堂、大小山门、僧舍療房等，凡多少间，栉比鳞次，辉煌庄严。铭曰：师院璀灿，佛光闪烁，信众护法，功德不磨，绍隆佛钟，续佛慧命，地久天永，善哉善哉，法寿无穷。

青龙寺信众管理委员会
佛历二五四八年六月十九日立

可知，青龙寺最初建于明末清初，复建于1996年至2004年间，是由千佛洞理光法师募化兴建的。千佛洞即今肃南县马蹄寺千佛洞，理光法师当是佛教法幢宗第四代弟子。按理来说，青龙寺应当是一座正规的佛教寺院，但其实不是。2019年8月间，笔者曾前往做过一个调查，发现其大雄宝殿的塑像，正中是观音菩萨，两边是文殊菩萨和普贤菩萨，和张掖北武当文殊殿的佛像塑法如出一辙。由此，笔者推断，青龙寺在历史上是一座青莲教某一支派的寺院，并非真正的佛教寺院，20世纪90年代以来的复建当是沿袭了青龙寺的传统而已。如前所述，青莲教重要经典《观音济度本愿真经》在张掖地区流传较广，在甘州区、山丹县、民乐县均有流传。二者相互印证，可以说明，青莲教在民乐县当有较为深厚的民众基础。

第二节 《目连救母幽冥宝卷》

河西地区流传的宝卷中有一部《目连救母幽冥宝卷》，此宝卷见于酒泉市肃州区文化馆编的《酒泉宝卷》第三辑，只有上卷，没有下卷。在王吉孝整理的古浪《宝卷》第八册中收有一部《萝葡宝卷》，经比较，此《萝葡宝卷》与《酒泉宝卷》中的《目连救母幽冥宝卷》基本相同。古浪《宝卷》第七册中收有一部《目连宝卷》，此宝卷接续《萝葡宝卷》，正好和《萝葡宝卷》构成上、下卷。《萝葡宝卷》与《目连宝卷》合起来，正好是一部完整的《目连救母幽冥宝卷》。在高德祥整理的《敦煌民歌 宝卷 曲子戏》中收有一部《目连救母幽冥宝传》，经比较得知，仅有上卷，没有下卷，内容与《酒泉宝卷》所收《目连救母幽冥宝卷》相同。

目连救母故事在中国民间广为流传，有着深厚的群众基础。目连救母故事出自晋代竺法护翻译的《佛说盂兰盆经》。佛教早在两汉之交就已传入中国，但在很长时间内传播非常缓慢，其中一个重要原因便是佛教要求僧人舍弃父母、妻子出家修行的教义与中国传统习俗中的孝道格格不入。而《佛说盂兰盆经》所讲目连证果之后拯救落于饿鬼道母亲的故事，却与中国传统孝道相契合，因而在中国社会很快传播开来，每年七月十五日作为盂兰盆节，成为民众重要的节日，相沿为俗。唐代俗讲盛行时期，目连救母作为重要题材成为俗讲的内容之一，在王重民等所编《敦煌变文集》中收录有《目连缘起》《大目乾连冥间救母变文》。宋元时期，随着佛教的进一步世俗化，在佛教僧人为信众所做法事——盂兰道场中，逐渐产生了《目连救母出离地狱生天宝卷》，明中叶无为教兴起后，其教徒又据以改编成《母犍连尊者救母出离地狱生天宝卷》。《目连救母幽冥宝卷》又是清代先天道徒根据《母犍连尊者救母出离地狱生天宝卷》改编的，其目的是宣扬先天道的教义和主张。从《佛说盂兰盆经》到唐代俗讲的《目连缘起》《大目乾连冥间救母变文》，再到佛教早期宝卷《目连救母出离地狱生天宝卷》，以及无为教的《母犍连尊者救母出离地狱生天宝卷》、青莲教的《目连救母幽冥宝卷》，目连救母故事不断丰富和完善，其情节也不断地增加和变化，它见证和体现了佛教传入中国后在中国的发展传播和世俗化，见证和体现了民间宗教的兴起和传播轨迹。

清代后期，讲唱《目连救母幽冥宝卷》是一个全国性的民俗文化现象，河西地区概莫能外。从河西走廊东头的古浪县到西头的敦煌市，均有《目连救母幽冥宝卷》的流传，说明《目连救母幽冥宝卷》的讲唱在河西地区十分普遍，它是青莲教在河西地区传播的重要证据。青莲教的流传、《目连救母幽冥宝卷》的不断讲唱，深刻影响了河西地区的民俗。

一 唐代佛教的世俗化和《目连变文》

佛教大约产生于公元前 6 世纪的古印度，公元前后传入中国，魏晋南北朝时期迅猛传播，隋唐时期广为传播和发展。佛教对人生下了一个基本的判断，那便是人生是苦的，只要找到苦的根源而消灭之，便能离苦得乐获得解脱。佛教认为人生是一大迷局，这个迷局便是生不知从哪里来，死又不知到哪里去。为了消除苦的根源离苦得乐，为了打破生死迷局，佛教倡导人们舍弃父母、妻子，进入寺院学佛修行。寺院里的和尚舍弃了父母、妻子和家庭，无牵无挂，不从事生产劳动，专门修行，以证得阿耨多罗三藐三菩提（无上正等正觉）。通向阿耨多罗三藐三菩提的道路有很多，据说有八万四千法门。由于修证方法和道路的不同，在隋唐时期，佛教形成了众多派别，主要有天台宗、三论宗、法相宗、律宗、净土宗、禅宗、密宗等。在社会上，出家修行的人毕竟是少数。由于和尚不从事生产劳动，需要信众的供养才能生活，因而一个社会也只能允许一部分人出家修行。但是大乘佛教讲求普度众生，出家的和尚不能只顾自己修证圆满，证得阿耨多罗三藐三菩提，还要为其他人众讲经说法，让他们也都证得阿耨多罗三藐三菩提。从另一个角度讲，社会上除了进入寺院的和尚有这种离苦得乐的宗教需求外，还有许多无法出家修行的人也有这种需求。二者的结合，使得寺院里的住持不能只对寺院里的和尚讲经说法，而且也要面对广大民众讲经说法，使得更多的民众也懂得什么是佛教，如何去修行。这样，面向普通民众的讲经说法活动便出现了。当然，佛教寺院的俗讲活动所要达到的目的并非仅仅这一个方面，而是多重的，比如，通过俗讲宣传佛教的思想和教义，为佛教僧人培养源源不断的后备力量；扩大佛教的影响，争取更多世俗社会的施舍和供养等。唐代中期以后，俗讲曾盛极一时，据日本求法僧圆仁《入唐求法巡礼行记》记载，唐武宗会昌元年（841），为庆贺新皇帝登基，曾下敕旨，于长安左、右街七大寺院开俗讲。左街有四座寺院，资圣寺由海岸法师讲《花（华）严经》，宝寿寺由体虚法师讲《法花（华）经》，招福寺由齐高法师讲《涅槃经》，景公寺由影光法师讲。右街有三处寺院，会昌寺由文溆法师讲《法花（华）经》，会日寺、崇福寺的讲经法师未得其名。[①] 七座寺院由著名法师同时开俗讲，形成比赛竞争的热闹场面。其中最为著名者为文溆法师，据段安节《乐府杂录》载，此文溆法师在唐宪宗长庆（821—824）年间就已声名卓著。唐

---

① 参阅［日］圆仁撰，顾承甫、何泉达点校《入唐求法巡礼行记》卷3，上海古籍出版社1986年版，第147页。

赵璘《因话录》描述文溆法师讲经时的盛况说："愚夫冶妇乐闻其说，听者填咽寺舍，瞻礼崇奉，呼为和尚。"[①] 唐五代时期的敦煌，佛教俗讲也十分盛行。王重民等所编《敦煌变文集》中收录的俗讲文本有：《长庆四年中兴殿应圣节讲经文》《金刚波若波罗密经讲经文》《佛说阿弥陀经讲经文》《妙法莲华经讲经文》《维摩诘经讲经文》《佛说观弥勒菩萨上升兜率天经讲经文》《无常经讲经文》《父母恩重经讲经文》等。这些俗讲的文本，一般都围绕某一部佛经展开，通过通俗易懂，符合大众口味的语言，运用讲唱结合的形式，讲解经文含义。此外，还有题名为"变文""因缘""缘起"的作品。这些作品又分为两类，一类是宣传佛教教义和思想的作品，其内容来源于佛教经典或传说，另一类与佛教无关，其内容来源于中国历史故事，主要是讲故事。佛教类题名为"变文"的有：《八相变》《破魔变文》《降魔变文》《大目乾连冥间救母变文》《地狱变文》《频婆娑罗王后宫彩女功德意供养塔生天因缘变》等，题名为"因缘""缘起"的有：《难陀出家缘起》《欢喜国王缘》《丑女缘起》《四兽因缘》《目连缘起》等。与佛教无关的变文有：《伍子胥变文》《孟姜女变文》《汉将王陵变》《李陵变文》《王昭君变文》《董永变文》《张议潮变文》《张淮深变文》《舜子变》等。唐代的俗讲早已成了历史的过客，隐藏于历史的迷雾之中，要不是敦煌文书中俗讲文本的发现，人们对俗讲的具体情况恐怕很难知晓。虽然，《敦煌变文集》所收录的俗讲文本对于数量众多的俗讲文本而言，仅是其中的一小部分，但从中也可以窥见俗讲发展的一些趋势和特点。

第一，俗讲一般是佛教法师在寺院举行的面向普通大众的讲经活动，由法师与都讲协作进行，所讲的一般都是佛教的重要经典，比如《金刚波若波罗密经》《妙法莲华经》《佛说阿弥陀经》《维摩诘经》《华严经》等。俗讲是有比较严格的仪式的，敦煌卷子 P3849 纸背记录了一段俗讲仪式：

夫为俗讲：（1）先作梵了，次念菩萨两声，说"押座"了（素旧

[①] （唐）赵璘：《因话录》，古典文学出版社1957年版，第94页。

《温室经》);(2)法师唱释经题了,便说庄严了,念佛一声,便一一说其经题字了,便说经本文了;(3)便说"十波罗蜜"等了,便念念"佛赞"了,便"发愿"了,便又念佛"一会"了,便回(向)、发愿、取散,云云。①

第二,"因缘"或"缘起"比俗讲要随意得多,它是就佛教中某一故事进行适当的演绎和发挥,通过生动、感人的故事,宣传、体现佛教的因果报应等教义。但"缘起"比"变文"要更忠实于原有佛经的故事情节,演绎和发挥不是很多。

第三,"变文"在"缘起"的基础上进行了较大改编,就其中的故事情节展开充分演绎和发挥,使得情节更加离奇,故事更加丰富和感人。在《敦煌变文集》中可资比较的有两篇,即《目连缘起》和《大目乾连冥间救母变文》,另外《频婆娑罗王后宫彩女功德意供养塔生天因缘变》,将"因缘"与"变(文)"联系在一起,透露出的消息是,变文是在因缘的基础上改编演绎而成。

第四,由于佛教变文出现后产生了重大影响,所以一些好事者或有些僧人也采用"变文"的名目来讲述中国历史上或传说中的故事,比如《伍子胥变文》《孟姜女变文》《张议潮变文》等。考察这些变文,可以看到他们仅在于讲故事,一般不反映佛教思想和教义。

第五,俗讲和佛教类的变文反映出明显的迎合世俗孝敬父母的价值取向。比如俗讲文本《父母恩重经讲经文》是讲解《父母恩重经》的内容。《父母恩重经》并非正统佛教经典,属于伪经。此经的出现,正反映的是佛教俗讲迎合世俗的特点和趋势。另外,佛教僧人还充分挖掘佛教经典中反映孝道的经典和内容,广为流传的《佛说盂兰盆经》自然成为绝佳题材,被改编成了《目连缘起》和《大目乾连冥间救母变文》。

《目连缘起》没有题记,不知抄于何时,《大目乾连冥间救母变文》,据校记,"其内容词句和结构完全相同的,共有九卷"②。其中"斯二六一

---

① 此段记录俗讲仪的文字,车锡伦据向达《唐代长安与西域文明·唐代俗讲考》重新标点、整理,并加分段号,比较精审,现转引自车锡伦《中国宝卷研究》第53页。
② 王重民、王庆菽、向达等编:《敦煌变文集》,人民文学出版社1984年版,第745页。

第四章 与河西民俗紧密联系的几部宝卷

四号"校勘者定为原卷，其余分别编为甲、乙、丙、丁、戊、己、庚、辛。原卷末尾题："贞明柒年辛巳岁四月十六日净土寺学郎薛安俊写。"① 贞明为后梁末帝朱瑱的年号，贞明七年为公元921年。其中戊卷文末有"太平兴国二年，岁在丁丑润六月五日，显德寺学仕郎杨愿受一人思微，发愿作福，写尽此《目连变》一卷。后同释迦牟尼佛一会弥勒生作佛为定。后有众生同发信心，写尽《目连变》者，同池（持）愿力，莫堕三途"几行字②。太平兴国为宋太宗赵光义年号，太平兴国二年为公元977年。戊卷和原卷的抄写年代相差56年，可见《目连变》经久不衰的影响力。《目连缘起》是在《佛说盂兰盆经》的基础上改编而成，基本故事情节还是忠于《佛说盂兰盆经》的。《佛说盂兰盆经》全文800余字，情节比较简单，基本内容是：佛的大弟子目犍连始得六通，欲度父母，以道眼观视世间，见其母亡归恶鬼中，不见饮食，皮骨连立。目连急忙用钵盂盛饭给母亲吃，但食物一入其母之口，便化成火炭，遂不得食。目连向如来求救。佛告目连，你的母亲罪根深结，非汝一人之力所能救，当于七月十五日僧自恣时，"具饭百味五果汲灌盆器，香油锭烛床敷卧具，尽世甘美以着盆中，供养十方大德众僧。当此之日，一切圣众或在山禅定，或得四道果，或树下经行，或六通自在教化声闻缘觉，或十地菩萨大人数现比丘，在大众中皆同一心受钵和罗饭，具清净戒，圣众之道其德汪洋，其有供养此等自恣僧者，现世父母六亲眷属，得出三途之苦，应时解脱，衣食自然。若父母现在者，福乐百年，若七世父母生天，自在化生，入天华光"。目连按佛所说，于七月十五日举办盂兰盆会，"是时目连母，即于是日得脱一劫饿鬼之苦"③。《佛说盂兰盆经》给后人留下了许多可供想象的空间，比如：目连出家修行之前家庭状况如何？母亲生前如何造作罪孽，致使"罪根深结"？目连父亲为谁，为何此经不说救脱父亲？目连依佛所说举办盂兰盆会后，其母借此功德得脱一劫饿鬼之苦，那么其母脱离饿鬼之苦后去了哪里？等等。《目连缘起》就是在这些方面做了补充和完善，

---

① 王重民、王庆菽、向达等编：《敦煌变文集》，人民文学出版社1984年版，第744页。
② 王重民、王庆菽、向达等编：《敦煌变文集》，人民文学出版社1984年版，第755页。
③（西晋）竺法护译：《佛说盂兰盆经》，见《乾隆大藏经》第39册，中国书店2009年版，第571页。

使得目连救母的故事变得完善起来。《目连缘起》交代，目连母亲号曰青提夫人，住在西方，家中甚富，在世悭贪，多饶杀害，目连之父亡后孀居。目连小名萝卜。慈母虽然不善，儿子非常道心，振恤孤贫，敬重三宝。一天，萝卜想外出经商，母亲爽快地答应了。自萝卜走后，其母"家中恣情，朝朝宰杀，日日烹脆（炮）"，"逢师僧时，遣家僮打棒。见孤老者，放狗咬之"。不久，萝卜回来，母亲却在儿子面前慌说常行善事。目连听到邻居说母亲为恶之状，回家询问母亲，母亲大怒，说萝卜是自己的儿子，不信母亲，却听他人之言，并赌恶誓说："如若今朝不信，我设咒誓，愿我七日之内命终，死堕阿鼻地狱。"目连母亲赌誓，不料冥道早知，七日之间，母身便死，堕阿鼻地狱。目连料理后事毕，为报母恩，投佛出家，便得神通第一，世尊作号，名大目连，三明六通俱解，身超罗汉。目连乃天眼观占二亲，托生何处。慈父已生于天上，终朝快乐逍遥，母亲堕阿鼻地狱，日日唯知受苦。目连见母亲在地狱受苦，便问佛缘由。佛说："汝母在生之日，都无一片善心，终朝杀害生灵，每日欺凌三宝。自作自受，非天与人。今既堕在阿鼻，受苦，何时得出。"目连遂哀告佛陀，借得十二环锡杖，七宝之钵盂，方便又赐神通，一弹指顷，到无间地狱救母。找见母亲后，见母亲"遍体悉皆疮癣甚，形体苦（枯）老改容仪。累岁不闻浆水气，干枯渴乏镇长饥"。于是以钵盂盛香饭递于母亲，但是，"奈何恶业又深，争那悭贪障重。浆水来变作铜汁，香饭欲飧变成猛火"。目连只好返回再求佛陀。佛陀说："汝能行孝，愿救慈母，欲酬乳哺之恩，其事甚为希有。汝至众僧解夏之日，罗汉九旬告必之辰。贤圣得果于祇园，罗汉腾空于石室。办香花之供养，置盂兰之妙盆。献三世之如来，奉十方之贤圣。仍须恳告，努力虔诚，诸佛必赐神光，慈母必离地狱。"目连按佛陀所说，于七月十五日作盂兰盆会，其母以是功德脱离地狱，但未得人道，托生于王舍城，化为女狗之身。目连在王舍城找着其母所化母狗，甚为悲伤，复求佛陀救度。佛陀说："吾今赐汝威光，一一事须记取：当往祇园之内，请僧四十九人，七日铺设道场，日夜六时礼忏，悬幡点灯，行道放生，转念大乘，请诸佛以虔诚。"目连如佛之言作七日道场，其母遂生天界。《大目乾连冥间救母变文》在《目连缘起》的基础上又做了进一步的铺陈和发挥，增多故事情节，注重细节描写，其文字是《目连缘起》的两倍多。增多的故事情节有：目连修行过程；目连证果后到天界见到父亲，并询问母亲托生之处；目连依父指点到冥界寻找母亲，先到阎罗殿受地藏菩萨指点前往询问五道将军，如此一路问来，历经奈何桥、刀山剑树地狱、铜柱铁床地狱等。

《目连缘起》和《大目乾连冥间救母变文》在宣扬佛教六道轮回、因果报应、佛陀法力无边的同时，极力宣扬孝道，将佛教教义和中国传统的孝道有机地融合起来，这是佛教中国化、世俗化的重要表现之一。《目连缘起》在道场结束时的一段唱词就明确地阐明了这一点："奉劝座下弟子，孝顺学取目连。二亲若也在堂，甘旨切须侍奉。父母忽然崩背，修斋闻法酬恩，莫学一辈愚人，不报慈亲恩德。六畜禽兽之类，由（犹）怀哺乳之恩，况为人子之身，岂不行于孝顺。且如董永卖身，迁殡葬其父母，敢（感）得织女为妻。郭巨为母生埋子，天赐黄金五百斤。孟宗泣竹，冬月笋生。王祥卧冰，寒溪鱼跃。慈乌反报（哺），书使（史）皆传，跪乳之牛（羊），从前且说。上来讲赞目连因，只是西方罗汉僧，母号青提多造罪，命终之后却沉轮（沦）。奉劝闻经诸听众，大须布施莫因循，托若专心相用语，免作青提一会人。须觉悟，用心听，闲念弥陀三五声。火宅茫茫何日了，世间财宝少经营。无上菩提勤苦作，闻法三途岂不惊。今日为君宣此事，明朝早来听真经。"

唐代会昌年间的灭佛运动对佛教是一个沉重打击，使得俗讲活动归于沉寂。当然，这种打击只是限于唐王朝行政管辖所能到达的区域之内，河西走廊地区由于处于吐蕃的统治之下，因而未受波及，敦煌文书中的一些变文题记显示，直到宋太宗年间，在敦煌地区尚存在俗讲活动。

二 宋元时期佛教的进一步世俗化与《目连救母出离地狱生天宝卷》的产生

任何事物发展变化的道路都不是一条直线，佛教概莫能外。唐末大规模的农民战争和五代十国时期的社会动荡、周世宗的废佛运动，使得佛教的传承和发展受到很大影响，佛教不可避免地处于衰落状态。随着北宋统一的完成，宋、辽、西夏对峙局面的形成，社会局势趋于稳定，再加上统治阶级的提倡和扶持，佛教在中国又开始复兴和发展。然而，宋代的生产关系和社会结构与唐代相比发生了很大的变化，唐代那种以计口授田为基础的均田制已不复存在，代之以租佃关系为基础的租佃制，相应的社会结构也发生了重大变化，门阀氏族彻底退出历史舞台，贵族社会变成了平民社会，社会上士、农、工、商四民阶层更多的不再是等级贵贱的体现，而是因分工导致的职业差异的体现。在唐代，佛教僧人活动的主要场所为佛教寺院，佛教讲求出家为僧，隔断世俗，断绝亲情，一心修行，求得解脱，后来的俗讲，其对象是普通民众，但主要场地还是佛教寺院。到了宋代，佛教强调修行与世俗生活并不相悖，鼓励僧人走出佛教寺院，到世俗中去修证菩提，到世俗社会中去度化众生。宋代出现的瑜伽教便是适应这一变化趋势的新的宗教派别。叶明生指出："瑜伽教随着佛教不断地中国化，以及佛教理论的不断发展，它开始离开寺院僧房，从经堂走向平民社会，从理论进入民间巫道坛中，从抽象概念的东西，成为一种宗教的实体，并于宋代以一种具有独立教义的教派形态出现于福建土地上，此一宗教文化的衍生现象颇值得关注。"① 李志鸿说："流传于民间的'瑜伽教'，其仪式活动颇具特色。自南宋以来，该派法师以云游的方式活跃于乡土社会，为民众提供驱邪、度亡等宗教服务，成为民间社会的'仪式专家'。'瑜伽教'虽然以'释迦之遗教'自居，奉释迦佛为教主，但是在实际的道法实践中，却与宋元以来的道教法术新传统多有交涉。既'奉佛'又'奉仙'，在仪式展演中，融合了佛、道的科仪传统。"② 在这种情况下，原来那种以佛教寺院为中心的佛教俗讲自然不能适应新的社会环境，社会上正在酝酿新的适合民众口味、适合在民众家中的道场中传播佛教的方式。将戏曲与佛教信仰和仪式结合起来，通过戏曲来宣扬佛教是一种新的方式。孟元老《东京梦华录》记载，北宋时期，目连救母的故事已被编为杂剧，在中元节前演出："七月十五日，中元节。先数日，市井卖冥器：靴鞋、幞头、帽子、金犀假带、五彩衣服，以纸糊架子盘游出卖。潘楼并州东西瓦子，亦如七夕。耍闹处亦卖果食、种生、花果之类。及印卖《尊圣目连经》。又以竹竿斫成三脚，高三五尺，上织灯窝之状。谓之盂兰盆。

---

① 叶明生：《试论"瑜伽教"之衍变及其世俗化事象》，《佛学研究》1999年，第256页。
② 李志鸿：《宋元新道法与福建的"瑜伽教"》，《民俗研究》2008年第2期。

第四章 与河西民俗紧密联系的几部宝卷

挂搭衣服,冥钱在上焚之。构肆乐人,自过七夕。便般目连救母杂剧。直至十五日止,观者增倍。"① 农历七月十五,在道教为中元节,在佛教为盂兰盆节。"构肆乐人,自过七夕。便般目连救母杂剧。直至十五日止,观者增倍"的记载,让我们看到了北宋时期都城汴京每年七月十五盂兰盆节上演目连救母杂剧的盛况。目连救母杂剧与已成为民俗的盂兰盆节相结合,以民众喜闻乐见的形式体现和渗透着佛教的思想和观念。将佛教的经典以及因缘故事进行改编以适合在百姓家中的度亡道场中讲唱,是传播和宣扬佛教的另一种新的形式,这种改编后的佛教经典和因缘故事便是宝卷,抑或仍然名之为"经"。车锡伦考证,宋元之际产生了我国最早的一批宝卷,《目连救母出离地狱生天宝卷》便是其中之一。②

《目连救母出离地狱生天宝卷》原为郑振铎收藏,现藏国家图书馆,仅存下册。车锡伦在《中国宝卷研究》一书中进行了考证和介绍,认为此宝卷抄写的年代为元末明初,它产生的年代可能在金元之间(约1234年前后)。③ 车锡伦还比较了《目连救母出离地狱生天宝卷》与唐五代时期的《目连缘起》和《大目乾连冥间救母变文》的异同。他说:"将《目连救母出离地狱生天宝卷》与以上缘起和变文比较,宝卷显然继承了它们的故事,乃至某些细节描述。但是,它们之间又有明显的差别。除了形式上的差别外,内容上也有时代特色。这就是宝卷中一再宣扬的'常把弥陀念几声';'若要脱离三涂苦,虔心闻早念弥陀';'钱过北斗,难买阎罗,不如修福,向善念弥陀';'早知阴司身受苦,吃斋念佛结良缘';'若要离诸苦,行善念弥陀';'皈依三宝,念佛烧香'。卷中甚至把目连尊者作为弥陀佛的化身:'目连尊者显神通,化身东土救母亲。分明一个古弥陀,亲到东土化娑婆。假身唤作罗卜字,灵山去见古弥陀。'自然,卷中也表现出宋元时期民间佛教禅净结合的特点,如说目连在火盆地狱前'寻娘不见,就于狱前寂然禅定';'几时得见亲娘面,甚年子母得团圆?痛泪千行

---

① (宋)孟元老撰,邓之诚注:《东京梦华录注》卷8,中华书局1982年版,第211—212页。
② 车锡伦列举的我国产生最早的宝卷有3部,分别是:《金刚科仪(宝卷)》《目连救母出离地狱生天宝卷》《佛门西游慈悲宝卷道场》。见车锡伦《中国宝卷研究》,广西师范大学出版社2009年版,第66—80页。
③ 参阅车锡伦《中国宝卷研究》,广西师范大学出版社2009年版,第72—73页。

肝肠断,就在牢前顿悟禅.'"① 车锡伦在这里比较的是《目连救母出离地狱生天宝卷》与《目连缘起》和《大目乾连冥间救母变文》文本上的不同,其实,《宝卷》与《变文》之间根本的区别并不在这里,而在于以下两个方面:一是念唱的地点不一样。《变文》讲唱的地点主要是在佛教寺院,而《宝卷》念唱的地点是在民众家中。二是对象和目的不一样。变文讲唱的对象是俗家弟子,其目的在于通过讲唱目连救母这一佛教故事来宣扬佛教的六道轮回、念佛修行、积德行善以及儒家孝敬父母等思想观念,还宣扬了佛陀的法力无边。而《宝卷》讲唱的对象是家中有母亲过世的普通民众,其目的主要是通过念唱《宝卷》来做功德,以超度亡灵,而宣扬佛教六道轮回、念佛修行、积德行善以及儒家孝敬父母等思想观念仅是一个次要目的。民众邀请僧人到家里做法事念《宝卷》,使得他们心灵上得到了安慰,认为通过这一仪式,自己去世的亲人得到了超生。而去世亲人超生之后,便不会打搅阳世之人,活着的人便会平安无事。《宝卷》超度亡灵的功能从其结尾的发愿文清楚地表现出来:

> 伏愿经声琅琅,上彻穹苍;梵语玲玲,下通幽府。一愿刀山落刃,二愿剑树锋摧,三愿炉炭收焰,四愿江河浪息。针喉饿鬼,永绝饥虚;麟角羽毛,莫相食啖;恶星变怪,扫出天门;异兽灵魑,潜藏地穴;囚徒禁系,愿降天恩;疾病缠身,早逢良药;盲者聋者,愿见愿闻;跛者哑者,能行能语;怀孕妇人,子母团圆;征客远行,早还家国。贫穷下贱,恶业众生,误杀故伤,一切冤尤,并皆消释。金刚威力,洗涤身心;般若威光,照临宝座。举足下足,皆是佛地。更愿七祖先亡,离苦生天;地狱罪苦,悉皆解脱。以此不尽功德,上报四恩,下资三有。法界有情,齐登正觉。
>
> 川老讼云:如饥得食,渴得浆,病得瘥,热得凉;贫人得宝,婴儿见娘;飘舟到岸,孤客还乡;早逢甘泽,国有忠良;四夷拱手,八表来降。头头总是,物物全彰。古今凡圣,地狱天堂,东西南北,不用思量。刹尘沙界诸群品,尽入金刚大道场。

---

① 车锡伦:《中国宝卷研究》,广西师范大学出版社2009年版,第76—77页。

这段结尾发愿文也见《金刚科仪（宝卷）》。从中我们看到，念唱《宝卷》所要达到的目的便是解救地狱罪苦，使得亡灵离苦生天。

三 无为教与《目犍连尊者救母出离地狱生天宝卷》

《目犍连尊者救母出离地狱生天宝卷》共三册，现存中下两册，为傅惜华收藏。车锡伦在《中国宝卷研究》中对这部宝卷有较为详细的介绍和考证，他认为该宝卷是无为教宝卷，是无为教徒根据早期佛教宝卷和元末明初抄本《目连救母出离地狱生天宝卷》改编的。从内容和形式上的特点看，它是16世纪后期的宝卷，是万历年间的产物。① 无为教形成于明代成化至正德年间，创始人为罗梦鸿，起初称为无为教，俗称罗教、罗道教、罗祖教。罗梦鸿在创立无为教的过程中，由他口授，弟子整理，为本教门创制了一套完整的教义经典，这便是所谓的五部六册宝卷，分别是《苦功悟道卷》1卷1册，《叹世无为卷》1卷1册，《破邪显正钥匙卷》上、下两卷2册，《正信除疑无修证自在宝卷》1卷1册，《巍巍不动泰山深根结果宝卷》1卷1册。无为教创立后迅速传播和发展，到万历年间形成高潮，引起明朝统治者的重视。无为教徒改编《目犍连尊者救母出离地狱生天宝卷》的目的是宣扬本教派的思想和教义。《目犍连尊者救母出离地狱生天宝卷》与《目连救母出离地狱生天宝卷》相比，前者在后者基础上融进了无为教的思想和教义。比如，《目犍连尊者救母出离地狱生天宝卷》中叙述，罗卜在母亲去世后庐墓三年，然后舍弃家财，遣散家仆益利、金卮，投访明师，"要证无生"。佛在灵山，担心罗卜"不知归家正路，恐落旁门"，派遣第九个弟子宾头卢尊者下山化作僧人"开示"罗卜：

> 老祖说真出家实心报本，先三皈后五戒俱要精勤。
> 赶马头初进步先存元气，次后来方练神休放胡行。
> 神与气气与神归伏一处，把三关和九窍封上加封。
> 把六贼心猿马菩提拴住，虽然是有魔军不能相侵。
> 指开了正玄关当人出入，八万四呼吸转"无字真经"。

---

① 参阅车锡伦《中国宝卷研究》，广西师范大学出版社2009年版，第491—496页。

方寸山菩提路灵山正冲，一志心发的正佛来相迎。

罗卜得宾头老祖开示后，越加信心。佛派迦叶引罗卜到灵山，罗卜立志出家。佛令迦叶为罗卜剃度授记，法名"目连"。目连白佛言："弟子要修无为大道，何处修行？"佛令他到"阆崛山中伴道修行"。其中"不知归家正路，恐落旁门""无为大道"的说法，正体现的是无为教的基本思想，宾头卢尊者传授给罗卜的修证方法——存神练气之法，是无为教修持的方法，这一方法是无为教从道教那里借鉴吸收过来的。这些思想、教义和方法在无为教五部六册中有明确表述，《破邪显正钥匙卷下·破道德清净品第十五》中说：

太上老子《道德经》曰：夫道者，事物当然之理，亘古亘今穷天地，如元气之运行，四时何曾一时暂息。又曰：无名，天地之始；有名，万物之母。道本生育天地之前，不立于有物之后也。又曰：大道无形，生育天地；大道无情，运行日月；大道无名，长养万物。吾不知其名，强名曰道。又曰：众生所以不得真道者，为有妄心。既有妄心，即惊其神，即着万物，即着贪求。既生贪求，即生烦恼妄想，忧苦身心，便遭浊辱，流浪生死，长沉苦海，永失真道。悟者自得，得悟道，常清净矣。又曰：既入真道，即为得道。虽名得道，实无所得，为化众生，名为得道。[①]

这里，作者称引的所谓《道德经》的话其实只有个别语句是《道德经》中的，即"吾不知其名，强名曰道""无名，天地之始；有名，万物之母"，其余有的是后人对《道德经》相关语句的注解，有的可能是作者自己的理解和阐释。作者通过引用和阐释《道德经》中的语句，阐明自己苦苦参悟出来的"大道""真道"，说明他创立的无为教借鉴了道教的理论。《叹世无为卷》中说：

---

① 濮文起主编：《民间宝卷》第1册，黄山书社2005年版，第323—324页。

个中本无元字脚，空中谁敢强安名。
等闲点出无名眼，照破魔王八万程。
云卷秋空月印潭，寒光无际与谁谈。
豁开透地通天眼，大道分明不用参。
琅函玉轴总包含，打开宝藏透玄关。
里面见了如来意，何须苦苦又参禅。
宝聚山王算莫穷，还如仰箭射虚空。
洞明四句超三际，绝胜僧祇万倍功。①

这里虽然没有明确讲存神练气，但"豁开透地通天眼，大道分明不用参。琅函玉轴总包含，打开宝藏透玄关"的表述已然包含着存神练气的意思，因为宋代以来钟吕丹道修炼的理论和方法中，玄关一窍本身就与存神练气联系在一起的，存神练气到一定的阶段，才能打破玄关或显出玄关一窍。

四 青莲教改编的《目连救母幽冥宝卷》

明代中期以后，随着民间宗教罗教的创立，一场新兴的民间宗教运动蓬勃兴起，数十个大的教派相继在底层社会中出现，民间宗教信仰迅速传遍了大江南北。这些民间宗教派别主要有：罗教（无为教）、黄天教、弘阳教、闻香教、西大乘教、龙天教、三一教、圆顿教、一炷香教等。到清代，在无为教和黄天教基础上形成的青莲教传播迅速，后来，青莲教分裂为众多支派，这些支派形成了中国近代历史上主要的会道门。秦宝琦《清代青莲教源流考》一文详细考证了青莲教的形成与流变，他指出："青莲教的渊源可以追溯到应继南的无为教与姚文宇的姚门教。当清初来自北方的圆顿大乘教和罗维行所传大乘教进入江西后，与在江西贵溪一带流传的一支姚门教相会合，形成吴子祥所传大乘教。该教后来由吴子祥的弟子何若（弱）带到贵州龙里，辗转传到了袁志谦。在袁志谦时，大乘教又接触

---

① 濮文起主编：《民间宝卷》第1册，黄山书社2005年版，第210—211页。

到了黄德辉的先天道,确定了尊达摩为初祖及教内道阶制度,并将大乘教改称金丹大道或龙华会、青莲教。袁志谦又从贵州进入四川,在华阳县(今成都市双流县)传杨守一、徐继兰为徒。在杨守一、徐继兰时期青莲教遭到打击,教首非死即逃亡。道光二十三、四年,青莲教一度得到恢复和发展,但是不久再次遭到打击,而且内部因争夺教权而发生分裂,形成了众多的支派,其中重要的有灯花教、金丹道、先天道、归根道、一贯道、同善社、圆明教、普渡道等,这些支派,形成了近代历史上重要的会道门。"① 关于青莲教,台湾学者有不同的认识和看法,王见川认为"青莲教"的称呼仅出现于官方文献中,教内经卷文献不见"青莲教"踪影,港台及海外信仰者叫该教为"先天道"②。

《酒泉宝卷》收录的《目连救母幽冥宝卷》(为方便起见,简称为《宝卷》)仅为上卷,在霍建瑜主编的《美国哈佛大学哈佛燕京图书馆藏宝卷汇刊》第二册中收有《目连救母幽冥宝传》(为方便起见,简称为《宝传》)上、下两卷,是全本,木刻本。两相比较,可知,《宝卷》本名《宝传》,分上、下两卷,《酒泉宝卷》本仅存上卷。《宝传》首页有出版信息:"光绪庚子年新刊","板存兰省肃昌泰,有印送者,板不取资,问东华观文星堂书局便知"③。《宝卷》无之。《宝传》上卷末尾有:"上卷:目连求道访名师。下卷:刘氏开斋堕地狱。"并署:"大清光绪十六年岁次庚寅新春黄道上元吉日超脱九玄建康郡金声王镛虔诚谨录。"④《宝卷》同之。⑤ 以上信息提供了《宝传》编撰、刊刻的基本情况。光绪十六年为公元1890年,这一年是庚寅年。上元吉日为正月十五日。建康郡为前凉所置,其郡治在今甘肃高台县西南,这一地名早已弃之不用,作者署"建康郡",是有意隐瞒本人出处。金声王镛有可能是一个人,也有可能是两个

---

① 秦宝琦:《清代青莲教源流考》,《清史研究》1999年第4期。
② 参阅《青莲教道脉源流新论——兼谈九祖"黄德辉"》,《清史研究》2010年第1期。
③ 霍建瑜主编:《美国哈佛大学哈佛燕京图书馆藏宝卷汇刊》第2册,广西师范大学出版社2013年版,第425页。
④ 霍建瑜主编:《美国哈佛大学哈佛燕京图书馆藏宝卷汇刊》第2册,广西师范大学出版社2013年版,第447页。
⑤ 见酒泉市肃州区文化馆编《酒泉宝卷》第3辑,甘肃文化出版社2012年版,第325页。《宝卷》误将"金声王镛虔诚"中的"虔"写成了"处"字。

人。可知此《宝传》是光绪十六年即公元1890年由甘肃高台县人金声王镛抄录的。光绪庚子年为光绪二十六年，即公元1900年，兰省即甘肃省，肃昌泰可能为当时兰州的一家商号，东华观文星堂书局当是当时兰州的一家出版机构。可知，《宝传》刊刻于1900年的兰州。《宝传》还有《敕封幽冥地藏王菩萨原序》，后署"大清光绪二十六年秋则月序于金庭馆"，《宝卷》没有，可能是丢掉了。但这并不是《宝传》抄录和刊刻的最早时间，早在光绪二年（1876），就有清源堂重刊本《幽冥宝传》。此《幽冥宝传》与《目连救母幽冥宝传》基本相同，所不同者，《幽冥宝传》前"序"的名称为"地藏古佛原序"，《目连救母幽冥宝传》前"序"的名称为"敕封幽冥地藏王菩萨原序"，其内容则一模一样。"序"后所署的时间，前者为"大清光绪二年夷则月序于金庭馆"，后者为"大清光绪二十六年秋则月序于金庭馆"，除了时间不一样外，地点均为金庭馆。这说明，《目连救母幽冥宝传》是在《幽冥宝传》的基础上略加变动后重刊的。清源堂本《幽冥宝传》是重刊本，说明光绪二年之前就有《幽冥宝传》的刊刻本流传。高德祥整理的《敦煌民歌 宝卷 曲子戏》中收有《目连救母幽冥宝传》，他说："《目连救母幽冥宝传》是1980年从吕家堡乡秦州村王登云老人收集的，是'大清嘉庆二十一年'木刻印刷版，首尾完好，内容完整，这也是我从民间唯一收集到的一个宝卷。"[1] 此《宝传》只有上卷，其内容和光绪二十六年"兰省肃昌泰"本完全一致，但"大清嘉庆二十一年"的刊刻时间颇令人怀疑。从内容来分析，《目连救母幽冥宝传》当是青莲教教徒编撰的，青莲教奉达摩为初祖，认为他们所传大道是达摩奉佛旨传到东土来的。《目连救母幽冥宝传》就是围绕达摩祖师东来传道，萝卜到杭州访道、得道，萝卜为救母亲到西天参拜如来、求如来救母这一中心展开的，其目的是宣扬和论证青莲教先天大道的旨意和教义。在《宝传》的上卷有一情节，是说瑶池金母驾坐无极宫中，思念青提下世历劫，造下深重罪孽，群魔扰扰，终难到岸。桂枝与青提有缘，命他下凡投生，修性了命，功成超拔青提。遂命准提菩萨下凡成全此事。正是这一情节，和"大清嘉庆二十一年"的刊刻时间存在矛盾。青莲教历史上，在道光二

---

[1] 高德祥整理：《敦煌民歌 宝卷 曲子戏》，中国图书出版社2009年版，第43页。

十三年（1843）到二十四年（1844）间，教首、骨干之间为争夺领导权而发生了矛盾冲突，结果是以李一源、彭超凡、陈文海为核心的主流派取得胜利，夺得了教权。"李一源等为了夺取教内大权，于道光二十四年正月，与彭超凡等在湖北汉阳萧家塘租用当地刘王氏的空屋，'设坛请乩'，将'无生老母'改为'瑶池金母'，称汉阳为'云城'，所设之坛为'紫微坛'。陈文海假托'圣贤仙佛转世'，以达摩为初祖，袁志谦为十二祖，徐继兰、杨守一为十三祖。"① 可见，"瑶池金母"这一青莲教的最高神灵是在道光二十四年才出现的，刊刻于嘉庆二十一年（1816）的《目连救母幽冥宝传》中怎么会出现"瑶池金母"呢？所以笔者怀疑，高德祥《敦煌民歌 宝卷 曲子戏》中所收《目连救母幽冥宝传》刊刻于"嘉庆二十一年"的说法恐怕是一种假托，不可信以为真。

　　如果我们把《目连救母幽冥宝传》与青莲教第十四代水祖彭超凡所撰《观音济度本愿真经》相比，可以发现二者在编撰形式和手法上有着惊人的相似。首先，《观音济度本愿真经》是根据佛教宝卷《香山宝卷》改编的，《香山》宝卷叙述的是过去佛迦叶佛时期，须弥山西兴林国三公主妙善拒绝父王择婿婚配之命，坚持修行，后在香山修道成功，证成大慈大悲千手千眼观世音菩萨的故事。彭超凡改造后的《观音济度本愿真经》则将三公主妙善修行故事纳入青莲教教义系统，成为反映青莲教教义的宝卷。《真经》有《观音古佛原叙》，后署"时永乐丙申岁六月望日书"；《观音济度本愿真经叙》，后署"时在大清康熙丙午岁冬至后三日广野山人月魄氏沐手敬叙于明心山房"。永乐丙申岁为明永乐十四年，即公元1416年，康熙丙午岁为康熙五年，即公元1666年，广野山人月魄氏即青莲教第十四代水祖彭超凡。这两个"叙"，第一个是假托出自观音古佛，永乐丙申的时间是假托的，第二个的时间也是假的，此宝卷实际上"始刊于清道光三十年（1850）"②。与《观音济度本愿真经叙》相似，《幽冥宝传》将目连附会成地藏菩萨，说目连救母成功，被佛祖封为地藏王菩萨，因此卷首有以地藏菩萨口气写的《地藏古佛原序》。其次，《观音济度本愿真经》

---

① 秦宝琦：《清代青莲教源流考》，《清史研究》1999年第4期。
② 车锡伦：《中国宝卷研究》，广西师范大学出版社2009年版，第548页。

第四章 与河西民俗紧密联系的几部宝卷

将观音菩萨纳入青莲教的神谱体系,说慈航尊者慧眼遥观东土众生,贪迷酒色财气,利锁名缰,遂动了下世脱化女身,度脱众生的心思。于是启奏瑶池金母、无极天尊,请求下界。瑶池金母准奏,送慈航尊者下界投胎西域兴林国国母伯牙氏为女。与此相类似,《幽冥宝传》说目连是桂枝一转,说瑶池金母驾坐无极宫中,思念青提下世历劫,造下深重罪孽。桂枝与青提有缘,命他下凡投生,修性了命,功成超拔青提。遂命准提菩萨下凡成全此事。准提菩萨命桂枝无形化为有形,化作个东西,像似萝卜,送于傅象,后被傅象之妻刘氏吞食,遂生下一子,取名萝卜。其次,《真经》叙述三公主妙善长至一十六岁,其父庄王欲为她择婿招赘驸马,妙善坚持不肯,只愿修行,被庄王贬到花园浇水润花。佛祖见此,急宣达摩尊者:"命你东土一往,指示慈航:先天大道,率性返本,始成正觉。"达摩领旨下界传先天大道于妙善,末了告诉妙善:"你今已得大道,谨防考惩。"后庄王见劝不转妙善,便发妙善往白雀寺修行。妙善在白雀寺三清殿与黄长老谈玄论道,不料空中陡降童言:"庄王有一女,今住三清里。与一黄法师,媒合达彼此,勾引白面君,谈论天外理,常饮菩提酒,三人共一体。一朝婴儿出,通天名扬起。好笑这国王,假不知其理。"此乃天降玄机,各处大小男女皆唱此歌。庄王闻知,勃然大怒,命王真虎率五百士兵,火焚白雀寺。与此类似,在《宝传》中,说燃灯佛祖在云端见傅象吃斋念佛,广行善事,感得善气盈庭,毫光闪闪,但每日只知看经念佛,不知修真养性,怎成正果。遂下界化作一化缘道人前来指点,传授先天大道。话说有道即有魔,无魔不成正果。道长与傅象所谈话语被家人李狗、刘假听去,不明其中含义,说有宝贝无数,将此言逢人就说我家主人有无数宝贝,修一房装之。这一讲,一传十,十传百,王舍城中人人皆知,传入衙中。衙中之人暗打主意,向县官禀报,说傅象藏宝不献。县官信以为真,即差衙役将傅象提到衙中审问。傅象毫不知情。县官只要弄他银钱,糊里糊涂将傅象投入狱中。再次,《真经》中,妙善三公主香山修道成功,并度化父母和两个姐姐、姐夫也到香山修道成功,世尊封妙善为大慈大悲寻声救苦广大灵感观世音菩萨、封大姐为南无大智师利文殊菩萨、封二姐为南无大行能仁普贤菩萨、封妙庄王为南无大庄严善胜菩萨、封伯牙氏为南无大圣慈万善菩萨。同样,在《宝传》中,目连由于救母成功,功德圆

· 149 ·

满，受我佛如来敕封：封傅象为福德金仙、封张有达为金刚大帝、伊利为金童仙子、目连封为幽冥教主镇守幽冥、刘氏青提封为狮子吼佛母，每逢朔望大吼三声，十王殿前来朝贺幽冥教主。

为便于说明问题，现将《目连救母幽冥宝传》的主要内容和情节做一简要叙述：

《宝传》一开始从梁武帝讲起，说梁武帝存心好道，广积福田，在境内广修庙宇，救助鳏寡孤独，以处僧道，感得西方二十八祖达摩尊者奉法旨临凡来度武帝。由于武帝不懂达摩西来意旨，闻神光法师讲经，能使天花乱坠、地涌金莲，遂至台前听讲。达摩见神光不懂佛法，与之言语不合，被神光用素珠打落门牙两颗。达摩为避免吐出牙齿落地使本地大旱三年的情况发生，遂将牙齿吞入腹中。达摩恐后人误入经文便是佛法之套，不能返本归根，将素珠十粒化为十殿阎君，以显邪正，然后前往熊耳山养牙去了。达摩走后，神光恍惚之间，看到十殿阎君前来勾真魂。神光说我每日讲经，你们为何还来勾我。阎君说讲经并不能躲脱阎君。神光问谁能躲脱阎君？答言：刚才被你打落牙齿的那位和尚。在神光的哀求下，阎君放过神光，让他去找达摩寻求躲脱阎君之法。神光来到熊耳山见到达摩，面壁九年，跪求先天大道。为表诚心，用戒刀自断左膀。达摩感动，遂传以先天大道。从此东土立下道根。

这一段其实是一伏笔。紧接着叙述，梁武帝末年侯景谋反，攻破建康城，困梁武帝于台城。王舍城傅家庄有一人名傅天斗，夫人李氏乐善好道。傅天斗二甲进士出身，任长沙府知府。因武帝被困台城，运粮草前往接济，被侯景拿获杀害。武帝死后，文武大臣拥元帝复位，扫灭侯景，清查尽忠之臣，有后裔者，准荫世袭，标下皇榜。傅天斗夫人李氏有一侄名李伦，面善心恶，出言乖张，自傅天斗死后，傅府大小之事概是李伦代办。李伦得知这一消息，撺掇傅天斗之子傅崇禀告县官，申文奏报。天子降旨，子顶父职，仍做长沙知府。傅崇遂带李伦赴长沙上任。傅崇上任数月，清廉正直，大失李伦所望。遂串通门公萧自然营私舞弊，蒙蔽亏民，傅崇全然不知。不到一年，一府之人怨恨者甚多，衙中堆积金银无数。百姓富者有钱得生，贫者无钱难活，怨气冲天。上天闻知，查明此事，命雷公雷击萧自然，显化李伦。萧自然遭雷击而死，李伦死而复苏，百姓拍手

第四章 与河西民俗紧密联系的几部宝卷

称快。值此之时,傅崇接家书言母亲病故,遂上表辞官,料理后事。傅崇回府后料理完丧事在家居丧,正逢王舍城大旱三年,饥民甚多。傅崇夫妇商议救济百姓,向百姓放贷,借银还原秤,借粮还原斗,不收利息,仍由李伦经理。共借出银六万有余,粮三万余石。不料李伦暗做手脚,在第二年收账之时,私造一秤,内灌水银,私造一斗,内藏双底。借贷者明明看见原秤原斗,但总交不足,心生疑惑,口出怨言,反遭李伦辱骂。李伦造下罪恶,黑气直冲灵霄,惊动上帝。上帝命功曹查其善恶。功曹查实上奏。上帝大怒,差破、败二星下凡投生傅家,以散不义之财。不久,傅崇妻子生了一对双胞胎儿子,儿子眉清目秀,傅崇欢喜不尽,取名金果、银果。儿子八岁入学读书,取名傅仁、傅义。不料二子不以攻读为事,只以玩耍为业,又受李伦引诱,吃喝嫖赌,无所不为。其先生见二子一连几天不来上学,只得如实禀告傅崇。傅崇暗中查问,方得实情。遂将李伦逐出家门,断绝往来,对二子严加管教,将往年斗、秤焚毁。夫妻二人体母之志,诵经拜佛、修桥铺路,广行善事。上帝感念傅氏夫妇善念,命五雷将二子收回,又对李伦降下大灾,病不离身。不一时,雷雨大作,二子被雷击死。傅崇夫妇悲痛异常,只得埋葬二子。后来李伦被病痛折磨而死,其家又遭大火,房屋财物化为灰烬。傅崇夫妇不计前嫌,收养李伦之妻及子李狗,仍然不改前志,广行善事。傅崇夫妇善行感动神明,不久傅妻生下一子,取名傅象。傅象一十六岁身入黉门,傅崇为其娶邻人刘万钧之女刘四娘为妻。傅崇买一王舍城中父母双亡的孩童陪侍公子读书,取名伊利,刘四娘又有陪嫁小斯二人名为金娄、金枝。傅崇夫妇为子完婚之后,由于广行善事,先后无疾而终。傅象秉承父母志向,也是诵经念佛,广积善行。燃灯佛祖在云端见傅府善气盈庭,毫光闪闪,屈指一算,傅象夫妇原是佛根种子,每日只知看经念佛,不知修真养性,怎成正果,不免下凡指点一番。燃灯佛祖化作一化缘道人前来傅府化缘,傅象让家僮伊利问他化什么,是米是面?道人说他既不化米也不化面,只是前来结个善缘。傅象知是非常之人,亲自出门迎接,迎至经堂,分宾主坐下。问曰:"道长居住那座名山?"道长答曰:"家住在人山,常看日月欢。闲来观花景,闷来听鸟暄。一时如粟米,一时遍大千。忽然游海岛,忽然到灵山。来至瑶池殿,王母会群仙。吃的酩酊醉,不觉到此间。"又曰:"有缘度有缘,驾定

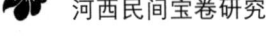

彩莲船。果肯将舟上，直上大罗天。"傅象听得此言，上前俯伏跪地，请求开示。燃灯笑而言曰："看你善根深厚，未迷本性，一听便醒。"

燃灯佛未开言一声便叫，有傅象你听我细说根苗。
一杀生二偷盗淫欲除了，四酒肉五妄语一概丢抛。
再传你佛法僧皈依三宝，这三皈合五戒莫犯丝毫。
指示你虚无穴回光返照，凡行止与坐卧莫离此遥。
命悟空下北海看守炉灶，群阴拨元体现清气上朝。
把药物自制得不嫩不老，运转在昆仑地加火烹熬。
返六神至善所一意相抱，雌雄剑高举起降服魔妖。
出者玄入者口温养至宝，也勿忘也勿助锻炼丹膏。
久久的功行满才有吉兆，赴蟠桃受敕封快乐逍遥。

于是傅象顺礼而受之曰："蒙师指示，此道从何处发芽。"答曰："此先天大道，至玄至妙，天下皆无，神鬼不测之事。只有达摩，过此中华，来度武帝，武帝不识。转至杭州，得遇神光，将道遗于此地。听吾吩咐：此道，君不传臣，父不传子，如有泄漏，恐遭天谴。后有人求之，必在杭州一转。自然明心见性，而证佛果也。"道长向傅象传道已毕，不顾傅象苦苦挽留，辞别飘然而去。话说有道即有魔，无魔不成正果。道长与傅象所谈话语被家人李狗、刘假听去，不明其中含义，说有宝贝无数，将此言逢人就说我家主人有无数宝贝，修一房装之。这一讲，一传十，十传百，王舍城中人人皆知，传入衙中。衙中之人暗打主意，向县官禀报，说傅象藏宝不献。县官信以为真，即差衙役将傅象提到衙中审问。傅象毫不知情。县官只要弄他银钱，糊里糊涂将傅象投入狱中。刘四娘惊慌，忙请父亲刘万钧商议。恰在此时，听说皇上颁下旨意，说由于苗蛮作乱，朝廷空乏，若有人献银两助军者，高官得做，骏马得骑。刘万钧赶忙派伊利、刘假上京打点六部，说愿捐银三万两以助军饷。六部奏知皇上。皇上大喜，即命从王舍城起银，命傅象进京引见。皇上要封傅象官职，傅象坚辞不受，遂改封傅象为员外郎，刘氏为一品夫人。傅象才得以免祸。

却说瑶池金母驾坐无极宫中，思念青提下世历劫，造下深重罪孽，群魔扰扰，终难到岸。桂枝与青提有缘，命他下凡投生，修性了命，功成超拔青提。遂命准提菩萨下凡成全此事。准提菩萨来至东土，观见傅象回家途中投宿一旅店，遂命桂枝无形化为有形，像似萝卜，在大街叫卖，路过旅店门口。傅员外店门瞧见，听见卖者说："识者一文不取，不识者千金不卖。"遂命伊利将道人叫来。道人前来，与傅象问答之间，知道傅象识得宝物，便一文不取，忽然不见。员外称奇不已。回至家中，将宝物放置于佛堂之中。不料其妻刘氏夜间一人佛堂观赏宝物，闻见香气扑鼻，不觉咬了一口，馨香无比，不知不觉将宝物全部吃下肚去。恍惚之间，刘氏怀有身孕。十月期满，生一男孩，全家欢喜。因刘氏食萝卜受孕，起名萝卜，书名吉祥。自此，傅象每日修省，行善积德，更加勤修苦练。不知不觉，萝卜已长至五六岁，聪明过人，凡读书识字，过目不忘。一日，萝卜问父曰："日每修行极好，在于何处？"父曰："了生死，超极乐。"萝卜又问曰："何以下手？"父曰："不必再问，道在杭州。非天命不敢乱传，如有泄漏，恐遭天谴。"萝卜将此言谨记在心。傅象年近三十二岁，功果圆满，被青衣童子接去天堂。萝卜安葬父亲已毕，庐墓三年，想起父亲说道在杭州，遂辞别母亲，带伊利、金枝，前往杭州求道。萝卜走后，刘四娘把持不定，在李狗、刘假二人的引诱之下，杀猪宰羊，大开五荤，辱僧骂道，造下罪孽。再说萝卜来到杭州，每日打探至人消息。一日，伊利探得慧光寺不断有人前往受戒，此处必然有道，告知萝卜。萝卜大喜，遂同伊利前往寺中，探问明白，果然有道。遂上前求长老开示。长老说："求吾开示，须要看破红尘，目空色相，培德修行，方可传授。"萝卜件件依从。于是焚香设供，禀告诸佛，跪受三皈五戒。一日，长老见寺中无人，便叫萝卜，说道："我见你心性纯良，善根远大，站在一旁，听吾秘传先天大道，须要谨记心中。"

  有长老坐禅堂出言便叫，站一旁细听我指示尔曹。
  长生诀先天道古来稀少，自无始并未曾泄漏此爻。
  只因那梁武帝心存好道，感动了达摩祖才下东郊。
  谁知他无缘分不识法宝，至杭州遇为师留下根苗。
  如有缘朝闻道夕死也妙，要自立洪誓愿心中坚牢。

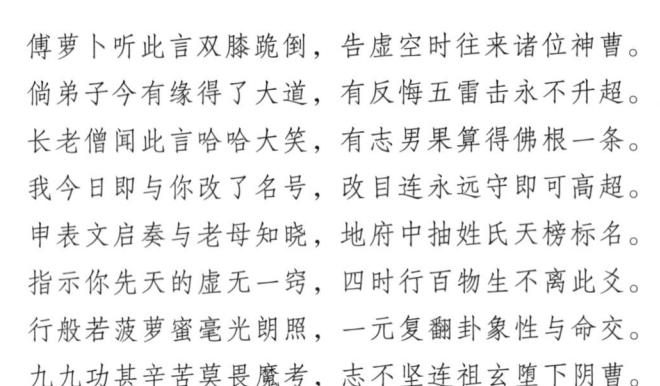

傅萝卜听此言双膝跪倒，告虚空时往来诸位神曹。
倘弟子今有缘得了大道，有反悔五雷击永不升超。
长老僧闻此言哈哈大笑，有志男果算得佛根一条。
我今日即与你改了名号，改目连永远守即可高超。
申表文启奏与老母知晓，地府中抽姓氏天榜标名。
指示你先天的虚无一窍，四时行百物生不离此爻。
行般若菠萝蜜毫光朗照，一元复翻卦象性与命交。
九九功甚辛苦莫畏魔考，志不坚连祖玄堕下阴曹。

长老指示已毕，目连叩谢诸佛、菩萨，又叩谢长老教诲之恩。在寺中参悟七日，辞别长老，回家探母。途中经过金刚山，被强盗掳上山寨，不由分说绑出开刀。正在危急关头，观音菩萨显灵救了目连，并告知目连其母破戒开斋之事。强盗头子张有达受观音点化，改恶从善，与目连八拜结交，遣散喽啰，居山修行。目连回到家中，问安毕，询问母亲是否破戒开斋。刘氏否认，并问是谁说的。目连说是观音菩萨说的。刘氏大怒，说观音菩萨千里迢迢怎知此事。遂与目连至后花园焚香盟誓，说道那说空话的菩萨，我何曾开斋，上有青天，下有后土，指着葵花树盟誓，倘若开斋，火焚葵花。言毕，只见葵花树火光皆起。刘氏一见，昏倒在地。目连扶起，半响方苏，面如土灰。此时，玉帝已降旨阎君派恶鬼前来捉拿刘氏，刘氏真魂被捉往地府去了。目连见母亲气绝，痛哭于地，只得置办棺椁，盛殓母亲，停灵柩于堂前，为母守灵。回煞之期，刘氏真魂回家收煞，托梦目连，言说受苦情形，求目连搭救。目连醒后，痛苦不已，不知如何可以救母。目连悲情感动观音菩萨，化一贫婆前来点化，付于目连书本一，说目连身披鞍，口念此书，三步一拜，五步一跪，向西而行，到西天拜见佛祖，求佛祖方可救得母亲。只是西天路途遥远，苦恼甚多。目连为救母亲，立志西行拜佛。目连西行途中，爬山越岭，受尽磨难困苦，先后吃了婴儿、姹女所献长生果，遇虎、遇龙，尽皆降服，又经受观音菩萨所设女色引诱，才得以修成正果，五龙捧圣，来到大雷音寺大雄宝殿，见到了如来佛祖。目连苦苦哀求佛祖拯救自己母亲。佛祖垂怜，降敕旨一道，让目连下地狱寻母。目连领佛旨来到地府，先到一殿、二殿直至第九殿，均未找到母亲。九殿阎君都市王说：你母罪重不赦，九殿大小地狱二百八十九层皆已受尽，打入铁围城阿鼻地狱受罪去了。目连前往铁围城，只见黑暗沉沉，不见星斗，高有数丈，周围俱是生铁熔成，上挂各条，罪名无数，无法进入。于是复返西天，来求佛祖。在目连的一再哀求下，佛祖情不得已，赐目连锡杖一根，凡大小地狱，一振即开，赐红珠一丸，红光一照，通天彻地光朗。目连拿着锡杖和红珠，来到铁围城，红光照耀，终于见到母亲，但恍惚之间，又失所在。遂至转轮王处查看。方知母亲已到山西平阳府投生为一只白犬。目连急至平阳府找到白犬，带她去西天见佛。达摩祖师奉佛旨，下殿口诵佛号，对白犬吹口气，白犬转为人身。如来佛祖开诏敕封：目连功果圆满九玄七祖俱受天爵，敕封目连为幽冥教主，镇守幽冥。但目连为救母亲，振开铁围城，有八百万饿鬼投胎人间，佛祖又命目连分性下凡，投胎脱化黄巢，收回八百万饿鬼，方受敕封。

五 《目连救母幽冥宝卷》与目连戏

在《目连救母幽冥宝传》产生之前，先有佛教早期宝卷《目连救母出离地狱生天宝卷》，后有无为教改编的《目犍连尊者救母出离地狱生天宝卷》，与《目连救母幽冥宝传》错前错后产生的目连类宝卷有：《目连三世宝卷》[①]《目连宝卷全集》[②]。目连杂剧早在北宋时就已形成，但其剧本没有流传下来，因而其剧情后人无法知晓，现存最早的完整的剧本是明万历壬午年（1582）刊刻的明郑之珍编辑的《目连救母劝善戏文》。据研究，明代嘉靖、万历年间，"目连戏不仅已广为流传，也是戏曲演出的重要剧目了"[③]。"郑之珍《劝善戏文》是明中叶及宋元目连戏蓬勃演出的必然产物，是整个明代目连戏演出兴盛的标志。"[④]"明代目连戏演出出现兴

[①] 《美国哈佛大学哈佛燕京图书馆藏宝卷汇刊》所收《目连三世宝卷》首页的出版信息为"光绪丙子冬初新镌"，光绪丙子年为清光绪二年，即公元1876年。

[②] 《美国哈佛大学哈佛燕京图书馆藏宝卷汇刊》所收《目连宝卷全集》题为"大清光绪三年岁在丁丑仲秋壮月重刊"，"西湖慧空经房印造流通"。光绪三年，即公元1877年。

[③] （明）郑之珍撰，朱万曙校点：《皖人戏曲选刊·郑之珍卷·整理说明》，黄山书社2014年版，第2页。

[④] 刘祯：《中国民间目连文化》，北京时代华文书局2015年版，第42页。

盛局面，从南到北，从乡村到城镇，无论南戏或杂剧系统，都有演出。"①到了清代，目连戏的演出范围更进一步扩展，"清代全国各地，尤其是南方诸省，如四川、湖南、湖北、江苏、江西、安徽、浙江和福建等地都有目连戏流传、演出的记载"②。所有这些，体现了目连救母故事在中国社会流传的广泛性和深远性。

青莲教正是看中了目连救母故事的这一巨大影响力，才精心编创了《目连救母幽冥宝传》。《目连救母幽冥宝传》一经问世，便一版再版，广为流传，青莲教也随之广泛传播。《目连救母幽冥宝传》又名《目连救母幽冥宝卷》《幽冥宝传》《目连救母宝传》《目连僧救母幽冥宝卷》《幽冥宝卷》《幽冥宝训》。车锡伦《中国宝卷综目》著录的《目连救母幽冥宝传》的版本有7种，分别是：（一）清光绪七年（1881）刊本；（二）清光绪十八年（1892）张俊卿重刊本；（三）清光绪二十四年（1898）燕南胡思真重刊本；（四）清光绪二十六年（1900）刊本；（五）清宣统元年（1909）辅善坛重刊本；（六）清建康郡（甘肃高台）王镛录刊本③；（七）旧抄本，一册。卷名《幽冥宝卷》，卷首题《目连僧救母幽冥宝卷》④。其实，车锡伦的著录并不全，据笔者所知，除车先生的著录外，尚有清光绪二年（1876）清源堂重刊本；清光绪二十八年（1902）河南省彰德府郭兴诗重刊本；中华民国二年（1913）重刊本；敦煌吕家堡乡秦州村王登云收藏的"清嘉庆二十一年"木刻本等。《目连救母幽冥宝传》的广为刊刻和流传，是青莲教广泛传播的重要表现。

通过比较分析，可以看出，《目连救母幽冥宝卷》是在明代无为教《目犍连尊者救母出离地狱生天宝卷》的基础上，借鉴和吸收了明郑之珍《目连救母劝善戏文》的一些故事情节，并融进了青莲教的神谱和修炼理论，由此编撰而成。但是，《目连救母幽冥宝卷》反过来又影响了目连戏。

---

① 刘祯：《中国民间目连文化》，北京时代华文书局2015年版，第43页。
② 刘祯：《中国民间目连文化》，北京时代华文书局2015年版，第43页。
③ 此处车锡伦先生的著录有误，据《酒泉宝卷》所收《目连救母幽冥宝卷》，末尾题"建康郡金声王镛虔诚谨录"，因此，《目连救母幽冥宝卷》的抄录者是王镛，而非王镛录。
④ 车锡伦：《中国宝卷综目》，北京燕山出版社2000年版，第166—167页。

第四章 与河西民俗紧密联系的几部宝卷

（一）《目连救母幽冥宝卷》借鉴和吸收了明郑之珍《目连救母劝善戏文》的故事情节

如前所述，青莲教与无为教有渊源关系，因此青莲教徒编撰的《目连救母幽冥宝卷》，自然是在无为教《目犍连尊者救母出离地狱生天宝卷》的基础上改造编创而成。同时，青莲教教徒在编撰《目连救母幽冥宝卷》的过程中，还借鉴和吸收了目连戏的内容。拿《目连救母幽冥宝卷》与明郑之珍《目连救母劝善戏文》相比，很明显，前者吸收了后者的一些故事情节。比如，在《目连救母劝善戏文》中有《观音劝善》《萝卜回家》《观音救苦》三出，讲的是金刚山上张佑大结义兄弟十人占山为王，打家劫舍。傅萝卜买卖回家，经过山下，被张佑大兄弟捉上山去，就要杀头。观音菩萨观见傅萝卜前生修行八世，今已是第九世。此人原是天上一点金刚星，久后终成大业，上管三十三天，下管九泉十地。今有金刚山张佑大、李纯元兄弟十人，修行七世，杀心未灭，又复为强盗。遂扮作道人前来点化。在观音的点化下，张佑大放了萝卜，并与萝卜结拜为兄弟。这一故事被《目连救母幽冥宝卷》经过改编后编入其中。前文已有介绍，此不赘述。再比如，在《目连救母劝善戏文》中，有《刘氏回煞》一出，讲的是，萝卜母亲刘氏死后，回煞之日，阴魂返回家中托梦于萝卜，哭诉自己入丰都地狱受苦之情，希望萝卜超度于她。这一情节，也被《目连救母幽冥宝卷》编入其中。另外，《目连救母劝善戏文》中，萝卜受观音差遣的善财、龙女试探点化，知道母亲已堕地狱，须向西天见佛，方能救得母亲。萝卜庐墓三年后，孤身西行朝佛，历尽千难万险，过了烂沙河，来到百梅岭，忽被猿精抢去行囊丢下万丈深坑，萝卜情急之下，也跳下深坑，脱却凡体，修证成真，到了西天。这一故事情节，也被依据青莲教的修炼理论改编后，编入了《目连救母幽冥宝卷》。由此可见，《目连救母幽冥宝卷》的编撰，很好地借鉴和吸收了《目连救母劝善戏文》的思想和情节。

（二）《目连救母幽冥宝卷》反过来又影响了目连戏

根据佛经的记载，目连是释迦牟尼佛的著名弟子之一，古印度人，在佛的弟子中神通第一。考古学提供的证据证明目连在历史上实有其人，"1951年，印度考古局的英籍工作人员孔宁汉，在孟买东549英里的地方，对几座古塔进行挖掘，挖出两个盛骨灰的石匣，匣上分别写有舍利弗和目

・157・

连的名字。同年，尼泊尔佛教复兴会迁回首都加德满里，举办了舍利弗和目连灵骨展，国王亲自主持开幕式"①。但是到明郑之珍的《目连救母劝善戏文》中，彻底颠覆了目连的前世今生。《目连救母劝善戏文》交代，目连俗名萝卜，王舍城中傅相之子。虽未明言王舍城属哪郡哪县，但毫无疑问属中国境内，目连的前世原是"天上一点金刚星"，"前生修行八世，今已是第九世"。目连救母成功，于中元节举办盂兰盆大会，功德圆满，玉帝下诏："惟德动天，惟天眷德。今见孝子傅萝卜，尽心救母，封为九天十地总管诸部仁孝大菩萨；曹氏未婚守节，封为蕊宫贞烈仙姬。其父傅相加封劝善大师，母刘氏封为劝善夫人，益利封为仙官掌门大使，张佑大等辅友有功，封为天曹诸部大元帅。呜呼！逍遥快乐，天之报人者，不为不腆；忧勤惕励，人之感天者，不可不严。服此休加，永昭奖劝。谢恩！"②在这里，目连的前世今生完全是按照道教的神谱体系来安排的，而其中贯穿的主旨思想则又是儒家的孝道。《目连救母幽冥宝卷》则更进一步，从萝卜的曾祖傅天斗写起，说傅天斗曾在梁武帝时期担任长沙府知府，萝卜祖父傅崇曾子袭父职，也担任过长沙府知府，其父傅象由于看破因果，未出仕，居家修行，广行善事，到傅萝卜已是第四代。傅萝卜的前生被安排进了青莲教的神谱，说傅萝卜是瑶池金母命准提菩萨送下东土的桂枝一转。傅萝卜是生活在南朝时期的地地道道的中国人，在其父傅象过世后，前往杭州访道，得闻达摩祖师从西天传来的先天大道，被师父取法名为目连。目连在观音菩萨的点化下西天朝佛救母，救母成功后受佛祖敕封为地藏王菩萨。要说附会目连为地藏菩萨并不是《目连救母幽冥宝卷》的首创，早在清康熙十八年（1679）刊刻的《地藏王菩萨执掌幽冥宝卷》中③，就附会目连受封为地藏王菩萨。其中说在灵山会上，佛的弟子目犍连恳请佛祖拯救自己堕于地狱之中的母亲，佛祖赐予目连九环杖、金摩诃两件宝贝，前去地狱救母。目连到了酆都城，用九环杖震开地狱，金摩诃一照，地狱一片光明，救出了母亲，但同时地狱跑出了八万四千生灵，失

---

① 凌翼云：《目连戏与佛教》，广东高等教育出版社2011年版，第17页。
② （明）郑之珍撰，朱万曙校点：《皖人戏曲选刊·郑之珍卷》，黄山书社2014年版，第498页。
③ 见濮文起主编《民间宝卷》第10册。

漏天机，天佛责怪。于是佛祖封目连为地藏王菩萨，掌管幽冥，收尽生灵，然后同赴灵山大会。《地藏王菩萨执掌幽冥宝卷》自身没有说明作者是谁，属于哪个教派，据其内容中的一些特征判断，其思想和神体系与青莲教接近，比如无生老母、释迦牟尼佛等最高神灵，婴儿、姹女回家朝拜无生老母等思想，就与青莲教极为相似。①

目连救母成功，如来佛祖封目连为地藏王菩萨的说法经《目连救母幽冥宝卷》改造后，随着《宝卷》一道广为流传，也被一些地方的目连戏所接受，比如在四川《目连》十本中，目连被封为幽冥教主地藏王菩萨，重庆李树成抄本川剧四十八本目连有《朝地藏王》。徽州、赣东北等地演出的目连戏都有供奉地藏王神位的习俗。赣东北目连演出所供奉的地藏王，在神像系列中居中，白脸，戴唐僧帽，披袈裟，并由地藏王主持收煞开台。打完了锣鼓闹台，韦陀、护法簇拥地藏王而上。地藏王登位，唱一支《点绛唇》，台词是："伏以一天二地，起动众神，人间积福，吾即降临，吾乃天下地藏王，今奉玉旨，进游此地。今有大清国江西省某某县某乡信士弟子某姓某某名，共结良缘，新搭花台演《目连救母》全部。恐有台煞伤人，奉请何家堂内何司符命何叶夫人，火速到场，今将天煞、地煞、年煞、月煞、日煞、时煞、飞天神煞、万煞归猖，一概收尽，不得有违。……"地藏王说完，韦陀、护法将卷在铜、鞭上的长爆竹点燃，在台上转圈收煞。"收煞已毕，转回天曹。"②

六 《目连救母幽冥宝卷》与河西民俗

讲唱《目连救母幽冥宝卷》、演目连戏是一个全国性的现象，就西北地区而言，在青海民和县西沟乡麻地沟村有演唱目连戏的习俗。在明代，这一地区属于河西十五卫所中的西宁卫，在甘肃镇（陕西行都司）的管辖之下。据介绍，"在麻地沟村人的记忆里，演出《目连宝卷》的记忆仅存

---

① 如其第二十二品《团圆结果》："说几句，妙消息，无人肯进；若有人，进一步，功上加功；曹溪路，只一条，通天彻地；左青龙，右白虎，口吐白云；见两个，好要的，韩山石得；有婴儿，和姹女，跟定无生。跟定无生，得到家中，婴儿见娘亲。龙华会上，一处相逢，到了灵山，得证金身，逍遥自在，永绪长生。"《宝卷》第二十三品《法华会上》："我今礼拜奉如来，我佛坐在宝莲台。弥陀接引超三界，婴儿姹女永无灾。无生老母心欢乐，永绪长生再不来。"

② 以上请参阅刘祯《中国民间目连文化》，北京时代华文书局2015年版，第22页。

三次：第一次是1907年，第二次是1916年，最后一次是1945年"①。青海目连戏的内容与湖南、四川、江西、安徽等地有很大不同，青海目连戏的剧本《目连宝卷》共10卷，"这10卷是：《白云犯戒》、《员外上寿》、《父子从军》、《天仙送子》、《员外下世》、《刘氏开斋》、《青提归阴》、《目连出家》、《阴曹救母》、《刀山地狱》"②。在搬上舞台时，又有所变化，分30场演出："第一场《开幕演词》，第二场《白云犯戒》，第三场《员外上寿》，第四场《父子从军》，第五场《金刚岭遇难》，第六场《盛水还家》，第七场《三星送子》，第八场《金星起名》，第九场《城隍奏本》，第十场《三曹对案》，第十一场《员外下世》，第十二场《超度诵经》，第十三场《路经铁叉》，第十四场《刘氏开斋》，第十五场《达摩托梦》，第十六场《兄弟回家》，第十七场《刘氏鸣誓》，第十八场《刘氏医病》，第十九场《青提归阴》，第二十场《人曹审罪》，第二十一场《刘氏逃狱》，第二十二场《兄弟守孝》，第二十三场《白猿垒坟》，第二十四场《青石峡降妖》，第二十五场《灵山拜佛》，第二十六场《阎罗定罪》，第二十七场《十殿寻母》，第二十八场《人曹召将》，第二十九场《上寺降香》，第三十场《归位上山》。其中演8天阳戏（阳间戏）、7天阴戏（阴间戏），共15天，这在全国目连戏演出中是最长的。"③ 对于青海民和县西沟乡的目连戏演出，它所蕴含的文化和宗教内涵，文华在《"目连"——河湟多元文化的折射》一文中进行了解析，他说："首先，在于进行'族群认同'，寻求'我从何来'的原创符号和'族谱'的源流轨迹，以证明自己与内地人'同宗'，从此获得与内地人同等的文化认可和情感尊严，弥补记忆的缺失，联结延续族群文化。""而另一个方面，正如《目连救母》剧本序言中所言，是宣讲孝道和劝人向善。"当然，最重要的一个方

---

① 郭晓芸：《河湟目连戏：青海大地的江南记忆》，《中国土族》2012年夏季号。当然对此也有不同说法，霍福《"南京竹子巷"与青海汉族移民——民族学视野下民间传说故事的记忆和流变》（《青海师范大学民族师范学院学报》2006年第2期）说："《目连戏》是宗教剧，它的演出有着巨大而深远的社会影响。据说过去每3年演出一次，能够回忆到的，最近只有四次：光绪三十三年（丁未年，1907）、民国二年（1913）、民国五年（丙辰年，1916）、民国三十四年（乙酉年，1945）。"

② 霍福：《青海目连手抄本述略》，《青海省社会科学》2006年第3期。

③ 霍福：《青海目连手抄本述略》，《青海省社会科学》2006年第3期。

面则是酬神祈福。"正月十五元宵节,又称为上元节,传说是上元天官赐福之日。与中原地区盂兰盆会选择在七月十五'中元节'——鬼节——的文化内涵略有不同。它既要求通过酬神的仪式来保证对现实生活的祈福纳吉,风调雨顺。同时,它又将希望的种子播洒在未来的田野里,通过仪式中的刀山火海的洗礼、六道的轮回,以炼狱的考验来寄托对彼岸世界的希翼与渴望。因而它的主题是严肃的、情感是执着的,但气氛却是欢愉与激荡心灵的,在人神共娱的民间文化的土壤里,尽可能多地完成对人生的欢愉与礼赞。"①

其实,关于青海民和县西沟乡麻地沟村目连戏演出的宗教内涵,从其组织者就能看得出来,目连戏的演出是由大龙山能仁寺(俗称"麻地沟寺)组织的,寺院供奉地藏王菩萨。所以,目连戏的演出,在很大程度上就是为了酬神还愿,祈求太平吉祥。在麻地沟发现的还有一部《目连救母幽冥宝传》,说明,青海民和县也是《目连救母幽冥宝传》的流传区。

甘肃定西市的岷县,最近几年也发现了大量保存在民间的宝卷,被称为岷州宝卷。据张润平的调查,其中就有《目连救母幽冥宝传》。在岷县,父母过世有念宝卷的习惯,"五七"、头周年、十周年亦要请人念宝卷。另外,家中有读书的孩子,父母有许念宝卷的习俗,为祈子也有许念宝卷的习俗。据说某家曾为祈子,许了念十年宝卷的愿,后果生子,遂每年届时请念卷先生念宝卷,不敢有差失。笔者曾采访过岷县非物质文化遗产岷州宝卷甘肃省传承人裴路平先生,据他说,他经常应别人之请所念的宝卷中有《目连卷》,需要注意的是,念什么卷宝卷要根据具体情况而定,人家是母亲去世了,就可以念《目连卷》,如果是父亲去世了,母亲还活着,就不能念《目连卷》。

就河西地区而言,如前所述,《目连救母宝卷》从东边的古浪县,到西边的敦煌市均有流传。目连救母故事广泛传播,并深入民间的节日和丧事活动。河西地区的民众对清明节并不是特别重视,祭奠祖先最重视的是七月十五的中元节。每年七月十五前几日,当地老百姓都会约上本家子及亲戚等一块儿去上坟,带上祭品和纸钱。起初,笔者对这种现象的解释

---

① 文华:《"目连"——河湟多元文化的折射》,《青海日报》2013年1月4日。

是，清明节前后，河西地区风比较大，天气还比较冷，而七月十五左右，则风很少，天气暖和，秋高气爽，再加上又是收获的季节，七月十五上坟，向祖先献祭，目的是让祖先品尝劳动的果实，也享受丰收的快乐。但是，随着对河西民俗了解的深入，笔者发现，这种解释充其量只说对了一半。其实，河西地区的民众之所以看重七月十五，在很大程度上是受了《目连救母幽冥宝卷》的影响。

就丧葬习俗而言，在甘肃的定西市，老人去世，一般要请阴阳先生，其目的有二：一是看风水，二是超度亡灵。在超度亡灵过程中有一段仪式叫跑城，跑城一般在麦场上进行，因为这里地方比较宽敞。先有执事者在场上按要求栽好数根木杆，围成一座城的样子，到了晚上，阴阳先生穿上法衣，手持宝剑，孝子们紧随其后，将提前准备好的孝布连起来像绳子一样，每人拉着跟着阴阳跑。每跑到一根木杆跟前，阴阳先生总要口诵经文，并让孝子烧纸钱，然后大喊一声，一剑砍下，作劈开狱门之状，然后跑向下一木杆。起初，笔者对此并不理解，后来读到《目连宝卷》，才逐渐明白，这一过程正是演绎目连地狱救母的情节。和尚做法会时也有这一仪式，情节大同小异，只是跑城时，和尚穿上法衣，戴上法冠，手执九环杖，其装束与地藏菩萨相似。在河西地区，笔者参加过几次葬礼，发现，河西民众一般请的是道士，当然所谓的道士，并不是出家的道士，而是居家道士，平时从事生产劳动，做法事时才是道士，其中也有这一仪式。由于城里空地小，所以好像这一仪式简化了，不再跑城，而是用食盐在灵堂前空地上撒出重重地狱情状，然后有几个道士吹着唢呐、敲打着乐器，领头的道士则口诵经文，听不清念的是什么，总之得好长一会时间。笔者在山丹县曾采访过一位道士，当问及乡村人去世后所作法事有没有跑城这一仪式时，他说有的，其过程正如定西市一带的跑城仪式。

第三节 《韩湘子宝卷》

《韩湘子宝卷》是讲述八仙之一韩湘子修道成仙并度脱叔父韩愈、婶娘杜氏、妻子林英成仙了道故事的一部宝卷。车锡伦的《中国宝卷总目》中著录有《韩湘宝卷》《韩湘子宝卷》《韩湘子度妻宝卷》《韩仙传》《韩祖成仙宝传》5 种《韩湘子宝卷》①，经分析，前 4 种即《韩湘宝卷》《韩湘子宝卷》《韩湘子度妻宝卷》《韩仙传》当属同一版本，其祖本当为十八回的《韩湘宝卷》，第 5 种《韩祖成仙宝传》当为另一版本，其特点是卷首载有道光元年（1821）二五道人序，共分二十四回。从《中国宝卷总目》的著录看，《韩祖成仙宝卷》的重刊本是最多的，说明其影响也是最大的。在河西地区流传的《韩湘子宝卷》有两种，一种名为《湘子宝卷》，见于《金张掖民间宝卷》第三册及《凉州宝卷》，另外，《山丹宝卷》下册中收有《三度韩愈宝卷》，古浪《宝卷》第一册收有《韩湘子宝卷》，第六册收有《韩愈宝卷》，虽名称不同或略有差异，实为一种版本，是《湘子宝卷》在不同地区流传过程中发生变异所造成的。另一种是《新镌韩祖成仙宝卷》，收录于《酒泉宝卷》第二辑。编辑者的注说："此卷又名《韩祖成仙宝传》，编号为 J120，原版本为刻印本，印有'道光元年乾月望日二五道人虔'时衔，是酒泉市临水乡下坝村农民张德礼收藏，校录时依据 1985 年文化馆赵自泉抄录本，对其中的错别字及谬误词句做了校正，唯部分漏句无法补充，乃保持原貌。"②《中国宝卷总目》将之著录于《韩祖成仙宝传》之下，说该本为谭蝉雪女士收藏，是酒泉印经社清光绪庚子年（光绪二十六年，即 1900 年）刻本，卷首载"道光元年二五道人序"。谭蝉雪女士后来将自己收藏的宝卷捐赠给了甘肃省图书馆。笔者曾前往查阅，看到此宝卷名称为《新镌韩祖成仙宝传》，有上下两册，又题为《湘祖成仙传》，清光绪庚子秋月重刊，板存肃州印经社。此宝卷有"冯忠儒章"的收藏印，目录页有"周忻仁章"收藏印。《新镌韩祖成仙宝卷》篇幅要远大于《湘子宝卷》，内容也有差异。通过分析，《湘子宝卷》当是《新镌韩祖成仙宝卷》的节略本或改写本。八仙故事自宋元以来在中国民间广为流传，几乎人尽皆知，其中关于八仙之一韩湘子的道情在民间流传颇广，影响深远。明末杨尔曾撰《韩湘子全传》，是一部大部头的章回体小说，吸收了韩湘子道情的故事内容，集韩湘子故事之大成，是反映道家金丹修炼思想的布道书。《新镌韩祖成仙宝卷》是民间宗教青莲

---

① 参阅车锡伦《中国宝卷总目》，第 101—103 页。
② 酒泉市文化馆编：《酒泉宝卷》第 2 辑，甘肃文化出版社 2012 年版，第 301 页。

教教徒在《韩湘子九度文公道情全本》的基础上改编而成的，其目的是宣扬本教派的理论和思想，扩大本教派的影响。

一 《韩湘子宝卷》的渊源

韩湘子在历史上实有其人，为唐韩愈侄孙，在其可以考知的生平记录中，没有丝毫信道修仙的记载。经过漫长的历史岁月，韩湘子被塑造成韩愈之侄，位列八仙之一，其事迹越来越丰富。在明代，《韩仙传》作为"道情"的重要曲目，在社会上广为传唱，明末形成了较大部头的章回体小说《韩湘子全传》。通过比较可以发现，《韩湘子宝卷》与《韩湘子九度文公全本（道情全传）》有渊源关系。韩湘子之所以被塑造成神仙，进入八仙之一，表面上看缺乏逻辑性，不可思议，实则有特殊的时代背景和社会因素。关于韩湘子被塑造成神仙，并将其事迹演绎成大部头的章回体小说《韩湘子全传》的历史进程，学界已有数篇论文进行了较为深入的探讨和研究，有王若、韩锡铎的《〈韩湘子全传〉探源》[①]，党芳莉的《韩湘子仙事演变考》[②]，陈尚君的《韩湘子成仙始末》[③]，程诚的《论〈韩湘子全传〉的成书背景》[④]，南京师范大学程诚的硕士学位论文《〈韩湘子全传〉研究》（2016年3月），任正君的《韩湘子故事的文本演变及其仙话意蕴》[⑤]，等。兹就韩湘子之被塑造成神仙及《韩湘子全传》的形成，据学界研究成果以及自己的思考和研究做一简要叙述。

韩湘，字北渚，又字清夫，河南河阳（今河南孟州市）人，为韩愈侄孙。韩愈父为韩仲卿，唐肃宗时在担任武昌县令时有善政。韩仲卿有4子：会、弇、□、愈。韩会作为长子，其年龄长作为季子的韩愈30岁。韩愈三岁时父亲过世，由韩会夫妇抚养成人。韩会无子，将其二弟韩介子老成过继为子，韩湘为老成之子。韩愈年龄与老成大致相仿，二人名虽叔侄，实同手足。贞元十九年（803），老成病逝，韩愈甚为悲痛，作《祭十

---

① 《明清小说研究》1990年第2期。
② 《人文杂志》2000年第1期。
③ 《古典文学知识》2012年第1期。
④ 《牡丹江大学学报》2018年第6期。
⑤ 《天中学刊》2014年第6期。

二郎文》以悼之。韩湘早年大约跟随韩愈。韩愈因向唐宪宗上《谏佛骨表》遭贬潮州，韩湘随侍从行。韩湘虽名登进士，但职位不显，其事迹主要靠《韩昌黎文集》的记载而为后人所知。据现有零星资料，韩湘走的是参加科举考试博取功名利禄的道路，并无出世思想。长庆三年（823）中进士，时年30岁，同年冬天，被授予校书郎之职，任江西从事，后官至大理丞。唐段成式《酉阳杂俎》一书载有一则有关韩愈疏从子侄的奇异事迹。说其人年甚少，自江淮前来投奔韩愈。韩愈本想让他走科举仕进之路，令他到书院中与子弟为伴读书，"子弟悉为凌辱"；又借西街僧院房屋令其读书，十余天，寺主"复诉其狂率"。韩愈责之。侄拜谢，说："某有一艺，恨叔不知。"遂指台阶前牡丹说：叔父若想此花变青、变紫、变黄、变赤，我均能令您满意。韩愈深以为奇，为之提供所需物资以试之。其侄"竖箔曲，尽遮牡丹丛，不令人窥。掘棵四面，深及其根，宽容人座。唯贵紫矿、轻粉、朱红，旦暮治其根。凡七日，乃填坑"，对他的叔叔说，遗憾的是要迟一个月才能看到。当时正是初冬天气。牡丹本为紫色，等到花开之时，花色由白变红，由红变绿，每朵花上有一联诗，字色为紫，非常分明，这些诗均为韩愈被贬官时所作，其中一联是："云横秦岭家何在？雪拥蓝关马不前"，共14字，韩愈大惊。而其侄不愿为官，辞别韩愈，回归江淮。[①] 这里，段成式明言，是韩愈疏从子侄，自然不是韩湘。唐末五代时期的道士杜光庭在《仙传拾遗》中讲了一则韩愈外甥的神奇故事。说韩愈外甥，忘其姓名，早年好饮酒，不喜读书，20岁左右到洛阳省亲，仰慕道家修炼之术，不见回归。20年后的元和年间，忽然回到长安，身怀异能，不近诗书，放荡不羁。韩愈深以为奇。问他修道情况，"则玄机清话，该博真理，神仙中事，无不详究"。向韩愈献小技，即能染牡丹，"红者可使碧，或一朵具五色"，与《酉阳杂俎》所记韩愈疏从子侄情形略同。"无何潜去，不知所之"。后韩愈遭贬潮州，"至商山泥滑雪深，颇怀郁郁"，忽然看见他的这一外甥"迎马首而立，拜起劳问，扶镫接辔，意甚殷勤"，一直将韩愈送至邓州，辞别而去。韩愈问他师父是谁，其甥予以回答，韩愈深加敬仰，说："神仙可致乎？至道可求乎？"回答说："得之

[①] （唐）段成式撰，曹忠孚校点：《酉阳杂俎》，上海古籍出版社2012年版，第114—115页。

在心,失之在心。……"韩愈作56字诗以别之:"一封朝奏九重天,夕贬潮州路八千。欲为圣明除弊事,肯将衰朽惜残年。云横秦岭家何在?雪拥蓝关马不前。知汝远来应有意,好收吾骨瘴江边。"据说,韩愈后来又见到了他的外甥,"亦得月华度世之道,而迹未显尔"①。段成式《酉阳杂俎》所载韩愈疏从子侄事迹虽略显神奇,但带有纪实性质,而杜光庭《仙传拾遗》所载韩愈外甥故事,则显然属于艺术性的虚构与创作,明显是移花接木、夸张演绎,并贯穿以道家出世修炼的思想和理论,其目的在于宣扬道家的思想和修炼之道。

北宋刘斧《青琐高议》中讲了一则韩湘的故事,此故事显然是在段成式《酉阳杂俎》所载韩愈疏从子侄事迹、杜光庭《仙传拾遗》所述韩愈外甥故事的基础上改造创作而成。在此则故事中,直接将韩湘说成是韩愈之侄,说他自幼养于文公门下。文公诸子皆刻苦于学,而韩湘则"落魄不羁,见书则掷,对酒则醉,醉则高歌"。韩愈责备他,韩湘对曰:"湘之所学,非公所知。"遂作诗述其所学:"青山云水窟,此地是吾家。后夜流琼液,凌晨散绛霞。琴弹碧玉调,炉养白朱砂。宝鼎存金虎,丹田养白鸦。一壶藏世界,三尺斩妖邪。解造逡巡酒,能开顷刻花。有人能学我,同共看仙葩。"韩愈认为此乃浮夸虚语,无用于世。韩湘遂指诗中一句"解造逡巡酒,能开顷刻花"说,"试为成之"。遂当场在宴会上取土覆盆,表演了顷刻之间盆中开花的神异之术,且花上有小金字,乃是一首诗:"云横秦岭家何在?雪拥蓝关马不前"。韩愈仍认为是幻化之术,并非真实。韩湘说,此后自有应验。乃辞去,不可留。后韩愈因上书言佛骨事,遭贬潮州,途中正凄倦间,韩湘冒雪而来,对韩愈多所扶持和护卫,韩愈方忆今日之事,当年花中之诗早已预言之。于是与韩湘同宿传舍,通夕议论。韩湘说:您反对佛、道两家,是为什么呢?道与佛,其来久矣,您不相信则罢了,为什么极力反对和排斥呢?又怎能使他们不兴盛呢?所以才有今日之祸。我也是道中之人啊!韩愈回答:我难道不知道佛、道两家有悠久历史吗?只是由于他们与我们儒家背道而驰。儒教是通过英雄才俊之士,来实行忠孝仁义之道。当年唐太宗以儒教来笼络天下之士,与他们共同治理

---

① (宋)李昉等编:《太平广记》卷54引,中华书局1961年版,第331—332页。

天下。现今皇上只信奉佛、道二家，空虚府库来信奉之。我恐怕儒教不振，天下之人流于昏乱之域，所以极力反对佛、道。现今又因为你知道，他们并没有欺骗世人。一日，韩湘突然要告别而去，韩愈坚留，不可，作诗以别："举世都为名利役，吾今独向道中醒。他时定见飞升去，冲破秋空一点青。"临别前韩湘赠韩愈一粒丹药，言此去南方历瘴毒之乡，服之可御瘴毒，并告诉韩愈不久即可回归，复用于朝。① 刘斧《青琐高议》所载韩湘故事，是韩湘子故事发展史上的重要一环，从此，真实的韩湘事迹隐入历史的迷雾之中，一个全新的作为韩愈侄子的不喜读书、仰慕道家修炼之术的韩湘子展现在世人面前，为后世将韩湘子塑造为八仙之一的神仙铺好了台阶。元代是中国戏曲发展过程中的重要时期，韩湘子故事也被搬上戏曲舞台，如著名剧作家纪君祥有《韩湘子三度韩退之》②，赵明道有《韩退之雪拥蓝关》③，从而推动韩湘子故事的进一步发展，其明显的方向是韩湘子不仅自己修成了成仙，而且也度化其叔父韩愈了道成仙。到了明代，吴元泰的《八仙出处东游记》中《湘子造酒开花》《救叔蓝关扫雪》二回④，在很大程度上受到元杂剧的影响。陈继儒《宝颜堂秘笈》中题名为"唐瑶华帝君韩若云自撰"的《韩仙传》⑤，以自述体形式讲述韩湘子身世、成仙经过、度韩愈成仙经过，集韩湘子故事之大成。与此同时，《韩仙传》作为重要的道情曲目，在社会上广为传唱。明末杨尔曾在此基础上创作的长篇小说《韩湘子全传》⑥，寓道家内丹修炼理论于其中，成为道家思想和修炼理论的布道书。

　　学界虽然对韩湘子成仙始末、《韩湘子全传》形成过程有了较为深入的探究，但对其背后复杂社会原因和推动力的探讨与揭示还很不够，以至于对原本与道教无涉的韩湘在后世却成了神仙不甚理解，如程尚君说后世

---

① 参阅（宋）刘斧《青琐高议》卷9《韩湘子》，上海古籍出版社1983年版，第85—87页。
② 此书已佚，各本《鬼录簿》，以及《太和音谱》《今乐考证》《曲录》皆有著录，据其题目，当演韩湘子度脱韩愈升仙事。
③ 又名《韩湘子三赴牡丹亭》，已佚，著录情况同上。
④ 《八仙出处东游记》又名《上八洞神仙传》。今见吴元泰等《四游记》，华夏出版社2013年版。
⑤ 明代陈继儒辑《宝颜堂秘笈》，现有敦煌文艺出版社2018年版的本子。
⑥ 现有叙德余标点，上海古籍出版社1990年版的本子。

"居然将一个与神仙道教没有任何渊源的韩湘,变成了大牌神仙韩湘子,实在是匪夷所思得很了"[1]。分析韩湘被一步步塑造成神仙的历程,我们可以看到,韩湘之被塑造成神仙,与唐后期中国文化及宗教发展的大背景密切相关。魏晋南北朝以及隋唐时期,是佛教和道教大发展的时期,与之形成鲜明对比的是,儒家呈现出衰微之势,鲜有儒学大家能与佛、道二家相抗衡。唐代后期出现的韩愈,则企图扭转这一局面,他既排佛,又反道,力图恢复儒家以前之地位。虽然韩愈因向唐宪宗上《谏佛骨表》而遭贬,其反佛举动受到当朝最高统治者的阻止,但他的言论并非个案,而是代表了一批儒学之士的观点,他的言论和行为也对后世产生了重大的影响,成为北宋儒学复兴的先导。关于韩愈反佛的言论,人们了解得比较多,而对他反对道家的言论知道得比较少。其实,韩愈对道教也有着激烈的批判,其《原道》说:"博爱之谓仁,行而宜之之谓义,由是而之焉之谓道,足乎己无待于外之谓德。……老子之小仁义,非毁之也,其见者小也。坐井而观天,曰天小者,非天小也。彼以煦煦为仁,孑孑为义,其小之也则宜。其所谓道,道其所道,非吾所谓道也;其所谓德,德其所德,非吾所谓德也。凡吾所谓道德云者,合仁与义言之也,天下之公言也。老子之所谓道德云者,去仁与义言之也,天下之私言也。"又说:"老者曰:'孔子,吾师之弟子也。'佛者曰:'孔子,吾师之弟子也。'为孔子者,习闻其说,乐其诞而自小也,亦曰:'吾师亦尝师之'云尔。不惟举之于口,而又笔之于书。"面对佛、道两家广泛流行,而孔子之道不够彰显的状况,韩愈指出应对之策,说:"不塞不流,不止不行。人其人,火其书,庐其居,明先王之道以道之,鳏寡孤独废疾者有养也。其亦庶乎其可也。"[2] 韩愈的反道言论在后世渐成风气,这无疑对道教极为不利,作为道士的杜光庭,在其《仙传拾遗》中塑造韩愈外甥的形象,其目的在于化解由韩愈反道言论而引发的人们对道教的怀疑和不信任感,以利于道教的传播。韩愈外甥的故事,其核心意蕴是韩愈的反道言论仅仅是一时的冲动所致,在其遭遇人生的挫折之后,不仅认识到了自己的错误,而且对道教发生了兴趣,向

---

[1] 程尚君:《韩湘子成仙始末》,《古典文学知识》2012年第1期。
[2] 屈守元、长思春主编:《韩愈全集校注》,四川大学出版社1996年版,第2662—2665页。

其外甥发出了"神仙可致乎？至道可求乎？"的询问，最终的结局是，韩愈后来又见到了他的外甥，"亦得其月华度世之道"。北宋中期，儒学已经复兴，理学开始形成，其代表人物周敦颐、程颐、程颢等极力阐发儒家经典《周易》、"四书"中形而上之思想理论，排斥佛教和道教，在思想界形成潮流，这无形中对佛教和道教形成挑战。生活于宋仁宗至宋哲宗时期的刘斧，其志怪小说《青琐高议》中所讲韩湘故事，径直将韩湘说成了韩愈之侄，说他幼养于文公门下，"落魄不羁，见书则掷，对酒则醉，醉则高歌"，受到文公责备后，以诗回答，诗中一派方外修炼炉火之气，后不久，辞别而去。当韩愈遭贬，途中正凄倦之际，韩湘冒雪而来，这对韩愈是一个极大的安慰。期间，他们叔侄二人之间有一段对白，在对白中，韩愈亲口承认，佛、道两家并没有欺骗世人。无疑，《青琐高议》的这一韩湘故事，其用意在于为道教化解来自士大夫阶层的质疑和否定。

宋代以来，中国思想界的另一重要文化现象是道教钟吕丹道派的形成和发展，在此基础上形成的全真教，在宋元之际发展迅速，成为道教中一支新兴的重要派别，影响深远。全真教以道教的面目示现人间，其实，也是儒释道三家相互融合的产物，其对佛教的借鉴和效仿除了内在的修炼理论外，就外在的表现形式而言，就是要求入道者出家修行，以证得大罗金仙。说唱道情的产生与发展，与全真教有着密切的关系，车锡伦指出："宋金时期，道教的革新派全真道出现并盛行南北。最初，全真道的教风简朴刻苦，全真道士在市井或山野修炼、传教，多过着云游、行乞的生活，唱'道情'便成了他们传教和募化的手段。"① 到了明代，明王朝尊崇程朱理学，儒家的"四书五经"成为学校教育的教材和科举考试出题的依据，儒学重归国家正统地位。这时的全真教则呈衰落态势，虽然如此，但仍有很大影响，说唱道情成为道士在民间宣扬全真教教义的重要手段之一，"韩文公雪拥蓝关"的故事自然受到全真教的重视，被改造成道情，成为十分流行的道情曲目。杨尔曾作为一名道教徒、一位书坊主，他在前人基础上编撰《韩湘子全传》，通过对韩湘子前世今生修仙了道事迹的叙述和对其叔父韩愈度化的描写，阐释了道教的基本理论和思想，成为一部

---

① 车锡伦：《"道情"考》，《戏曲研究》2006年第2辑。

全真教的布道书，由于韩湘子故事在民间有广泛的影响，故其书的销量定然不少，这也满足了他作为书坊主对利润的追求欲望。

虽然《韩湘子全传》已然是一部洋洋大观的章回体小说，但它并不是韩湘子故事发展演变的终点，明代中后期蓬勃兴起的民间宗教自然不会放过在民间已然有重要影响的韩湘子故事，他们将韩湘子故事改编成宝卷，植入本教派的教义和思想，使之更加世俗化和通俗化，为宣传本教派服务，这样，《韩湘子宝卷》就诞生了。

二 河西地区流传的《韩湘子宝卷》与民间宗教

河西地区流传的《韩湘子宝卷》有两种，一种是《湘子宝卷》，一种是《新镌韩祖成仙宝卷》，其中《湘子宝卷》当是在《新镌韩祖成仙宝卷》基础上改编而成。《新镌韩祖成仙宝卷》是青莲教徒根据《韩湘子九度文公道情全本》改编的，在改编中融入了青莲教的教义和思想，内容通俗，情节感人，适合于普通民众的口味。

（一）《新镌韩祖成仙宝卷》

《新镌韩祖成仙宝卷》主要流行于酒泉地区，另据笔者所知，在甘肃的兰州、临洮等地也颇为流行。在临洮民间有所谓"看了《湘子传》，家里不爱站"的传说。在兰州，20世纪90年代，尚流传有抄本《新镌韩祖成仙宝传》。

《新镌韩祖成仙宝卷》共分24回，卷首有二五道人序。分析其内容可知，是青莲教徒改编的用以宣扬青莲教先天道思想和教义的宝卷。其改编依据，吴光正认为是《韩湘子九度文公道情全本》。他说，《新镌韩祖成仙宝传》情节和道情《九度文公》相同，它源于早期的道情版本。[①] 笔者赞同这一说法。《新镌韩祖成仙宝卷》共分24回，《韩湘子九度文公道情全本》共有22回，前者比后者多2回。《新镌韩祖成仙宝卷》的前22回的回目名称与《韩湘子九度文公道情全本》22回的回目基本一致，为便于说明问题，现将二者回目列表对照如下：

---

① 吴光正：《八仙故事系统考论——内丹道宗教神话的建构及其流变》，中华书局2006年版，第365页。

第四章　与河西民俗紧密联系的几部宝卷

《新镌韩祖成仙宝卷》	《韩湘子九度文公道情全本》
第一回　出身过继	第一回　出身过继
第二回　训侄遇仙	第二回　训侄遇仙
第三回　二仙传道	第三回　议婚成亲
第四回　议婚成亲	第四回　林英回门
第五回　林英回门	第五回　韩愈责侄
第六回　文公责侄	第六回　越墙成仙
第七回　越墙成仙	第七回　林英自叹
第八回　林英自叹	第八回　南坛祈雪
第九回　南坛祈雪	第九回　湘子托梦
第十回　火内生莲	第十回　大堂上寿
第十一回　杜氏自叹	第十一回　杜氏自叹
第十二回　湘子寄书	第十二回　湘子寄书
第十三回　花篮显圣	第十三回　花篮显圣
第十四回　私度婶娘	第十四回　私度婶娘
第十五回　林英问卜	第十五回　林英问卜
第十六回　画山观景	第十六回　上寿画山
第十七回　湘子化斋	第十七回　湘子化斋
第十八回　点石化金	第十八回　点石变金
第十九回　韩愈谪贬	第十九回　谪贬朝阳
第二十回　林英服药	第二十回　林英服药
第二十一回　火焚飞升	第二十一回　林英修道湘子度妻
第二十二回　文公走雪	第二十二回　走雪得道
第二十三回　地府寻亲	
第二十四回　满门升仙①	

可以看到，《新镌韩祖成仙宝卷》前22回比《韩湘子九度文公道情全本》多了1回《二仙传道》，后者比前者多了1回《湘子托梦》，除此之

---

① 《酒泉宝卷》所收《新镌韩祖成仙宝卷》缺第24回，此回回目据笔者所收集《新镌韩祖成仙宝传》补。

· 171 ·

外，第十回、十六回、十八回、十九回、二十二回二者名称略有不同，第二十一回的回目则差别较大。从总体上看，二者回目基本相同，情节也基本相同。但基本相同的回目和情节，反映的思想却有着很大的不同。《韩湘子九度文公道情全本》作为全真教重要的道情，其思想反映的是全真教劝世人看破红尘、舍弃世俗的荣华富贵入山修道的主旨和意趣，而改编自《韩湘子九度文公道情全本》的《新镌韩祖成仙宝卷》，在其序中明言，编撰的目的是通过韩仙修行的故事来宣扬先天大道的原理及青莲教的教义思想，现录其序文如下：

常闻大道不远，每听天堂在心。仙云借物阐道，圣曰正心修身。
三教经典铺满，五行洞章布盈。名利恩爱乱意，酒色财气迷心。
失了率性悟性，忘却良知良能。天降三灾八难，黎民九死一生。
佛祖现身说法，韩仙隆像演经。将他修行故事，所说戊丁二人。
编述二十四回，炼就三八五行。节节事中藏道，篇篇情内隐真。
愚读浅之不浅，智观深者不深。接引四亿佛子，指醒九二原根。
志大超出三界，力微完全一身。内为金丹妙诀，外作劝善书文。
地狱天堂显耀，阴功果报分明。成佛作祖宝筏，忠孝节义铭箴。
可为小补广助，享望大地普遵。二十六句俗语，以作宝传序文。①

其中，"节节事中藏道，篇篇情内隐真"，是说将先天大道的基本理论隐藏于每篇之中。"接引四亿佛子，指醒九二原根"，指的是青莲教的基本思想，其内容是，混沌初分之际，有一位无生老母，是她通过锻炼形成了天地，产生了人类，其数有九十六亿，名为婴儿、姹女，又叫原人。这九十六亿原人本是无生老母差遣下界，但他们一到东土，便迷了本性，忘却家乡老母。于是老母于辰、巳、午三时设三期大会，普度原人。辰会乃道门老子掌教，燃灯道人主持，共有二亿仙人成真。已会佛门释迦掌教，弥陀主持，亦有二亿佛子成真。现正届午时，弥勒掌教，儒童主持，道落儒门，要度回那九十二亿原人。在《新镌韩祖成仙宝卷》

---

① 《酒泉宝卷》所收《新镌韩祖成仙宝卷》序文有残缺，据笔者所收集本补足。

中，编撰者借钟离仙、纯阳祖、韩湘子之口，阐释了青莲教的这些思想及教义。比如，第三回《二仙传道》中，说在钟离、吕祖二仙的引导和教育下，韩湘子下定决心立长斋，愿求大道。钟、吕二仙便要韩湘子赌咒发誓，才能传以先天大道，"由钟离和吕祖二仙议论，就与那韩湘子摆拱中文。叫一声我弟子诚意恭敬，先天道非小可地府抽丁。总要你立长志勇猛前进，任千磨并万难不退道心。还要你立宏誓上天方应，三教经古法则誓愿为凭。古弥陀四八愿天盘掌定，观音母十二愿度尽众生"。湘子遂神前发誓："有湘子跪神前诚心告禀，千千佛万万祖诸大百神。倘若是进道后五戒不谨，退了道开了斋雷火烧身。"钟、吕二仙见湘子发了誓，就将那先天大道传于他：

纯阳祖一见他发誓不吝；就将那先天道传于相公。
这就是至善地生身根本；这就是无缝锁不二法门。
这就是玄关窍最上一等；这就是无极圈套住六神。
这就是黄庭经百脉朝应；这就是紫府地万脉一根。
这就是无根树金乌归隐；这就是灵台山玉兔藏身。
这就是回光照日月返本；这就是搭天桥赤龙朝真。
这就是太极图怀中抱紧；这就是甘露水下润灵根。
这就是神仙道弟子你听；还有那金仙道渐渐高升。

在第十四回《火内生莲》中，韩湘子度韩文公的一席话中，包含了青莲教三教合一的思想：

湘子谢恩不敢受，自古三位教化头。昔日老君把凡渡，金华宝杖渡春秋。

治下金木水火土，五行原是老君留。大人若问真名路，龙尼第一教化头。

昔日释迦把凡渡，九环锡杖化春秋。留下生老病死苦，五戒原是释迦留。

大人若问真名路，牟尼第二教化头。昔日孔子把凡渡，芦伯点杖

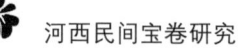

延春秋。

　　留下仁义礼智信，武德原是圣人留。大人若问真名路，仲尼第三教化头。

　　奉劝大人早回头，跟我叫化把行修。

在第十四回《私渡婶娘》中，湘子为渡婶娘所讲的一段古今，包含了青莲教三期普度的思想：

　　天开于子一阳定，天生五星列宿辰。
　　玄玄上人为根本，化生五老是天神。
　　地癖于丑中黄镇，四大部洲分五行。
　　盘古神王山川定，天干地支由此生。
　　寅会二阳三阴定，半阴半阳产原人。
　　九十六亿皇胎圣，散在天下立人伦。
　　卯会万物天生定，胎卵湿化号四生。
　　辰会道家才是圣，老君一化号燃灯。
　　已会释迦禅门定，古佛如来渡众生。
　　午会三皇并五帝，都是得道天上人。
　　尧舜禹汤周孔圣，儒家大兴治五伦。
　　颜鲁思孟讲率性，老聃彭铿讲修真。
　　观音老母莲台镇，南海岸上她为尊。

（二）《湘子宝卷》

《湘子宝卷》既不分品分，又不分章回，篇幅短小精悍，语言通俗上口，从河西走廊东头的古浪至中部的张掖，均有流传。其故事情节是这样的。说东海灵河岸边有一白鹤，偶得南极仙翁修道真诀得了灵气，其修道处有一千年灵芝，吸收天地万物之灵光，亦悟真道。一日，那白鹤见灵芝上有一露珠闪耀，便想啄露止渴，不料灵芝量小吝啬，想道：你要食我清露，凭的什么？便将露水抖下身去。白鹤未食到露水，怀恨在心：也罢，你闪我一时，我定要闪你一世。正好钟离祖与纯阳祖经过此处，将两个生

第四章 与河西民俗紧密联系的几部宝卷

灵结怨之事看在眼里，便想度化它们，将两个灵魂收在袖内，携入凡间，分别投生于两个官宦家庭。再说那韩愈与林国同朝为臣，共扶唐朝天子，转眼二十余年。那韩愈之侄韩湘子与林国之女林英结亲，成了夫妻。洞房花烛之夜，湘子不肯与林英行夫妻之事，逃离洞房，上终南山去修行，要躲脱生死。湘子来到终南山，受到钟离、纯阳二祖师点化，修道成真。一日，玉皇下旨意，命湘子下界去度化他的叔父和婶娘。湘子下界来到韩愈府第，正赶上韩愈过寿诞，湘子乘机化作道童在寿宴之上以道袍作寿礼来度韩愈，先后表演了火内种金莲、墨画美人走下地来向韩愈拜寿、三寸半葫芦装10瓶酒仍不见满的神奇法术，劝说韩愈弃官修行。谁知韩愈为富贵所迷，既不相信，更不愿弃官修行。于是湘子又来到林英绣房度化妻子林英，谁知林英为恩爱所牵，不肯回头，只得返回终南山。湘子回到终南山，在钟离、吕祖指导下继续修炼，闻了道，心如明镜。一日下了山，到长安，再来度化林英。此时的林英，受观音指引，梦寐中传了道，智慧开通，已不同凡响，湘子大喜，遂再次来度叔父。谁知叔父仍然执迷不悟，来度叔母，叔母亦不以为然，只好驾云回到终南山，与师父商议对策。钟离、吕祖与韩湘商议，朝见玉帝，向韩愈降下灾难，以促其回心。且说唐王一日晚间做一梦，梦见一人手持一弓两箭，甚感奇异。第二日上朝，问群臣主何吉凶。林国进奏，一人手持一弓两箭，乃是"佛"字，主西方有人进宝，镇压中华保太平。恰在此时，外边来报，有两位道人前来进宝，此宝乃佛骨舍利。唐王大喜。韩愈进奏，说死骨入朝是大不幸，必定要损忠良臣。唐王听韩愈之言，要将妖道斩首。道人说，你国无有识宝之人，"此宝出在西域境，五百年数修炼成。修成真人果位证，脱下凡骨在雷音。送来唐王早晚敬，铁统江山万万春"。唐王闻奏大喜，认为差点误斩进宝之人，韩愈欺君，押解午门问斩。幸得林国等众臣保本，免去死罪，贬谪朝阳。韩愈方悔不听侄儿之言，落得如今下场。韩愈罪贬朝阳不觉三年，当时天旱无雪，唐王甚为着急，召韩愈回朝与李河东、林国奉旨南坛祈雪，规定半月之内要降瑞雪，否则就要问罪。哪知他们三人求了12天，天天红日高照，不见半点雪飘。玉帝得知，传旨纯阳祖师解救厄难，纯阳祖师推荐韩湘下凡。再说韩愈三人无奈，只得挂出榜文，招请异能之士。韩湘乘机揭了榜文，在南坛摆下图阵，祈来了大雪，足有三尺三厚。韩愈

· 175 ·

大喜，拿一万两白银相谢。韩湘不要金银，说："修行人，不贪财，不要金银；只化你韩大人，同俺归隐；修大道，炼金丹，躲脱阎君。"但韩愈不肯回头，反而将韩湘赶了出去。湘子三度叔父不成，上天宫缴了圣旨，回到终南山。一日，钟离祖对湘子说："韩愈不日上朝劝谏，触怒皇王，身犯重罪，必遭斩刑。你可使法迷了杀场，令他悔悟。"韩湘下了终南山来到午门等候，果见韩愈被绑赴沙场，于是往杀场吹口仙气，起一阵黑风搅乱杀场，将韩愈刮在长安城外。韩愈思前想后，只怪自己不听侄儿之言，以致身遭大祸。当下看破红尘，决心上终南山求道学仙。韩愈上了终南山，见到了韩湘，韩湘引见诸位仙师，整天谈诗论道，勤苦修炼，终成神仙。那林英，由于受观音点化，最终也登天界。只有他婶娘，度不惺，沉沦阴曹。

《湘子宝卷》不署编撰者姓名，亦无刻板和抄录者、抄录时间信息，从其内容分析，并与《新镌韩祖成仙宝卷》作对比，可以看出，此宝卷当是《新镌韩祖成仙宝卷》的节略本，是据《新镌韩祖成仙宝卷》改编的。《新镌韩祖成仙宝卷》共有24回，和《湘子宝卷》相比有3个特点。一是部头比较大，内容比较多，故事情节比较复杂，既叙述了韩湘子的身世、修道经过，还描写了他度脱叔父韩文公、婶娘、妻子的艰难过程，其中既有林英思念丈夫染病卧床湘子施仙药救治、并乘机度化的曲折情由，又有韩湘子在度韩文公、林英成功后下地府寻找婶娘灵魂并予以救拔的复杂情况。二是在反映宗教性的教义和内容方面比较严肃，比如在师父传授弟子先天大道时，需要弟子在诸位神佛面前发誓赌咒，在叙述这方面活动时是很严谨的。三是整个宝卷各个故事情节之间的逻辑关系比较严密，情节的发展比较合理。而《湘子宝卷》与《新镌韩祖成仙宝卷》相比，则大大缩略了内容，其故事情节高度集中于湘子度脱韩愈这一方面，度林英和度婶娘只起一个陪衬作用。由于故事情节压缩过多，致使有些情节显得突兀、生硬，不合情理。另外，整个宝卷的宗教性大为淡化，娱乐化的倾向明显，许多内容显得更为通俗。比如，《湘子宝卷》叙述当韩湘子逃出韩府，来到终南山，看到两位道童，其实两位道童为钟离仙、纯阳祖所变化。他们问湘子有何贵干？湘子回答说要访仙学道，纯阳祖师说："公子差了，如你这般富贵少年，好好的不在家享受，来修什么行，学什么道？还是回

第四章　与河西民俗紧密联系的几部宝卷

家去吧。"湘子答道，我心已定，请二位仙长听我一言：

> 西方路上一家人，一母所生三个姐。
> 大姐绣了十样锦，二姐又绣白牡丹。
> 三姐修行去种瓜，种了三百六十籽。
> 得知见苗不见苗？东海岸上一苗瓜。
> 西海沿上扎根芽，南海沿上扯了秧。
> 北海沿上开黄花，中央无极结大瓜。

纯阳祖听了道："你既悟了道，请将这道解来。"湘子便开言将心中之道解了出来：

> 什么道叫一苗瓜，什么道叫扎根芽。
> 什么道叫扯了秧，什么道叫开黄花。
> 心中本是一苗瓜，看经拜佛扎根芽。
> 一心修善扯了秧，进了佛门开黄花。
> 赵州桥上打一牛，须弥山上结大瓜。
> 大瓜还要钢刀切，一刀切了十八块。
> 有人尝着瓜子味，红瓤里面赛蜜沙。
> 什么道叫钢刀切，什么道叫赛蜜沙。
> 尊敬师父打一牛，功果圆满结大瓜。
> 明心宝剑钢刀切，知道佛法赛蜜沙。
> 躲避阎君到自家，到家见了无生母。
> 母子相逢赴龙华，只是三姐种金瓜。
> 须劝世上男和女，照着三姐种金瓜。
> 有人尝着瓜子味，一心修道赴龙华。
> 万仙阵上封神高，三曹龙华谁走到。
> 到了龙华乐逍遥，封神点将位不小。

纯阳祖师听了，遂将先天大道传给了韩湘："纯阳祖，一见他，发誓不吝；就将那，先天道，传于他身。"这原本是韩湘子在接受祖师传授先天大道时发誓赌咒的内容，《湘子宝卷》这样叙述，降低了神圣性，增加了娱乐性。

（三）乌鞘岭的韩祖庙

通过以上对河西地区流传的两种《韩湘子宝卷》即《新镌韩祖成仙宝卷》和《湘子宝卷》的分析可以看出，后者是在前者基础上改编而成。从中我们可以看到这样一种现象，酒泉市是青莲教流传的核心区，由青莲教徒编撰用以宣扬青莲教思想和教义的《新镌韩祖成仙宝卷》，经过较长的历史阶段，在酒泉地区保存得最为完整，保持着宗教宝卷的严肃性，而张掖、武威地区，由于不是青莲教流传的核心区，故该宝卷的流传出现了变异，被压缩和改编，娱乐化的趋势增强，名称也比较随意，或叫《湘子宝卷》，或叫《三度韩愈宝卷》，或叫《韩湘子宝卷》，或叫《韩愈宝卷》，其实已成为民众娱乐化的宝卷。《韩湘子宝卷》在河西地区的长期流传，必然会对民间信仰和习俗产生影响。韩湘子是大名鼎鼎的八仙之一，他对处于这个尘世中的叔父、婶娘、妻子有着深切的感情，三番五次、费尽心机来度化他们，使得他们均获得解脱，超生天界，不仅如此，连韩湘子的生父、生母、岳父、岳母也都超生天界，得到玉帝敕封。《宝卷》第二十四回《满门升仙》中叙述："玉帝爷发慈悲开了金口，封韩愈卷席星享受天禄。杜夫人封月德天爵享受，封韩休文曲星位升源头。吕夫人封月恩下民默佑，封林英天花姑万古名留。封湘子大觉仙真人宝箓，封林国文昌星位坐诸侯。王夫人封月德金冠戴就，穿仙衣系绫带逍遥无忧。"美中不足的是，由于韩愈不谢恩，致使玉帝恼怒，将其贬为土地神："有文公不谢恩玉帝恼怒，贬他为土地神谢恩乐悠。众神官贺宴毕辞驾回首，大觉仙哭叔父大没来头。封卷帝职不小为何不受，封土地忙谢恩是何情由。枉费我一片心千辛万苦，到今日只落得土地名留。"近代中国，河西地区由于深处西北内陆，没有受到西方列强铁蹄的蹂躏，然而，河西民众的苦难并不比东南沿海少。清同治年间的战争破坏，以及后来马家军阀的残酷统治，使得河西地区民众的生活极其艰难。《宝卷》末尾的这一情节安排，对于近代处于煎熬之中的河西下层民众自然是有吸引力的，他们渴望摆脱尘世中的痛苦，幻想有一位像韩湘子那样的活神仙来度脱自己，念唱《韩湘子宝卷》除了可以娱乐身心之外，还可以得到些许精神的慰藉，而供奉湘祖以求得韩神仙的庇佑也就成了他们中部分人士的一种宗教行为。在乌鞘岭上曾有一座湘子庙，庙始建于何时，已不可考。清杨昌濬所撰《韩祖庙碑》载："平番古浪之交有乌鞘岭焉，上接祁连，下起贺兰。岭东麓曰镇羌驿，其西曰龙沟堡，相距六十里。岭高而寒，时有怪风雪，行者虽盛暑必衣皮，余两度踰陇岭者四，而皆晴和。巅有庙，乡人奉昌黎伯从孙湘子，以时致祭，不知始于何时。今更曰韩祖庙，岁久失修，益以兵燹庙圮。余以光绪十九年春出巡两路营伍，时苦旱，谒庙祷于神，乞甘霖以苏民困。行抵凉州大雨，抵甘州又雨，转歉为丰，民大悦。则神造福于是，拜者诚非浅也。神事迹书不多见，惟送文公至秦岭，事载潜确类书，《韩集》有示侄孙湘诗，今秦岭蓝桥有湘子洞，林木苍翠也。三人多以养其修道之学，归美于神，兹不具论。惟灵迹在秦，今隆于斯邦，人赖人（之？）斯亦奇矣。东坡尝云：'神之在天犹水之在地，故无往而不在乎'。昔昌黎祷于衡岳而云开，今祷于斯而雨降，余诚下敢上拟昌黎而神之，上承家学，用兴垂桥之苗，活芸芸之众，其理固有确然无疑者。神之功德若此，而妥侑之地硕凌替若彼，是大不可。爰亟筹资，饬镇羌营游击黄文新，新神之庙，以光绪二十年冬落成，文新以碑文请，遂濡笔而为之记。"① 据碑文可知，乌鞘岭韩祖庙在清光绪十九年（1893）之前就已存在，当地人"以时致祭"，杨昌濬作为总制陕甘使者，曾因干旱在韩祖庙祈雨获得应验而重修庙宇。杨昌濬作为清代一位封建官吏，尊奉程朱理学，故而以历史史实去考证后世所塑造的韩仙。其实，作为八仙之一的韩仙，是历代民众不断塑造而成，与历史上的韩湘并不是一回事。乌鞘岭韩祖庙的出现，与河西地区的韩仙信仰密切相关，是韩仙信仰传播和发展的必然结果。《韩湘子宝卷》是韩仙信仰的经卷表现形式，而韩祖庙则是韩仙信仰的庙宇、神像表现形式。关于韩祖庙，民国年间，许多记者、旅行者在他们的日记、游记当中多有记载。翻越高寒阴冷的乌鞘岭进入河西，这是一段艰辛而危险的旅行，正因如此，处于寒冷、狂风甚至雨雪威胁下的人们，在乌鞘岭看到雕梁画栋的韩祖庙时，第一感觉便是欣喜和宽慰，而接下来的第二个行动，很可能便是跪拜

---

① 天祝县志编纂委员会：《天祝藏族自治县志》，甘肃民族出版社1994年版，第785—786页。

韩仙，以求得韩仙的庇佑，使得旅途平顺。比如，范长江所著《中国的西北角》记载说：1936年3月9日，"次日清晨乘冰冻地硬翻乌鞘岭。岭上有韩湘子庙，俗传至灵，过往者皆驻足礼拜，并求签语。记者亦随诸人之后，拜求灵签，欲问'中国今后数年之局势'。乃签书云：'子当贵，病速愈，……'大概韩湘子近年亦'态度消极'，'不问国事'，故'顾左右而言他'！"① 林鹏侠《西北行》载，乌鞘岭"上有韩湘子庙，俗传为唐代文学家韩愈之侄，或曰侄孙，即世所称八仙之一。因忆《说郛》丛书中，有宋小说家所著《韩仙传》，述韩仙成道始末甚详尽，虽不必可信，然文章事迹，自可动人。此庙香火颇盛，亦足见其为人景慕之深矣"②。韩祖庙1958年被毁，现遗迹尚存。

第四节 《岳山宝卷》

《岳山宝卷》又名《新刻岳山宝卷》，从河西走廊东头的古浪县到走廊中部的肃州区均有流传，古浪《宝卷》第五册、《凉州宝卷（一）》、《金张掖民间宝卷》第三册、《酒泉宝卷》第四辑均有收录。《酒泉宝卷》收录的《岳山宝卷》其后注有版本信息："《岳山宝卷》原卷本为木刻印刷，宣统二年新刻，钟楼南书局存板。肃州区文化馆收藏有《岳山宝卷》复印本。"③ 说明此宝卷是宣统二年（1910）肃州钟楼南书局木刻本。通过比较可知，张掖市、武威市流传的《岳山宝卷》均是这一版本。车锡伦的《中国宝卷总目》著录有《岳山宝卷》，是民国十三年（1924）铜梁新堂刊本。④ 另外《中国宝卷总目》还著录有《李都玉参药山宝卷》，此宝卷又名《李都玉参药山经》，他著录的是谭蝉雪女士收藏的清光绪二十九年（1903）抄本⑤，这是谭蝉雪在酒泉工作期间从民间收集的，现藏甘肃省图书馆。此宝卷是混元教的一部宝卷。混元教是明末清初流传于山西、直

---

① 范长江：《中国的西北角》，中国社会科学院新闻研究所编，新华出版社1980年版，第165页。
② 林鹏侠著，王福成点校：《西北行》，甘肃人民出版社2002年版，第176页。
③ 何国宁主编：《酒泉宝卷》第4辑，甘肃文化出版社2011年版，第118页。
④ 车锡伦编著：《中国宝卷总目》，北京燕山出版社2000年版，第352页。
⑤ 车锡伦编著：《中国宝卷总目》，北京燕山出版社2000年版，第138页。

隶、河南、湖北一带的具有很大影响的一支民间宗教，与白莲教、大成教（即闻香教）、无为教（即罗祖教）并称于世。车锡伦按语指出："清乾隆十八年（1753），山西当局在潞安府长治县查办混元教案，从教主冯进京家中搜出三部经卷，其一为《李都玉参药山救母出苦经，》即此卷。"①《岳山宝卷》是根据《李都玉参药山宝卷》改编的。

一 《岳山宝卷》的主要内容

《岳山宝卷》的主要内容是这样的，说是山东莱州府有一人名李敖，由于为官清正，升任四川成都府巡按。李敖到成都上任，其他官员均来迎接，唯独不见成都知县，遂问书班。书班回答说："知县往阎罗天子那里，造夹棍板子去了。因此，不曾迎接巡按。"李巡按大怒，认为世间哪有活人到阴曹造夹棍板子这样的事情，必定是书班妄言，传令责打四十大板，禁戒他以后不敢妄言。那书班挨了四十大板，皮肉打坏，七日之内咽气身亡，魂魄无人拘管，来到森罗殿前，悲哭不已。阎罗天子问其缘故，冤魂将经过禀告。阎罗命判官拿出生死簿查看。原来书班前世叫王倩，李敖前世是他仆人，因酒误事，被王倩一脚踢死。李敖前世为人正直纯朴，温厚待人，今生该得巡按之职，打死书班，正是冤冤相报。阎罗遂安顿冤魂。阎罗认为李敖不信因果报应之事，须令其醒悟。于是差二鬼使，将李敖真魂唤来，游地狱一切关口，使他明白阴阳果报之事。二鬼使领命去唤李敖，李敖梦中听闻鬼使说："阎罗天子有请。"便回答说："我正要会阎罗天子。"于是跟随二鬼使来到阴曹地府，遥望见一座高庭上有"鬼门关"三字，旁边挂着一面铁牌，上写几行字："鬼门关上挂铁牌，男女到此苦悲哀。不论王侯并宰相，哪管皇宫女裙钗。三更要你三更死，五更要你五更来。万般皆是前世定，半点不由人安排。"李敖看罢就要往里走，鬼使说："大人！这是鬼门关，出生入死之地，进去无有好处。"李敖听说，回头就跑。正往前走，忽见一仙童拜一死尸。问其原因，原来那死尸是他自己的尸首，"因他在阳间多行善事、广积阴功、修桥铺路、吃斋念佛、访求至人指示，得受先天大道，不畏劳苦，勤修苦练，明了生死的路径，将我修成大罗金仙。

---

① 车锡伦编著：《中国宝卷总目》，北京燕山出版社2000年版，第138页。

因他修积的好，又替我受了许多辛苦，我于今才脱了凡体，得入仙道，逍遥快乐无以报答。因此，拜他几拜，在生替我受苦之恩也"。于是又往前走，见一恶鬼，手执皮鞭，打一死尸。问其原因，原来那死尸正是那恶鬼的，"因为他在阳世间，不敬天地，不孝父母，不惜五谷，偷盗邪淫，行凶作恶，诽谤斋戒，片善不修。将我堕入地狱，受尽苦愁不能超生，心中恨他不过。因此，我要打他几鞭，报他在阳世害我之仇"。李敖感叹，原来善有善报、恶有恶报，果然不差。李敖又往前走，见九个老人拜一小小幼童。问其原因，原来那幼童是那九个老人的元孙，"因他在阳世吃斋念佛，广行善事，超度我们。自古道'一子行善，九祖升天。'如今我们超升天堂，享福去的。因此，拜他几拜，谢他苦行之恩"。李敖听了，深为感叹。又往前走，见一石板，压着一个妇人，披头散发，带有锁链。李敖仔细一看，原来是他母亲，遂问原因。母亲啼哭道："儿呀！为娘的受罪不为别事，只为生你之时，不知禁忌，洗下血水，乱泼污秽天地神明，司命灶君将娘名姓，记在黑簿之上，候娘阳寿已满，拿在阴司受罪。自古道：'母子连肝。'儿呀！你要设法救我出苦，终是儿的孝心了。"李敖要救自己的母亲脱离苦难，心想钱能通神，于是想将自己积攒的九缸金银献于鬼使，请鬼使放了自己的母亲。哪知鬼使回答说：阴司不比阳间，铁面无私，不受金银。李敖于是赶快往回跑，想回去请僧、道做七夜水陆斋醮，以超度母亲。李敖回阳后，请高僧、高道做了七日七夜水陆大斋。斋醮结束当晚，李敖身倦，一觉睡熟，魂归阴府，看到母亲还在石板下受罪，他母亲告诉他说："儿呀！你请的那些僧道，尽是饮酒吃荤之人，杀生害命，不吃斋戒，身体不净，污秽经文，冒犯上帝，天神恼怒，罪反加重，为娘身上，又加五块石板，再不能出苦了。"李敖听了，痛哭流涕，无计可施。他母亲突然想起一事，说她初来之日，石板下压着一妇人，那妇人原本是魏严之母。魏严见母受罪，于是前往岳山投拜名师，受得先天大道，返本还原，证得金刚不坏之身，上帝欢喜，救得母亲出离苦海。李敖听说，匆忙回衙还阳，辞去官职，安顿好妻子儿女，孤身一人前往岳山访道修行。

话说魏严仙师已修成大罗金仙，早知其事，假装樵夫，手提净水瓶，来到河边汲水。李敖看到一樵夫汲水，上前施礼，询问岳山及魏严仙师位置处所，当得知樵夫便是魏严仙师后，赶忙倒身下拜，乞求传授大道，救赎母亲。魏严见李敖求道心虔意诚，便问李敖自己手中所提何物，李敖说是净瓶。又问内装什么，李敖说是水。仙师说："未必是净水。"遂抱定瓶口摇了几下，朝下一倒，倒出一部真经。李敖捡起一看，说："乃是玉皇心印妙经所说的三品妙浆，金丹奥妙，修性了命的工夫，度人宝筏，非至人指示，不能闻解其意。望仙师大发慈悲，指示一贯真传，后来成其正果，搭救母亲，那时，弟子才报恩情。"仙师说："你随我转回仙山，设备供养，申文拜祝以后，指示于你。"李敖随仙师上了仙山，进入佛殿，置办供果，秉烛焚香，发下誓愿："李敖即刻来跪倒，敬禀天地人三曹。弟子修行依大道，不敢冒犯佛规条。我若反悔违圣教，万劫沉沦不生超。"仙师见李敖发了誓愿，遂将先天大道传于李敖："仙师一见立誓了，叫声弟子听根苗。先天大道自古少，朝闻夕死登天曹。劝尔积德为紧要，莫做冤孽自可消。大道一得防魔考，无智无德怕蹊跷。好歹一心把佛靠，千魔百难莫弃抛。吉凶诸神暗保护，九九灾满脱尘嚣。指你南无这一窍，四山行马在此爻。消长刚柔要知晓，阴阳配合须纯调。存无守有北海造，心猿意马莫动摇。克己复礼万缘扫，采阴取阳采药苦。汞去投铅候冥查，铅来投汞二五交。要知药物不嫩老，铅遇发生心要牢。果然恍惚杳冥到，雷鸣空中下雨丰。天理流行元中妙，三花聚顶五气朝。衣钵收于本位报，八宝金光透九霄。婴儿姹女黄房笑，产个圣胎赴蟠桃。一日功圆丹书诏，脱却凡体步云霄。九祖父母都荣耀，西方极乐任逍遥。若还半途退了道，誓愿昭彰罪不饶。"

话说李敖受仙师指点，在仙山每日勤修苦练，直练得法轮常转，能默朝上帝，一灵真性出了玄关，径往地府探母一番。李敖来到地府，受到金童玉女的迎接，在阎罗殿与阎罗天子分宾主坐下。阎罗天子查阅青册功簿，传旨一道，命金童玉女前往石板地狱迎接太夫人上殿，对太夫人说："太夫人，亏了你子超度于你，今日且往天地门安养去吧。"李敖见母亲解脱苦难，升往天界，遂拜谢阎君，正要下殿，却遇着王倩走上殿来。王倩问李敖当初自己说成都知县往阎君那里造夹棍板子之事是真是假，李敖满面通红，说道："事本不假。"阎君遂将他二人因果告知李敖，并吩咐王倩："你自后不许乱事，搅扰大道，大人还阳归山，勤修苦练，待候功果圆满，丹书下诏，朝见瑶池金母，享受天爵。逍遥圣景，永登极乐。王倩你一生无过，发放你到平阳县为民，丰衣足食，各自去吧。"二人听了，一齐谢恩而去。

二 《岳山宝卷》的渊源

《岳山宝卷》是根据《李都玉参药山经》改编的，而《李都玉参药山经》又是根据禅宗史上李翱参药山惟严禅师的一则公案编撰而成。李敖即李翱，敖与"翱"音同。岳山即药山，在河西方言中，"药"读作"岳"。将"李翱"写成"李敖"，将"药山"写成"岳山"，有可能是误写，也有可能是改编者有意为之，后者的可能性很大。李翱在中国思想史上占有重要地位，他生于唐代宗大历七年（772），卒于唐武宗会昌元年（841），他的《复性书》借鉴了佛、道两家的理论和方法，提出了"去情复性"的思想，成为新儒学的开端，对宋代理学产生了重大影响。李翱曾师从韩愈，世人称为"韩李"。他反对佛教，又与佛教僧人保持往来关系。在佛教典籍《宋高僧传》《景德传灯录》中均载有李翱参药山惟严禅师的一段公案。据载，惟严禅师是绛县（今山西运城市绛县）人，参石头希迁禅师，"密证心法，住药山焉"[1]。当时李翱任朗州刺史，听闻惟严禅师声名，多次请其前来相见，均不能如意，只得躬亲前往药山拜谒。李翱来至寺院参拜惟严，惟严"执经卷不顾"。侍者对惟严说："太守在此。"惟严依旧不理。李翱是个急性子的人，见惟严不理他，遂不无讽刺地说："见面不如闻名。"言下之意，是说惟严空有其名。此时，惟严说话了，他叫了一声太守，李翱答应了一声。惟严说："何得贵耳贱目？"惟严这简短的两句话，正体现的是禅宗师父教育点化弟子的一种方法。禅宗主张不立文字，教外别传，直指人心，见性成佛，认为人人本来是佛，只因众生执迷不悟，故为凡夫，只要当下顿悟，即便是佛。又认为佛法平等，无有高下。惟严禅师故意不理李翱，李翱性急，以"见面不如闻名"来激禅师，不料惟严抓住李翱病症所在，一句"何得贵耳贱目？"点中要害，促使李翱醒悟。李翱被问，无法转身，只得拱手谢之，"问曰：'如何是道？'师以手指上、下曰：'会么？'翱曰：'不会。'师云：'云在天，水在瓶。'翱乃

---

[1] 宋赞宁撰，范祥雍点校：《宋高僧传》，上海古籍出版社2014年版，第383页。药山，在今湖南澧州。

欣惬作礼而述一偈云：'炼得身心似鹤形，千株松下两函经。我来问道无余说，云在青天水在瓶。'翱又问曰：'如何是戒定慧？'师曰：'贫道这里无此闲家具。'翱莫测玄旨。师曰：'太守欲得保任此事，直须向高高山顶坐，深深海底行。闺阁中物舍不得，便为渗漏。'师一夜登山经行，忽云开见月，大笑一声。应澧阳东九十许里，居民尽谓东家。明晨迭相推问，直指药山。徒众云：'昨夜和尚山顶大笑。'李翱再赠诗曰：'选得幽居惬野情，终年无送亦无迎。有时直出孤峰顶，月下披云笑一声"①。

云在天上，水在瓶中，大自然亦即事物本来面目原本如此，稀松平常，并无特别之处，禅宗师父经常以此来点化弟子，使他们顿悟此理，然后时时刻刻、在在处处保任此事，与此相契相合，久而久之，打成一片，证得本来面目。《宋高僧传》又记载，说李翱曾与韩愈、柳宗元、刘禹锡为"文会之交"，相约共同排佛扶儒，但不久，李翱遇到惟严禅师，"顿了本心"，后又遇紫玉禅师，"且增明道趣"，著《复性书》上、下篇，韩、柳读后叹曰："吾道萎迟，翱且逃矣。"为说明问题，现录此段文字如下：

> 初翱与韩愈、柳宗元、刘禹锡为文会之交，自相与述古言、法六藉，为文黜浮华，尚理致，言为文者韩、柳、刘焉。吏部常论"仲尼既没，诸子异端，故荀、孟复之，杨、墨之流洗然遗落。殆周隋之世，王道弗兴，故文中之有作，应在乎诸子左右。唐兴，房、魏既亡，失道尚华，至有武后之弊，安史之残。吾约三二子同致君复尧舜之道，不可放清言而废儒，纵梵书而猾夏，敢有邪心归释氏者，有渝此盟，无享人爵，无永天年。先圣明神，是纠是殛！"无何，翱邂逅于俨，顿了本心。未由户部尚书、襄州刺史，充山南东道节度使，复遇紫玉禅翁，且增明道趣，著《复性书》上下二篇。大抵谓本性明白，为六情玷污，迷而不返，今牵复之，犹地雷之复见天地心矣。即内教之返本还源也。其书露而且隐，盖而又彰，其文则《象》《系》

---

① （宋）释道元著，妙音、文雄点校：《景德传灯录》，成都古籍书店 2000 年影印版，第 265 页。

《中庸》，隐而不援释教；其理则从真舍妄，彰而乃显自心。弗事言陈，唯萌意许也。"韩、柳览之，叹曰："吾道萎迟，翱且逃矣！"①

李翱参药山惟严禅师公案，是一则在佛教界广为流传的故事。李翱的《复性书》以儒家面貌示人，但实际上融合儒、释、道三家哲理，体现出唐代后期儒、释、道三家相互融合的趋势。明清时期，在儒、释、道长期融合和世俗化基础上出现的一系列民间宗教派别，他们制作宝卷，迎合世俗口味和习惯，历史上影响广泛的故事以及民间信仰、传说，纷纷被他们改编成宝卷，借以宣扬本教派教义和思想。李翱参药山惟严禅师的故事，首先被混元教改编成《李都玉参药山经》，后又被青莲教改编成《岳山宝卷》，在河西地区广为流传。

三 李翱参药山公案被改编成《岳山宝卷》的宗教学分析

李翱参药山公案原本是佛教禅宗史上的一段佳话，韩愈是唐代著名的反佛人士，由于向唐宪宗上《谏佛骨表》而闻名于世，李翱是韩愈的学生，按照《宋高僧传》的说法，韩愈曾约柳宗元、刘禹锡、李翱等人"同致君复尧舜之道，不可放清言而废儒，纵梵书而猾夏"，并说"敢有邪心归释氏者，有渝此盟，无享人爵，无永天年。先圣明神，是纠是殛！"但是，李翱未能遵守诺言，不久，由于遇到了惟严禅师而"顿了本心"，后又遇到紫玉禅师而"增明道趣"，著《复性书》上、下篇，走上了相反的道路。这则公案，如果我们抛开其所反映的宗教哲理来看，它还有另外一层重要的目的和指向。这则公案先著录于《宋高僧传》，又著录于《景德传灯录》，前者为宋太平兴国七年（982）赞宁奉敕编纂，后者为宋真宗年间释道元编。我们知道，自唐韩愈反佛之后，到宋代，随着儒学的复兴，出现了一批排佛、反佛之士，有欧阳修、李觏、张载、程颢、程颐等，其中程颢、程颐作为理学的奠基者，他们正是在李翱《复性书》的基础上构建理学的大厦。在中国历史上，儒、佛、道三家，各有优势，也各有缺陷。儒家的优势在于面向现实的社会，习读儒家经典，掌握治国理政的原

---

① （宋）赞宁撰，范祥雍点校：《宋高僧传》，上海古籍出版社2014年版，第388—389页。

理和技能，然后通过科举考试步入仕途，去实现自己治国平天下的志向和抱负。处于政府各个行政岗位上的这些士人，他们手中握有不同级别的权力，他们著书立说，又拥有很大的话语权。在这则公案当中，当时李翱任朗州刺史，他对佛学很感兴趣，仰慕惟严之名，多次请其前来相见，惟严就是不肯前来，不得已，亲自入山拜谒。见到惟严之后，惟严"犹执经卷不顾"。这对李翱是极大的刺激，便想在哲理上战胜对方。不想一经交锋，只一回合，便败下阵来。李翱虽为地方要员，且熟读儒家经典，但在心性问题的理解和把握上根本不是已"密证心法"的惟严禅师的对手，只得降低身段，虚心请教，留下了"炼得身心似鹤形，千株松下两函经。我来问道无余说，云在青天水在瓶"的著名诗句。通过李翱参药山惟严禅师公案，佛教界显然要表达的意向之一，便是对人生、宇宙真谛的把握方面，佛教是当仁不让地处于最高水平。

然而，年代久远，世事变迁，明代以后，正统的佛教、道教日趋衰落，一支支新兴的民间宗教在北方勃然兴起。新兴的民间宗教，考查其本源和实质，则无疑是儒、佛、道三家相互融合的产物，其教义思想亦儒、亦佛、亦道，而又非儒、非佛、非道，三家思想相融相混，难辨难别。同时，儒、佛、道三家思想的真谛和精义被埋没，隐而不显。以《岳山宝卷》来看，它无疑是借用历史上李翱参药山惟严公案来宣扬青莲教的思想和教义，但其故事情节与李翱参药山惟严公案完全不同，可以说仅是借李敖、魏严之名，旧瓶装新水而已。

《岳山宝卷》借李敖、魏严之名，至少表达了三重旨趣。第一重旨趣，便是儒家的孝道思想。《岳山宝卷》是围绕李敖救母展开的。李敖在石板地狱看到自己的母亲披头散发，被压在石板下受苦，心痛不已，便想方设法予以救度。在向鬼使行贿、在阳间请僧道做醮斋均不能如愿的情况下，听说魏严仙师那里有先天大道，证得大罗金仙，便可救得母亲，遂前往岳山寻访魏严仙师。李敖找到魏严仙师，受其点化，得了先天大道，终于使母亲得以脱离石板地狱之苦，得以超生。李敖救度母亲出离地狱，正是儒家孝道的集中体现。

《岳山宝卷》所要表达的第二重旨趣，是佛教的因果轮回思想。由于李敖不信因果报应，不信活人能到地府造夹棍板子之事，一怒之下打死了书班，书班到阎罗天子前告状。所以才有阎罗天子差二鬼使传唤李敖游地府，遍历各关口，使其醒悟之事。李敖通过游地狱，先见一仙童拜一死尸，后见一恶鬼鞭打一死尸，再见九位老人拜一小小幼童，最后碰到自己的母亲在石板地狱受苦，深切认识到善恶有报，因果轮回一点不假。这其中体现的正是佛教因果报应思想。

《岳山宝卷》所要表达的第三重旨趣，便是道家的金丹修炼思想。李敖为了救度母亲，先是向二鬼使行贿而不得，后在阳间请僧道做醮斋法会超度又不得，后来听闻岳山魏严仙师那里有先天大道，若得仙师传授，证得大罗金仙方可救得母亲，遂前往拜谒。李敖来到岳山见到魏严仙师，得了先天大道，终于救得母亲出离石板地狱。这其中宣扬的先天大道，正是道家的金丹修炼理论。

通过前面的分析，我们看到，在一部并不算长的《岳山宝卷》中，融合了儒、佛、道三家的思想和旨趣，而且这三者之间又水乳交融，难分难解。但事实上，若仔细分析，我们发现，在《岳山宝卷》中，儒、佛、道三家的思想均失去了其中的精髓，偏离了其中心。

首先来看儒家。儒家重现实，其所倡导的孝道，亦体现在现实生活当中。然而《岳山宝卷》中，李敖救母，他所救度的不是现实生活中活着的母亲，而是死后堕入地狱中的母亲。毫无疑问，这是与儒家的本旨不一致的。

其次来看佛教。佛教讲因果，讲六道轮回。所谓六道是指天、人、阿修罗、地狱、饿鬼、畜生，天与地狱均为六道之一。佛教认为包括天界在内，六道均不是究竟，都未解脱，天福享尽，还有可能再下地狱去受罪，只有超出六道轮回，证得佛果，才是最终归宿。因此，禅宗作为佛教的中流砥柱，主张直指人心，顿悟成佛。李翱参药山惟严公案，其最核心、最精彩之处便是"密证心法"的惟严禅师对李翱的点化和指示。李翱在多次请惟严与之相见而不得，只得躬身入山拜谒，见面之后又被冷落而不理会的情况下，说出了"见面不如闻名"的讽刺之语。殊不知，此情此景，正是惟严所刻意营造的参禅悟道的最佳场景。惟严抓住时机，先叫一声太守，李翱应诺，随后反问一句："何得贵耳而贱目？"在佛教看来，即心是佛，无有贵贱，无有高下，只是凡人不知。惟严的意思是，你这个本来平等，无有贵贱的自性佛，为什么要把耳朵看得尊贵而把眼睛看得低贱呢？其实，你所听闻的惟严和眼前所见的惟严原本一样，稀松平常，没有什么区别。这正体现的是禅宗直指人心的教育手法。可惜，李翱不能一下子明白，只是摧锉了其傲气。李翱遂虚心请教。惟严继续指点，手指上、下，问曰："会么？"李翱说："不会。"惟严说："云在天，水在瓶。"至此，李翱才有所感悟。在唐代，"云在天，水在瓶"是禅师教育弟子的常用语之一，其意思是说，云在天上，水在瓶中，大自然原本稀松平常，无有高下、贵贱，人的自性亦复如此。然而，在《岳山宝卷》中，完全不懂"云在青天水在瓶"的真实含义，只能牵强附会地进行解释，说惟严拿着净瓶问李敖里面装的是什么，李敖说是净水。惟严说未必是净水。于是抱定瓶口摇了几下，朝下一倒，倒出一部真经，其中讲的是金丹奥妙，修性了命的工夫，度人宝筏。可见，在青莲教那里，佛教的真义早已湮没不知。

  再来看道教。唐末五代以来，中国道教发生的重大变化便是钟吕丹道修炼理论在社会上产生了重大的影响。宋元时期，一支新的道教派别在中国北方形成，这便是王喆所创立的全真教。全真教模仿佛教，建立自己的教团组织，道士须出家修行，要遵守戒律。在修炼方面，继承了钟吕丹道修炼的理论和方法。全真教一经创立，便迅速传播，产生了巨大的影响。而在南方，张伯端著《悟真篇》，阐述内丹修炼之理，也产生了很大影响。但到明清时期，无论是传统道教，还是全真教，均衰落得很厉害。清代的民间宗教青莲教吸收了道教内丹修炼理论，称之为先天大道，但其实已失内丹修炼之精髓。在《岳山宝卷》中，李敖为了救母，向魏严仙师乞求先天大道，仙师说传授先天大道的前提是要赌咒发誓。李敖置办供果，在佛前赌咒发誓之后，仙师方将先天大道传授于他。赌咒发誓，是青莲教的一大特色，但已失内丹修炼之旨。据张伯端《悟真篇》，内丹修炼的前提是看破红尘，放弃世间的各种牵缠，一心修道，其目的是摆脱生死规律的束缚："不求大道出迷途，纵负贤才岂丈夫。百岁光阴石火烁，一生身世水泡浮。只贪利禄求荣显，不觉形容暗瘁枯。试问堆金等山岳，无常买得不来无？"[①]当内丹炼成，吞服之后，则可自己掌握自己的命运，摆脱生死规

[①] （宋）张伯端撰，王沐浅解：《悟真篇浅解》，中华书局1990年版，第1页。

律的束缚："药成气类方成象，道在希夷合自然。一粒灵丹吞入腹，始知我命不由天。"①

第五节 《还乡宝卷》

《还乡宝卷》是一部专门阐述青莲教基本理论、传承关系和内部斗争的宝卷，此宝卷收录于《金张掖民间宝卷》《临泽宝卷》，说明它流行于张掖地区。《临泽宝卷》收录的《还乡宝卷》有《文昌帝君〈还乡宝卷〉叙》《元始天尊新演〈还乡宝卷〉叙》。《文昌帝君〈还乡宝卷〉叙》后题："时圣清光绪岁在于逢淤涒滩火虎月之三候日，九天开化曲文昌梓桐宏仁帝君奉命降于养性南窗。"② 其中，"于逢淤涒滩"衍一"淤"字，"于逢"当为"阏逢"之误，据《尔雅》，"太岁在甲曰阏逢"，太岁"在申曰涒滩"③。火虎月是指丙寅月。一候为五日，三候日便是十五日。可知，此叙写于清光绪甲申年丙寅月十五日，即光绪十年（1884）正月十五日。那么，此宝卷也应当大致成书于此时。据《元始天尊新演〈还乡宝卷〉叙》，此宝卷是一位医生名叫周济世的"倏于木兔署月，偶遇滇东契友绵木氏吉兴子者，承奉祖命，游秦阐道，暗钩金鳌，代遗《还乡宝卷》"，他得书观之，觉得"言简路捷，易于醒悟，于身心有益"，意欲刊板，"非得青蚨二十余竿不能成功"，遂向知音商议，通过募化，筹得资金，予以刻板。后题"时民国五年岁次辰寅月吉旦，医道周济世敬叙"④。民国五年为公元1916年，此年为丙辰年，故"时民国五年岁次辰寅月吉旦"中当漏一"丙"字。1916年前一年为1915年，为乙卯年，是木兔年，署月为六月，故木兔署月当为1915年六月。吉旦为初一日。说明，《还乡宝卷》是周济世于1915年农历六月得之于其贵州好友"绵木氏吉兴

---

① （宋）张伯端撰，王沐浅解：《悟真篇浅解》，中华书局1990年版，第118页。
② 程耀禄、韩起祥主编：《临泽宝卷》，临泽县华光印刷包装有限责任公司2006年印刷，第52页。
③ （晋）郭璞注，（宋）邢昺疏，李传书整理，徐朝华审定：《尔雅注疏》，北京大学出版社2000年版，第187页。
④ 程耀禄、韩起祥主编：《临泽宝卷》，临泽县华光印刷包装有限责任公司2006年印刷，第51页。

子",于1916年正月初一日作叙刊刻。

一 《还乡宝卷》所反映的青莲教基本教义

《还乡宝卷》首先交代世界及人类的由来,说:"此书故事,乃是混沌初分之时,三才未判之际。有一位无极老真空,因他自无而生,名曰:'无极老母',坐在九十九天之上,默运阳中轻清之气,锻炼一万八百年,使之上升而成天体。复推运阴内重浊之气,又锻炼一万八百年,令其下降而成地形。此时既生天地,空空荡荡,无人住世。无生老母又逆运阴阳二气于八卦炉中锻炼一万八百年之火候,工足结成婴姹,散在宇宙之中,而为九六灵根,故曰三才者,天地人也。试思人与天地并列而为三才,非当小可。"接着又用十二地支的计时系统来说明天地人类的产生及发展阶段:"自从子丑生天地,寅字投生下东林。卯会之时无劫运,安然坐享太平春。四万余年交辰运,天开杀机降燃灯。"辰会、巳会之时有了劫运,"辰会乃是道门老子道君掌教,燃灯道人主持,当时大开普度之际,所度原人甚广,随后设下考惩,等到收圆结果,归根三月龙华。渐渐只有二亿仙人成真,功成了道之时,火焚虚空,故为龙汉初劫,名曰'无极'。又一万八百年已满直至巳会,人心反常,大劫又临,释迦又移花掌其佛教,乃归弥陀主持。斯时又大开普度,度醒佛根亦多,待后收圆之时,又设下奇考,直至归根五月龙华。恰恰又有二亿真佛子,了道归西之时,水淹昆仑,乃是赤子次会,名曰'太极'"。现巳运已过,已届午运,"又一万八百年已满,乃是延康午会,皇极末运,人心不古,更胜于前,故三灾八难一齐降临,道落儒门,弥勒掌教,乃归儒童①主持。而今大开普度,要救回九十二亿残灵。复差先天二亿诸仙、中天二亿诸佛尽下南瞻,飘散九州,借母投窍,所以四海之内,方方有人修真,处处有人养性。故善信乾坤,乃儒家之人,修老君之道,守释迦之戒,则三教归一原矣"。

《还乡宝卷》这种关于世界、人类由来及发展变化的理论实际上是融合了佛教的劫运说、道教的天地形成说、儒家的元会运世说的一个大杂

---

① 儒童,即孔子。《广弘明集》卷8,道安《二教论》引《清净法行经》云:"佛遣三弟子震旦教化:儒童菩萨,彼称孔丘;光净菩萨,彼称颜渊;摩诃迦叶,彼称老子。"见《弘明集 广弘明集》,上海古籍出版社1991年版,第145页。

烩。佛教讲劫运，在《长阿含经》卷一《大本经》中讲述了佛教的世界观，其中释迦牟尼佛告诉诸比丘说："过去九十一劫，时世有佛名毗婆尸如来、至真，出现于世。复次，比丘！过去三十一劫，有佛名尸弃如来、至真，出现于世。复次，比丘！即彼三十一劫中，有佛名毗舍婆如来、至真，出现于世。复次，比丘！此贤劫中，有佛名拘楼孙，又名拘那含，又名迦叶。我今亦于贤劫中成最正觉。"① 可见，在佛教看来，我们这个世界现正处在贤劫中。那么，贤劫具体情况如何呢？据《法苑珠林》第八卷《千佛篇》，贤劫共分为四时，分别为成、住、坏、空。此四时之中，成劫已成为过去，怀、空劫尚未到来，现今正处在住劫。在此住劫当中，有千佛出世。大致来说，三佛已经过去，现在正处在第四尊佛释迦牟尼佛时代。这四时中，各分为二十小劫，共计八十小劫，合起来名叫一个大的水、火、风劫，名叫贤劫。就现在住劫中的二十小劫来说，据《立世阿毗昙论》，十一劫尚未到来，八劫已成过去，今释迦佛当在第九劫内成佛。②

道教关于天地形成说，在其《太上老君开天经》中有集中表述，其中说：

> 盖闻未有天地之间，太清之外，不可称记。虚无之里，寂寞无表，无天无地，无阴无阳，无日无月，无晶无光，无东无西，无青无黄，无南无北；……百亿变化，浩浩荡荡，无形无象，自然空玄，……。唯吾老君，犹处空玄寂寥之外，玄虚之中。视之不见，听之不闻。若言有，不见其形；若言无，万物从之而生。八表之外，渐渐始分，下成微妙，以为世界，而有洪元。洪元之时，亦未有天地，虚无未分，清浊未判，玄虚寂寥之里，洪元一治，至于万劫。洪元既判，而有混元。混元一治万劫，至于百成。百成亦八十一万年，而有太初。
>
> 太初之时，老君从虚空而下，为太初之师，口吐《开天经》一部，四十八万卷，一卷有四十八万字，一字辟方一百里，以教太初。太初始分，分别天地，清浊剖判。滨淬鸿蒙，置立形象，安竖南北。

---

① 《长阿含经》，宗教文化出版社1999年版，第2页。
② 参阅（唐）释道世撰，周叔迦、苏晋仁校注《法苑珠林》，中华书局2003年版，第266—267页。

制正东西，开暗显明，光格四维，上下内外，表里长短，麁细雌雄，白黑、大小、尊卑，常如夜行。

太初得此《老君开天之经》，清浊已分，清气上升为天，浊气下沉为地，三纲既分，从此始有天地，犹未有日月。天欲化物，无方可变，便乃置生日月在其中，下照暗冥。太初时，虽有日月，未有人民。渐始初生，上取天精，下取地精，中间和合，以成一神，名曰人也。天地既空三分，始有生生之类，无形之象，各受一气而生。或有朴气而生者，山石是也；动气而生者，飞走是也；精气而生者，人是也。万物之中，人最为贵。太初一治，至于万劫。人民之初，故曰太初。是时唯有天地、日月、人民，都未有识名。太初既没，而有太始。太始之时，老君下为师，口吐《太始经》一部，教其太始置立天下九十一劫。九十一劫者，至于百成。百成者，亦八十一万年。太始者，万物之始也，故曰太始。流转成练素象于中，而见气实自便，得成阴阳。太始既没，而有太素。太素之时，老君下降为师，教示太素以法天下八十一劫，至于百成，亦八十一万年。太素者，万物之素，故曰太素。太初已下，太素已来，天生甘露，地生醴泉，人民食之，乃得长生。死不知埋葬，弃尸于原野，名曰上古。①

北宋大儒邵雍著《皇极经世书》，阐述了元、会、运、世理论，认为天地的化生变化，小的变化是一年四时之间岁、月、日、时的发展变化，大的变化则是元会运世的大时间段的变化，三十岁为一世，十二世为一运，三十运为一会，十二会为一元，一元合计为十二万九千六百年，满一元，天地将发生一次大的变化。而元运会世的变化也可以用天干、地支这一计时系统来描述和说明。邵雍的这一理论对后世有很大影响，比如西游记第一回《灵根孕育源流出，心性修持大道生》即运用元会运世说作为全书的引子："盖闻天地之数，有十二万九千六百岁为一元。将一元分为十二会，乃子、丑、寅、卯、辰、巳、午、未、申、酉、戌、亥之十二支也。每会该一万八百岁。且就一日而论，子时得阳气，而丑则鸡鸣；寅不

---

① （宋）张君房编，李永晟点校：《云笈七签》，中华书局2003年版，第25—26页。

通光而卯则日出；辰时食后，而巳则挨排；日午天中，而未则西蹉；申时哺而日落酉；戌黄昏而人定亥。譬于大数，若到戌会之终，则天地昏曚而万物否矣。再去五千四百岁，交亥会之初，则当黑暗，而两间人物俱无矣，故曰混沌。又五千四百岁，亥会将终，贞下起元，近子之会，而复逐渐开明。邵康节曰：'冬至子之半，天心无改移。一阳初动处，万物未生时'，到此，天始有根；再五千四百岁，正当子会，轻清上腾，有日，有月，有星，有辰。日、月、星、辰谓之四象，故曰天开于子。又经五千四百岁，子会将终，近丑之会，而逐渐坚实。《易》曰'大哉乾元！至哉坤元！万物资生乃顺承天'，至此地始凝结。再五千四百岁，正当丑会，重浊下凝，有水，有火，有山，有石，有土。水、火、山、石、土谓之五形。故曰地辟于丑。又经五千四百岁，丑会终而寅会之初，发生万物，历曰：'天气下降，地气上升；天地交合，群物皆生'。至此，天清地爽，阴阳交合。再五千四百岁，正当寅会，生人，生兽，生禽，正谓天地人，三才定位。故曰人生于寅。"①

从以上引述我们看到，《还乡宝卷》的这套关于天地人类来源的说法和理论，是根植于中国的传统文化之中的，是在佛、道、儒三家相关理论基础上的一种新的创造。

二 《还乡宝卷》所反映的青莲教传承系统

《还乡宝卷》中，记录了青莲教所构建的自己的传承系统："众仙曹，听根苗，待我从头数一遭。先天道，不轻交，尧舜禹汤明一爻。有文武，周公僚，孔孟之后绝消息。到梁朝，承宗祧，达摩神光算英豪。普庵祖，曹洞交，黄梅慧能释之标。六辈后，衣钵飘，道落白马火宅叨。罗八祖，黄公交，吴公十祖掌渡船。何十一，受刑劳，充军龙里书信捎。传十二，袁公挑，大开普度引仙曹。徐杨祖，会红袍，五行十地乐陶陶。"青莲教宣称本教派所传授的先天道是承自尧、舜、禹、汤、文、武、周公、孔子、孟子以来的正统大道，此先天大道自孟子以后就断绝了消息，而自梁代达摩以来又接续上了。从此，达摩传二祖神光，神光传三祖普庵，普庵

---

① （明）吴承恩：《西游记》，人民文学出版社2010年版，第1—2页。

传四祖曹洞，曹洞传五祖黄梅，黄梅传六祖慧能，六祖慧能后道落火宅。所谓"道落火宅"，是说先天道的传承和发扬不再由出家僧人承担，而是改由俗家人承担。慧能之后，传白七祖和马七祖，白七祖和马七祖之后是罗八祖，罗八祖传黄九祖，黄九祖之后是吴十祖，吴十祖传何十一祖，何十一祖遭受牢刑，被充军贵州龙里，何十一祖传十二祖袁公，大开普度，传徐祖和杨祖，徐祖和杨祖建立起了五行和十地的组织体系。据秦宝琦先生《清代青莲教源流考》，青莲教形成于清代乾隆年间，青莲教的形成与被尊为十祖的吴子祥有密切关系。吴子祥是江西贵溪人，乾隆年间，他先加入了在江西流传的姚门教，并成为当地姚门教首领，后又吸收了传入江西的圆顿大乘教和罗维行所传的大乘教教义和思想，从而形成了新的大乘教。吴子祥所创大乘教由其弟子何若带到贵州龙里，乾隆末年贵州龙里人袁志谦加入了何若所传的大乘教，袁志谦又受到黄德辉所创立的先天道的影响，从而形成了自己的教义体系。袁志谦所传之教，既称为青莲教，又称龙华会、金丹大道。道光七年（1827）五月，袁志谦从贵州来到四川，在华阳县收徒徐继兰、杨守一，传播青莲教。同一年，青莲教被清政府破获，徐继兰、杨守一先后被捕，其他骨干分子也纷纷被当局拿获，青莲教受到沉重打击。但不久，青莲教又逐渐恢复元气，其骨干分子陈文海、彭超凡、李一源、林祝官、郭建文等商议对青莲教组织进行整顿，道光二十三年（1843），彭超凡等人定出了青莲教十七字派，以"元、秘、精、微、道、法、专、真、果、成"十字，都用"依"字加首，称为"十依"，又定"致温""致良""致恭""致俭""致让"五名，又恐人多不敷使用，又添"克""特"二字，共凑够十七派字。又分出"内五行"五人，专管乩坛；"外五行"五人，同五"致"字为"十地"[1]。可见《还乡宝卷》所叙青莲教传承系统中吴十祖即吴子祥，何十一祖即何若，袁十二祖即袁志谦，徐祖、杨祖即徐继兰、杨守一，他们是青莲教历史上创立、传播青莲教的重要人物，是实指。黄九祖即黄德辉，是先天道的创立者，黄德辉的先天道是青莲教的渊源之一。关于罗八祖，青莲教各支派《祖脉源流》的说法比较混乱，杨净麟《青莲教祖派源流》考证认为，"诸多材料表明，

---

[1] 参阅秦宝琦《清代青莲教源流考》，《清史研究》1994年第4期。

清代青莲教祖师源流中的罗八祖蔚群就是罗梦鸿"①。罗梦鸿是罗教即无为教的创始人,著有五部六册。可以看出,青莲教的黄九祖创立了先天道,罗八祖创立了罗教,青莲教与之均有渊源关系。

再往上推,青莲教的白七祖、马七祖、六祖慧能、五祖黄梅、四祖曹洞、三祖普庵、二祖神光、初祖达摩是其编织的一个道体系,这个体系是从佛教禅宗那里借用过来的。佛教禅宗编辑的《五灯会元》将禅宗的来源和传承体系追溯到佛教的创始人释迦牟尼佛,又往前追溯了六位佛。释迦牟尼佛传法于摩诃迦叶,是为禅宗初祖,迦叶传法于阿难,是为二祖,由此而下,依次传法,第二十八祖为菩提达摩。菩提达摩于梁武帝时渡海来到中国,成为东土初祖,传二祖慧可(俗名神光)。慧可传三祖僧璨,僧璨传四祖道信,道信传五祖弘忍,弘忍传六祖慧能。慧能而后,禅宗大兴,禅师辈出,唐末五代时期,禅宗中分出许多派系,有所谓"五家七宗"之说,五家为沩仰宗、临济宗、曹洞宗、云门宗、法眼宗,此五家加上从临济宗分出的黄龙宗和杨岐宗,合起来称为"五家七宗"。禅宗的这些派别一代代向后传授,直至现代。比如著名的虚云和尚曾于鼓山受妙莲和尚所传临济宗衣钵,为临济宗第四十三世祖。青莲教为了发展自己的势力,借用禅宗的这一传法系统,构建了自己的道统体系,其某一支派的《祖脉源流》给每位祖师立有一传,并予以神化,如从初祖到七祖,"达摩初祖,胡成古佛化身……神光二祖,燃灯古佛化身……普庵三祖,灵宝天尊化身……曹洞四祖,天皇真人化身……法名道信……黄梅五祖,灵霄金童化身……法名弘忍……慧能六祖,地藏王古佛化身……其传衣钵处,白马二祖同承道统。从此释终儒起,道传火宅矣。白七祖,南岳大帝化身……法名怀让……度沙门道一者,同续六祖道脉……马七祖,西天马鸣尊者化身……"②

青莲教不仅借用佛教禅宗的道统体系,而且糅合儒家的道统体系。唐代韩愈既反佛又排道,他模仿禅宗祖祖传灯的道统体系,认为儒家也有自身的道统体系,儒家之道,不同于道家与佛家之道,"尧以是传之舜,舜

---

① 杨净麟:《青莲教祖派源流》,《宗教哲学》2006年第36期。
② 万全堂藏版民国二十五年(1936)《祖脉源流》,转引自王见川《青莲教道脉源流新论——兼谈九祖"黄德辉"》,《清史研究》2010年第1期。

以是传之禹，禹以是传之汤，汤以是传之文、武、周公，文、武、周公传之孔子，孔子以是传之孟轲；轲之死，不得其传焉"[1]。青莲教认为，它所传的先天道就是自尧以来代代相传的正统大道，所谓"先天道，不轻交，尧舜禹汤明一爻。有文武，周公僚，孔孟之后绝消息"，很明显，借自韩愈的道统说。

通过以上分析，我们看到，青莲教通过模仿、嫁接和拼凑，构建起了自己的道统体系，宣称自己所传授的先天大道不仅具有悠久的历史，而且是自尧以来代代相传的神圣的正统大道。唯其如此，青莲教在民众中的传播就具有了神圣性、合法性，扫除了人们接纳青莲教心理上的障碍，促进传教事业的发展。

三 《还乡宝卷》所反映的青莲教内部斗争

青莲教自袁志谦之后，其势力的增大，引起清统治者的警觉，引发了严厉镇压，同时其内部也发生了激烈的争权夺利的斗争，这在《还乡宝卷》中有明确记载，其中说："午会十二运，延康三度期临，自十二袁公接盘以后，道阐滇黔，舟撑川楚，原人冤孽作祟，惹得黄风四起，遍满九州。考五行，选十地，仙佛圣真杀身成仁，顶了九九八十一劫难，大道方才通行，原人乃得安宁。五行之中火祖在先掌盘，水祖道统，天人交接，葛氏依玄，袁祖亲授，以致紊乱道场，别户分门，以作三期证据，真不爽也。君如不信，听我说来。有彭公，真天一，孔子分性；癸卯年，黄河清，盘掌东林。葛依玄，乱正法，谬行违悖；与水祖，分道魔，别户立门。超凡翁，改盘心，瑶池金母；周葛子，称无生，以至如今。谁是邪，谁是正，恒久自见；乙卯年，立规章，大道宏兴。戊午岁，水告竣，高登佛座；西乾金，自承认，代理盘心。玉山祖，太仁慈，柔弱过胜；如君弱，臣操权，一般情形。众领袖，捐功名，利欲心胜；上违规，下败道，恼怒娘亲。乙丑春，金卸世，还归原位。假金人，隐慈航，瞒哄诸生。瑶池母，传懿旨，水精领令；骑青牛，将天盘，授于木星。黄河水，清三

---

[1] （唐）韩愈《原道》，见屈守元、长思春主编《韩愈全集校注》，四川大学出版社1996年版，第2662—2665页。

日，天下尽晓；有牡丹，现祥瑞，白鹤呈文。转收圆，掌道统，天人亲授；重增规，二九条，章章判清。三期事，金马年，海航隐身；白羊会，皇极祖，戊巳安身。天现彩，飞凤鸣，花王呈瑞；龙绕室，珠当堂，降在维新。"其中"原人冤孽作祟，惹得黄风四起，遍满九州。考五行，选十地，仙佛圣真杀身成仁，顶了九九八十一劫难，大道方才通行"指的便是道光七年（1827）清政府破获青莲教，其许多首领被捕发配充军之事。在强大的国家政权面前，青莲教只能选择躲避和忍让，将清政府的取缔视为"官考"。其中的"葛氏依玄，袁祖亲授，以致紊乱道场，别户分门"指的是道光二十二年（1842）、二十三年（1843）发生的青莲教内部的一次严重的争权夺利斗争。自道光七年遭清政府镇压之后，随着时间的推移，青莲教逐渐又恢复元气，但其内部出现了裂痕，形成了以李一源、彭超凡、陈文海为核心的主流派和以周位抡、郭建文（即葛依玄）为首的非主流派，二者之间为争夺教权，势同水火。其中的"有彭公，真天一，孔子分性；癸卯年，黄河清，盘掌东林。葛依玄，乱正法，谬行违悖；与水祖，分道魔，别户立门。超凡翁，改盘心，瑶池金母；周葛子，称无生，以至如今"所述，正是二者之间的斗争经过。周位抡为争夺教权，宣称自己得天书三卷，书中注明周位抡是"弥勒佛转世"，意图夺取教主之位，这引起李一源等人的警觉。为此，陈文海、彭超凡等人与周位抡曾在黄雀楼"谈道"，其实是双方辩论。双方互相指责，彼此不合。"李一源等人为了争夺教内大权，于道光二十四年（1844）正月，与彭超凡等在湖北汉阳萧家塘租用当地刘王氏空屋，'设坛请乩'，将'无生老母'改称'瑶池金母'，称汉阳为'云城'，所设之坛称为'紫薇坛'。陈文海又假托'圣贤仙佛转世'，以达摩为初祖，袁志谦为十二祖，徐继兰、杨守一为十三祖。"[①] 后来，李一源等人看到入教者日多，便与陈文海商议拥立一人为总教主，以巩固人心，在拥立谁为教主的问题上，主流派与非主流派发生分歧，郭建文（即葛依玄）意图拥立周位抡为教主，遭到李一源、彭超凡等人的反对，他们想拥立湖南长沙人朱明先（彭超凡表弟）为教主。双方相持不下，于是各行其教。李一源等倚仗势力，不准周位抡在汉口收徒传

---

① 秦宝琦：《清代青莲教源流考》，《清史研究》1994年第4期。

教。周位抢势单，避走卧龙岗，并改名张利贞，陈文海等夺得教权。

李一源等争得教权后，便按照道光二十三年（1843）确定的派名办法，建立起由彭超凡、陈文海、林祝官、安添爵和刘瑛组成的先天内五行，由李一源、余克明、柳清泉、范臻、邓良玉组成的后天外五行，以及由夏继春、谢克畏、黄德修、张蔚泽、张俊组成的五德组织体系。先天内五行又称"五内"，职责是"总持坛事"；后天外五行与五德构成"十地大总"，职责是掌管各省传教之务。又把全国十八省划分为"道家十方"，由"十地大总"各认一方，再由他们将徒弟分为108盘，分散到各地去传徒。可见，青莲教雄心勃勃，有一个庞大的传教计划。但不久，道光二十五年（1845），青莲教再次被清政府破获，"先天内五行"之中，除林祝官、彭超凡二人漏网外，其余三人均被捕获处决。这对青莲教来说又是一次沉重打击。在这种情况下，道内便借扶乩的办法，推彭超凡为首。彭超凡着力整顿教务，使得青莲教又逐渐恢复生气。"谁是邪，谁是正，恒久自见；乙卯年，立规章，大道宏兴"恐怕就是指此而言，其中"乙卯年"为咸丰五年，即公元1855年。"戊午岁，水告竣，高登佛座；西乾金，自承认，代理盘心"中，戊午岁为咸丰八年（1858），"水告竣，高登佛座"者，是指彭超凡身故，"西乾金，自承认，代理盘心"者，是指由林祝官即林一秘继任教主，称西乾堂。"玉山祖，太仁慈，柔弱过胜；如君弱，臣操权，一般情形。众领袖，捐功名，利欲心胜；上违规，下败道，恼怒娘亲"讲的是，由于林一秘性格柔弱，难以控制教内首领，于是再次出现争权夺利斗争，为青莲教的分裂埋下了伏笔。

"乙丑春，金卸世，还归原位。假金人，隐慈航，瞒哄诸生。瑶池母，传懿旨，水精领令；骑青牛，将天盘，授于木星。黄河水，清三日，天下尽晓；有牡丹，现祥瑞，白鹤呈文。转收圆，掌道统，天人亲授；重增规，二九条，章章判清"中，"乙丑"指的是乙丑年，即同治四年，公元1865年，这一年曾子评脱离青莲教，另创"圆明圣道"，后来发展成为归根道。《还乡宝卷》作为归根道的宝卷，自然要阐述圆明圣道创立的根据和理由，这个理由便是由于玉山祖即林一秘性格太过柔弱，由左右的一些领袖操控了青莲教事务，于是曾子评便宣布成立新的圆明圣道，宣告真实的金祖已经卸世归位，水精祖即彭超凡奉瑶池金母之命将天盘授予圆明圣道，所以，自乙卯年（1855）之后，原来的西乾堂只能是"假金人，隐慈航，瞒哄诸生"。"三期事，金马年，海航隐身；白羊会，皇极祖，戊巳安身。天现彩，飞凤鸣，花王呈瑞；龙绕室，珠当堂，降在维新"讲的是金马年，即庚午年（同治九年，即公元1870年）圆明圣道的创始人曾子评去世，新的归根道成立。《还乡宝卷》为阐释归根道的合法性，又将"三期末劫思想"进一步解释，说："先天青阳辰会为一期普度，中天红羊巳会为二期普度，后天白羊午会为三期普度，诸人皆晓。还有现在龙华，分乘定品之三期，几人得明？我今体母之意，立愿度尽众生成佛，故节节点醒智慧，章章指破迷津，令大众好奔前程。夫现在三期者，'水老大开普度'为一期，'木公辨理收圆'为二期，'皇极归根龙华'为三期。"又说："普度、收圆、归根，三者皆是正道一派源流，无有点歪邪，除此三者，皆是异端邪术。"但是"普度门中，自己丑年金公归空以后，上天抽爻换象，盘交圆明，老母就将天命收了，所取的顶、保、引、证恩堂，以及开示的众生，俱是天榜不能标名，地府不能抽丁拔黄。此是要言"。而"收圆门中，从庚午年圆明退隐以后，老母转盘交代归根。自此以后，收圆无有天命，但凡所取之头领，尽是虚而不实，无凭可考。盖原天盘者，及瑶池无极圣母之命令也，交付于掌道之祖，替母救度九六之佛根。故三教圣真俱要听令，焉敢违命不遵？所取之领袖，具有诸佛注册立号上呈之表文，有功曹捧函传奏、调辨之功果，又有仙真录簿记挂，点点不能落空，此乃是实而不虚也"。这其中，"自己丑年金公归空以后"中的"己丑"，当为"乙丑"之误，此乙丑年当是同治四年（1865）。从这里我们看到了自同治四年青莲教分裂出圆明道以后其内部的争权夺利斗争，归根道为说明本派的合法性，重新解释龙华会，将龙华会分为三期：普度、收圆、归根，说普度门中，同治四年"金公"便卸世归位，老母将天盘转交圆明（即收圆门）掌管，同治九年圆明"归空"后，老母又将天盘转交归根掌管，而天盘即天命，即老母之命令。当然，这只是归根道的一家之言，由青莲教分裂、发展而成的一贯道、同善社、普渡道等派别，并不认同。

第五章　河西地区的受生寄库习俗与《唐王游地狱宝卷》

《唐王游地狱宝卷》是河西地区流传颇广的一部宝卷，从东边的武威市到西边的酒泉市均有流传。从目前整理出版的各地河西宝卷来看，其名称多有不同。在《河西宝卷真本校注研究》中名叫《唐王游地狱宝卷》，其后注明，此宝卷是王斌搜集自张掖市大满乡；另有一部《刘全进瓜宝卷》，其后注：徐祝德搜集自山丹县。在后边的简评中又说："本卷内容原是《唐王游地狱宝卷》中的一部分，独立出来，一是嫌原卷篇幅过长，二是鉴于许多地方戏中，流传的《刘全进瓜》折子戏早具有独立意，三是河西也有单独流传的《刘全进瓜宝卷》。"① 从《河西宝卷真本校注研究》的这些"注"和"简评"看，《刘全进瓜宝卷》是整理者从《唐王游地狱宝卷》中分出来的。整理者见过两个《唐王游地狱宝卷》的抄本，分别来自张掖市甘州区和山丹县。在《山丹宝卷》中，有一部《唐天子游地狱宝卷》，又有一部《刘全进瓜宝卷》，内容与《河西宝卷真本校注研究》中的《唐王游地狱宝卷》和《刘全进瓜宝卷》基本相同。在古浪《宝卷》中，有一部《唐王宝卷》，其内容与《河西宝卷真本校注研究》本《唐王游地狱宝卷》基本相同。在《酒泉宝卷》第三辑中有一部《地狱宝卷》，内容同于《河西宝卷真本校注研究》本《唐王游地狱宝卷》，其后注："此卷收集于张掖市民乐县何成才同志处。"② 在第五辑有一部《刘全进瓜宝卷》，内容同于《河西宝卷真本校注研究》本。通过以上介绍可以看出，

---

① 方步和编著：《河西宝卷真本校注研究》，兰州大学出版社1992年版，第92页。
② 酒泉市肃州区文化馆编：《酒泉宝卷》，甘肃文化出版社2012年版，第38页。

《唐王游地狱宝卷》原本是合唐王游地狱故事与刘全进瓜故事为一体的一部宝卷,在现代学者整理的河西宝卷本子中分成了《唐王游地狱宝卷》和《刘全进瓜宝卷》两部宝卷。在山西介休有一部《唐王游地狱李翠莲上吊宝卷》,抄于清光绪十七年(1891),从名称上看,河西地区的《唐王游地狱宝卷》当即《唐王游地狱李翠莲上吊宝卷》。《唐王游地狱李翠莲上吊宝卷》中出现了尹喜真人,据车锡伦的《新发现的清初南无教〈泰山圣母苦海宝卷〉》一文,《泰山圣母苦海宝卷》"是编者尹喜尚在修订而未完成的手稿本"①,尹喜为女性,是清初南无教教祖。据此,尚丽新认为,《唐王游地狱李翠莲上吊宝卷》是南无教的改编本。② 河西地区流传的《唐王游地狱宝卷》应当是从东部地区传入的。在河西地区流传的《唐王游地狱宝卷》中,"尹喜真人"写作"君喜真人",不知是误写,还是有意为之。

《唐王游地狱宝卷》是根据《西游记》的相关内容改编的,其目的在于宣传南无教关于"受生"的思想和教义,宝卷中的唐王是指唐太宗李世民。关于唐太宗游地狱的故事,其源头可以追溯到唐代张鷟的《朝野佥载》和敦煌文书中的《唐太宗入冥记》。在《朝野佥载》和《唐太宗入冥记》中,唐太宗入冥府是缘于阎罗王拘他到地府与其兄李建成和其弟李元吉质对玄武门之变中两人被杀之事,这只不过是当时政治斗争的一种曲折反映而已。然而,时代变迁,朝代更替,唐太宗入冥故事逐渐演变成了唐太宗游地狱的故事,唐太宗入冥的缘由,不再是李建成、李元吉在阴司告状,而是泾河龙王由于唐太宗许救反诛到阴司告状。到明代吴承恩百回本《西游记》中,唐太宗游地狱又成了唐玄奘西天取经的一个引子。

《西游记》从表面上看是在宣传佛教的教义和思想,客观上也在广大下层民众中宣传了佛教,但实际上,在《西游记》的形成过程中,民间宗教起到了十分重要的作用。《西游记》浸透了民间宗教受生寄库的教义和思想,在这一基础之上,作为封建时代士子一员的吴承恩进行了整理、润色和艺术化的加工处理。经吴承恩润色和艺术化加工的《西游记》雅俗共

---

① 《河南教育学院学报》2009年第1期。
② 尚丽新、车锡伦:《北方民间宗教研究》,商务印书馆2015年版,第68页。

赏，适合了明代后期文人士子及社会下层民众的胃口，迅速流传，产生了巨大的社会影响。正是基于《西游记》在民众中的这种广泛深入的影响，南无教便根据《西游记》的相关故事情节改编了《唐王游地狱宝卷》，借以宣扬本教派受生寄库的思想，以达事半功倍的效果。

第一节 《唐王游地狱宝卷》的基本内容

《唐王游地狱宝卷》的内容和故事情节是这样的：在唐朝太宗年间，有一算卦先生袁天罡在大街上开着一个卦铺。一日有一渔翁进铺前来算卦，袁天罡推算说他面带财禄，算定"明天正当午时，有清风三阵，细雨三分"，说"兄台你不可外出"。渔翁告辞归来，到三圣河边遇一樵夫，将明天刮风下雨之事告诉了樵夫。没想到他们的谈话被巡河夜叉听到，回龙宫报告了龙王。龙王大怒，认为风雨之事是天机，龙王不知，那凡人有多能，反而得知。遂变作一年轻男子到卦铺找袁天罡算卦，不算别的，只算长安城里几时风几时雨。袁天罡早知他是龙君，便说："明天正当正午，刮清风三阵，下细雨三分。"龙王不信，便与袁天罡打赌，若如袁天罡所言，则情愿将人头输于袁天罡，若不然，则要拆掉卦铺招牌，不准他在长安城里算卦。不料龙王算罢卦回到龙宫，玉帝降旨要龙王行风雨普救万民，明日正当午时起清风，下细雨。龙王大惊，为避免打赌失败，擅改圣旨内容，将午时改为卯时，将清风细雨改为恶风大雨，致使长安城几乎遭了水灾。龙王行雨毕，变成青年秀才到卦铺来找袁天罡理论，被袁天罡道破天机，指出他错行风雨，玉帝震怒，降旨要杀他。龙王惊恐，求袁天罡搭救小命。袁天罡说监斩官为唐王驾前丞相魏征，要他找唐王求救。龙王遂于半夜三更来到长安城唐王宫内龙床旁跪求唐王，唐王于梦中听闻监斩官是魏征，遂答应替龙王说情。第二天早朝毕，唐王留丞相魏征陪他下棋，想以此拖住魏征，使他没有时间去监斩。正下棋中，魏征忽然昏睡。唐王以为得计，也不叫醒他。没想到魏征于梦中将泾河龙王斩了。龙王阴魂不散，遂于晚上二更后到皇宫找唐王理论，唐王惊怕，急召文武护驾。唐王手下大臣秦琼、敬德，一个是黄煞星，一个是黑煞神，他们一到，龙王害怕，出了宫门。为了避免龙王打搅，唐王便让画家图画二将容貌贴于前后门。龙君见了，不敢进宫，便到阴司告状。阎君遂差善、恶二童子传唐王。唐王惊恐，召大臣商议。魏征说在阴司有一位好朋友叫崔珏，是掌生死簿的判官，他修书一封让唐王带上，定保唐王还阳。唐王鬼魂随二童子进了鬼门关，经过枉死城、恶报关、破钱山、望乡台、思乡岭、孽镜山、迷魂台，走过金桥和银桥来到森罗宝殿，十殿阎君以礼相待。泾河龙王、李建成、李元吉都来索命，唐王吓得魂不附体。阎君让判官打开生死簿查看罪恶。判官说："他们的罪恶都是命中注定的。"阎君遂安排龙王回阳间脱化人生，又命二童子引唐王游十八层地狱。唐王大惊，急忙取信一封递于判官。判官看了信说："本官保定唐王去游地狱。"在判官和二童子的引导和保护下，唐王遍游第一层金雷狱、第二层木雷狱、第三层水雷狱、第四层火雷狱、第五层土雷狱、第六层风雷狱、第七层刀山狱、第八层遇盆狱、第九层油锅狱、第十层昆护狱、第十一层拔舌狱、第十二层剜眼狱、第十三层铁床狱、第十四层磨眼狱、第十五层锯截狱、第十六层血池狱、第十七层抽肠狱、第十八层割鼻狱。游完十八层地狱来到阴阳两界门，看了六道轮回，继续往前走，看到一座受生库，旁边有一小亭。忽然闪出一位看库的善人，挡住唐王要受生财。唐王大惊，幸亏判官与小鬼说情，让唐王回阳后如数送来，方才通过。原来这个受生财，阳世间不论君民人等，人各有欠。唐王问判官："这个受生财，阳世人有多的，也有少的，有贫的，也有富的；还有还不起的。阳世间可有什么物件能抵受生债？"判官说："阳世人能发点善心，恭敬神明，请了高明僧道，诵《受生经》三次，则能抵还受生债。"唐王听言记在心中。唐王游完地狱回见十殿阎君，阎君安排唐王还阳。唐王说："冥主大发慈悲，无一物可敬，我看阴曹地府供献的诸食仙果俱有，却少北瓜①。我回阳世，差人敬来，以报恩德。"十王听言俱各欢喜。唐王回阳后，召见大臣，将游地狱情形讲说一遍，然后说，游地狱时，"阴阳库官，当场要下受生财，也多亏判官解和，他说'受生债，阳世人都欠。只要诵念《受生经》，就能还清受生债。'但不知出于何地？"魏征奏言："臣闻昔日，有刘咸、阮肇入天台山，此地乃是太上老君居住名山。他言说，诸品仙经俱有。我主出下榜文，晓

---

① 北瓜，即南瓜。在张掖，当地百姓把南瓜叫做"北瓜"。

第五章　河西地区的受生寄库习俗与《唐王游地狱宝卷》

谕天下，僧道两门，军民人等，若有能取经者，封官晋级。"唐王允诺，挂出榜文：

> 圣旨皇榜天下行，要招真心取经人。
> 朝进宫，见皇榜，午门悬挂，
> 晓谕了，普天下，百姓知闻。
> 上写着，唐王爷，今游地狱，
> 只为那，《受生经》，大地通行。
> 阳世人，谁不欠，受生钱债，
> 到阴司，要挡住，无处根寻。
> 也不论，百姓们，军民隐士，
> 也不论，世上的，僧道两门，
> 要真心，洗净意，来取真经，
> 揭榜文，封官位，多赠金银。

一日，唐王想起在地府曾许诺阎君进瓜之事，与大臣商议。大臣均认为现当数九寒天，哪有北瓜进献，只能挂出榜文，招聘天下异能之士。唐王允诺发出榜文。太上老君弟子君喜真人慧眼观瞧，见唐王出下榜文，便化作一云游道人揭了取经榜文，被唐太宗封为护国庇天忠孝正一真人，赐七星宝剑一口，圣旨一道，金牌一面，逢州过县无人阻挡，前往天台山求取《受生经》。芦枕村有一富户刘全，妻子李翠莲，生有一双女儿，在城里开个金铺。那刘全家中虽富，却不信神佛，毁僧骂道，把一片真心都迷失了，其妻李翠莲本仙女下凡。君喜真人前来点化，至刘全家化缘。李翠莲向来好善，遂将金钗施于道人。道人得了金钗到刘全金铺兑换银两。刘全认得是自己妻子的金钗，怀疑妻子与道人有奸，兑付讫，回家质问妻子。妻子实情相告，刘全勃然大怒，认为妻子与道人定有奸情，将妻子痛打一顿。李翠莲痛苦不已，半夜三更悬梁自尽。刘全后悔不已，只好将妻子埋葬。刘全不行善事，又逼死妻子，阴曹地府一一奏上天庭，主祖差火神将刘全家产并店铺一火焚之。刘全领着一双儿女找了一破瓦房居住，每日乞讨，听说唐王挂出榜文要招进瓜之人，遂揭了榜文。唐王大喜，将刘全一双儿女接入宫中恩养，让刘全去御花园种瓜。刘全在众神灵暗中帮助之下，一夜之间种出大北瓜。唐王甚喜，命刘全去阴间进瓜。刘全灵魂头顶北瓜来到幽冥，碰见了妻子李翠莲，李翠莲哀告刘全借机求阎君让她还阳。刘全见阎君，奉上北瓜。阎君大喜，命判官查刘全寿数，发现刘全今年三十六岁，其命当绝。阎君认为刘全进瓜有功，再添三十六岁，让他改恶修行。刘全恳求阎君让他妻子李翠莲还阳。判官查看生死簿，李翠莲已死三年，尸首已坏，而景阳公主今年一十八岁，其命该绝，可让李翠莲借尸还魂。阎君依允。刘全还阳，李翠莲借尸还魂，刘全被招为驸马。君喜真人取来《受生经》，唐王大喜，命真人展经建醮，上表作法，上报三十三天，下报幽冥地府。唐太宗率文武大臣沐浴斋戒，恭颂《受生经》，一还冤债。

第二节　从唐太宗入冥故事到唐王游地狱故事的演变

一　唐太宗入冥故事的主旨

唐王游地狱故事的源头可以上溯到唐代张𬸦的《朝野佥载》和敦煌文书中的《唐太宗入冥记》。张𬸦大约生于唐贞观二十三年（649）到永徽二年（651）之间，卒于开元十年（722）到开元二十一年（733）之间[①]，是深州陆泽（今河北深州市）人，著有《游仙窟》《龙筋凤骨判》《朝野佥载》。《朝野佥载》是一部笔记小说，主要记载了武则天时期朝政大事和民间轶闻。《朝野佥载》卷六载：

太宗极康豫，太史令李淳风见上，流泪无言。上问之，对曰："陛下夕当晏驾"。太宗曰："人生有命。亦何忧也。"留淳风宿。太宗

[①] 由于两《唐书》均未给张𬸦立传，仅附于其孙张荐传中，对其生卒年月语焉不详，致使后世有不同的推断。近年来，经学界的研究与考证，张𬸦的生卒年月大致清晰，南京大学徐婷育的硕士论文《张𬸦研究》（2014）认为，张𬸦约生于唐贞观二十三年到永徽二年之间，卒于开元十年到开元二十一年之间；上海师范大学盛亮的硕士论文《〈朝野佥载〉研究》（2009）认为，张𬸦约生于太宗唐贞观二十三年至高宗永徽二年之间，约卒于玄宗开元九年至开元二十一年之间。二者略有差异，这里采用徐婷育说。

第五章 河西地区的受生寄库习俗与《唐王游地狱宝卷》

至夜半，奄然入定，见一人云："陛下暂合来，还即去也。"帝问："君是何人？"对曰："臣是生人判冥事。"太宗入见，冥官问六月四日事，即令还。向见者又迎送引导出。淳风即观玄象，不许哭泣，须臾乃寤。至曙，求昨所见者，令所司与一官，遂注蜀道一丞。上怪问之，选司奏，奉进止与此官。上亦不记，旁人悉闻，方知官皆由天也。①

这则故事的主旨在于说明人的官爵是由上天决定的。翻阅《朝野佥载》卷六的内容，我们发现，《朝野佥载》卷六的最后 5 则故事均在说明这一主旨，如倒数第 6 则故事记载的关于魏征的一则轶事：

魏徵为仆射，有二典事至长参，时徵方寝，二人窗下平章。一人曰："我等官职总由此老翁。"一人曰："总由上天。"徵闻之，遂作一书，遣"由此老翁"人者送至侍郎处，云："与此人一员好官。"其人不知，出门心痛，凭"由上天者"送书。明日引注，"由老人者"被放，"由天上者"被留。徵怪之，问焉，具以实对。乃叹曰："官职禄料由天者，盖不虚也。"②

虽然从表面看，张鷟这条太宗入冥故事的主旨在于说明人的官爵总是由上天决定的，但有意无意之间却记录了当时社会上流传的唐太宗因玄武门之变杀兄屠弟入冥被勘的传说。

《唐太宗入冥记》为敦煌写卷，编号为斯 2630，收入《敦煌变文集》卷二，由王庆菽校录，王庆菽注："本卷原甚残阙，每行末各缺二、三字。又原卷似分为多页，为伦敦博物馆整理时误黏，故秩序倒置，文义不明。"③ 王庆菽对次序做了一些调整。经王庆菽、徐震堮、潘重规、刘瑞

---

① （唐）张鷟撰，郝润华、莫琼辑校：《朝野佥载辑校》卷6，山东人民出版社2018年版，第153页。
② （唐）张鷟撰，郝润华、莫琼辑校：《朝野佥载辑校》卷6，山东人民出版社2018年版，第151—152页。
③ 王重民、王庆菽、向达等编：《敦煌变文集》卷2，人民文学出版社1957年版，第215页。

· 207 ·

明、郭在贻、蒋礼孔、陈毓罴等先生的校订和补缺,其内容基本可晓。《敦煌遗书总目索引》中录有《唐太宗入冥记》写卷的题记"天复六年丙寅岁闰十二月廿六日氾美赟书记"①。陈毓罴先生考证,其中"天复六年"即"天祐三年(906)"②,其说可信。此卷《唐太宗入冥记》抄录于天祐三年(906),但唐太宗入冥故事的产生要早得多,有可能产生于武则天时期。其原因,一则生活于武则天时期的张鹭《朝野佥载》早就记载了唐太宗入冥故事的梗概,二则唐太宗入冥故事中打上了明显的武则天时代的烙印,即文中崔子玉对唐太宗说"陛下若到长安,须修功德,发走马使,令放天下大赦,仍敕沙门街西边寺录,讲《大云经》。陛下自出己分钱,抄写《大云经》。"武则天称帝之际,有沙门伪撰《大云经》呈进武则天,言神皇受命之事,武则天命颁布天下,各州设立大云寺,抄录讲授。卞孝萱《〈唐太宗入冥记〉与"玄武门之变"》一文认为,《唐太宗入冥记》当产生于武周代唐之初,她说:"高宗死,武曌听朝称制,遭到徐敬业以及唐宗室的几次起兵反对,她深知改朝换代、以周代唐之不易,采取多种措施,为称帝扫除障碍。唐高祖、太宗、高宗祖孙三代中,太宗威望最高,降低太宗的威望,对以周代唐是有利的。在太宗一生中,杀兄弟是件最亏心的事。《记》利用这件事降低太宗的威望,迎合了武曌的政治需要。其撰写时间当在武曌以周代唐之初。武周政权巩固后,就没有必要了。"③

《唐太宗入冥记》的发现,引起学界的高度重视,一些学者敏锐地意识到它与现实民俗及宝卷、小说、传说之间的流变关系,纷纷撰文予以研究。比如陈志良的《唐太宗入冥故事的演变》④,高国藩、高原乐的《论敦煌话本〈唐太宗入冥记〉与南通童子十三部半民间说唱》⑤,钱光胜的

---

① 其中"氾"当为"氾"之讹,氾非姓,氾氏为敦煌大姓。
② 参阅陈毓罴《〈大唐太宗入冥记〉校补》,《文学遗产》1994年第1期。
③ 卞孝萱:《〈唐太宗入冥记〉与"玄武门之变"》,《敦煌学辑刊》2000年第2期。
④ 《唐太宗入冥故事的演变》,见周绍良、白化文编《敦煌变文论文录》,上海古籍出版社1982年版。
⑤ 《论敦煌话本〈唐太宗入冥记〉与南通童子十三部半民间说唱》,《文化遗产》2010年第3期。

第五章 河西地区的受生寄库习俗与《唐王游地狱宝卷》

《从敦煌写卷〈唐太宗入冥记〉到小说〈西游记〉》[①],左莹的《从敦煌残卷〈唐太宗入冥记〉到〈西游记〉中"太宗入冥"》[②],郑红翠的《唐太宗入冥故事系列研究》[③] 等。在学界研究的基础上,结合唐以后中国各种宗教发展演变的历史,深入分析和考察唐太宗入冥故事的演变时,我们发现,推动唐太宗入冥故事演变的动力来源于佛教的世俗化以及民间宗教的发展。

为便于说明问题,这里有必要对《唐太宗入冥记》的内容作一简要介绍。《唐太宗入冥记》虽前后均有残缺,但故事情节基本完整。其中说,唐太宗生魂被使人传唤至阎罗殿,阎罗王吩咐带下去让判官崔子玉推勘。路上唐太宗问使人判官姓名,使人说名叫崔子玉。到判官院门,使人进去通报。判官听闻是唐太宗生魂,甚是吃惊,说自己是辅阳县尉,今皇帝到此未能远迎,却让在门口等候,当家五百余口,跃马肉食,皆是皇帝所赐,皇帝今到冥府,全无主领之分,事甚危险。若勘得皇帝命尽,万事皆休,如果还有寿数,回到长安,自家五百余口,岂不变为鱼肉?事已至此,只得穿公服下厅,自通姓名,至皇帝前拜舞。拜舞毕,皇帝问明是崔子玉,并与李淳风为管鲍之交,遂取出李淳风书信交于崔子玉。崔子玉听闻李淳风有书信,情似不悦,接了书信后揣于怀中。唐太宗问崔子玉为何不看信,崔子玉说自己为臣,地位卑贱,不敢当着皇帝的面读朋友的书信,有失朝仪。唐太宗说,赐卿无畏,与朕读之。崔子玉读信后,更无君臣之礼,遥望长安,说李淳风怎么能嘱托这件事情呢?皇帝听闻此语,无地自容,遂低心下意,软语问崔子玉,信中之事,可否之间,速奏一语,好让我宽心。崔子玉说,此事较难。皇帝闻言,想着太子年幼,尚未嘱托社稷于太子,希望容他三五日时间,回长安安排国家大事后再来对勘,一时泪流满面。崔判官见状,便奏说,容臣考虑考虑。遂引皇帝进入庭院,听到六曹院内有两人哭泣,因问其由。崔子玉说非是别人,是李建成、李元吉二太子,他们两人到此多时,称诉冤枉,要求追取陛下,当面对质,

---

① 《从敦煌写卷〈唐太宗入冥记〉到小说〈西游记〉》,《华侨大学学报》2012 年第 4 期。
② 《从敦煌残卷〈唐太宗入冥记〉到〈西游记〉中"太宗入冥"》,《郧阳师范高等专科学校学报》2013 年第 4 期。
③ 《唐太宗入冥故事系列研究》,《哈尔滨工业大学学报》2014 年第 4 期。

故追陛下到此。因此，陛下若与他二人对质，我也救不得陛下，则不能回到长安。为今之计，陛下不与他们当面对质，我就有办法。皇帝闻此言，不敢多语。判官看了文综档案，对太宗说："此案上三卷文书，便是陛下命禄。今想与陛下检寻勾改，未敢擅专。"唐太宗说："依卿所奏，与朕尽意如法勾改。"崔子玉翻检文部档案，见写着皇帝命禄当尽，遂在命禄上添禄，又注"十年天子，再归阳道"。添毕，忽然想到，自己在阳间官微职卑，趁此机会何不觅取一位政官。遂奏，陛下本该命绝，我与陛下添注五年命禄。皇帝说："我如再归长安，天下应有进贡物品，全都赐与爱卿。"判官又说："我已为陛下添得五年命禄，但由于臣与李淳风为知己，他信中再三嘱托。现再与陛下添注五年命禄。"皇帝闻奏，便说："朕深愧卿与朕再三添注，朕若到长安城，天下若有进贡钱物，全都赐于卿。"崔子玉一听，未遂所愿，于是要让唐太宗留一纸文状，以为案底。唐太宗说自己不通文状，没法留。崔子玉认为若不恫吓，如何觅得官职。于是说："若不通文状，臣有一个问头，若答得，即归长安，若答不得，即不能再归生路。"唐太宗闻言，忙怕急甚，嘱托判官问头出得容易一些。判官出了一个问头："大唐天子太宗皇帝去武德七年，为甚杀兄弟于前殿，囚慈父于后宫？仰答！"皇帝一看，闷闷不已，对判官说："这一问头，朕回答不得。"判官说，陛下答不得，臣可以代答，但须陛下大开口。皇帝问如何大开口？判官说，自己在阳间官卑，现任辅阳县尉，陛下殿前赐臣一足之地。皇帝一听，心中稍安，遂说："赐卿蒲州刺史兼河北廿四州采访使，官至御史大夫！赐紫金鱼袋，仍赐蒲州县库钱二万贯，与卿资家。"判官听了大喜，拜谢毕，提笔与皇帝答问头，只用六字："大圣灭族安国。"给皇帝看。皇帝大喜。崔子玉又对皇帝说："陛下若到长安，须修功德，发走马使，令放天下大赦，仍敕沙门街西边寺录，讲《大云经》。陛下自出己分钱，抄写《大云经》。"

通过以上分析可以看到，《朝野佥载》中唐太宗入冥故事的主旨在于说明人的官爵总是由上天决定的；《唐太宗入冥记》中的唐太宗入冥故事，其主旨是替在玄武门之变中被杀的李建成、李元吉鸣不平，同时，利用唐太宗杀兄、屠弟、囚禁慈父的行径，贬低唐太宗，为武则天登基做皇帝服务。

第五章　河西地区的受生寄库习俗与《唐王游地狱宝卷》

二　《西游记》对唐太宗入冥故事主旨的颠覆

此件《唐太宗入冥记》是敦煌人氾美赟于公元906年抄录的，它反映的是流传在唐代的唐太宗入冥故事，故事内容很简单，即阎罗王因李建成、李元吉的告状而勾取唐太宗灵魂到地府与之对质，由于崔判官接了其好友李淳风的书信，在断案中与唐太宗改动文书档案，添注十年天子命禄，唐太宗得以再归阳道。然而斗转星移，朝代更替，唐王朝逐渐走入历史的深处，唐太宗入冥故事逐渐发生变化，在吴承恩百回本《西游记》中，几件不相干的事情汇聚到一块，使得唐太宗入冥的故事演变为唐太宗游地狱的故事。这几件事情分别是：唐玄奘西天取经、魏征梦斩泾河龙、唐王游地狱、李翠莲地府还魂。两相比照可以发现，唐太宗游地狱故事与唐太宗入冥故事相比，无论在故事情节，还是在故事的主旨方面，都发生了巨大变化，主要体现在以下几个方面：

第一，唐太宗入冥与唐玄奘西天取经原本没有关系，但在《西游记》中，唐太宗游地狱是作为玄奘西天取经的引子出现的。《西游记》中，唐太宗在判官的陪同下游完十八层地狱，在回阳之前，对唐太宗说："陛下到阳间，千万做个'水路大会'，超度那无主的冤魂，切勿忘了。若是阴司里无抱怨之声，阳世间方得享太平之庆。凡百不善之处，俱可一一改过。普谕世人为善，管教你后代绵长，江山永固。"[1] 唐太宗回阳之后，谨遵判官之言，榜行天下，让各处官员推荐有道高僧上长安做会，并从众高僧中选出一高僧玄奘主持七七四十九日的水陆大会，超度无主冤魂。在法会之上，玄奘及唐太宗受观音菩萨点化，说玄奘只会谈"小乘教法"，不会谈"大乘教法"。于是唐王派玄奘上西天拜佛，求取大乘三藏真经。

第二，在《唐太宗入冥记》中，唐太宗入冥的原因是在玄武门之变中被杀的李建成、李元吉在阴府告状，阎罗王拘唐王生魂到冥府与之对质，其主旨之一是替李建成、李元吉鸣不平。而《西游记》中，李建成、李元吉告状之事已被边缘化，唐太宗到阴府的原因是唐太宗对泾河龙王许救而

---

[1] （明）吴承恩：《西游记》第11回"还受生唐王尊善果，度孤魂萧瑀正空门"，人民文学出版社2010年版，第132页。

·211·

未能实现诺言，龙王到阴司告状，阎王请唐太宗入阴司对案，其主旨是通过唐太宗到阴司游十八层地狱、奈何桥、枉死城等，使唐太宗受到教育，回阳后广行善事。

第三，在《西游记》中，唐太宗游地狱的故事还包括一段刘全进瓜，李翠莲借尸还魂的故事。该故事与唐太宗游地狱有关，与唐太宗入冥无关。

通过分析我们看到，《西游记》中唐太宗游地狱的故事大大丰富了唐太宗入冥故事的情节与内容，从根本上颠覆了唐太宗入冥故事的主旨。

三　唐太宗入冥故事的演变

从《唐太宗入冥记》到《西游记》，唐太宗入冥故事的演变经历了近700年的时间，在这700年的时间当中，中国的历史经历了五代十国、宋、元、明四个阶段，在这期间，佛教逐步地世俗化和衰落，儒佛道之间相互融合，民间宗教迅速兴起和发展，这便是唐太宗入冥故事发展演变的社会文化根源。

从唐太宗入冥故事到唐王游地狱故事的演变，是由佛教世俗化的派别瑜伽教完成的。宋代，佛教世俗化的重要表现之一便是瑜伽教的形成。瑜伽教对今人来说是一个非常陌生的宗教派别，但在历史上，它曾经是一个传播广泛，影响很大的教派。瑜伽教起源于佛教的密宗。唐代前期，密宗传入中国，得到朝廷重视，开始在民间广泛传播，"密宗与禅宗等其他宗派的不同在于：除了念经外，密宗更重视捉鬼降妖的'法力'，唐代密宗的三大法师——金刚智灌顶国师、不空灌顶国师、慧朗灌顶法师等人，都以'大法力'闻名于世"[1]。自宋朝以后，密宗逐渐成为佛教的主流之一，在民间的影响越来越大。但其实，这时候的密宗在不知不觉中已经世俗化，吸收了道教的一些成分，同时还与一些地方信仰相结合，形成了一个独具特色的民间宗教——瑜伽教。宋代的瑜伽教已离开了寺院僧房，走入平民社会，走入民间巫道坛中，以降神作法，治病驱邪为特色。徐晓望的《论瑜珈教与〈西游记〉的众神世界》一文认为，南宋时期出现的《大唐

---

[1] 徐晓望：《论瑜珈教与〈西游记〉的众神世界》，《东南学术》2005年第5期。

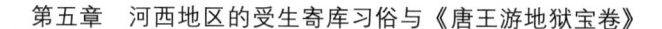

第五章　河西地区的受生寄库习俗与《唐王游地狱宝卷》

三藏取经诗话》，元代出现的《西游记平话》都是瑜伽教僧人所创。

《大唐三藏取经诗话》描述了唐三藏在猴行者的保护下历经磨难去西天取得真经的故事，其中提到唐三藏曾赴北方毗沙门天王的水晶斋，这个北方毗沙门天王是佛教支派密宗吸收了印度婆罗门教"大梵天王"而形成的护法神。《大唐三藏取经诗话》中，深沙神原是一个恶神，数次将唐僧的前身吞食，当唐僧第九次抵达流沙河畔时，他在唐僧的启导下皈依佛门，并在流沙河架起金桥，让唐僧等人通过。此深沙神在瑜伽教中是一个威力强大的神明。瑜伽教僧人"在《大唐三藏取经诗话》的基础上，加入了瑜珈教的故事，从而将《大唐三藏取经诗话》发展为《西游记平话》这部长篇小说，在此基础上形成的《西游记杂剧》等故事系列，都有浓厚的瑜伽教味道"。徐晓望考证，《西游记平话》最初的作者是宋代福建永福县人张圣者，他是一位在瑜伽教历史上占有十分重要地位的瑜伽教法师，"我认为：福建永福县的张圣者是《西游记平话》的最早作者，他对《西游记》故事的发展与传播起过重要作用。在《大唐三藏取经诗话》一书中，《西游记》的故事还比较平实，但到了宋元之际的《西游记平话》，《西游记》故事已相当精彩，完成这一转换的是瑜伽教中的人物，而法主张圣者是最典型的代表者。他出于传播瑜伽教的需要，将瑜伽教神话及民间传说与故事融入《西游记》，从而形成了《西游记平话》，为吴承恩《西游记》的出现打下了基础"[1]。

《大唐三藏取经诗话》共有 17 回，第二回中有"贫僧奉敕，为东土众生未有佛教，是取经也"[2]之语，可知三藏法师是奉唐王之命去取经的。但是，《诗话》中有没有唐王游地狱的情节，由于第一回已残缺，不得而知。《西游记平话》没有流传下来，朝鲜流传下来的汉语教科书《朴通事彦解》引用了大量《西游记》内容，研究者认为，此《西游记》当即《西游记平话》。由于《朴通事彦解》所引只是片段，所以《西游记平话》中有没有唐王游地狱的故事，也难以知晓。

成书于元末明初的《佛门西游慈悲宝卷道场》，是瑜伽教僧人所编创

---

[1] 徐晓望：《论瑜珈教与〈西游记〉的众神世界》，《东南学术》2005 年第 5 期。
[2] 《大唐三藏取经诗话》，古典文学出版社 1957 年版，第 1 页。

的一部宝卷,此宝卷中唐王游地狱的故事情节已经完备成型。《佛门西游慈悲宝卷道场》收录于王熙远《桂西民间秘密宗教》一书,其后注:1967年丙申年十月初六日滕(誊)录古本道场。① 陈毓罴的《新发现的两种〈西游宝卷〉考辨》一文认为,它成书于元末明初②,车锡伦的《中国宝卷研究》肯定其说。③ 这一宝卷是广西当代魔公教使用的宝卷,讲唱的是唐僧取经的故事。魔公教流行于广西百色地区的田林、乐业、凌云等县的汉族人群中,大约形成于清代前期。明清以来,四川、贵州、湖南、江西等地有大量民众移居桂西地区,他们带来了内地的宗教信仰,与本地原始信仰相结合,形成了融合儒释道教义的民间宗教魔公教。在当地偏僻、封闭、贫困的环境中,由于民间宗教的保守性,使得由内地传来的经书、宝卷得以保存下来。笔者以为,《佛门西游慈悲宝卷道场》应当是保存下来的瑜伽教早期宝卷,原因有二。一是宝卷中有明显的瑜伽教神明称谓,比如"大圣"。在瑜伽教中,其神明有许多被冠以"大圣"之称,比如香山大圣(观世音菩萨)、猪头大圣(猪八戒)、象鼻大圣(狮驼国象王)、华光大圣(二郎神)。《佛门西游慈悲宝卷道场》中开卷时礼请证盟的神明有:"大悲大愿大圣大慈千百亿化身本师释迦牟尼佛""大悲大愿大圣大慈幽冥教主本尊地藏王菩萨""大悲大愿大圣大慈杨枝宝手灵感利生观世音菩萨"。可以看出,在释迦牟尼佛、地藏王菩萨、观世音菩萨名号之前也都有"大圣"之号。二是《佛门西游慈悲宝卷道场》结束后紧接着又有《升天宝卷》的开卷偈:"普劝世人志心诵,高声齐举赞洪名。升天宝卷才展开,诸佛菩萨降来临。阴超逝化生净土,阳保善卷永无灾。西方路上一只船,万古千秋不记年。东来西去人不识,不度无缘度有缘。父母生身不可量,高如须弥月三光。若报父母恩最深,同登瑜伽大道场。无上甚深微妙法,百千万劫难遭遇。我今见闻得受持,愿解如来真实义。"其中"若报父母恩最深,同登瑜伽大道场"的唱词,明白无误地说明,《佛门西游慈悲宝卷道场》和《升天宝卷》均是瑜伽教僧人做法会时使用的经卷。西游道场开始前先请佛、证盟、献茗,然后是"法会缘起",完了之后道场

---

① 王熙远:《桂西民间秘密宗教》,广西师范大学出版社1994年版,第521页。
② 《中国文化》1996年第1期。
③ 参阅车锡伦《中国宝卷研究》,广西师范大学出版社2009年版,第77—78页。

第五章　河西地区的受生寄库习俗与《唐王游地狱宝卷》

正式开始,其中叙述玄奘西天取经的缘由说:

> 伏以道场首启,宣西游之经典;法筵宏开,演唐朝之遗范。始于贞观三年,因孽龙之诉命,累明君而游地府;睹恶报之众生,故回阳而建水陆。伏玄奘开坛而修藏法事,蒙观音点化而激扬大乘,方能拔济超度群迷。驾祥云而空中现相,落束帖而谕报明君。诵曰:
> 体休大唐君,西方有妙人。
> 程途十万八,能超苦众生。
> 于是斋筵暂住,水陆停修。接盟玄奘为御弟,故称法号唐玄奘。钦赐通关文牒,御驾饯送出城,金口嘱咐:取得真经早回。御酒三杯,金手掸尘玉盏。是时三藏不改其故。(唱)
> 宁吃本乡一块土,莫受他乡万两金。
> 昔日唐僧去取经,观音点化最初分。
> 大唐圣主亲嘱咐,君臣饯送离东京。
> 选定良辰与吉日,通关文牒往前行。
> ……①

《佛门西游慈悲宝卷道场》的发现,说明至迟在元代,唐王游地狱的故事情节已经完备,并成为唐僧西天取经的引子。明代后期民间宗教勃兴后,唐僧西天取经的题材也为许多民间宗教所利用,编入本教派的宝卷,比如罗教创始人罗祖所撰《巍巍不动太山深根结果宝卷》就有一段这样的话语:"护法护持妙法,行遍天下。僧俗得道报答护法,久后脱化净土西天。先有证见圣者、朱八戒、沙和尚、白马做护法度脱众生,护法都成佛去了。"②吴承恩在前人基础上进行润色、加工、改造的《西游记》取得了巨大成功,很快风靡各地,产生了巨大影响。

唐王游地狱故事情节在元明时期的完备成型,并成为唐僧西天取经的引子,集中体现着宋代以来佛教世俗化的特点和价值取向。首先,历史上

---

① 王熙远:《桂西民间秘密宗教》,广西师范大学出版社 1994 年版,第 518 页。
② 濮文起分卷主编:《民间宝卷》第 1 册,黄山书社 2005 年版,第 463—464 页。所引文字笔者重新做了标点。

的唐玄奘西去天竺，是为了探寻佛学的真义，是一项纯宗教的个人行为，而《佛门西游慈悲宝卷道场》及《西游记》中的唐玄奘西天取经，则具有双重的意义。一重是完成唐太宗所交付的重任，去西天求取大乘经典，另一重是完成观音菩萨所付使命去西天求取大乘经典。虽然这两个使命是重合的，都是为了取经，但二者的价值取向是不一样的。一个是为皇帝尽忠，一个是为自己的宗教信仰。把尽忠国家和宗教修行完美地统一于一身，使得唐僧西天取经拥有了特殊的意义。这正体现着宋代以来中央集权进一步加强背景下，佛教与儒家思想融合的发展趋势。其次，在《唐太宗入冥记》中，唐太宗生魂入冥府是被审问的对象。当使人领着唐太宗来到阎罗殿时，阎罗王曾喝问唐太宗为何不对他拜舞。被唐太宗回怼后，阎罗王也不客气，命使人领下去让判官崔子玉勘问，显示出唐太宗虽然在阳间是大唐天子，但在冥府要受阎罗王的管辖。而在"唐王游地府"中，唐太宗入地府的原因仅仅是由于对泾河龙王许救而未能兑现诺言，属无心之失。当太宗来到阎罗殿前时，十殿阎君"控背躬身，迎迓太宗"，相见寒暄后，"太宗前行，径入森罗殿上，与十王礼毕，分宾主坐定"①。两相对比可以发现，在"唐王游地府"中，唐太宗受到十王的尊重和礼遇，其地位与《唐太宗入冥记》中不可同日而语。这正体现着宋代以来皇权的不断强化，佛教已然丧失了前代那种"沙门不敬王者"的独立气概，不得不向王者低头的社会现实。

第三节 《受生经》的渊源与民间信仰人士对唐王游地狱故事的改编

大约与西游记故事形成的同时，一部对民间下层社会影响深远的《受生经》也出现了。《受生经》形成之后，很快便与唐王游地狱、西游记故事产生了剪不断理还乱的复杂关系。

---

① （明）吴承恩：《西游记》第10回"二将军宫门镇鬼，唐太宗地府还魂"，人民文学出版社2010年版，第126页。

第五章 河西地区的受生寄库习俗与《唐王游地狱宝卷》

一 《受生经》的渊源与流变

关于《受生经》的渊源与流变，学术界已有诸多学者进行了研究和探讨，其情况已比较清楚。这些成果主要有：萧登福《由佛道两教〈受生经〉看民间纸钱寄库思想》[1]，韦兵《俄藏黑水城文献〈佛说寿生经〉录文——兼论11—14世纪的受生会与受生寄库信仰》[2]，侯冲整理《佛说受生经》[3]，谷更有《跋〈大金国陕西路某告冥司许欠往生钱折看经品牒〉（俄A32）》[4]，姜守诚《佛道〈受生经〉的比较研究》（上、下）[5]，姜守诚《明清社会的寄库习俗》[6]，等。兹据学界研究成果及自己的一些思考心得叙述如下：

现流传于世的《受生经》有两个系统，一个是著录于明《道藏》的道教系统，分别是《太上老君说五斗金章受生经》《灵宝天尊说禄库受生经》；一个是佛教系统，有3个版本，分别是俄罗斯藏黑水城文献中编号为"俄A32"的金代抄本《佛说寿生经》和《嘉兴大藏经》著录的《诸日诵集要》卷中《佛说寿生经》，以及《卍续藏经》中收录的《佛说寿生经》。佛、道两个系统的《受生经》，其基本思想是一致的，是说世间中人受生来时，各于地府所属冥司借贷禄库受生钱财若干，有记得的，归还所欠，并作善事，得贵得富得寿；如果不还冥债，不种善根，得贫得贱得夭。归还冥债有两种方法，一种是在本命之日焚烧所欠数目的纸钱，另一种是诵《金刚经》或《受生经》以折钱数。

寿生寄库信仰宋代已十分流行，对此，不仅有文献的记载比如《梦梁录》《夷坚志》，亦有实物证据比如《明道三年福建路建阳县普光院众结寿生第三会劝首弟子释仁永斋牒》。黑水城文献《佛说寿生经》是目前发现的最早的佛教类《寿生经》文本，内容由"序"、正文、延寿真

---

[1] 参见萧登福《道教与民俗》，台北文津出版社2002年版。
[2] 载《西夏学》第5辑，上海古籍出版社2010年版。
[3] 《藏外佛教文献》2010年第1期。
[4] 载河北师范大学文学院编《燕赵学术》2012年秋之卷，四川辞书出版社2012年版，第118—121页。
[5] 《老子学刊》第9、10辑，巴蜀书社2017年版。
[6] 《东方论坛》2016年第4期。

言、十二相属、《告冥司许欠往生钱折看经品目牒》几部分构成。对于此《受生经》产生的时间，谷更有根据抄本两处文辞即"大金国陕西路"和"十二相属"中言及丁酉纪年的"曹官姓死姓"进行分析，认为其成文年代当在金天德二年（1050）之后不久。① 韦兵认为中国人的寄库信仰和《寿生经》的形成在是十一世纪前后②，《佛说寿生经》中的神祇体现出民间道教多神杂糅的特点，经文中有十大菩萨、诸星福曜、本命元神、家宅土地、十一曜星神、行年星、注禄星等神祇；经后牒文所列神祇有本命星官、天曹真君、地府真君、善部童子、恶部童子、宅神土地、五道将军、家灶大王、水草将军、本库官、命禄官、福禄官、财禄官、衣禄官、食禄官、钱禄官。和 A32《佛说寿生经》抄在一起的还有《阴司鬼限》和《推定儿女法》两篇，这些都是民间推命术，反映当时下层民众的信仰特点。所以，《佛说寿生经》名义上是佛经，其实深受道教及各种民间信仰的影响。俄藏黑水城文献中还有一段抄写在编号为 TK108V《佛说阿弥陀经》背面的文字，整理者将其定名为《阴鹭吉凶兆》。这段文字有残损，其中有"上有神弓三张，圣箭九支"，"福业树上取神弓"，"若射得长命者三"，"若射得西方"，"珍重感贺注生财禄"，"［冥］司寿生价伯文"等文句。韦兵以此与《灵宝天尊说禄库受生经》相比较，认为这几句中包含的两个主题"神弓""圣箭"与《灵宝天尊说禄库受生经》密合，并且"神弓""圣箭"的用语都相同，所以《阴鹭吉凶兆》当是一部道教受生经，因此可直接题为《道教禄库受生经》。③

笔者以为，中国人的寄库习俗和反映其理论的《受生经》的出现，还可以从另外一个角度来考查，那就是在宋代商品经济繁荣背景下，生产生活物品商品化导致人与人之间的关系也出现了金钱化，寄库习俗正反映了这一趋势。中国早在先秦时期，就有人死后随葬钱币如贝壳、铜

---

① 谷更有：《跋〈大金国陕西路某告冥司许欠往生钱折看经品目牒〉（俄 A32）》，载河北师范大学文学院编《燕赵学术》2012 年秋之卷，四川辞书出版社 2012 年版，第 118—121 页。
② 韦兵：《俄藏黑水城文献〈佛说寿生经〉录文——兼论 11—14 世纪的寿生会与寿生寄库信仰》，《西夏学》第 5 辑，第 94 页。
③ 以上请参阅韦兵《俄藏黑水城文献〈佛说寿生经〉录文——兼论 11—14 世纪的寿生会与寿生寄库信仰》。

第五章 河西地区的受生寄库习俗与《唐王游地狱宝卷》

钱等习俗，意即人死后在阴间也和阳间一样需要用钱币购买生产生活用品。佛教原本没有这样的习俗，但唐代以后佛教逐渐世俗化，在世俗化的过程中便和中国传统的这一习俗结合起来了。但"烧纸钱"徼福成为习俗还必须要有一个物质基础，那就是纸币在社会生活中出现并为人们所普遍接受。众所周知，随着商业的发展，商品经济的繁荣，大约在十世纪末的北宋，成都市场上出现了"交子铺"，发行纸币交子，代替铁钱在市场上流通，这是世界上最早的纸币。交子一开始是在民间出现的，宋真宗时改为官办，设"交子务"，定期发行，流通地区仍旧限四川。徽宗时改交子为"钱引"，扩大流通区域。南宋时期，纸币的流通范围进一步扩大，除交子在四川地区继续使用称川引外，还发行会子。会子分三种，一种是高宗时期发行的便钱会子，流通于东南各路；一种是孝宗时期发行通行于两淮的淮交；一种是孝宗时印行的直便会子，先在湖北通行，后扩大到京西和广南。烧纸钱"徼福"的寄库习俗与黑水城本《佛说寿生经》《道教禄库受生经》的出现，与中国纸币的产生与推广的时间若合符契，这不是偶然的。由于商品经济的繁荣，生产生活用品都可以用金钱来购买，于是在人们的思维中便出现了这样的想法，既然现实社会中，一切物品都可以用金钱来购买，那么现世的幸福甚至来世的幸福都可以通过金钱来购买。

关于佛道两个系统的《受生经》谁最早出现以及谁影响谁的问题，由于文献缺乏，难以稽考，姑不论。研究表明，道藏中的《灵宝天尊说禄库受生经》和《太上老君说五斗金章受生经》"是明《道藏》中仅见的两部受生文献，是道教还钱纳库信仰及其仪轨的理论基础，充分体现出道门受生思想的鲜明特色和丰富内涵。这两部经典在核心理论、具体观点及操作细节上存有差异，说明其造作当各有来源"。三种版本的《佛说寿生经》彼此间存在明显的继承关系，"黑水城本是《佛说寿生经》的早期形态，具有重要的文献学价值，亦系后两种版本的母本，从内容结构看，嘉兴藏本、卍续藏本均未脱离黑水城本之藩篱。嘉兴藏本是在黑水城本的基础上改编的，卍续藏本是嘉兴藏本的一个节略本。黑水城本代表《佛说寿生经》的成熟，嘉兴藏本则是后世流传的定型本。上述版本的演变轨迹见证了《佛说寿生经》逐步规范化、世俗化的过程，及其为迎合社会民众而做出的适应和调整"①。就笔者所知，现今，《佛说寿生经》在民间尚有抄本流传。王熙远《桂西民间秘密宗教》收录的广西魔公教经卷中就有《佛说寿生经》②。通过比较得知，此《佛说寿生经》与《卍续藏经》本基本相同，但末尾多了"赞""修身咒""净口咒"三项内容。国家非物质文化遗产河西宝卷传承人张掖市甘州区花寨乡代继生先生家藏有抄录于1949年的一部《佛说寿生经》，内容与《嘉兴大藏经》本基本相同，所不同者，是去掉了"疏文"。

二 民间宗教家对唐王游地狱故事的利用与改编

（一）瑜伽教对《受生经》的改造

北宋纸币的出现并推广，在民间逐渐形成了寄库习俗。人们相信，和阳间一样，在阴间鬼魂照样使用纸币来购买日常用品。在此基础上，在佛教因果报应对阳世间人们富贵、穷困；长寿、夭折；健康、灾病不同境遇的解释中，又形成了受生思想，用以对人生这些截然不同的境况进行更为世俗和功利化的解释。其基本理论是，阳世之人在投胎为人前向天曹冥司预借了一笔受生钱，得转阳世后，有些人记得此事，通过焚烧纸钱归还所欠，又做诸善事，所以得贵得富得寿；相反，有的人不还所欠，不种善根，所以得贫得贱得夭。分析这一理论，我们可以看到，这是一种中国式的原罪说。在基督教的《圣经》中，人类始祖亚当和夏娃不遵上帝所嘱，偷吃禁果，犯了罪，被上帝赶出了伊甸园，所以人生来是有罪的。而《受生经》说，阳世之人为得人身，曾向天曹冥司预借了一笔受生债，转生阳世后必须归还。其暗含的意思是，人生来是有亏欠的、负债的。分析中国社会的发展状况，我们可以看到，北宋以降受生思想的形成，与当时中国商品经济的繁荣是同步的。商品经济的发展繁荣使得钱币在人们日常生活中越来越重要，社会中，人们越来越世俗化、功利化，而这种世俗化、功利化的趋势也渗透到了宗教领域，使得宗教人士对人生富贵、贫贱的解释

---

① 姜守诚：《佛道〈受生经〉的比较研究》（下），《老子学刊》第10辑，巴蜀书社2017年版，第60页。

② 见王熙远《桂西民间秘密宗教》，广西师范大学出版社1994年版，第488—490页。

第五章　河西地区的受生寄库习俗与《唐王游地狱宝卷》

也更加的世俗化和功利化,认为通过焚烧纸钱归还受生债,便可使今生过得更好,并进一步衍生出焚烧更多的纸钱贮存于冥司曹官处,以便将来使用的寄库思想。受生寄库思想的流行与民间宗教的宣扬与传播是分不开的。如前所述,由佛教世俗化而形成的民间宗教瑜伽教,为了宣传本教派的思想和教义,编创了《大唐三藏取经诗话》,在此基础上又创作了《西游记平话》《佛门西游慈悲宝卷道场》。不仅如此,瑜伽教僧人还将唐王游地狱和唐僧西天取经的故事与《佛说寿生经》联系起来,为宣扬《受生经》,编创了《佛门受生宝卷》。《佛门受生宝卷》是调查者在湖北、湖南、江西等地调查时发现的,是瑜伽教僧荐亡法会的科仪文本,侯冲整理了四个不同抄本的《受生宝卷》文本。他推断,其成书年代不晚于明初。[1]

《佛门受生宝卷》先叙述《受生经》的来历,说是唐僧西天取经时从西天大雷音寺如来佛祖那里取回来的,可以看作《受生宝卷》的序言。宝卷一开始用偈语的形式唱道:"正宫(贞观)殿上说唐僧,发愿西天去取经。唐王闻说心欢喜,通关文牒往前行。满朝文武并丞相,安排銮驾送唐僧。宁念本乡一块土,莫念他乡万两金。"[2] 这和《桂西民间秘密宗教》中所收录的魔公教经典《佛门取经道场·科书卷》中的一段叙述基本一致,其中说:"止观(贞观)殿上说唐僧,发愿西天去修行。唐王闻说心欢喜,通过文牒往前行。满朝文武并宰相,大排銮驾送唐僧。玉手搭肩亲嘱咐,取了真经便回程。"[3]《佛门取经道场·科书卷》的产生年代,车锡伦认为在明朝前期。[4]《佛门受生宝卷·序言》对唐僧西天取经的过程,叙述得很简单,只是象征性地说了一下,重点突出的内容是唐僧取回的经典中有一部《受生经》:"敕南方,火龙驹,白马驮经。上驮着,《受生经》,瑜伽大教。八十一,《华严经》,七卷《莲经》。辞别佛,登云程,回到本国。刹那间,就当时,离了雷音。前来到,西梁下,长安大国。报唐王,排銮驾,接进朝门。展开经,光闪灼,紫气腾腾。唐王主,赐袈裟,金环锡杖。多亏了,方便力,救度众生。封高僧,官禄司,情愿不受。旃檀

---

[1]《受生宝卷》,见《藏外佛教文献》(第2编,总第13辑),第219页。
[2]《受生宝卷》,见《藏外佛教文献》(第2编,总第13辑),第223页。
[3]《桂西民间秘密宗教》,第494页。
[4] 车锡伦:《中国宝卷研究》,第80页。

佛，成正果，却是唐僧。《般若经》，一百卷，他为第一。宣宝卷，今此日，度脱众生。"

《佛门受生宝卷》对《受生经》来源叙述完后，便是开经偈，是宝卷的主体部分。其中先概述《受生经》的大意，然后讲唐代贞观年间，风调雨顺，国泰民安，而就在此时，发生了一件事。由于玉帝降敕金河小龙王午时行雨，金河龙王怠慢错过时刻，违误天条，玉帝大怒，敕令魏征来日午时斩杀龙王。龙王闻之怕死，夜间托梦于唐太宗求救。第二天，唐太宗本想通过下棋拖住魏征以搭救龙王，不料魏征下棋间忽然昏睡，梦中杀了龙王。龙王阴魂到阴司告状。阎王准了状子，说："一来是你自不小心，二来君王失了口齿。暂且消停，待他时去运低，那时对理。"话说唐太宗在位，风调雨顺，百姓乐业，但缺少如来大乘经典，以超生度死，遂挂出皇榜，招取取经之人。三期七日，军民人等并无一人揭榜，只有本朝国师玄奘揭榜应招。于是唐太宗命玄奘与徒弟孙行者、猪八戒、沙僧前往西天取经。唐僧西天取经去后，太宗每日忧虑，忽然疾病缠身，不觉一日溘然长逝，灵魂不知不觉来到森罗宝殿，阎君问曰："你作人王帝主，尚且虚言。以下小民，岂有实语？你许救金河小龙一命，如何失悮他残生？冤魂到此告诉，特取你来与他对理。"太宗闻言，大惊失色，不敢回言。阎君唤三司卿相，押太宗去游十八地狱，并看罪期。太宗游完十八层地狱回至森罗殿前，忽遇魏征。阎罗殿上，阎罗道："你是阳间帝王，我是阴司冥君。任你说得天花乱坠，地拥金莲，不受如来佛教，难躲地狱之愆。"魏征在阎君面前替唐太宗说好话求情，阎君对太宗说："你京城中有一贤人，名号王大。每日卖水营生，夜间持念《金刚》、《受生》，每经十卷。请僧预修斋会，还经寄库。现今库内堆金积玉。你为人王帝主，未曾修备钱贯，因何不还？"阎君唤押至案掌簿判官，捡看太宗欠受生钱多少。判官曰："主人属羊，己未生人，欠四万三千贯文；看经二十五卷。"便叫库管："将王大库内钱贯，指借于他还过，放回可也。"太宗回阳后，命人找来王大告知借钱缘由，还银百两，并封为本处县丞官。恰在此时，军吏来报，国师取经回来了。次日，太宗宣国师上殿，赐筵款待，并告知自己游地狱之事，并问受生债缘由，唐僧说："经中明说，为人在世，千般饱馔，祗要杀生。蠢动含灵，皆有性命。有等贪心嫉妒，图财害命，咒

第五章 河西地区的受生寄库习俗与《唐王游地狱宝卷》

天骂地，抛撒五谷，杀人放火，调词捏状，毁生骂地。为妇人者，心生忤逆，毁骂公婆；生男育女，不净衣服，江河洗濯，秽污水府龙神。为男子者，不作生理，打劫截盗，负命欠债，千般不善罪业。百年身归地府，冤冤相报，都来索命。欠债不还者，本皆为牛作马，飞禽走兽，蛇虫蝼蚁，失脱人身。无奈阴与阳同，有钱者生，无钱者死。情愿托各库曹僚名下，借过钱贯，赎度身体。已得人身，祇顾眼前快乐之忻，忘却先前地狱之苦。善恶簿上，仔细标名，三番九死，难脱地狱之苦。"太宗点头："此是实言。"太宗说："国师你既知因果报应，如何不早做声？"国师叩头俯伏："万岁，我小臣先不知因果。蒙君王差遣，西天去取经。见大藏经中有《受生经》一卷，专说此等因果。有十二相属，庚甲轮流不等，钱贯多少不同，又有报库曹官各姓。待至本人四十已上，五十已下，交生之日，请僧于家，礼请三宝证盟，依经填还。"太宗又问如果幼小时夭折，如何填还受生债，以及还了受生债有何好处，不还有何坏处等问题，唐僧一一作了回答。

从俄藏黑水城本《佛说寿生经》来看，《佛说寿生经》原本与唐王游地狱和玄奘西天取经没有关系，其《序言》说："伏以人生在世，阴司所注。四居幻化之中，得处人伦之内。旦夕以六尘牵率，役役而四序推移。今因觉悟之心，喜遇真诠之教。受持者福祐加临，读诵者永除灾障。经云：南瞻部州众生总居十二属相，受生来时，悬欠下本命受生钱数。若今生还足，再世即得为人，无苦有乐。若是不还，坠堕冥间，后生恶道。设得为人，贫穷诸衰，有苦无乐。所以佛运慈悲，转经折还。此不妙哉？"① 但是在《佛门受生宝卷》中，瑜伽教为了证明《受生经》的神圣性和正当性，把它说成是唐玄奘从西天取回来的，并且说唐太宗因孽龙之索命而魂游地狱，因未偿还受生债，差点不能还阳。此说一出，遂影响到此后流传的佛教类《受生经》，被其采纳。我们看到，国家图书馆藏明刊本《佛说寿生经》，其序言已经做了改动，与玄奘西天取经扯上了关系，其序言说："伏以人生在世，阴司所注，四居幻化之

---

① 引自侯冲整理《佛说受生经》，见《藏外佛教文献》（第2编，总第13辑），第112—113页。

中，得处人伦之内。旦夕以六尘牵率，役役而四序推移。今因觉悟之心，得逢圣教，喜遇真说。谨按《受生经》云：南瞻部州众生并祝冥司，总居十二相属生下，悬欠冥司受生钱数。若人今生还足，必得三世为人受福，此永不失人身。若人一世还纳不足，万劫不逢人身。此经传在世间，若人书写受持，增福延寿。大唐三藏往西天求教，得诸经，内有《受生经》，传于世间，甚有益。"① 而《嘉兴大藏经》所收《佛说寿生经》则直接删掉了序言，对正文开头部分进行了改造，其中说："真观十三年，有唐三藏法师往西天求教。因检大藏经，见《受生经》一卷，有十二相属，南赡部洲生下为人。先于冥司下，各借受生钱，有注命官祇揖人道，见今库藏空闲，催南赡部洲众生交纳受生钱。"② 瑜伽教将《寿生经》的来源说成是唐玄奘西天取经时从西天取回来的，估计有三个方面的考量。一是为《寿生经》正名。《佛说寿生经》虽冠以佛说之名，其形式比如"如是我闻""一时"等，和一般佛教没什么区别，但它并非正统佛经，不为正统佛教界所认可，故此，将此经说成是唐玄奘从西天取回来的，则无疑使《佛说寿生经》挤入了正统佛经名目之列，从而抬高其身价。其二是借助《西游记》以扩大其影响。《西游记平话》问世后，不胫而走，很快风靡各地。因而改编者将《寿生经》如此改编之后，无疑借助《西游记》的影响，扩大了《寿生经》的知名度和影响力。其三是，通过唐王游地狱故事，说贵为大唐天子亦不能不偿还受生债，以此说明凡阳世之人，偿还受生债是天经地义的。

（二）《西游记》对唐王游地狱故事的改编和利用

在明代，明太祖朱元璋"分寺清宗"政策对明代佛教的发展轨迹产生了很大影响。朱元璋将全国佛寺按性质划分为禅、讲、教三类。禅僧以明心见性为目的，集众修禅；讲僧以天台、华严、唯识及净土诸宗经典为依据，讲授经义；教僧称为瑜伽教僧、瑜伽僧、赴应僧，或简称教僧，他们周行乡里，以执行瑜伽经忏法事为本职。朱元璋规定三宗僧人各自要着不同颜色和规格的服饰，凡僧人不许与民间杂处，务要三十人以上聚成一

---

① 引自侯冲整理《佛说受生经》，见《藏外佛教文献》（第2编，总第13辑），第124页。
② 引自侯冲整理《佛说受生经》，见《藏外佛教文献》（第2编，总第13辑），第124—125页。

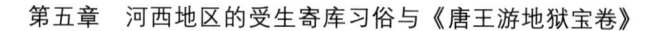

第五章　河西地区的受生寄库习俗与《唐王游地狱宝卷》

寺，二十人以下者听令归并成寺。其原非寺额，创立庵堂寺院名色并行革去。颁布《避趋条例》，严申除教僧外，禅、讲僧"止守常住，笃遵本教，不许有二，亦不许散居，及入寺村。"在洪武年间"分寺清宗"政策影响下，佛教进一步世俗化，瑜伽教广为流传。① 随着佛教的进一步世俗化，寄库信仰也日益走向世俗化，姜守诚指出："明清时期，寄库信仰日益走向世俗化，贴近百姓的日常生活，渗透到人们的价值观念中，甚至演变成为节庆礼俗的一部分。"②《西游记》是明人吴承恩于万历年间在前人基础上所编创，自然也渗透着受生寄库思想。对此，姜守诚已有指陈。③ 比如，在第十回"二将军宫门镇鬼，唐太宗地府还魂"中，唐太宗在崔判官的陪同下过了金桥，观看银桥、奈何桥后来到枉死城，被那六十四处烟尘、七十二处草寇，众王子、众头目的鬼魂缠住索命，没奈何，在崔判官的作保下，向河南开封府相良寄存在冥司的十三库金银中借金银一库散发给那些冤魂，方得解脱。在第十一回"还受生唐王遵善果，度孤魂萧瑀正空门"中，唐太宗回阳后派尉迟恭将金银一库，上河南开封府访看相良。原来相良卖水为活，"同妻张氏在门首贩卖乌盆瓦器营生，但赚得些钱儿，只以盘缠为足，其多少斋僧布施，买金银纸锭，记库焚烧，故有此善果臻身。阳世间是一条好善的穷汉，那地里却是个积玉堆金的长者"。第十回和第十一回的这些叙述，一唱一和，通过唐王游地狱中唐太宗的遭遇反映的正是当时社会上的受生寄库思想。第四十七回"圣僧夜阻通天水，金木垂慈救小童"中，唐僧师徒四人由于为通天河所阻，只好到附近陈家庄陈澄家中投宿，陈澄家正在做斋会，饭食毕，玄奘问庄主"适才做的甚么斋事？"庄主说是一场"预修亡斋"。八戒笑得打跌道："公公忒没眼力！我们是扯谎架桥，哄人的大王，你怎么把这谎话哄我！和尚家岂不知斋事？只有个'预修寄库斋'、'预修填还斋'，哪里有个'预修亡斋'？你家人又不曾有死的，做甚亡斋？"这里所说的"预修寄库斋""预修填还斋"属于同一性质，前者是通过做法事寄存钱财于冥库，后者指通过做法事填还受生钱。另外，在第十二回"玄奘秉诚

---

① 参阅李阳明《明代佛教"分寺清宗"政策变迁与瑜伽教僧地位嬗变探究》，《安徽史学》2018年第3期。
② 姜守诚：《明清社会的寄库风俗》，《东方论坛》2016年第4期。
③ 参阅姜守诚《明清社会的寄库风俗》，《东方论坛》2016年第4期。

建大会，观音显象化金蝉"中，说玄奘奉唐太宗之命主持超度亡灵的水路大会，"法师在台上，念一会《受生度亡经》，谈一会《安邦天宝篆》，又宣一会《劝修功卷》"。其中《受生度亡经》可能就是《受生经》。

（三）南无教对唐王游地狱故事的改编和利用

吴承恩百回本《西游记》诞生后，雅俗共赏，符合广大下层民众的信仰和口味，迅速风靡各地，产生了巨大的影响。与此同时，蓬勃发展的民间宗教，利用通俗易懂、符合民众口味的宝卷宣传自己的教义和宗旨，自然不能放过唐王游地狱、唐僧西天取经这一具有无穷吸引力的题材。通过前文叙述可知，瑜伽教僧人利用唐王游地狱、玄奘西天取经的故事成功地宣传了《佛说寿生经》的思想和教义，这些自然被南无教看在眼里，他们为了宣传本教派持诵的道教类《受生经》，便将《西游记》中唐王游地狱的故事情节进行改造，这样《唐王游地狱宝卷》便应运而生。我们发现，改造后的《唐王游地狱宝卷》与《西游记》相比，唐王游地狱的主旨发生了变化。在《西游记》中，唐王李世民游地狱的主旨是宣传佛教教义。通过游地狱对李世民进行佛教教义的教育，使得他回阳后做个水路大会，超度那无主冤魂，"凡百不善之处，一一改过。普劝世人为善。"然后由于选高僧玄奘主持水路大会而引出观音菩萨点化唐太宗、玄奘君臣，前往西天大雷音寺求取大乘真经。而《唐王游地狱宝卷》，唐王游地狱的主旨是宣传南无教关于受生的思想和教义。唐王李世民在游完十八层地狱后，路过受生库，被一位善人挡住索要受生财，从而引出南无教受生的思想，唐王回阳后，为了还愿，张榜招取贤人求取《受生经》。太上老君弟子君喜真人揭了皇榜求来《受生经》，唐太宗君臣举办法会，恭诵《受生经》，以还愿心。而这个君喜真人据考证，是南无教的创始人。

《唐王游地狱宝卷》是南无教将《西游记》中唐王游地狱故事通过移花接木，使之成为太上老君弟子君喜真人前往天台山求取《受生经》的缘由和引子。南无教在改编《西游记》时，留下了许多印记。比如《唐王游地狱宝卷》中说，唐王游地狱时曾路过丰都铁板城，城中俱是饥饿鬼，受尽磨难等超生，其中一伙恶鬼前来拦住唐王索要金银，唐王惊恐不已，与曹官商议借用金银使用，曹官说："镇阳郡里有一人，他名叫做项阳和，每日卖水为营生。除他吃用余钱文，阴曹积下三库银。

第五章 河西地区的受生寄库习俗与《唐王游地狱宝卷》

就借他的金银使,阳间与他交还清。"于是在曹官作保下,借了项阳和的三库银子散与孤魂。唐王又问:"这些孽犯孤魂不知何时才能超生?"判官说:"爷驾还阳,使人去到西天雷音寺佛祖面前,拜佛求经,奉请东极太乙救苦天尊的清水,洒入地狱之内,孤魂才能托化人去,并将此英(阴)经转留后世,广积功德。"唐王回阳后对大臣说:"我在地府见那冤鬼号天哭地。我也问过判官,他说:'要得此鬼脱身,除非将西天雷音寺佛祖的真经取来,诵念超度,方能托(脱)生。'我想,先诵了《受生经》,以后再出榜文,选招西天取经之人,方不为迟。"在这里,唐王要招取西天取经人的叙述,便很明显地保留了《西游记》的原有思路,说明《西游记》唐太宗招玄奘西天取经的故事是广为人知的事情,改编者无法将其湮灭不提。其实,这正是改编者的聪明之处,那就是在不改变《西游记》原书思路的基础上宣传自己教派的受生思想,才能让人觉得可信,否则,《西游记》唐太宗招取唐僧西天取经的故事已广为人知,若改编者只字不提,或将其推翻,那么在读者先入为主观念的支配下,不管改编者如何巧舌如簧,读者是不会相信的,相反,会嗤之以鼻。再比如,在《刘全进瓜宝卷》中,太上老君弟子君喜真人揭了唐王招取求取《受生经》的榜文后,被唐王封为护国庇天忠孝正一真人,并赐七星宝剑一口,圣旨一道,金牌一面,逢州过县无人阻挡,前往天台山求取《受生经》。接着是一段七字句的唱词,其中第一句是"唐王圣旨胸前挂,雷音寺中取真经"。改编者似乎忘了,前文叙述的是君喜真人到道教圣地天台山求取《受生经》,而并非到西天雷音寺求取佛教真经。显然,这是改编者一时疏忽,按照《西游记》的原有思路来编台词了。《唐王游地狱宝卷》与《西游记》对比,我们还发现,南无教改编的《唐王游地狱宝卷》显得"俗气",体现出一股浓浓的泥土味。在《西游记》中,唐王李世民为搭救龙王,早朝散后独留魏征召入便殿,将近巳末午初时候,命宫人取过大棋来与魏征弈棋。他们对弈的当然是为士人所喜好的围棋,并引用《烂柯经》以彰显其雅。而《唐王游地狱宝卷》中,唐王与魏征下的却是民间百姓所喜闻乐见的象棋,其中说:"有唐王,守起棋,开言便说:'使一个,当头炮,定位子营。'有魏征,使一个,悬弓勒马,二将军,往上攻,定住乾坤。"这样近乎俗语的唱词，是编创者以下层民众的日常生活来想象唐代皇宫的生活状况而编出来的。

通过以上分析我们看到，明清时期，寄库信仰在中国社会广为流行和传播，吴承恩《西游记》中的一些故事情节就渗透着这一习俗和信仰。由于《西游记》的巨大影响力，南无教依据《西游记》相关内容改编成《唐王游地狱宝卷》，使得唐王游地狱这一家喻户晓的故事为宣扬本派所信奉的道教类《受生经》服务。在改编中，南无教使得唐王游地狱故事更加世俗化，更加贴近下层民众的生活，为普通民众所喜闻乐见，从而使得受生思想、寄库习俗随着民间念卷活动的进行，更进一步在下层民众中传播开来。笔者曾向家父提起受生思想，父亲一听，马上明白了，他说，民间所谓"犯钱粮"的说法，就是指此而言。所谓"犯钱粮"，指的是，民间若某人多病多灾，久治不愈，便会找道士或宗教人士看一下，道士说，你欠了冥司的受生钱未还，还了就好了。于是，此人便请道士通过一定的仪式焚烧纸钱，填还受生钱，以期身体能够康复。

第六章 河西地区的关帝信仰与《伏魔宝卷》

关帝信仰是关羽信仰发展到一定阶段的产物。关羽信仰起源于隋唐时期,这一时期,关羽信仰仅流行于其殉难的荆州地区。宋元时期关羽信仰发展成为全国规模的文化现象。明清以后,关羽信仰在前代的基础上进一步拓展和发展,其庙宇遍布全国各地,其信仰深入汉、满、蒙、藏等各族民众之间,其封号由前代的侯王提升为帝,从而使关帝信仰成为全国性的上至帝王,下至普通民众的具有深厚群众基础的独特文化现象。明代,在民间宗教风起云涌的大背景下,《伏魔宝卷》应运而生,在民间广为流传。在河西地区,关帝信仰十分普遍,《伏魔宝卷》也广为流传,二者相辅相成,对河西民俗有着很深的影响。

第一节 关帝信仰产生发展简述

宋元以降,关帝信仰成为全国性的文化现象,河西地区作为关帝信仰的一个有机组成部分,在这个区域内的关帝信仰自然与全国其他地区的关帝信仰有着千丝万缕的联系,为便于理解和说明问题,有必要对关帝信仰的来龙去脉做一番简要梳理。

中华人民共和国成立以来,尤其是20世纪80年代以来,学界对关帝信仰及关羽文化现象进行了深入广泛的研究,成果不断涌现。重要的著作有：《关公信仰》[①]；《武圣关羽》[②]；《关羽崇拜研究》[③]；《关公崇拜溯源》[④]；《从民间到经典——关羽形象与关公崇拜的生成演变史论》[⑤] 等。重要的论文有：冯君实的《关羽、关圣及艺术形象》[⑥]；郭松义的《论明清时期的关羽崇拜》[⑦]；李伟实的《关羽崇拜初探》[⑧]；孟海生的《渴望福祉：中国沿海关公热》[⑨]；罗忼烈的《文学和历史中的关羽》[⑩]；童家洲的《试论关帝信仰传播日本及其演变》[⑪]；蔡东洲的《关羽现象与儒佛道三教》[⑫]；黄朴民的《"武圣"的嬗递及其文化底蕴》[⑬]；蔡东洲的《关羽现象五考》[⑭]；刘莲的《关羽信仰的文化内涵》[⑮]；王齐洲的《论关羽崇拜》[⑯]；周征松的《人神之间话关羽》[⑰]；余志斌的《关羽：儒称圣，释称佛，道称天尊——文化的"变异复合"》[⑱]；齐清顺的《清代新疆的关羽崇拜》[⑲]；张羽新的《清朝对其保护神关羽的崇奉》[⑳]；闫涛的《山陕会馆与关公信仰文化研究》[㉑]；陕西师范大学王琳茸的硕士论文《西晋到明清时期关公文化传播研究》[㉒] 等。其中蔡东洲、文廷海两位先生的《关羽崇拜研究》一书，对关羽崇拜形成的原因及其发展演变，从历史的角度进行了系

---

① 郑士有著，学苑出版社1994年版。
② 孟祥荣著，湖北人民出版社1998年版。
③ 蔡东洲、文廷海著，巴蜀书社2001年版。
④ 胡小伟著，北岳文化出版社2009年版。
⑤ 刘海燕著，上海三联书店2004年版。
⑥ 《吉林师大学报》1980年第2期。
⑦ 《中国史研究》1990年第3期。
⑧ 《学术研究丛刊》1992年第4期。
⑨ 《山西文化》1992年第5、6期合刊。
⑩ 《社会科学战线》1993年第1期。
⑪ 《海交史》1993年第1期。
⑫ 《中华文化论坛》1994年第2期。
⑬ 《文史知识》1994年第9期。
⑭ 《四川师范学院学报》1995年第1期。
⑮ 《中华文化论坛》1995年第3期。
⑯ 《天津社会科学》1995年第6期。
⑰ 《山西师大学报》1996年第1期。
⑱ 《苏州大学学报》1996年第1期。
⑲ 《清史研究》1998年第3期。
⑳ 中国文物研究室编：《出土文献研究》第4辑，中华书局1998年出版发行。
㉑ 《天津师范大学学报》2017年第5期。
㉒ 2018年6月。

第六章　河西地区的关帝信仰与《伏魔宝卷》

统的剖析研究，是一部较为全面、系统和深入的学术专著。这里，笔者在前人研究的基础上，结合自己的理解，就关帝信仰产生和发展演变的情况做以简要叙述。

在关帝信仰形成和发展过程中，有四种社会力量起到了重要作用，并且这四种社会力量之间相互利用，推波助澜，促使关羽由人而神，由区域性的信仰演变为全国性的全民族性的信仰。

第一种社会力量是民间信仰。关羽信仰起源于荆州一代民间的祀关活动，在相当长的时间内，仅是一种地区性的文化现象。荆州民间祀关，起初是"祀厉"，由于关羽镇守荆州，北伐曹操，擒于禁、斩庞德，"威震华夏"，但局势很快发生反转，孙权派吕蒙偷袭荆州，关羽败北，为吕蒙袭杀，临死前自然是满腔怨怒。荆州民间害怕关羽灵魂将其怨怒发泄人间，使自己遭灾，遂小心供奉，希望能免灾避祸。然而，年代久远，时过境迁，唐代以后，由于佛教的世俗化以及民间信仰对佛教的利用，关羽以正神的面貌展现人间，使得关羽信仰发生重大转变。

第二种社会力量是佛教和道教。关羽信仰与佛教发生关系是在唐朝，在唐朝，佛教在前代基础上继续发展，出现中国化，产生了许多派别，主要有天台宗、法相宗、华严宗、禅宗、律宗、密宗等，唐代中期以后，佛教世俗化的趋势日益明显，发现于敦煌莫高窟的众多佛教俗讲文本以及变文揭示了佛教世俗化的状况和表现。佛教世俗化的表现之一便是迎合普通民众的信仰需求和思维习惯，这一过程中必然会出现如何处理普通民众的民间信仰问题，佛教在湖北当阳一代传播与发展自然就遇到了民间的关羽信仰。据唐董侹撰《荆南节度使江陵尹裴公重修玉泉关庙记》载：

> 玉泉寺，覆船山东，去当阳三十里。叠嶂回拥，飞泉迤逦。信途人之净界，域中之绝景也。寺西三百步，有蜀将军都督荆州事关公遗庙存焉。将军姓关名羽，河东解梁人，公族功绩，详于国史。
>
> 先是陈光大中智顗禅师者，至自天台，宴坐乔木之下，夜分忽与神遇。云愿舍此地为僧坊，请师出山以观其用。指期之夕，前壑震动，风号雷霈，前劈巨岭，下埋澄潭，良材丛木，周匝其上，轮奂之用，则无乏焉。

惟将军当三国之时，负万人之敌，孟德且避其锋，孔明谓之绝伦。其于殉义感恩，死生一致。斩良擒禁，此其效也。呜呼，生为英贤，殁为神灵，所寄此山之下，邦之兴废，岁之丰荒，于是乎系。昔陆法和假神以虞任约，梁宣帝资神以拒王琳，聆其故实，安可诬也。至今淄黄入寺，若严官在旁，无敢亵渎。①

董侹所撰的这篇碑文，记录了唐代贞元年间（785—805）荆南节度使工部尚书江陵尹裴均重建当阳关帝庙的经过。碑文中还记载了天台宗创始人智顗创建玉泉寺时关公神灵舍地帮助之神异事迹，这一神异事迹当是董侹所记当地民间传闻，其中"淄黄入寺，若严官在旁，无敢亵渎"的记载，反映了唐代贞元年间当阳一代佛教与关羽信仰之间和谐共处的关系。但是在隋唐佛教文献中却并没有关羽玉泉显灵事迹的记载，这说明玉泉显灵之说是民间信仰主动将关羽与佛教扯上关系，其目的是借助佛教来宣扬和发展关羽信仰。这一做法自然使得民间信仰中关羽神灵的形象出现转型和改变，并借助佛教全国性的影响力，促使关羽信仰从区域性的信仰向全国性的信仰转变，这是关帝信仰史上的一件大事。寒来暑往，日月推移，经过唐末五代的传播，关羽信仰有了很大的发展，时至宋代，玉泉显灵之说广为人知，并进入佛教文献。北宋中期，无尽居士张商英撰《重建关庙碑记》，对玉泉显灵之说进行了改造，其中说：

道出陈、隋间，有大法师名曰智顗，一时圆证诸佛法门，得大总持，辩说无碍，敷演三品《摩诃止观》，是三非一，是一非三，即一是三，即三是一，随众生根而设教。后至自天台，止于玉泉，宴坐林间，一心湛寂。此山先有大力鬼神与其眷属，怙恃凭据，以帝通力，故法行业，即现种种诸可怖畏，虎豹號踯，蟒蛇盤瞪，鬼魅嘻啸，阴兵悍怒，血唇剑齿，毛发鬅鬙，妖形丑质，剡然千变。法师愍言："汝何为者，生死于幻，贪着余福，不自悲悔？"作是语已，音迹消绝，顾然丈夫，鼓髯而出："我乃关某，生于汉末，值世纷乱，九州

---

① （清）董诰等纂：《全唐文》卷684，中华书局1983年版，第7001—7002页。

第六章 河西地区的关帝信仰与《伏魔宝卷》

瓜裂,曹操不仁,孙权自保,虎臣蜀主,同复帝室,精诚激发,洞贯金石,死有余烈,故主此山。谛观法师,具足殊胜,我从昔来,本未闻见,今我神力,变见已尽,而师安定,曾不省视,汪洋如海,非我能测,大悲我师,哀愍我愚,方便摄授,愿舍此山,作师道场。我有爱子,雄鸷类我,相与发心,永护佛法。"师问所能,授则五戒,帝诚受已,复白师问营造,期至幸少避之。

其夕晦冥,震霆掣电,灵鞭鬼箠,万壑浩汗,渊潭千丈,化为平址。黎明往视,精蓝焕丽,簷楹阑楯,巧夺人目,海内四绝,遂居其一。以是因缘,神亦庙食,千里内外,庙共云委,玉泉之田,寔帝之助。①

南宋释志磐所撰《佛祖统纪》卷六《智者大师传》中,则更进一步,不仅详细描写关羽玉泉显灵之原委,而且叙写关羽听闻佛法后皈依佛门并受戒之事,《佛祖统纪》载:

贞明十二年十二月,师至荆州旋乡答地,将建福庭。乃于当阳玉泉山创立精舍,及重修十住寺,道俗禀戒听讲者至五千余人。初至当阳,望沮漳山色堆蓝,欲卜清溪以为道场,意嫌迫隘,遂上金龙。池北百余步有一大木,婆娑偃盖,中虚如庵,乃于其处跏坐入定。一日天地晦冥,风雨号怒,妖怪殊形,倏忽千变,有巨蟒长十余丈,张口内向,阴魔列陈,炮矢如雨,经一七日,了无惧色,师悯之曰:"汝所为者,生死众业,贪著余福,不自悲悔。"言讫众妖俱灭。其夕云开月明,见二人威仪如王,长者美髯而丰厚,少者冠帽而秀发,前致敬曰:"予即关羽,汉末纷乱,九州瓜裂,曹操不仁,孙权自保。予义臣蜀汉,期复帝室,时事相违,有志不遂,死有余烈,故王此山。大德圣师何枉神足?"师曰:"欲于此地建立道场,以报生身之德耳。"神曰:"愿哀愍我愚,特垂摄受。此去一舍,山如覆船,其土深厚,

---

① 傅增湘原辑,吴洪泽补辑:《宋代蜀文辑存校补》第 13 卷,重庆大学出版社 2014 年版,第 339—400 页。

弟子当与子平建寺化供，护持佛法，愿师安禅七日，以须其成。"师既出定，见湫潭千丈化为平址，栋宇焕丽，巧夺人目，神运鬼工，其速若是。师领众入居，昼夜演法。一日神白师曰："弟子今日获闻出世间法，愿洗心易念，求受戒品，永为菩提之本。"师即秉炉授以五戒。于是神之威德昭布千里，远近瞻祷，莫不肃敬。①

张商英是佛教在家居士，释志磐为佛门高僧，在宋代佛教进一步世俗化，争取下层民众的大背景下，他们两人的记载，反映的是佛教利用业已十分广泛的关羽信仰来传播和发展佛教的情景。由此，我们看到，正是民间关羽信仰和佛教之间的相互利用，使得关羽信仰由荆州一隅之地走向全国，关羽神灵现象华丽转身，为成为全国性全民族性的信仰奠定了基础。

在关羽信仰发展过程中，道教也起了重要作用。中国的道教产生于东汉后期，原本也是民间宗教，在下层民众中传播，在两晋南北朝时期，经过寇谦之、葛洪等著名道士的改造和发展，为上层统治者所认可，跻身正统宗教之列。道教神化和利用关羽影响最大的事件莫过于"解州平妖"。最早记载此事的是《宣和遗事》，其中载：

崇宁五年夏，解州有蛟在盐池作祟，布氛十余里，人畜在氛中者，辄皆嚼啮，伤人甚众。诏命嗣汉三十代天师张继先治之。不旬日间，蛟祟已平。继先入见，帝抚劳再三，且问曰："卿此剪除，是何妖魅？"继先答曰："昔轩辕斩蚩尤，后人立祠于池侧以祀焉。今其祠宇顿弊，故变为蛟，以妖是境，欲求祀典。臣赖圣威，幸已除灭。"帝曰："卿何用神？愿获一见，少劳神庥。"继先曰："神即当起居圣驾。"忽有二神现于殿庭：一神绛衣，金甲，青巾，美髯须；一神乃介胄之士。继先指示金甲者曰："此即蜀将关羽也。"又指介胄者曰："此乃信上自鸣山神石氏也。"言讫不见。帝遂褒加封赠，乃赐张继先为视秩大夫虚靖真人。②

---

① （宋）释志磐撰，释道法校注：《佛祖统纪校注》卷6《四祖天台智者传·智顗》，上海古籍出版社2012年版，第178—179页。
② 程毅中校注：《宣和遗事校注》，中华书局2022年版，第42页。

第六章　河西地区的关帝信仰与《伏魔宝卷》

元代剧作家据此编成《关云长大破蚩尤》，故事情节有所发展，以后的《汉天师世家》收入此故事，《历代神仙通鉴》《三教搜神大全》亦渲染、夸张，从而使此事在社会上广为传播，关羽也由此步入仙班，成为道教神灵。南宋时，关羽在道教有了封号，称为清元真君，而且出现了道教经书，即《太上大圣朗灵上将护国妙经》。明朝万历年间，关羽得到道教最高封号"三界伏魔大帝神威远震天尊关圣帝君"。道教的这一系列举措，为关羽成为全民族性的信仰起到了重要作用。

第三种社会力量便是历代的封建统治阶级。早在唐代，关羽就因其忠勇而在武成王庙内占据一席之地。武成王是指周朝的开国功臣姜尚，唐代肃宗上元元年（760）封姜尚为武成王，对武成王的祭祀典礼一同文宣王孔子，并仿孔庙七十二弟子从祀之例，挑选历代名将六十四人从祀武成王庙。但是，从唐至宋，关羽在武成王庙从祀的六十四名将中仅位列末等，而且在宋初曾一度被移出武成王庙，直到宋仁宗年间，才重新回到武成王庙。封建统治者建立武成王庙，其目的在于通过对以姜尚为代表的历代名将的祭祀，寻找精神靠山，褒奖忠义勇猛之士，鼓励将士效忠国家，勇猛杀敌，以维护其统治。宋仁宗以后，情况发生了很大变化，在武成王庙内位列末班的关羽受到统治阶级的大力追捧，哲宗和徽宗或赐庙额，或加爵位，而士大夫阶层则尽力挖掘关羽身上所拥有的忠义精神内涵，从而使关羽成为国家祭祀的正神，被编入《正祠录》。在这里，国家表彰忠义和勇猛，以及维护封建统治秩序的目的并未发生变化，而从祀武成王庙的六十四名将中，唯独关羽受此殊荣，不能不令人深思。个中缘由，恐怕有两个方面。一是在宋代，关羽信仰在民间和佛教、道教中已经具备了深厚的基础，有着广泛的社会影响力，这种影响力是从祀武成王庙的其他名将所无法比拟的，宋代统治者要维护其统治，自然要巧妙地引导和借用这种影响力。二是，宋代是中国思想界发生重大转折的时期。东汉王朝的瓦解，使得在思想界儒家独尊的地位被打破，在魏晋南北朝乃至隋唐时期，佛教、道教得到了充分的传播和发展，而儒家则呈现出衰落之势，时至宋代，在儒、释、道相互斗争相互融合的基础上，儒学开始复兴，理学开始形成，关羽身上所拥有的忠贞不渝、勇猛过人而又喜读《春秋》的特点，符合儒家的教义和宗旨，具备进一步挖掘的价值。这二者的结合，正是宋王朝大力尊奉和祭祀关羽的原因所在。

据《宋会要辑稿》载："蜀汉寿亭侯祠。一在当阳，哲宗绍圣二年五月赐额'显烈'。徽宗崇宁元年十二月封武惠公。大观二年进封武安王。"① 南宋时期，统治者又两次加封关羽，建炎二年（1128），高宗敕封关羽为"壮缪义勇王"；淳熙十四年（1187），孝宗又加封关羽为"济英王"②。经过宋朝几代皇帝的一再加封，关羽的爵位由侯而至公，由公而至王，步步高升，关羽信仰也进一步扩展和深入，影响更为广泛。靖康年间，金兵南下，宋室南渡，北方大片领土被金占领，关羽的各种称号无论是官方的，还是民间的，均为金朝所接受。蒙古兴起后，消灭了金，面对具有广泛影响的关羽信仰，蒙古统治者选择了顺应和接受。作为军事上的征服者，无论是女真还是蒙古，当他们进入拥有先进文明的黄河流域时，都自觉不自觉地被当地较高的文明所征服。忽必烈当了大汗后，大力推行汉化政策，这其中自然包含有对关羽信仰的认同和继承。世祖至元七年（1270），忽必烈采纳帝师八思巴的建议，以关羽为"监坛"，"于大明殿御座上置白伞盖一，顶用素缎，泥金书梵字于其上，谓镇伏邪魔护国安刹。自后每岁二月十五日，于大明殿启建白伞盖佛事，用诸色仪仗社直，迎引伞盖，周游皇城内外，云与众生祓除不祥，导引福祉"③。这一以关羽为监坛的佛事活动，每年六月中旬在上京也如法举行。天历元年（1328），文宗加封"汉将军关羽为'显灵义勇武安英济王'，遣使祠其庙。"④ 明王朝继承了前代对关羽的祭祀之例。明代初期，对关羽的祭祀就已制度化，对关羽的祭祀有固定的时间，由固定的官员主持，祭品的等级也有明确的规定。永乐年间，明成祖营建北京，在京城建有关帝庙，"每岁致祭"，祭祀更加隆重，祭祀的次数由原来的四季、岁暮、五月十三日的6次，增加到25次，有正旦、冬至、

---

① （清）徐松辑，刘琳、刁忠民、舒大刚、尹波等校点：《宋会要辑稿》，上海古籍出版社2014年版，第1002页。
② （清）孙承泽纂：《天府广记》卷9，北京古籍出版社1982年版，第101页。
③ 《元史》卷77《祭祀六》，中华书局1976年版，第1926页。
④ 《元史》卷32《文宗一》，中华书局1976年版，第711页。

11朔日、12望日，祭品也规格化。这标志着关羽祭祀规格的升级。明代成化年间，京城宛平县的关庙因年久失修，宪宗下诏予以重建，除此之外，关羽故乡解州关庙、当阳关羽墓祠也都得到重修。成化十年（1474），明中央政府颁布了关庙祭文。这些重修庙宇、制定关庙祭文的活动，推动了关羽信仰的进一步发展。神宗万历年间，明廷对关羽的崇祀达到了顶峰，明神宗在礼部尚书兼翰林学士于慎行的题请下，加封关羽"协天护国忠义大帝"尊号，关羽的封号由侯提升为帝，地位更加尊崇。万历四十二年（1614）十月十一日，明神宗再次加封关羽为："三界伏魔大帝、神威远震天尊、关圣帝君"。从此，"关圣帝君"的名号为世人所尊奉。清王朝早在入关前就已将关羽视为自己的保护神，崇德五年（1640），皇太极在盛景敕建关帝庙，定期祭祀。入关之始的顺治元年（1644），清王朝就确立了祭祀关帝的礼仪，重修宛平县的关帝庙。清代从顺治历经康熙、雍正、乾隆几位皇帝，对关帝的祭典越来越隆重，连关羽父、祖也都封赠爵位，春秋致祭。定期祭祀关帝成为国家大典，重修关帝庙时，皇帝还亲撰碑文。与此同时，清王朝还命地方官吏在自己的辖区内建立关帝庙，以祭祀关帝。对关帝的崇拜达到了登峰造极的地步。

第四种社会力量是文艺作品。在宋元时期，平话、戏剧、小说等文学艺术形式大放光彩，以三国历史和人物为题材的平话、戏剧、小说等纷纷涌现，比如《全相三国志平话》、历史小说《三国演义》以及关于关羽的历史戏曲《关大王独赴单刀会》《关张双起西蜀梦》《寿亭侯怒斩关平》《关云长大破蚩尤》《关大王月下斩貂蝉》《关云长古城聚义》《寿亭侯五关斩将》《关云长千里独行》等。这些文学艺术作品与当时的关羽信仰相表里，寓喜恶于情节之中，语言通俗、生动活泼，情节曲折，为下层民众所喜闻乐道，广为流传，推动了关羽信仰在民间的传播和发展。

正是由于以上四种社会力量的推动，到明清时期，关帝信仰形成了上至帝王，下至平民百姓的全民族性的遍布全国的具有深厚社会基础的宗教信仰，成为中华民族所特有的文化现象。

第二节　河西地区的关帝信仰

关于河西地区的关帝信仰，学界已有一些探讨和研究，有兰州大学杨会萍的硕士论文《明清时期河西地区的道教与民间信仰》（2011年5月），孟凡港的《从碑刻看明清时期张掖的民间信仰》[1]，柳君君的《从碑文看关帝历史文化演进——以嘉峪关关帝庙碑文为例》[2]，朱利华、张斌的《关帝庙营建史及河西社会生活的原始档案——嘉峪关关帝庙碑文》[3]，路其首的《明清时期张掖关公信仰研究》[4] 等。笔者在此基础上对河西地区的关帝信仰做一简要考述。

河西地区的关帝信仰，最早可以追溯到元朝，明胡大年《重修关帝庙记》载："张掖之有关帝庙也，在元至正间，创始脱脱丞相。"[5] 另据《重刊甘镇志》载，明代山丹有两座汉壮侯祠，其中暖泉堡的汉壮侯祠始建于元至正元年（1341），"汉壮侯祠。有二：一在城南四十里暖泉堡城外，元至正元年，承事郎、山丹州达鲁花赤上间美建，永乐十一年重修。一在城外南郭，洪武二十五年建"[6]。《甘州府志》认为，山丹卫的这两座汉壮侯祠就是关帝庙："关帝庙。一在城外南郭，明洪武二十五年建。……一在城南四十里暖泉堡外，元至正元年，承事郎山丹州达鲁花赤上间美建，永乐十一年重修。"[7] 关帝庙是关帝信仰的场所和载体，有关帝庙，说明有关帝信仰存在。明代是关帝信仰发展成熟的时期，清代，关帝信仰达到了登峰造极的程度。明清两代，关帝庙遍布全国各地，关帝信仰深入社会各阶层，河西地区概莫能外。兹将河西地区各地的关帝庙据方志列一简表如下：

---

[1] 《世界宗教文化》2012年第2期。
[2] 2015年7月《嘉峪关魏晋墓与丝绸之路历史文化学术研讨会论文集》（未正式出版）。
[3] 《档案》2015年第11期。
[4] 《河西学院学报》2017年第4期。
[5] （清）钟赓起著，张志纯等校点：《甘州府志》卷13《艺文上》，甘肃文化出版社1995年版，第554页。
[6] （清）杨春茂著，张志纯等校点：《重刊甘镇志·建置志·祠祀·山丹卫》，甘肃文化出版社1996年版，第210页。
[7] （清）钟赓起著，张志纯等校点：《甘州府志》卷5《营建·山丹县》，甘肃文化出版社1995年版，第189页。

第六章 河西地区的关帝信仰与《伏魔宝卷》

表6-1 明清以来河西地区关帝庙情况

地区	关帝庙名称	建立时间	地点	资料出处	备注
古浪县	关帝庙		城西	张克复等校注《五凉全志·古浪县志校注》，甘肃人民出版社1999年版，第403页	每岁春秋，五月十三，各有官祭银
	关帝庙		北郭	张克复等校注《五凉全志·古浪县志校注》，第404页	
	关帝庙	清顺治五年（1648）	土门东郭	同上	
	关帝庙	明天启元年（1621）	大靖城北隅	张克复等校注《五凉全志·古浪县志校注》，第405页	
	关帝庙		黑松南城内	同上	
	关圣祠		黑松北郭外	同上	
	关帝庙		安远北郊外	同上	
凉州区	大柳关圣庙	清代晚期	凉州区大柳乡中学院内	武威市市志编纂委员会编《武威市志》，兰州大学出版社1998年版，第674页	坐北向南，庙建在6米高的夯土台上，面宽3间，重檐歇山顶，周围有绕廊。大殿内有残存壁画，左右有配殿两座。基本完好
	关圣庙		西街	张克复等校注《五凉全志·武威县志校注》，第45页	在西街，内后殿楼一楹，大殿三楹，两廊各七，钟鼓楼各一，厢房东西各三，大门三楹，牌楼三楹
	关圣庙		东关	同上	
	关圣庙		东门瓮城	同上	
	关圣庙		东门	同上	
	关圣庙		南门瓮城	同上	
	关圣庙		火祖庙西	同上	
	关圣庙		吴府仓街	同上	

· 239 ·

续表

地区	关帝庙名称	建立时间	地点	资料出处	备注
民勤县	关帝庙		城东局街口	张克复等校注《五凉全志·镇番县志校注》，第212页	
	三义庙		城东郭内	同上	
	大关帝庙		城东南隅	同上	
	关帝庙		城南街	张克复等校注《五凉全志·镇番县志校注》，第213页	
	关帝庙		城西门外	同上	
	小关庙		城内西北	同上	
永昌县	关帝庙		城东南	张克复等校注《五凉全志·永昌县志校注》，第318页	每岁祭祀银二十一两八钱
山丹县	关帝庙	明洪武年	城南郭	钟赓起著，张志纯等校点《甘州府志》卷五《营建·山丹县》，甘肃文化出版社1995年版，第189页	明永乐十二年（1414），吕均修，清乾隆四十四年（1779），署知县舒玉龙重修
	关帝庙	元至正元年（1341）	城南四十里暖泉堡外	同上	元至正元年，山丹州达鲁花赤上间美建，明永乐十一年（1413）修
	关帝庙	清康熙十三年（1674）	城西南一百一十里永固城南关	同上	康熙十三年（1674），僧海珉募建，副将升任提督王进宝悬匾，乾隆三十一年（1766），僧广裕募修，副将绍涵等献额

第六章　河西地区的关帝信仰与《伏魔宝卷》

续表

地区	关帝庙名称	建立时间	地点	资料出处	备注
山丹县	定羌关帝庙	始建无所考	城东一百里定羌庙堡	清黄璟主纂，郭兴圣校注《山丹县志》，甘肃文化出版社2012年版，第85页	明隆庆五年（1571）重修。万历三十八年（1610），平羌将军、总兵官、太子太保、都督同知榆阳张臣重修悬匾。清康熙二十五年（1686），镇守甘肃总兵官、平羌将军、左都督、加一沙喇哈番、世袭精奇尼哈、固原王用予重修，碑记一道
	关帝庙	不明	刘福寨	清黄璟主纂、郭兴圣校注《山丹县志》附录三《宣统时山丹地理调查表》，第399页	
	关帝庙		新河驿	同上	
	关帝庙		峡口驿	同上第400页	
	关帝庙		曹家庄	同上第401页	
	关帝庙		大马营	同上第402页	
	关帝庙		任家寨	同上第403页	
	三义庙		张明村	同上第404页	
	关帝庙		黄家闸	同上	
	关帝庙		洪水堡	同上第405页	
	关帝庙		乃独闸	同上	
	关帝庙		清泉堡	同上第406页	

续表

地区	关帝庙名称	建立时间	地点	资料出处	备注
甘州区	关帝庙	元至元年间	城东南隅	钟赓起著,张志纯等校点《甘州府志》,第181页	元至元年间,丞相脱脱建。明永乐年,西宁侯宋晟修,嘉靖四十年(1561)巡抚胡汝霖,天启五年(1625)总兵官董继舒俱重修,川东道胡大年碑记。清乾隆三十四年(1769),知甘州府璿泰,知张掖县王廷赞重葺
	关帝庙	清雍正八年(1730)	城南门大街	同上	坐西向东,雍正八年,山西客民赵世贵、赵继禹、张朝枢等建
	关帝庙	清康熙年	南关三城门侧	同上	乾隆二十九年(1764),署张掖县富斌移建二城门侧,有碑记
临泽县	关帝庙	明代	县城东北隅	清高季良总纂,张志纯等校点《创修临泽县志》卷二,甘肃文化出版社2011年版,第98页	清乾隆二十年(1755),通判吴国柱率邑士乔大臣等重修,幕宾班爵碑记。今设临泽培根女子小学校

第六章　河西地区的关帝信仰与《伏魔宝卷》

续表

地区	关帝庙名称	建立时间	地点	资料出处	备注
临泽县	关帝庙	清乾隆己酉（乾隆五十四年，1789）	县城东关	张志纯等校点《创修临泽县志》卷二，第99—100页	清道光九年（1829），商民乔进惠增修，有碑记。光绪三年（1877），邑人魏延成等补修，内设商务会
临泽县	关帝庙		在沙河镇，距县东南四十里	张志纯等校点《创修临泽县志》卷二，第102页	清同治中兵燹，毁于火。光绪八年（1882），附生王得善，监生梁福祥等捐募重修
高台县	关帝庙	明嘉靖年间修	城内东大街	民国徐家瑞编《新纂高台县志》卷三《祀事》，张志纯等校点《高台县志辑校》，甘肃人民出版社1998年版，第229页	
高台县	关帝庙		镇夷香山	同上	
高台县	关帝庙		梧桐泉	同上	
高台县	关王庙	明成化年	镇夷堡城南门左	清黄文炜《重修肃州新志·高台县》，甘肃省酒泉博物馆1984年翻印本，第371页	明万历二十年（1592），游击汪承宣移建城内西北隅，有碑记
民乐县	关岳庙	民国七年（1918）改修	县城东关外	张著常、樊德春著，刘汶等校注《东乐县志·创修民乐县志》，第75—77页	
民乐县	小关帝庙		县城西关	同上	清同治四年（1865）建，现焚毁无存

· 243 ·

续表

地区	关帝庙名称	建立时间	地点	资料出处	备注
民乐县	关帝庙	明天顺元年（1457）	景会堡	同上	嘉靖年重修
	关帝庙	明嘉靖二十七年（1548）	洪水堡	同上	
	关帝庙	始建未详	河东顺化堡	同上	
	关帝庙		甘家店	同上	清康熙三十六年（1697）重修
	关帝庙	清嘉庆二十四年（1819）	沐化乡新添堡	同上	
	关帝庙		洪海乡下天乐	同上	
	关帝庙		东六乡四坝堡	同上	
	关帝庙	明万历十三年（1585）	洪水镇张明寨	同上	清乾隆三十七年（1698）续建
	关帝庙	清康熙初	洪水镇四家堡	同上	清嘉庆十二年（1807）重建
肃南县	关帝庙		祁丰藏族自治乡文殊山	《文殊山石窟寺观遗迹图》，载《嘉峪关志》编纂委员会编《嘉峪关志》，甘肃人民出版社2011年版，第160页	图中标明有2处关帝庙，一在前山，一在后山。此图为刘兴义于1956年绘制，1995年11月罗桑复制

第六章　河西地区的关帝信仰与《伏魔宝卷》

续表

地区	关帝庙名称	建立时间	地点	资料出处	备注
肃州区	关帝庙	明洪武五年（1372）	在鼓楼东武庙西	吴生贵、王世雄等校注《肃州新志校注》祠庙，中华书局2006年版，第138页	明嘉靖九年（1530）重修，万历二十年（1592），兵备道朱公正色增修，有碑记。清雍正九年（1731），增建三义殿，献殿。同治年间被毁
	关帝庙	清顺治十八年（1661）	在东关	同上	顺治十八年，胡日升等建。康熙十六年（1677），庄图等补修。庙内有明天启三年（1623）旧钟一口
	关帝庙	清雍正十二年（1734）	肃州北门外二里，柔远亭后	同上	黄文炜、沈青崖建正殿三间，东西廊房各三间，西住房六间，复捐百金，理如等奉香火。门前建小桥。今坏
	关帝庙		在金塔	同上	由商民公修
	关帝庙		在新城堡内	黄文炜《重修肃州新志·高台县》，第117—118页	因卑湿颓废，康熙四十年（1701），移建堡外西南方
	关圣庙		在野麻湾堡北	黄文炜《重修肃州新志·高台县》，第118页	

· 245 ·

续表

地区	关帝庙名称	建立时间	地点	资料出处	备注
嘉峪关市	武安王庙		在嘉峪关城楼东	邹国相《重修武安王庙碑记》、刘旺《武安会众信官军赞序碑》、崔毓藻《重修关帝庙碑》，载《嘉峪关志》编纂委员会编《嘉峪关志》，第113、114—115、115—116页	明万历十年（1582）佘东重修、清乾隆七年（1742）陶千等会众重修、清嘉庆十二年（1807）熊敏谦等重修
	关帝庙	清光绪十七年（1891）	文殊镇河口村	嘉峪关市文殊镇志编纂委员会编《文殊镇志》，甘肃人民出版社2014年版，第262—263页	二分沟关帝庙遗迹在今河口村民委员会所在地。原二分沟设有图迩坝的一个分水口，清光绪十七年（1891）构筑关帝庙。关帝庙正殿坐北向南，三间，宽9米，进深11米，砖砌基础，土坯垒墙，屋脊为倒卧虎式，二脊前低后高，庙门三扇，门前有木雕花饰
玉门市	关帝庙		在城东北隅	黄文炜《重修肃州新志·靖逆卫》，第593页	
瓜州县	关帝庙		在西门内正街	黄文炜《重修肃州新志·安西卫》，第452页	

第六章　河西地区的关帝信仰与《伏魔宝卷》

续表

地区	关帝庙名称	建立时间	地点	资料出处	备注
	关帝庙	清雍正六年（1728）	在县城东大街	民国二十六年（1937）《安西县新志》卷4《祠祀志》，瓜州县地方史志办公室整理《安西县志》，2011年印刷，第165页	光绪十三年（1887）重修，咸丰四年（1854）升入中祀。每年春秋二季以及五月十三日行祭祀礼。唯帝在当年忠肝义胆，昭昭若日月之丽天，勇略奇气，浩浩如江河之行地。而英风灵爽，又赫赫奕奕起敬于古今之人心。其勋烈载在信史。中央颁发《神祠存废标准》，应祀列入存祀特典
敦煌市	关帝庙	清雍正三年（1725）	在城中	黄文炜《重修肃州新志·沙州卫》，第497页	

以上所列关帝庙共计71所，其中民乐县洪水镇张明寨、洪水堡关帝庙与山丹县张明村、洪水堡关帝庙是重复统计了，民乐县的张明寨、洪水堡在清代属于山丹县，民国建立民乐县后属于民乐县管辖，其实是一个地方。所以，总计应当是69所。其实，河西地区的关帝庙远不止此数。从上表中可以看出，武威市的凉州区、民勤县、永昌县，张掖市的甘州区等缺乏乡村关帝庙的记载。与之形成对照的是，由于山丹县在清宣统年间做过详细的地理调查，绘制有《宣统时山丹地理调查表》，此表对山丹城乡间的庙宇有详细的罗列，故而我们知道，在山丹县乡村有众多的庙宇，其中光关帝庙就有11所。民乐县由于《东乐县志》、《创修民乐县志》均为民国年间所修，故对民乐乡村间的庙宇有较详细的著录，故而我们知道在

· 247 ·

民乐乡村有9座关帝庙。所以，我们推断在凉州区、民勤县、永昌县、甘州区等区县的乡村，明清以来肯定有不少的关帝庙，只是为方志所漏载而已。这一点也为我们的研究和调查所证实。比如，从上表可以看出，在肃南县文殊山有2座关帝庙，这是1956年通过实地调查得知的，为清代两部方志《重修肃州新志》《肃州新志》所不载（当然，所不载的原因有可能是修志时此两处关帝庙尚未建立）。再比如，嘉峪关关帝庙，亦为《重修肃州新志》《肃州新志》所不载。另外，据笔者调查得知，甘州区乌江镇的贾家寨，在2011年至2016年间兴建了一座关帝庙，据说这次是重建，贾家寨以前就有一座关帝庙，1958年后被拆除，这次重建时换了位置，不在原址。通过前面的分析，我们看到，明清以来，河西地区的关帝庙遍布城乡各地，说明关帝信仰是遍布城乡的一个重要文化现象。

明清以来，河西地区的关帝信仰其信众主要由三类人士组成，第一类是地方政府的官吏，第二类是地方士绅和普通民众，第三类是晋、陕商人。

地方官吏是河西关帝信仰的重要社会力量，河西地区的一些重要的关帝庙均为地方官吏主持修建。明代，在今张掖市的甘州区、临泽县、山丹县、民乐县设前、后、左、右、中五卫，甘州中卫为陕西行都司、甘肃镇驻地，是河西地区的军政、经济中心。甘州城东南隅的关帝庙为元代至元年间丞相脱脱所建，明代永乐年间西宁侯宋晟重修。据《明史·宋晟传》，宋晟字景阳，定远（今安徽省滁州市定远县）人，跟随明太祖朱元璋征战有功，"累进都督同知，历镇江西、大同、陕西"，"洪武十二年（1379），坐法降凉州卫指挥使"。洪武十七年（1384）五月讨西番叛酋有功，"召还，复为都指挥使，进右军都督佥事，仍镇凉州"。洪武二十四年（1391）充总兵官，与都督刘真讨哈梅里（其地在今新疆哈密）"，"擒其王子别儿怯帖木儿，及伪国公以下三十余人，收其部落辎重以归。自是番戎慑服，兵威极于西域"。后调任中军都督佥事。"建文改元，仍镇甘肃。""成祖即位，入朝，进后军右都督，拜平羌将军"，令其还镇甘肃。永乐三年（1405），"封西宁侯，禄千五百石，世指挥使"。"晟凡四镇凉州，前后二十余年，威信著绝域。帝以晟旧臣，有大将材，专任以边事，所奏请辄报可。"宋晟与皇室关系密切，

第六章 河西地区的关帝信仰与《伏魔宝卷》

他有三个儿子,第二子宋琥"尚成祖女安成公主",三子瑛"尚咸宁公主"①。可见,宋晟曾以总兵官身份长期镇守甘肃,深受明太祖、明成祖的信任,是河西地区的最高行政长官。宋晟在甘州城修关帝庙,一方面是对本地前代关帝信仰的继承,更重要的方面是,对最高统治者明成祖大兴关帝崇拜的仿效。其后的嘉靖四十年(1561)巡抚胡汝霖、天启五年(1625)总兵官董继舒先后对这一关帝庙进行重修。明代的巡抚,在宣德年间由皇帝派遣中枢官员担任,到地方代表朝廷协调布政使司、都指挥使司、按察使司处理地方事务,是临时派遣,到嘉靖年间则已演变为三司的实际长官。所以派往甘肃镇的巡抚无疑是河西地区最高的行政长官。到了清代,在今张掖市设甘州府,下辖张掖、山丹2县和抚彝厅(今临泽县)。乾隆三十四年(1769)甘州知府瑞泰、张掖知府王廷赞又予以重修。可见,从明初至清代中期,主持修建和重修甘州城东南隅关帝庙的均为地方最高行政长官。其他地区重要关帝庙的修建情况大概与此类似。如山丹县城南郭的关帝庙,始建于明洪武年间,永乐十二年(1414)指挥吕均修,清乾隆四十四年(1779),山丹县知县舒玉龙重修。山丹县城东一百里的定羌关帝庙为明隆庆五年(1571)重修,万历三十八年(1610)平羌将军、总兵官、太子太保、都督同知榆阳张臣重修悬匾,清康熙二十五年(1686),镇守甘肃总兵官、平羌将军、左都督、加一沙喇哈番、世袭精奇尼哈、固原王用予重修。高台县城南关的武安王庙,是明景泰七年(1456)太监刘永诚建。②民勤县城东南隅的大关帝庙,明天启元年(1621)参将官惟贤重修。③肃州区鼓楼东的关帝庙创建于明洪武五年(1372),嘉靖九年(1530)重修,万历三十二年(1604),肃州兵备道副使朱正色增修。肃州城北门外二里的新关帝庙,是清分巡道黄文炜、军需道沈青崖于清雍正十二年(1734)所建。嘉峪关城楼东的关帝庙,始建无所考,明万历十年(1582)驻守嘉峪关的佘东重修。

---

① (清)张廷玉:《明史》卷155《宋晟传》,中华书局1974年版,第4245—4247页。
② (清)杨春茂著,张志纯等校点:《重刊甘镇志·建置志·祠祀·高台所》,甘肃文化出版社1996年版,第213页。
③ (清)许协:《镇番县志》卷2《建置考·庙祠》,邱士智、邱玉焜点校:《历代方志集成民勤县志》,甘肃文化出版社2016年版,第153页。

这些关帝庙的兴修，一方面是满足人们宗教信仰的需求，另一方面是封建统治者借以维系人心、稳定社会秩序的需要，属于思想意识形态建设的范畴，尤其是社会局势动荡、封建统治不稳之时，这种需求就更为迫切和明显。如明巡抚胡汝霖《关帝庙碑记》载，嘉靖己未年（嘉靖三十八年，公元1559年）三月，胡汝霖以大理左少卿的职衔巡抚甘肃，"时，俺答自北拥众，屯据西海数年矣，控弦十万，马牛橐驼，旂裘十万，毒腥密而虐焰方炽。河西之调兵四集，刍饷不继，所在告匮；加之天时为灾，城堡之内，十室九空，嗷嗷皇皇，人莫自保。"在这种情况下，胡汝霖便借助关帝信仰一方面为自己壮胆，一方面维系人心，在金城（今兰州）时，即"默祷于神，以虏暴逆，必干天诛，神其相之，俾保乂兹土，无辱天子之宠命。"到甘肃镇的当天，便协同平羌将军镇守总兵徐仁，行太仆寺卿黎尧勋，按察副使分巡西宁道王继洛，甘肃兵备范充浊，协守左副总兵张世俊，行都司指挥佥事杨镇、张鹍、孙如绍，合僚属一起拜谒关帝庙，看到庙貌弗类，遂计划予以重修。五月十三日，关帝诞辰日，甘州城举行了盛大的祭祀活动，"时岁，城中为王设像，会赛先一月，金鼓之声彻早暮。至日，竞奔陈飨，骈肩累足，衢为之隘。盖视往为盛。"从己未年到辛酉年，关帝庙重修工竣，而甘肃局势亦为之稳定。胡汝霖自然将功劳归于明王朝的保护神关帝的暗中护佑，说："自己未秋迄今，虽丑虏之势，若火燎原，不可响迩，然止劫番，无犯我圉。庚申九月，俺答忽拔众转东首而过，不敢有掠，此天夺之魄，非人力也。两岁以来，耕牧渐宽，雨旸时若，四境相庆，以为有年。夫人厄忧危险虞之中，而获室家保全之幸，当师旅饥馑之日，而庶几苏息安饱之休。王之灵威感应，已赫赫于平时，而属庙貌更新之日。"[①] 关帝作为战神，明朝将领认为会帮助自己克敌制胜，取得战争的胜利。据《明史》载，万历十八年（1590），镇守固远的陕西总兵官张臣移镇甘肃，当时河套蒙古与青海蒙古渐成联合之势，共谋进犯河、洮，张臣于永昌水泉三道沟阻截欲偷越边墙前往青海协助火落赤部落的卜失兔，大败卜失兔，斩杀100多人，俘获其爱女并牛马羊18000匹有

---

① （清）钟赓起著，张志纯等校点：《甘州府志》卷13《艺文上》，甘肃文化出版社1995年版，第552—553页。

第六章 河西地区的关帝信仰与《伏魔宝卷》

余。① 道光《山丹县志》载,山丹县城以东的定羌关帝庙,"明隆庆五年重修。万历三十八年,平羌将军、总兵官、太子太保、都督同知榆阳张臣重修悬匾"②。其中,"万历三十八年"当为"万历十八年"之误,因为据《明史·张臣传》,万历十八年(1590)的水泉三道沟战役张臣也受了伤,后两年,张臣以有病而请求离开了河西。张臣重修定羌关帝庙并献匾额是有原因的,其后《附考》载:"万历十八年,套房卜失兔逾永昌水泉铺,欲猎于西海,甘肃总兵张臣提兵御之。仗剑一呼,房皆奔溃,回视我兵,赤面争先,所向无敌。斩首百二十级,几俘卜酋。是时,天神默助,庙钟不击自鸣者三日。今水泉铺三道沟坪有张将军战胜碑,年久前仆,传有道人以铁锁支其颠,俗名'锁子碑',字剥落。"③ 这是明代关帝在河西地区显灵的一处记载。

由于河西各地地方行政长官的大力支持和倡导,关帝信仰自然不断扩展和深入,在民众中影响越来越大,地方士绅民众成为关帝信仰的重要参与者。在河西众多的关帝庙中,有许多是由地方士绅和民众兴建的。例如,民勤县城真武祠以西的关帝庙为当地士绅孟良允协同山西客商韩一魁等重修,道光《镇番县志》载:"卫治真武祠西关帝庙,英灵显赫,凡有祷祈,靡不响应。自明崇正(祯)七年,孟公良允偕晋客韩一魁等重修。"④ 临泽县沙河镇关帝庙,清同治年间毁于兵火,"光绪八年,附生王得善,监生梁福祥等捐募重修"。山丹县城西南110里的永固城关帝庙,是"康熙十三年,僧海珉募建,副将升任提督王进宝悬匾,乾隆三十一年,僧广裕募修,副将绍涵等献额"。在民间也流传着一些关帝显灵的传说,比如在高台县宣化镇的乐一、乐二、乐三村一带就有这样一则故事:"现在的乐一、乐二、乐三村,解放前叫大寨子,也称乐善堡。很早以前,和其他村一样,一度处在兵荒马乱,水深火热之中。某一年五月初的一

---

① 参阅《明史》卷239《张臣传》,中华书局1974年版,第6207页。
② (清)黄璟主纂,郭兴圣校注:《山丹县志》卷4《营建》,甘肃文化出版社2012年版,第85页。
③ (清)黄璟主纂,郭兴圣校注:《山丹县志》卷4《营建》,甘肃文化出版社2012年版,第85页。
④ (清)何孔述:《重修关帝庙记》,(清)许协《镇番县志》卷2《建置考·庙祠》,邱士智、邱玉焜点校《历代方志集成民勤县志》,甘肃文化出版社2016年版,第153页。

天，从东来一股盗贼，头缠红巾，骑马列队，明火执仗，他们在所到之处杀人抢劫、奸淫妇女、无恶不作。当时他们打算对大寨子进行抢劫，行至寨口时，匪首领突然发现寨子的西北方向一股红色煞气冲天，随后显出一座高大城墙，上面关老爷手竖青龙偃月大刀，有威武雄壮的大队，头戴钢盔，手持长矛，短刀严阵以待。匪首见此情景，吓出一身冷汗，随即叫了一声：'此地有神灵保佑，不得进去。'劫匪立马撤走。这才使寨子的百姓避免了一场大灾难。事过之后，寨子头领召集众人说：'盗贼撤走，并非我们强大，而是关老爷指挥队伍显了灵，拯救了我们。'从此以后，每逢农历五月十三，寨人聚集，向关老爷焚香叩头，以表显圣避灾之恩。但场地简陋，人挤供多，不适众愿。寨主就因势利导，让寨民赏布施，助劳力，捐粮款，四乡化缘，动员能工巧匠献艺显技，在较短的时间内建起了关帝庙，塑上了圣人像。加之大寨子在明洪武十一年就有秦腔戏曲'忠义班'，之后伴随各种会道门教派的兴起，寺庙的修建，逢年过节就会演大戏，对古人歌功颂德，以求精神之乐。各寺庙香烟缥缈，朝佛敬供，诵经启迪施善。乐与善融合为一体，乐善堡由此得名（殷如才讲述整理）。"[①]
在高台县还流传有一则康熙帝复兴关帝庙的传说："传说康熙帝平定三藩之乱凯旋归来，夜间做了一个梦，梦见关羽站在空中云头之上，指着他说：'康熙啊，康熙！你原是我兄刘备投胎转世为君。你屡次打仗，都多亏我老关显灵助阵啊！可你怎么不知我老关如今住的庙宇，历经岁月的沧桑巨变，时光的风雨剥蚀，大都已破烂不堪了。你既是我兄化身在世，念起桃园结义一场，就该与我庙宇兴修一番，让我继续享受人间的香火才是。'康熙帝从梦中惊醒后，觉得方才做的梦挺奇怪，于是就亲自巡查了几地的关帝庙宇，确实在巡查中发现了大多关帝庙由于年久失修已破旧不堪了。回京后，即刻传旨拨下银两，命各地州、府修复关帝庙宇。所以，全国现在存留的关帝庙宇古建筑，大多是康熙年间修复和兴建的。据说，高台"文革"期间拆毁的几处关帝庙也都是在清康熙年间建造的（1986

[①] 政协高台县委员会、高台县文化广播影视新闻出版局编：《高台县非物质文化遗产》，黄河出版社 2015 年版，第 63—64 页。

年县文化局组织民间文学三集成普查时收集）。"① 无独有偶，在定西市的临洮县，笔者曾亲耳听闻一位德高望重的老人讲类似的一个故事，也是将康熙附会成刘备，说他在三国时只坐了三分之一的天下，天下没有坐够，所以转世再来做个一统天下的天子。甘肃靖远人清陕西提督王进宝，身材高大、面色黝黑，人称"黑面大将军"，被附会成张飞转世。说有一天康熙在宫中一人独坐，突然门内进来了一只脚。康熙惊问："何人？"空中一声音说："二弟！"康熙猛醒，忙问："三弟何在？"曰："在某地前线作战。"康熙马上命人查找在前线作战的"黑面大将军"，果然找着了在前线作战的王进宝，于是命令王进宝火速来京进见。只可惜，王将军赴京途中生病而死，二人终究未见一面。这说明，附会康熙为刘备转世的说法不仅在河西地区有流传，在甘肃河东地区也有流传。此则故事有可能是清朝统治者编造的，因为清朝统治者是满族人，虽然夺取了天下，但汉族人数众多，并不真心服从清王朝的统治，尤其是在三藩之乱初期，吴三桂兵强马壮，来势凶猛，陕甘的王辅臣一度也叛附吴三桂，清朝的统治岌岌可危。将康熙附会成刘备转世，是非常高妙的一着棋，对于化解汉族民众的抗拒心理，争取汉族民众对清王朝在心理上的认同，能起到很好的作用。

河西地区从山西、陕西而来的商人比较多，他们在本地做生意，建立会馆，将关帝作为自己的保护神，一般会馆中都建有关帝庙，也有许多人捐钱与当地民众一道修建关帝庙。比如现今张掖城内山西会馆仍然保留着关帝庙。临泽县城东关的关帝庙始建于清乾隆己酉年（1789），"道光九年，商民乔进惠增修，有碑记。光绪三年，邑人魏延成等补修，内设商务会"。《肃州新志》载，肃州境内金塔的关帝庙，是由商民公修的。

总括而言，河西地区的关帝庙遍布城乡，其信仰者上至地方官吏，下至普通百姓，是一个庞大的群体，具有深厚的社会基础。

第三节　河西地区流传的《伏魔宝卷》

早在宋代，道教为了神化和利用关羽，出现了托名关羽的道经《太上

---

① 政协高台县委员会、高台县文化广播影视新闻出版局编：《高台县非物质文化遗产》，黄河出版社2015年版，第87—88页。

大圣朗灵上将护国妙经》。到了明代万历年间，关羽得到了道教最高封号"三界伏魔大帝神威远振天尊关圣帝君"。赵翼《陔余丛考》卷35《关壮缪》载："四十二年（明万历四十二年，公元1614年）又封三界伏魔大帝、神威远镇天尊、关圣帝君，又封夫人为九灵懿德武肃英皇后，子平为竭忠王，子兴为显忠王，周仓为威灵惠勇公，赐以左丞相一员为宋陆秀夫，右丞相一员为张世杰，其道坛之三界馘魔元帅，则以宋岳飞代。其佛寺伽蓝，则以唐尉迟恭代。"① 此时，数支民间宗教在北方大地相继兴起，如无为教、黄天教、弘阳教、东大乘教、西大乘教等，《伏魔宝卷》是黄天教创编的一部宝卷。濮文起主编的《民间宝卷》第4册收录有《护国佑民伏魔宝卷》，标明是明刻本，但其中《伏魔洒乐品第二十一》末尾却有"大地乾坤如手掌，拥护大清万万年年"的语句，恐非明代刻本。《伏魔宝卷》在河西地区主要流行于张掖市一带，在《金张掖民间宝卷》《临泽宝卷》中均收录有《护国佑民伏魔宝卷》，可惜均只有上卷，没有下卷，均非全本。张掖市甘州区花寨乡代继生家藏有一部戴登科手抄的《伏魔宝卷》，只有下卷，缺上卷；还有一部木刻本《伏魔宝卷》，上下卷全。

《伏魔宝卷》是民间宗教黄天教的经典，据马西沙、韩秉方《中国民间宗教史》的考证，黄天教创始人普明即李宾，是直隶怀安人，他于明嘉靖三十二年（1553）自称得道，开始传教，创立黄天教。② 黄天教的主要经典有《普明如来无为了义宝卷》《普静如来钥匙宝卷》《太阴生光普照了义宝卷》《太阳开天立极亿化诸佛归一宝卷》《普静如来钥匙真经宝忏》《伏魔宝卷》《灵应泰山娘娘宝卷》等。由于《伏魔宝卷》自身没有明显写明编撰者、刻板时间及属于哪一教派，车锡伦起初认为是西大乘教宝卷，他在《中国宝卷总目》中著录："《护国佑民伏魔宝卷》。二卷二十四品。明悟空撰。西大乘教宝卷。"③ 后来在《中国宝卷研究》中修证了自己的观点，认为是黄天教的宝卷。谢忠岳《宝卷考录两种》，专门就《伏

---

① （清）赵翼著，栾保群、吕宗力校点：《陔余丛考》，河北人民出版社1990年版，第622—623页。
② 参阅马西沙、韩秉方《中国民间宗教史》，中国社会科学出版社2004年版，第314—315页。
③ 车锡伦：《中国宝卷总目》，北京燕山出版社2000年版，第106页。

第六章 河西地区的关帝信仰与《伏魔宝卷》

魔宝卷》的作者进行了考证，认为是明黄天教编创的宝卷。①《伏魔宝卷》中明确说它所阐述的就是"皇天圣道"，《伏魔宝卷》第一品一开始即言："展放开，玄中玄妙；专讲论，皇天圣道。"②《关老爷转凡成圣品第四》说："凡圣双修，曾受师罗点化，也得皇天圣道。"③"皇天圣道"即黄天圣道，将黄写成"皇"，似有故意隐晦之意。至于作者和刊刻时间，《伏魔宝卷》虽然没有明说，但是，通读全卷可以发现，它是以非常隐晦的方式隐藏在《宝卷》当中。根据《宝卷》，关公在汉末与刘备、张飞桃园结义，共讨黄巾贼，扶助汉室，建功立业，帮助刘备在西川称帝，感动观音菩萨前来点化。观音化一美貌女子前来试探关公，见关公断酒色，性秉直，遂许关公为神，申牒文于三官，三官申奏玉帝，玉帝查明真假，封为武安王，天下皆知盖庙堂。关公受封之后，天下救黎民，北京保君王。一日夜晚万岁梦中观见一位神将，金盔金甲，手持春秋偃月刀，护定圣驾，第二天动问文武，文武齐言："此神是关云长，汉朝寿亭侯，保主圣驾。真主听说，颁行天下：敕封三界伏魔大帝，神威远镇天尊，赐九旒珠冠，滚龙袍，白玉带，摩尼朝靴。传遍天下都府州县镇市乡村，与爷改换金身，天下相同。"④《宝卷》的编撰者姓李，施财刻板者姓张，所谓"木子法，弓长才（财），共成胜（盛）事；法共才（财），同结果，同号同名"⑤。刻板的时间，《宝卷》中明言，"汉至今朝，英明万代无改，现在京都，御驾亲封伏魔大帝。缺经少版，丁巳年癸卯月，发心开造，一部私传，也是实么？"⑥又说："感圣天二封，一封协天大帝，二封远振天尊，要不是天子亲封，不敢擅开（刻）宝卷，也是

---

① 谢忠岳：《宝卷考录两种》，《图书馆工作与研究》1998年第2期。
② 《护国佑民伏魔宝卷·伏魔宝卷品第一》，濮文起主编《民间宝卷》第4册，黄山书社2005年版，第491页。
③ 《护国佑民伏魔宝卷·关老爷转凡成圣品第四》，濮文起主编《民间宝卷》第4册，黄山书社2005年版，第503页。
④ 《护国佑民伏魔宝卷·关老爷除苦救众品第六》，濮文起主编《民间宝卷》第4册，黄山书社2005年版，第510页。
⑤ 《护国佑民伏魔宝卷·收圆结果品第二十四》，濮文起主编《民间宝卷》第4册，黄山书社2005年版，第576页。
⑥ 《护国佑民伏魔宝卷·伏魔洒乐品第二十一》，濮文起主编《民间宝卷》第4册，黄山书社2005年版，第564页。

实么?"① 通过以上引述,可以看到,《伏魔宝卷》事实上对其编撰者、资助刊板者及其时间交代得非常清楚,即李姓之人编撰,张姓之人出资,于丁巳年刊板,并且有一个大的背景,那就是皇帝敕封关帝为"伏魔大帝"。按:明神宗于万历四十二年梦感关帝,并敕封"伏魔大帝"尊号,万历四十五年为丁巳年,故丁巳年当为明万历四十五年(1617)。另外黄天教的《灵应泰山娘娘宝卷》说,"北京有一位张员外,董氏夫人,因为无子,发心刊板,称赞娘娘圣德。不吝资财,实为子嗣"②。"先造《十王宝卷》,众人钱粮,所求如意。《伏魔宝卷》,长者独自发心,及感合会善人共舍资财,结果完成。《泰山老母灵应宝卷》,原是董氏自施资财刊板。"③ 这正好与《伏魔宝卷》的说法相印证。黄天教之所以迅速抓住明神宗敕封关帝为三界伏魔大帝的时机,刻造《伏魔宝卷》,是有原因的。黄天教作为民间秘密宗教,它要在民间传播自己的教义,争取信众,必然会遇到在民间具有广泛影响的关帝信仰。因此,通过制作《伏魔宝卷》,将关帝纳入本教派的思想和神谱体系,以扩大自身影响,争取信众,便是一个非常聪明的做法。

《伏魔宝卷》出现后,引起西大乘教的高度重视,随即模仿制作了《清源妙道显圣真君一了真人护国佑民忠孝二郎开山宝卷》,并将《伏魔宝卷》看作本派的重要经卷,《二郎宝卷·序》中说:"三教圣人有经册,诸佛诸祖有经文。伏魔、药王都有卷,缺少二郎一部经。二郎宝卷才展开,九天仙女降临来。观音菩萨来救苦,二郎、关公两边排。看了《伏魔》少《二郎》,做会还愿枉烧香。看了《二郎》少《伏魔》,念尽弥陀枉张罗。两部神经为宾主,体用双行护国经。"④《二郎宝卷·行者翻身品第十四》说:"只怕我,《二郎卷》,不是正法哄你们。现如今,二郎爷,

---

① 《护国佑民伏魔宝卷·万神拥护伏魔品第十四》,濮文起主编《民间宝卷》第4册,黄山书社2005年版,第539页。
② 《灵应泰山娘娘宝卷·圣母娘娘灵光发现品第二十》,濮文起主编《民间宝卷》第4册,黄山书社2005年版,第422页。
③ 《灵应泰山娘娘宝卷·收圆结果完成品第二十四》,濮文起主编《民间宝卷》第4册,黄山书社2005年版,第438页。
④ 濮文起主编:《民间宝卷》第4册,黄山书社2005年版,第597页。

第六章 河西地区的关帝信仰与《伏魔宝卷》

合关公,随南海,观世音。《二郎》《伏魔》两部卷,体用双行护国经。"①二郎、关公俨然观音菩萨的两位护法,《二郎》《伏魔》两部宝卷亦互为宾主,体用双行。《二郎宝卷·四智圆明品第二十一》中说:"《二郎》《伏魔》两部经,宾主相随阳返阴。《药王》《十王》为体用,春夏秋冬四部经。《二郎卷》按东方,春生万物;死中活,三阳开,枝叶相生。《伏魔卷》按南方,丙丁圣火;薰风动,暑伏天,不住蝉声。《药王卷》,按西方,庚辛兑金;炉中炼,灵丹药,赛过黄金。《十王卷》按北方,壬癸圣水;阳返阴,阴返阳,春夏秋冬。《泰山卷》有灵应,神通奥妙;盖天下,男共女,都把香焚。五部卷,按无方,水火既济;三花聚,五气朝,五部神经。后来的,修行者,从头细看;尽不是,邪教宗,外道旁门。"② 在这里,又列举了《二郎卷》《伏魔卷》《药王卷》《十王卷》《泰山卷》五部宝卷,分别按东南西北中的次序排列,作为西大乘教的重要宝卷。西大乘教之所以如此看重《伏魔宝卷》,是由于西大乘教所尊奉的第一代开教祖师吕菩萨,被认为是无生老母与观音菩萨的化身,黄天教《普度新声救苦宝卷》中有明确表述,《二郎宝卷·老祖显化品第十八》中也有清楚的说明:"妙法是莲花,光明满尘刹;观音来显化,老祖传妙法。观音母,来落凡,脱化吕祖;在口北,送圣饭,救主回京。景泰崩,天顺爷,又登宝位;封吕祖,御皇姑,送上黄村。与老祖,盖寺院,安身养老;普天下,男共女,来见无生。"③ 而《伏魔宝卷》中,说关老爷是由于受观音菩萨的点化才修炼成真,而且又是由观音菩萨申牒文于三官,三官申文于玉皇大帝,才受玉皇大帝敕封为武安王的,所以西大乘教自然将伏魔大帝视作自己的护法神。另外,西大乘教的创始人吕菩萨,据传曾在明英宗出征瓦剌途中上前劝阻,后在英宗被俘后又救英宗回京,并帮助英宗复辟,重新登基。因此,西大乘教与明皇室之间有着密切的关系,明英宗为吕菩萨敕旨兴建的寺院名为"顺天保明寺"。明万历四十二年(1614),明神宗因梦感关公拥护自己而敕赐关公为"三界伏魔大帝",这和西大乘教始祖吕菩萨救护明朝皇帝的宗旨是一致的。故此,西大乘教才如此看重《伏

---

① 濮文起主编《民间宝卷》第4册,黄山书社2005年版,第644—645页。
② 濮文起主编《民间宝卷》第4册,黄山书社2005年版,第664—665页。
③ 濮文起主编《民间宝卷》第4册,黄山书社2005年版,第655页。

魔宝卷》。

《伏魔宝卷》产生后，便一版再版，在社会上广为流传。车锡伦的《中国宝卷总目》收集罗列的版本有：明万历刊折本、明刊折本、清初刊折本、清光绪十八年（1892）杭州玛瑙经房刊本、清光绪二十年（1894）吉林萃一堂刊本、民国初年石印折本、民国石印本、民国山东济南慈济印刷所石印本、民国十七年（1928）张振华抄本等，另外，清光绪二十二年（1896）出现了《伏魔宝卷》的注解本，名为《护国佑民伏魔宝卷注解》，共有4卷，为吉林北山关帝庙学善堂刊本，又有清光绪二十五年（1899）奉天府金州（锦州）东后郑家屯复善堂刊本、民国二十二年（1933）上海宏大善书局石印本。① 通过以上的引述可以看出，《伏魔宝卷》的刊印地点有北京、上海、杭州、吉林、锦州、济南等。据笔者所知，《伏魔宝卷》在西北地区的流传区域，除了甘肃河西地区之外，在甘肃定西市的岷县、紧邻甘肃的青海地区也有流传。

明神宗万历四十二年（1614），明神宗加封关羽为三界伏魔大帝的举动，在关帝信仰发展史上具有重大影响，甘肃镇作为西北边疆重镇，估计这一消息很快便传到了这里。明胡大年《重修关帝庙碑记》中说："帝之在炎汉也，丰功伟烈，峻节英风，具载纪乘。迨我神宗皇帝，于万历乙卯冬月，晋封帝号，赐以九旒，章以赭服，衮玉元圭，配天则帝。盖自乔海之南，朔漠之北，流沙沧海之东西，钦崇顶礼，寅庀蒸尝遍寰宇。无长少，无远近，罔生致心也者，倘非藉庙祀以施展谒，以肃观瞻，何以叶帝号之巍嶐，而称秩祀至巨典哉？"② 碑立于天启五年（1625）。按：万历乙卯年为万历四十三年（1615），明神宗赐关帝伏魔大帝之号是在万历四十二年，不是四十三年，这当是作者的误记。这是笔者所知河西地区最早的一篇关于关公被封为伏魔大帝之后修关帝庙的记事碑文。嘉峪关保存有一通《武安会众信官军赞序》碑，清乾隆十二年（1747）立，现存放于关城仿古碑廊。碑正面刻五言诗一首，中竖刻"敕封三十三天伏魔大帝关圣帝君"，碑文的内容是记载姑臧（今武威市凉州区）人陶千倡导武安王会

---

① 车锡伦编著：《中国宝卷总目》，北京燕山出版社2000年版，第106—107页。
② （清）钟赓起著，张志纯等校点：《甘州府志》卷13《艺文上》，甘肃文化出版社1995年版，第554页。

第六章 河西地区的关帝信仰与《伏魔宝卷》

会众及委旗队兵丁捐资整顿关帝庙春祈、秋报、祭祀、蒸尝等祭祀活动之事，其中载："当武安王庙古刹者创自上世，时远人烟诚难枚举，至万历十年重葺及后庙貌虽焕，寂寞时闻，屡岁善信君子聚众集会，虽岁时伏腊敬服尊亲，亦或始勤终殆，暂合而不获恒久焉。于乾隆七年有姑臧陶公千厅其地，目击心伤，以谓区冲地要士享安堵，民皆乐业，耕食凿饮不被羌恐者何？莫非圣帝之惠也。奈何以昭昭之灵，任寂寞而不为尊亲，是以凡有血气者之所憾也。于是一公倡于先，外委旗队兵丁和于后者六十余人，笼逻圣会。诚纳月艮银，菲饮食而恶衣服几为经营，积金百余，以为春祈、秋报、祭祀、蒸尝之费外，余半百，治鸣锣二面，鼓板全付、垂帘、案帷、供器、旗伞俱全，銮驾半付，肃圣容而壮观丽。于以庙貌辉煌，对越亦严，仰瞻生畏，福善祸淫之报起于此焉。且除香火义田二石于石峡口之北，庶僧栖有赖，暮鼓晨钟，邀惠福而祈灵佑乃有待也。"①这里一方面反映出清代乾隆年间，嘉峪关地区关帝庙是当地民众进行宗教信仰活动的重要场所，而定期举行祭祀是信仰的重要活动和形式；另一方面，关公伏魔大帝的称号已深入人心。1958年反封建迷信运动中，嘉峪关关城关帝庙被拆毁，20世纪90年代以来，关帝庙又得到修复，雄伟壮观的关城与忠义勇武的关帝遥相呼应，平添了几分人文气息。

《伏魔宝卷》何时传入河西，文献缺乏，我们无从考知，但大致可以做一个推断。明清易代，清王朝认为民间秘密宗教会危及自己的统治，将其视为邪教，严厉镇压，《伏魔宝卷》因其内容有不符合清廷意旨的内容，故而只能在民间秘密流传。目前我们看到的《伏魔宝卷》的刊本只有清初刊本，再就是光绪以后的刻本，中间雍正、乾隆、嘉庆、道光、咸丰、同治年间的刻本难得一见，其原因即在于此。光绪以后，清廷对地方的控制能力严重下降，对民间宗教的控制力大为减弱，故而才有较多刻本问世。因此可以推断，《伏魔宝卷》之传入河西，很可能在光绪以后。民国以后，清王朝的统治已成为过去，民间宗教获得了前所未有的发展空间，许多民间宗教的派别在河西地区纷纷涌现。民国吕钟修纂的《重修敦煌县志》载，民国年间的敦煌，以"会""堂"为名的民间宗教派别有玉化会、大

---

① 嘉峪关志编纂委员会编：《嘉峪关志》，甘肃人民出版社2011年版，第114—115页。

乘会、归根堂、同善社、志修堂、龙华会、万金堂。① 敦煌如此，河西的其他地区也大概如此。民国年间，关帝伏魔大帝的名号在张掖颇为流行，民国《新修张掖县志》载："关岳庙。以关帝庙改，仍在城东南隅。关帝在清一代尊崇备至，各省、县皆有庙，其祀典与文庙同，穷乡僻壤多修三义庙，则为三人桃园结义事所误。山西商人复称为伏魔大帝、天下财神，不经甚矣。鄂王谥忠武，称为'岳忠武王'，但忠武二字知之者鲜。民国二年，省府奉内务部令：'关岳合祀，尊为武圣'。护都张炳华通令各县，照民国典礼，迅速改建，以隆祀典，而符部章。并随文颁发'关帝三代暨生年月日官爵考'，俾知桃园结义之俗说，宜辟伏魔大帝之称号。"② 其中认为张掖"穷乡僻壤多修三义庙"，是"为三人桃园结义事所误"；"山西商人复称为伏魔大帝、天下财神"，是"不经甚矣"。为此，护都张炳华在遵照内务部令通令各县迅速改建关羽庙的同时，还随文颁发《关帝三代暨生年月日官爵考》予以辩白和澄清其诬，说明伏魔大帝之说，在张掖是很有市场的。据笔者调查得知，甘州区花寨乡河西宝卷省级非物质文化遗产传承人代继生家里收藏有从祖上传下来的《伏魔宝卷》，2017年8月，在临泽县召开的"丝绸之路视野下的民间宝卷学术研讨会"期间，代继生所念唱的就是《伏魔宝卷》片段。

---

① （民国）吕钟修纂，敦煌市人民政府文献领导小组整理：《重修敦煌县志》卷3，甘肃人民出版社2002年版，第108—109页。
② （民国）白册侯、余炳元著，张掖市市志办公室校点整理：《新修张掖县志》，张掖地区河西印刷厂1998年印刷，第168—169页。

第七章　河西地区民间信仰的劫运观与《救劫宝卷》

前面在《还乡宝卷》一节中已经探讨了《还乡宝卷》所反映的青莲教的劫运观。清代光绪以来，青莲教及其支派在河西地区流传颇广，青莲教的劫运观对河西民众有着很大的影响。民国十六年（1927）凉州大地震后，古浪县天灾人祸一时并行，经历了一场罕见的大劫难。大劫难之后，本地人冯相国先生，由于亲身经历，耳闻目睹，对这场劫难有着深切的体会，遂编写了《救劫宝卷》，以纪实的手法描写了1927—1929这三年古浪大靖人所经历的苦难。作为一部宝卷，《救劫宝卷》自然承袭了宝卷的宗教形式和思想，运用和借鉴了民间宗教的劫运观来解释现实生活中发生的这一劫难。

《救劫宝卷》收录于《河西宝卷真本校注研究》《金张掖民间宝卷》《山丹宝卷》《永昌宝卷》，以及古浪《宝卷》与《民乐文史资料》第十五辑《民乐宝卷》（二），这些版本的《救劫宝卷》内容基本一致。其中古浪《宝卷》本在宝卷开始前有一段整理者按语，按语指出了《救劫宝卷》的作者是大靖人冯相国，而《民乐宝卷》则对内容稍有改动，即将故事发生的地域由古浪大靖改成了河西。

第一节　河西地区民间信仰的劫运观

对于青莲教的劫运观，其支派归根道的《还乡宝卷》有着较为系统的论述，前文已有探讨。青莲教在佛、道、儒三家关于宇宙形成、万物和人类产生发展的理论基础上构建了自己的宇宙观、世界观、社会观和人生观。简而言之，青莲教创造了一个宇宙之主"无极老母"，说"混沌初分之时，三才未判之际。有一位无极老真空，因他自无而生，名曰：'无极老母'"。天地的形成是无极老母锻炼的结果，说无极老母"坐在九十九天之上，默运阳中轻清之气，锻炼一万八百年，使之上升而成天体。复推运阴内重浊之气，又锻炼一万八百年，令其下降而成地形。此时既生天地，空空荡荡，无人住世"。人类也是无极老母创造的，"无生老母又逆运阴阳二气于八卦炉中锻炼一万八百年之火候，工足结成婴姹，散在宇宙之中，而为九六灵根，故曰三才者，天地人也。试思人与天地并列而为三才，非当小可"。无生老母创造天地、人类的过程及人类发展变化的阶段可用中国传统的十二地支系统来说明，子、丑之时是天地形成的阶段，寅时产生了人类，卯时没有劫运，是人类坐享太平之时，时交辰会，劫运产生，所谓"自从子丑生天地，寅字投生下东林。卯会之时无劫运，安然坐享太平春。四万余年交辰运，天开杀机降燃灯"。辰会、巳会之时，分别是道门老子、佛门释迦掌教，度化众生，"辰会乃是道门老子道君掌教，燃灯道人主持，当时大开普度之际，所度原人甚广，随后设下考惩，等到收圆结果，归根三月龙华。渐渐只有二亿仙人成真，功成了道之时，火焚虚空，故为龙汉初劫，名曰'无极'。又一万八百年已满直至巳会，人心反常，大劫又临，释迦又移花掌其佛教，乃归弥陀主持。斯时又大开普度，度醒佛根亦多，待后收圆之时，又设下奇考，直至归根五月龙华。恰恰又有二亿真佛子，了道归西之时，水淹昆仑，乃是赤子次会，名曰'太极'"。现正届午会，道落儒门，弥勒掌教，"又一万八百年已满，乃是延康午会，皇极末运，人心不古，更胜于前，故三灾八难一齐降临，道落儒门，弥勒掌教，乃归儒童主持。而今大开普度，要救回九十二亿残灵。复差先天二亿诸仙、中天二亿诸佛尽下南赡，飘散九州，借母投窍，所以四海之内，方方有人修真，处处有人养性。故善信乾坤，乃儒家之人，修老君之道，守释迦之戒，则三教归一原矣"。《还乡宝卷》又借元始天尊之口说："我于每月朔望之期、四时八节之日，朝谒无极圣母，与诸仙诸佛谈论普度收圆归根龙华大会。际此正逢末劫之年，天时在迩，余举慧眼遥观五斗天魔与千妖万怪，个个摩拳擦掌要灭尽恶人，普断烟火，踏破花花世界，扰乱锦绣乾坤。吾于斯时乃告白诸仙：'倘若万魔下世，那九二残零还望四亿

第七章 河西地区民间信仰的劫运观与《救劫宝卷》

诸佛救护。'如今连那万灵佛尊,犹然恍兮惚兮,心无把柄,信道不笃,又不认祖归根,谨遵天命,好比那泥菩萨过河,连自己身躯且难以保守,焉能救度于他人乎?岂不是火炎昆岗玉石俱焚矣,深为可叹。""灵山会上众位仙佛圣贤听毕,个个默然无语。此时无极圣母高登八宝金莲宝座上,聊举佛眼而观,乃垂盼睇之容,启慈航之唇而告诸众曰:'各位皇儿静听,我那东土失乡儿女,竟忘却了先天本来面孔,常具后天好胜贪高之雄心,屡屡自呈聪明。为娘三回九转叫唤,他并不肯回头一顾,这正是子不恋瓜瓜恋子,娘不舍儿儿舍娘了。眼下越想越深,令为娘费尽心机,差五老皇儿以代我之劳掌理天盘,命那捎书送信之人,处处提醒于他,劝他各人早早回头奔岸,转回古家之乡,以慰娘心。他不惟不体我意,倒反毁吾之正道为魔,情殊可恨。他自以为是,历代以来一切典籍经章又不看不观,诸般好言不入于耳,高明贤士又不亲近于身,似此行为正是有岸不登,情愿睁起两眼跳入苦海,舍正路而不由,甘堕落万劫轮回,岂不惜乎?'"于是,无极圣母把那东土众生叹息一番:"叫皇儿,上前来,听吾盼咐;听为娘,将衷肠,对你表白。想从前,命我儿,去住东土;早晨去,晚归来,不居凡屋。没奈何,唤天元,设法裁处;摘性光,收人宝,引众沐浴。婴与姹,见水喜,漂流戏舞;从此后,闭天门,难回故庐。贪酒色,与财气,迷真遂忘(逐妄);经尘海,是非浪,怎能跳出。张家生,李家死,转轮易姓;一心心,居娑婆,永不还无。差燃灯,与释迦,将儿救度;辰巳会,四十万,救回天都。残零子,六万年,迷昧深了;后又差,四亿佛,再下尘涂。十人去,九贪凡,原人无路;把为娘,直气得,四体不舒……屡次地,捎家书,将儿唤住;怎奈你,迷不醒,睡梦酣呼。怕只怕,斗牛宫,玉旨倒布;众魔王,一起下,遍地遭戮。血成海,尸堆山,扫尽尘浊;五百雷,一声响,无有皮肤。到那时,喊为娘,未能救度;凶煞神,不容情,粉身碎骨。叮咛了,重叮咛,早访正路;莫犹豫,休观望,各自张铺。为娘的,将真言,一一剖露;等到那,尽头处,切莫怨吾。转眼间,龙华会,功果对簿;分三乘,定九品,再不疏忽。"

《还乡宝卷》说:"无极圣母叹毕,眼观失乡儿女千百之中不醒一二,心痛犹如剑刺,勃然大怒道:'各位皇儿知悉,事到如今,东土众生犹然执迷不醒,枉将为娘心血费尽,快将我聚仙旗高悬,瑶台火速下诏,善神各归本位。敕令雷部、火部、瘟部,一切凶神恶曜急急领旨下世,借体入窍。霎时之间八方干戈齐起,将东土一切执迷不醒之乾坤,细扫烟尘,一概不留,将他灵性压入黑空浩劫之底于万亿劫,永无出期,好待为娘重安天地,另治乾坤,再立人伦,以了我一片愁肠,免得二六眷恋于心。'是时三教圣佛仙真,个个心惊胆战,两班俯伏金阶,哭跪丹墀九昼夜,恳祈慈母大开洪恩:'儿等情愿保本,慢慢劝善,如若东土众生再不回心,任娘施为。'是时,元始天尊领旨,道:'愿下红尘世界传书递信,救度原根早上菩提之岸,使人人归根向道,令个个认祖寻宗,顾守本来面目,炼就金刚之体,修成不坏之身,乘时辨功修果,收拾行囊转回古家之乡,以安我母之心意,以了诸佛诸祖金炉洪愿,不枉我今日一片苦心也。'"①

　　从以上《还乡宝卷》的叙述,可以看出,在青莲教看来,无极老母是宇宙之主、天地万物及人类的创造者,是她差遣自己所造的婴儿、姹女前往东土居住。但婴儿、姹女一到东土,遂忘却本来面目,迷恋于酒色财气,难以返回故土。无极老母差燃灯、释迦佛于辰会、巳会分别下界救度,先后救回四亿灵根,尚有九十二亿残灵需要救回。现届午会,由弥勒掌教,儒童主持,要救回九十二亿灵根。现已到午会末劫,人心不古,为恶不悛,不听劝化,无极老母大怒,要将东土一切执迷不悟之众生,细扫烟尘,一概不留。要重安天地,另治乾坤,再立人伦。是元始天尊保本领旨,愿下红尘,度化众生,慢慢劝善,才演出了一部《还乡宝卷》。

　　青莲教的这一劫运观,对底层民众有很大的影响,《救劫宝卷》的编创,很明显是借鉴了这一劫运观。

第二节　《救劫宝卷》中的劫运思想

　　民国十六年(1927)4月23日,凉州地区发生了大地震,据《武威简史》记载,此次地震,震级7.75级,"震中在黄羊河与杂木河之间的沈家窝铺至东青顶一带,即北纬37.83°,东经102°处"。这次地震对当时的

---

① 以上《还乡宝卷》的内容均引自程耀禄、韩起祥主编《临泽宝卷》,临泽县华光印刷包装有限责任公司 2006 年印刷。

第七章 河西地区民间信仰的劫运观与《救劫宝卷》

武威县、古浪县造成十分惨重的损失,"据统计:武威县倒塌房屋四十八万八千四百四十一间,摇毁村庄一万九千三百九十九处,居民死者三万五千四百余人,牲畜死者二十余万头。震裂、毁坏耕地七千二百四十余石。临近武威的古浪县受灾尤重,城墙倒塌,房屋全毁,压毙居民三千八百余人,压死牲畜二万八千余头。古浪峡山崩,东西道路不通。这次地震波及整个河西走廊,嘉峪关外的敦煌、安西也受到了影响"[①]。这次地震对古浪县造成的损害,民国二十七年(1938)《古浪县志》有如下记载,"(民国)十六年夏四月二十一日,大风,山鸣。二十三日卯时地震猛烈,城垣房屋全行震倒,周围五十里内变为废墟,压毙人民数千"[②]。这次地震之后余震不断,历十余年,"古浪自经十六年大地震后,或一日而震数十次,或一月内而震数次。迄今历十余年,其小震动无年无之,不过未有伤损。然如此之震,在他处亦罕闻之。地道之转究竟如何,姑志之,以俟地学家之研究焉"[③]。当地人慕陶撰有《民国十六年地震记》较为详细地描述了这次地震的惨状,现转录如下:

> 丁卯之夏四月二十三,古浪发现(生)空前之一大地震。是日也,天将晓,初震一次,其势尚微,不过床榻之晃漾,钌铞儿之鸣响而已。人之由梦中惊觉者,以为震摇已过,多数未曾防避。甫逾片刻,二次又来,霹雳一声,谷应山鸣,数十丈之黄尘缭绕空中。转瞬,天地异色,日月无光,城郭庐舍化为乌有,山河改观,间苍莫辨,号痛之声远闻数里。号称三百户之县城,压毙男女七八百口,全城房屋颓倒无遗。其未曾摇倒者,仅有南街之燃灯佛楼、北街之杨家牌坊。考自县城东至三区之东窑坝,南至黑松之大坡头,西至西川之小干沟,北至二区之胡家边,距县城均在五十里外,惨状一耳。惟县属之土门堡与大靖堡,城垛房舍虽亦有震倒者,亦不过十之二三……

[①] 武威县志编纂委员会编:《武威简史》,1983年武威县印刷厂印刷,第166—167页。
[②] (民国)唐云海总纂,朱芳华、崔振兴、张奋武、田国志校点:《古浪县志》,古浪县多彩印务2006年5月印制,第6页。
[③] (民国)唐云海总纂,朱芳华、崔振兴、张奋武、田国志校点:《古浪县志》,古浪县多彩印务2006年5月印制,第7页。

统计城乡死亡人口四千有余，牛羊马匹数达三万。伤人畜之众多，其因在时间之过早，人未起床，畜未出圈，十户有九，大概被压。当时兰垣传言，有古浪人民全行压完之说。此言虽谬，亦近情理，因尔时人人压埋于土木之下，适道经古浪之旅客，见夫城郭寂然，未有一人，故有是说。午前始渐渐由天然之葬埋中揭木掘土得复生者，亦不过十之四五。其更惨者，有居住土窑房者，大半全家覆没，烟火断绝。余家居城西之北隅，八口之家，完全覆压，未死之半数，亦系由掘救而复生者。其景其情，余实身历而目睹之者。爰为之记，使后起者知斯劫之真像（相），亦千百年之一大奇劫耳。①

地震之后，接着大旱袭来，民国《古浪县志》载："十七年春二月，沙鸡群飞，由东北来，向西南飞去，三月初九日，大风，旋大黑暗，白昼灯烛无光，又转为红色，约二时许，乃渐黄而渐亮。夏，大旱。"②

古人云："福无双至，祸不单行"，在遭受自然灾害的同时，在当时的武威、古浪又遭受兵乱之祸，这就是"凉州事变"。"凉州事变"发生于民国十七年（1928），它是由国民军冯玉祥部入甘后与甘肃地方势力之间争权夺利引起的。1926年，冯玉祥派其师长刘郁芬带兵入甘。刘郁芬先消灭和解除了甘肃卢洪涛旧部势力和其他汉族地方势力的武装，然后准备解决西宁马麒、凉州马廷勷这两支武装集团势力，在解决凉州马廷勷势力过程中发生了"凉州事变"。本来马廷勷在国民军大兵压境的情况下，准备交出凉州地盘和全部枪支，但1928年6月30日，先行进入凉州的国民军兰州教导团团长刘志远，觊觎马廷勷在凉州搜刮的巨额财物，带领他带来的少数官兵和县属警察百余人袭击镇守使公署，作为镇守使的马廷勷惊慌失措，仓皇出逃，凉州所有军需物资和马廷勷窖藏金银等财物尽数被刘志远运走。事变发生后，马廷勷逃到西宁，受到马麒的接纳，在马麒的资助和策划下，马廷勷搜罗旧部，于1928年7月31日反攻凉州，凉州城防空

---

① （民国）唐云海总纂，朱芳华、崔振兴、张奋武、田国志校点：《古浪县志》，古浪县多彩印务2006年5月印制，第7—8页。
② （民国）唐云海总纂，朱芳华、崔振兴、张奋武、田国志校点：《古浪县志》，古浪县多彩印务2006年5月印制，第7页。

第七章　河西地区民间信仰的劫运观与《救劫宝卷》

虚，"韩凤章弃城逃走，县长张东瀛，盐务、电报两局长都被杀，在北城门上抵抗的500多名守军、民团都被杀或烧死。破城后两天，马部在全城搜杀、抢掠，凡是公务员、军警、教师、学生、留分头、穿白衬衫的人、说话带直、鲁、豫口音的人，甚至妇女、儿童都在被杀戮之列。被杀者在3000人以上，烧毁房屋1000余间"①。但是，在冯玉祥调来的孙连仲部的支援下，国民军进行反击，很快又将马廷勷赶出了凉州。关于"凉州事变"对古浪造成的影响，民国《古浪县志》有如下记载："民国十七年，凉州镇守使马廷勷变乱。国民军总指挥孙连仲率大队来凉剿之。两军相交，古浪适当其冲，然尚未在县境内作战，不过供支繁重而已。惟大靖城堡被匪攻陷，死伤人民二、三百，南城门并城楼均被焚毁。"②

在天灾人祸的接连侵袭之下，古浪民众陷入水深火热之中，经历了一场大劫难。如何认识和看待这场大劫难？本地人冯相国编辑的《救劫宝卷》借鉴民间宗教的劫运观进行了解释。

《救劫宝卷》认为，大劫难的发生是由于世风日下，人们不敬天地、不孝父母、抛洒五谷、人心奸诈引起的，玉皇大帝驾临南天门，看到此情景，惨然泪下，降下了灾祸。其中说："盖闻此一段因果，出在民国十六年至十八年间，我大靖万民逃荒要饭的真实情况。那时候我凉州大地，天灾人祸与大地震之后，又加兵荒马乱、战火横飞、民不聊生。世风日下，人心不古，不敬天地与神灵，不孝父母，不敬尊长，抛洒五谷，人心奸诈，丧尽天良，实归十恶不赦。这一切恶习惊动了天庭，玉帝驾临南天门外，用慧眼往下一看，不觉惨然泪下。遂钦命仙人传下一道令来：凶神下界，收尽那些作恶之人。""却说十大劫下界，一大劫天摇地动，压死众百姓成千上万。二大劫连年荒旱，晒得河干井枯寸草不见。三大劫各处的盗贼作乱，只杀得百姓叫苦连天。四大劫瘟神下凡，白喉症死去的人无法计算。五大劫洪水淹没了武威大片。六大劫刮大风天昏地暗，恨世人尽作恶不行善事。七大劫降白雨大如鸡蛋，打死了猪和羊地里禾田。八大劫虎狼凶把人咬惨，咬得那大街上人稀路断。九大劫粮食贵人人亲见，一斗粮半

---

① 宋仲福主编：《西北通史》第5卷，兰州大学出版社2005年版，第281—282页。
② （民国）唐云海总纂，朱芳华、崔振兴、张奋武、田国志校点：《古浪县志》，古浪县多彩印务2006年5月印制，第135页。

斗钱，饿死黎民百千。十大劫降祸灾，洋枪大炮打死众百姓千千万万。"《救劫宝卷》详细列举了人间存在的罪恶，对当时古浪社会的丑恶面进行了揭露："还有那十大恶留在人间：一大恶，世间人心太狠。骂天怨地，又欺神灵。老天爷不下雨，人把天怨，骂了风又骂雨，红日不见。气狠狠骂苍天，不会当天。二大恶，如今人心大变，父母亲你不敬，偏孝旁人。三大恶，宰耕牛，遭罪恶，天理不容。牛耕田，人吃谷，靠它养活。毁耕牛，谁干大活？四大恶，抛米面，嫌吃喝，讲吃讲穿，游手好闲。我大靖人，不吃青稞面，黄米白面还嫌不好。五大恶，大斗进，小秤出，良心丧尽。六大恶，放债牟取暴利，发贫穷人之苦难财。七大恶，有钱人结交官府，欺压善良之人，百姓难以活命。八大恶，如今人一个个光看眼前，不顾后世，胡作非为。九大恶，拆庙堂庵院，不信神，不敬天，罪恶自作。十大恶，如今人，办事以公假私。不讲情，不讲理，欺压邻居。"列举了古浪社会存在的十大罪恶之后，《救劫宝卷》不无感慨地说："如此的十劫十恶，如何不激怒上苍，降灾降祸？"

《救劫宝卷》以沉痛的笔墨描述了民国十七年（1928）古浪人遭受的苦难："到了民国十七年，刀兵水火遭荒旱。民国的，十七年，灾难不浅；老天爷，不下雨，实实干旱。只晒得，百草干，树木不见；人无粮，马无草，实在可怜。虽有钱，买不上，五谷米面；只（直）饿得，众百姓，东逃西散。人吃人，狗吃狗，古来少见；四乡里，只逃得，缺少人烟。再加上，刀兵劫，强盗作乱；立逼的，一家人，各自分散。那时节，各家里，缺少米面；各处的，榆树皮，剥者（着）吃完。草籽儿，吃得人，面黄肌瘦；一股儿，草腥味，实在难咽。惟有那，苦苦菜，养活饥人；若不是，苦苦菜，性命难存。苦苦菜，也采尽，总难活命；吃牛皮，吃麸皮，又吃谷糠。三五日，无吃的，浑身打颤；眼睛里，冒火花，无以立站。娃娃们，只（直）饿得，皮包骨头；老汉们，只（直）饿得，难以行走。青年人，只（直）饿得，东逃西奔；好夫妻，只（直）饿得，各自分散。姑娘们，只（直）饿得，眼泪汪汪；卖给了，远方人，背井离乡。还有那，七八日，无吃无喝；浑身上，如干柴，死在道旁。大街上，饿死人，到处横躺；可怜了，众百姓，命见阎王。我大靖，饿死人，数以万计；细思想，遭荒旱，疼烂心肝。也有的，全家人，一齐饿死；也有的，一家人，只剩

第七章 河西地区民间信仰的劫运观与《救劫宝卷》

一男。有一个,人贩子,心肠太狠;乘大难,买姑娘,大赚银钱。论年龄,讲身价,一岁十角;好姑娘,他只出,十多银元。饥馑年,命难存,家无度用;把姑娘,白送给,远方之人。这也是,造下孽,今日报应;死与活,难料到,珠泪纷纷。"

到了民国十八年(1929),灾情更为严重:"到了民国十八年,天旱更使禾苗干。上年荒,再加兵,瘟疫蔓延;要差粮,又抓丁,百姓涂炭。十八年,再干旱,禾苗不长;数百年,未经过,如此灾荒。一斗麦,暴涨到,五块银洋;一斗米,八元钱,到处难找。天不雨,苦苦菜,已被挖尽;榆树皮,和谷糠,也没剩余。肚中饥,身上寒,腿儿发酸;回到家,泪汪汪,口中苦干。好衣服,才换了,半升米粮;好家具,无人要,四街穿遍。好农具,和铁锨,一齐卖光;买回些,粗砂面,心中作难。逼得那,男子汉,偷米偷面;立逼得,女人们,跟了野汉。好男孩,有人要,换些米面;姑娘们,不怕羞,自己招汉。有几个,青年人,不顾性命;大街上,抢着吃,好不可怜。还有那,穷汉人,没有扯变,一家人,含着泪,大街讨饭。走一家,过一户,都把门闩;从早起,讨到晚,肚中饥饿。那时节,人的命,太不值钱;各地方,穷汉人,饿死大半。大路上,抛尸骨,实在太惨;成群的,结对的,野狗来餐。那时节,有乡爷,绅士农官;众议者(着),放舍饭,暂救饥寒。也恐怕,众饥民,乘机作乱;劝富汉,救穷人,舍了粮担。每一天,一个人,四两米面;只(直)饿得,嘴皮干,黄皮包骨。施舍饭,引来了,饥民千万;有人说:'吃舍饭,要命不远。'果不然,饿死了,穷人万千;只(这)时节,还不走,留恋何物?弃房屋,抛田产,匆忙上路;立逼得,众百姓,离乡逃难。上凉州,走甘州,又走肃州;南逃的,去西宁,去投活命。东逃的,走中卫,又走宁夏;北逃的,走沙窝,蒙古鞑靼。人常说:'中卫好,收拾就走,吃大米,把黄河,亲自观看。'"

《救劫宝卷》着重描述了大靖人到中卫逃难的辛酸、苦难经历。其中,既有逃难途中的悲惨经过,又有到中卫后讨饭、佣工的凄惨状况,内中重点讲述了两家人逃荒的状况。一家丈夫名张三,妻子陈氏,生有一男一女,逃难途中,丈夫张三饿死,妻子陈氏领着一双儿女逃荒到了中卫,靠佣工苦度光景,逐渐地,"女儿日见出脱,儿子也渐渐长大"。陈氏教育儿

· 269 ·

子要诚实为人，女儿要守妇道，邻里街坊都称赞陈氏贞节，教育子女有方。另一家丈夫袁三，和妻子一起逃荒到中卫，为了自己活命有口饭吃，竟然让妻子与自己以兄妹相称，将妻子卖给了中卫人。

《救劫宝卷》的结尾，回顾主题，说"却说玉皇大帝遣发的凶神下界，洞察人间的善恶，尽收恶人"。"老天爷，尽收的，作恶不善；作恶的，行善的，报应分明。一收那，奸淫女，不敬天地；坏三从，抛四德，又欺公婆。二收那，杀耕牛，杀生害命；吃耕牛，罪过大，不报良心。三收那，忤逆男，不孝父母；吃嫖赌，败家财，不务正业。四收那，抛五谷，不惜米面；视米面，如沙土，到处去散。五收那，使大斗，巧用机关；用小秤，害穷人，情理难通。六收那，偷花鬼，占人妻女，分家庭，乱社会，寡廉鲜耻。七收那，糟字纸，不敬斯文；轻知识，弃礼义，道德丧沦。八收那，作官人，以公报私，不忠君，又欺民，天理不容。九收那，弄是非，挑唆他人；既说白，又道黑，苦害好人。十收那，作公婆，替儿嫌妻；好媳妇，不当人，良心丧尽。人变畜，畜变人，轮流倒转，阴曹府，受苦罪，再经一番。""却说阴曹府将这些十恶不赦之人，打入十八层地狱里受罪。阳间犯罪银钱买转，阴间给钱不要。富贵人家银钱万贯，也难买转十殿阎君的刑法。""那些恶人被收尽，玉帝降旨，恤爱黎民百姓。于是天开云散，风调雨顺。那些逃难之人，听说凉州一府五县，天降甘露，粮油丰收，一个个欣喜若狂，思念故乡，归心似箭，和亲人一起，收拾行装，离开中卫，晓行夜宿，不几日就到了大靖。"《宝卷》的末尾告诫人们，痛定思痛，要及早行善，以免却灾难："遭荒年，苦难事，人人亲见；血和泪，教化人，代代相传。把有时，当无时，常记心间；万不可，今朝饱，不管明天。劝世人，早行善，不受大难；富与贵，贫与贱，轮流变换。有的人，听此卷，心中作难；有的人，听此卷，心中打颤。此一本，民国的，救劫宝卷；劝世人，记心间，功德无边。善恶到头终有报，只争来迟或来早。听完此卷心向善，全家大小无灾难。"

1927—1929这三年的古浪大地，发生了历史上罕见的灾难，说它是一场劫难，毫不为过。古浪大靖冯相国先生，他身临其境，耳闻目睹了万民逃荒要饭的悲惨境况，撰写了震撼人心、充满血泪的《救劫宝卷》。作为生活在旧时代的知识分子，自然不可能运用唯物辩证法去分析和看待这场

第七章 河西地区民间信仰的劫运观与《救劫宝卷》

劫难。通过比较分析，我们可以看出，他编写的《救劫宝卷》其实借用了民间宗教青莲教的劫运观，当然并不是完全借用，而是有所改变，那就是用玉皇大帝代替了无生老母作为惩罚下界为恶不悛之人的最高神灵，降下了大灾难。但是，其基本的套路是一致的，即世上之人不敬天地，不孝父母，明瞒暗骗，为非作歹，他们造下的孽，是有天界神灵在观察和记录的，这些都要向宇宙的最高神灵汇报，到一定的时候，会降下灾难，将作恶之人收到地狱去惩处。当然，民国年间发生在古浪的劫难仅仅是发生在局部地区的一个小劫难，而青莲教所讲的劫难，是关乎整个人类命运的大劫难。即便是这样的小劫难，身处其中的人们，感到自己是那样的无助，叫天天不应，叫地地不灵，感到在大自然面前，在天灾人祸面前，自己是那样的渺小，命运完全不在自己手里掌握。人世间的苦难是宗教产生和存在的温床，作为民国年间编创的一部带有纪实性质的宝卷，《救劫宝卷》的思想架构又套上了浓重的宗教色彩，用民间宗教的劫运观来阐释这一自然和社会现象。

第八章　河西民众念卷活动的心理学分析

20世纪80年代中期，随着一些学者、宝卷爱好者的调查、研究与宣传，河西宝卷逐渐得到学术界的重视。然而，此时的河西走廊，念卷活动已经走过了它的兴盛时期，开始消退了。迄今，三十多年过去了，念卷活动已经淡出了普通民众的生活，一般的年轻人早已不知宝卷为何物，河西地区的念卷活动已濒临绝迹。现据前人的调查与研究以及笔者自己的调查与采访，对河西地区民众的念卷活动予以简要介绍，并从心理学的角度进行简要的分析。

第一节　河西地区民众的念卷活动

河西地区民众的念卷活动兴起于何时，由于文献缺乏，难以考证清楚。就目前所知，河西地区流传的刻印最早的宝卷是《敕封平天仙姑宝卷》，是清康熙三十七年（1698）五月由板桥（今张掖市临泽县板桥镇）仙姑庙主持组织，吏部候铨同知金城人谢遝编辑，太子少保振武将军孙思克资助刊刻的。[①] 有宝卷就有念卷活动，由此可以推断，早在清代初期的康熙年间，河西地区就有念卷活动。《仙姑宝卷》并非由外部传入，而是本土产生的，它是根据张掖市临泽县民间信仰的女神平天仙姑神异事迹创作而成的。要创作宝卷，必须要有创作宝卷的文化环境，康熙三十七年

---

① 程耀禄、韩起祥主编：《临泽宝卷》，临泽县华光印刷包装有限责任公司2006年印刷，第37页；北京大学图书馆藏《敕封平天仙姑宝卷》。

《仙姑宝卷》能够创作完成，说明当时在当地宝卷是比较流行的。然而，就目前所知，河西地区流传的宝卷刊刻于清代初期的仅此1例，比较多的是清代光绪以后的刻本或抄本。通过对宝卷刻板时间和抄录年代的探讨，可以窥见河西地区民众念卷活动的一些状况。兹举几例：

一 《目连救母幽冥宝卷》

此宝卷见于酒泉市肃州区文化馆编的《酒泉宝卷》第三辑，只有上卷，没有下卷。上卷末题"大清光绪十六年岁次庚寅新春黄道上元吉日超脱九玄建康郡善信金声王镛处诚谨录"[1]。其中"处诚谨录"中的"处"，当是"虔"字之误，是整理者录错了。霍建瑜主编的《美国哈佛大学哈佛燕京图书馆藏宝卷汇刊》第二册中收有《目连救母幽冥宝传》上、下两卷，木刻本。两相比较，可知，《目连救母幽冥宝卷》即《目连救母幽冥宝传》，《酒泉宝卷》在整理时将"传"改成了"卷"。《目连救母幽冥宝传》首页有出版信息："光绪庚子年新刊"，"板存兰省肃昌泰，有印送者，板不取资，问东华观文星堂书局便知"[2]。《目连救母幽冥宝卷》无之。以上信息提供了《目连救母幽冥宝传》编撰、刊刻的基本情况。光绪十六年为公元1890年，这一年是庚寅年。上元吉日为正月十五日。建康郡为前凉所置，其郡治在今甘肃高台县西南，这一地名早已弃之不用，作者署"建康郡"，是有意隐瞒本人出处。金声王镛有可能是一个人，也有可能是两个人。可知此《宝传》是光绪十六年由甘肃高台县人金声王镛抄录的。光绪庚子年为光绪二十六年，即公元1900年，兰省即甘肃省，肃昌泰可能为当时兰州的一家商号，东华观文星堂书局当是当时兰州的一家出版机构。可知，《目连救母幽冥宝传》刊刻于1900年的兰州。《目连救母幽冥宝传》还有《敕封幽冥地藏王菩萨原序》，后署"大清光绪二十六年秋则月序于金庭馆"，《目连救母幽冥宝卷》没有，可能是丢掉了。在王吉孝整理的古浪《宝卷》第八册中收有一部《萝葡宝卷》，经比较，此《萝葡宝卷》与《酒泉宝卷》中的《目连救母幽冥宝卷》基本相同。古浪

---

[1] 酒泉市肃州区文化馆编：《酒泉宝卷》第3辑，甘肃文化出版社2012年版，第325页。
[2] 霍建瑜主编：《美国哈佛大学哈佛燕京图书馆藏宝卷汇刊》第2册，广西师范大学出版社2013年版，第425页。

《宝卷》第七册中收有一部《目连宝卷》，此宝卷接续《萝葡宝卷》，正好和《萝葡宝卷》构成上、下卷。《萝葡宝卷》与《目连宝卷》合起来，正好是一部完整的《目连救母幽冥宝卷》。在高德祥整理的《敦煌民歌 宝卷 曲子戏》中收有一部《目连救母幽冥宝传》，经比较得知，仅有上卷，没有下卷，内容与《酒泉宝卷》所收《目连救母幽冥宝卷》相同。通过以上的分析与考证，可以看出，《目连救母幽冥宝卷》是由高台县人金声王镛于清光绪十六年（1890）抄录，于光绪二十六年（1900）在兰州肃昌泰商行刻板印刷的。它的流传范围东起河西走廊东边的古浪县，西至河西走廊西边的敦煌市，是很广泛的。

二 《岳山宝卷》

《岳山宝卷》又名《新刻岳山宝卷》，从河西走廊东边的古浪县到中部的肃州区均有流传，古浪《宝卷》第五册、《凉州宝卷（一）》、《金张掖民间宝卷》第三册、《酒泉宝卷》第四辑均有收录。《酒泉宝卷》收录的《岳山宝卷》其后注有版本信息："《岳山宝卷》原卷本为木刻印刷，宣统二年新刻，钟楼南书局存板。肃州区文化馆收藏有《岳山宝卷》复印本。"[①] 说明此宝卷是宣统二年（1910）肃州（今酒泉市肃州区）钟楼南书局木刻本。通过比较可知，张掖市、武威市流传的《岳山宝卷》均是这一版本。车锡伦的《中国宝卷总目》著录有《岳山宝卷》，是民国十三年（1924）铜梁新堂刊本。[②] 另外，《中国宝卷总目》还著录有《李都玉参药山宝卷》，此宝卷又名《李都玉参药山经》，他著录的是谭蝉雪女士收藏的清光绪二十九年（1903）抄本[③]，这是谭蝉雪在酒泉工作期间从民间收集的，现藏甘肃省图书馆。此宝卷是混元教的一部宝卷。混元教是明末清初流传于山西、直隶、河南、湖北一带的具有很大影响的一支民间宗教，与白莲教、大成教（即闻香教）、无为教（即罗祖教）并称于世。车锡伦在按语中指出："清乾隆十八年（1753），山西当局在潞安府长治县查办混元教案，从教主冯进京家中搜出三部经卷，其一为《李都玉参药山救母出苦

---

① 何国宁主编：《酒泉宝卷》第4辑，甘肃文化出版社2011年版，第118页。
② 车锡伦编著：《中国宝卷总目》，北京燕山出版社2000年版，第352页。
③ 车锡伦编著：《中国宝卷总目》，北京燕山出版社2000年版，第138页。

经》，即此卷。"① 通过比较可以看出，《岳山宝卷》是青莲教根据《李都玉参药山宝卷》改编的。

三 《新镌韩祖成仙宝卷》

《新镌韩祖成仙宝卷》收录于《酒泉宝卷》第二辑，编辑者的注说："此卷又名《韩祖成仙宝传》，编号为J120，原版本为刻印本，印有'道光元年乾月望日二五道人虔'时衔，是酒泉市临水乡下坝村农民张德礼收藏，校录时依据1985年文化馆赵自泉抄录本，对其中的错别字及谬误词句做了校正，唯部分漏句无法补充，乃保持原貌。"② 其中"印有'道光元年乾月望日二五道人虔'时衔"的著录不完整，据笔者从兰州收集到的《新镌韩祖成仙宝传》，《宝传》有《新镌韩祖成仙宝传序》，后署"道光元年乾月望日二五道人虔诚熏沐序于朝阳古硐"。车锡伦的《中国宝卷总目》将此宝卷著录于《韩祖成仙宝传》之下，说该本为谭蝉雪女士收藏，是酒泉印经社清光绪庚子年（光绪二十六年，即1900年）刻本，卷首载"道光元年二五道人序"③。谭蝉雪后来将自己收藏的宝卷捐赠给了甘肃省图书馆，笔者曾前往查阅，看到此宝卷名称为《新镌韩祖成仙宝传》，有上下两册，又题为《湘祖成仙传》，清光绪庚子秋月重刊，板存肃州印经社。此宝卷封皮有"冯忠儒章"的收藏印，目录页有"周忻仁章"收藏印。在河西地区还流传有另一种《韩湘子宝卷》，名为《湘子宝卷》，见于《金张掖民间宝卷》第三册及《凉州宝卷》，另外，《山丹宝卷》下册中收有《三度韩愈宝卷》、古浪《宝卷》第一册收有《韩湘子宝卷》、第六册收有《韩愈宝卷》，虽名称不同或略有差异，实为一种版本，是《湘子宝卷》在不同地区流传过程中发生变异所造成的。两相比较，《新镌韩祖成仙宝卷》篇幅要远大于《湘子宝卷》，内容也有差异。通过分析，《湘子宝卷》当是《新镌韩祖成仙宝卷》的节略本或改写本。可见，《新镌韩祖成仙宝卷》是河西地区流传颇广的一部宝卷。韩湘子为八仙之一，八仙故事自宋元以来在中国民间广为流传，几乎人尽皆知，其中关于八仙

---

① 车锡伦编著：《中国宝卷总目》，北京燕山出版社2000年版，第138页。
② 酒泉市文化馆编：《酒泉宝卷》第2辑，甘肃文化出版社2012年版，第301页。
③ 参阅车锡伦《中国宝卷总目》第103页。

之一韩湘子的道情如《韩湘子九度文公道情全本》在民间流传颇广,影响深远,明末杨尔曾撰《韩湘子全传》是一部大部头的章回体小说,吸收了韩湘子道情的故事内容,集韩湘子故事之大成,是反映道家金丹修炼思想的布道书。《新镌韩祖成仙宝卷》是民间宗教青莲教徒在《韩湘子九度文公道情全本》的基础上改编而成的,其目的是宣扬本教派的理论和思想,扩大本教派的影响。

四 《还乡宝卷》

《还乡宝卷》是一部专门阐述青莲教基本理论、传承关系和内部斗争的宝卷,此宝卷收录于《金张掖民间宝卷》和《临泽宝卷》,说明它流行于张掖地区。《临泽宝卷》收录的《还乡宝卷》有《文昌帝君〈还乡宝卷〉叙》《元始天尊新演〈还乡宝卷〉叙》。《文昌帝君〈还乡宝卷〉叙》后题"时圣清光绪岁在于逢淤涒滩火虎月之三候日,九天开化曲文昌梓桐宏仁帝君奉命降于养性南窗"①。其中,"于逢淤涒滩"衍一"淤"字,"于逢"当为"阏逢"之误。据《尔雅》,"太岁在甲曰阏逢",太岁"在申曰涒滩"②。火虎月是指丙寅月。一候为五日,三候日便是十五日。可知,此叙写于清光绪甲申年丙寅月十五日,即光绪十年(1884)正月十五日。那么,此宝卷也应当大致成书于此时。据《元始天尊新演〈还乡宝卷〉叙》,此宝卷是一位医生名叫周济世的"傺于木兔署月,偶遇滇东契友绵木氏吉兴子者,承奉祖命,游秦阐道,暗钓金鳌,代遗《还乡宝卷》",他得书观之,觉得"言简路捷,易于醒悟,于身心有益",意欲刊板,"非得青蚨二十余竿不能成功",遂向知音商议,通过募化,筹得资金,予以刻板。后题"时民国五年岁次辰寅月吉旦,医道周济世敬叙"③。民国五年为公元1916年,此年为丙辰年,故"时民国五年岁次辰寅月吉旦"中当漏一"丙"字。1916年前一年为1915年,为乙卯年,是木兔

---

① 程耀禄、韩起祥主编:《临泽宝卷》,临泽县华光印刷包装有限责任公司2006年印刷,第52页。
② 晋郭璞注,宋邢昺疏,李传书整理,徐朝华审定:《尔雅注疏》,北京大学出版社2000年版,第187页。
③ 程耀禄、韩起祥主编:《临泽宝卷》,临泽县华光印刷包装有限责任公司2006年印刷,第51页。

年，署月为六月，故木兔署月当为1915年六月。吉旦为初一日。说明，《还乡宝卷》是周济世于1915年农历六月得之于其贵州好友"绵木氏吉兴子"，于1916年正月初一日作叙刊刻。

五　《贫和尚出家宝卷》

《贫和尚出家宝卷》收录于《酒泉宝卷》第四辑，其后注："此卷有两种抄本，甲本为光绪二十九年（1904），乙本无题记。"① 其中，光绪二十九年为公元1903年，不是1904年，是整理者的失误。另外，《甘州宝卷》亦收有《贫和尚出家宝卷》，其后注明是苗芳手抄本，宋进林整理，抄录时间是2002年9月28日。

六　《闺阁录全卷》

《闺阁录全卷》收录于《酒泉宝卷》第二辑，其后注："《闺阁录全卷》系清代木刻版本，具体刻印时间因卷本残缺无法考证。目前尚未发现其他版本和手抄本，1972年在故纸堆中发现，由校录者收藏。"②

七　《红灯宝卷》

《红灯宝卷》收录于《酒泉宝卷》第二辑，其后注："《红灯宝卷》亦名《孙吉高卖水宝卷》，共收到十二卷，其中标有《红灯宝卷》的有八卷，标有《孙吉高卖水宝卷》的有四本。十二卷中有十卷是钢笔手抄本，有两卷是毛笔手抄本。有九卷是1987年以来的抄本，有三卷是'文化大革命'以前的抄本。……甲卷：……卷后写有抄卷时间：'岁与一九五四年四月吉日抄写文卷一本。'……丙卷……抄卷人是酒泉东洞乡张德元。此人原是东洞乡中学校长，现已退休。抄卷时间是：公元一九七九年复抄写。并注有：'原抄于大清光绪十三年正月十五日抄写红灯卷'的字样。"③ 在古浪《宝卷》第九册中亦收有此宝卷，名为《红灯计宝卷》。

---

① 何国宁主编：《酒泉宝卷》第4辑，甘肃文化出版社2011年版，第102页。
② 酒泉市文化馆编：《酒泉宝卷》第3辑，甘肃文化出版社2012年版，第97页。
③ 酒泉市文化馆编：《酒泉宝卷》第2辑，甘肃文化出版社2012年版，第121—122页。

八 《康熙宝卷》

《康熙宝卷》收录于《酒泉宝卷》第一辑，卷尾题记："民国十九年初一日何仲选谨录费力抄成一本。"其后注释："此卷又称《孔雀明王宝卷》，现存五个卷本，甲：金塔手抄本，前面完整，最后及沿边有残缺，何仲选手抄于民国十九年初一日，余登武所藏。为校录时的主要底本。乙：旧抄本，何时不详，麻纸，毛笔字，前后残缺。丙：1963年手抄本，麻纸，毛笔字，酒泉市屯升乡赵文学抄。丁：1982年手抄本，酒泉市新上乡田大基抄。戊：1982年手抄本，酒泉当存亮抄。"[1] 此外，古浪《宝卷》第五册、《凉州宝卷》均收有此卷，名称一致；《金张掖民间宝卷》第三册、《甘州宝卷》，以及《临泽宝卷》也收有此卷，名称为《康熙私访山东宝卷》；《山丹宝卷》上册也收有此卷，名称为《康熙帝私访山东宝卷》。

九 《双喜宝卷》

《双喜宝卷》收录于《酒泉宝卷》第一辑，其后注："此卷共有两卷，均为手抄本。一卷题名《双喜宝卷》。十六开钢笔字，1981年10月20日抄，没有抄卷人姓名，后记：'原底总寨公社单长大队'。此卷定位甲卷。一卷题名《王志福探地穴宝卷》，抄卷时间不详（据打问是一九八四年），抄卷人是酒泉文化馆贺彩兰。据何种原卷不详。十六开本，方格稿纸。此卷定为乙卷。甲乙两卷相比，内容基本一致，少数散文、唱词有异。甲卷较为完整，乙卷错别字多。"[2] 此外，古浪《宝卷》第四册、《金张掖民间宝卷》第二册亦有收录。

十 《仲举宝卷》

《仲举宝卷》收录于《酒泉宝卷》第一辑，其后注释："《仲举宝卷》，又称《丁郎宝卷》《丁郎寻父宝卷》，在酒泉地区流行颇广。目前收集到

---

[1] 酒泉市文化馆编：《酒泉宝卷》第1辑，甘肃文化出版社2012年版，第158页。
[2] 酒泉市文化馆编：《酒泉宝卷》第1辑，甘肃文化出版社2012年版，第222页。

的共五本，均系手抄本。此次校勘以方形黄川纸、毛笔抄写的《仲举宝卷》为底本。此本卷末题云：'高仲举卷49页，李家宝卷。中华民国三十一年正月十二日抄完高仲举卷。'此卷字迹工整，基本完好，只边缘有缺损。其余四种均系现代抄本，校录时作为副本。"① 此外，古浪《宝卷》第八册收有此卷，名称一致；《山丹宝卷》上册、《甘州宝卷》均收有此卷，名称为《丁郎寻父宝卷》；《金张掖民间宝卷》第二册收有此卷，名为《丁郎寻父》。

十一　《张四姐大闹东京宝卷》

《张四姐大闹东京宝卷》收录于《酒泉宝卷》第一辑，其后注释："此卷系酒泉市东洞乡农民田上海抄录并收藏，抄于民国三十二年（1943）孟冬。"② 此外，古浪《宝卷》第八册、《山丹宝卷》上册、《金张掖民间宝卷》第一册、《临泽宝卷》均有收录。

十二　《白马宝卷》

《白马宝卷》收录于《酒泉宝卷》第二辑，其后注："《白马宝卷》又称《熊子贵休妻宝卷》。此卷在酒泉民间颇为流行。目前收集到的《白马宝卷》两本，均用毛笔抄录。甲本较完整，方形黄川纸，系1949年以前抄本，具体日期抄卷人姓名不详。一本为酒泉上坝乡营尔村乔德荣（已故）于1985年1月16日抄录并收藏。"③ 此外，《凉州宝卷》（一）、《金张掖民间宝卷》第一册、《临泽宝卷》均有收录。

十三　《乾隆宝卷》

《乾隆宝卷》收录于《酒泉宝卷》第二辑，其后注："此卷是酒泉市西峰乡农民毛玉抄录并收藏，编号J031，抄于民国二十一年（1932）冬月，毛笔竖写。此次校录时依据酒泉市文化馆干部郭凤斌一九八三年十一

---

① 酒泉市文化馆编：《酒泉宝卷》第1辑，甘肃文化出版社2012年版，第225—266页。
② 酒泉市文化馆编：《酒泉宝卷》第1辑，甘肃文化出版社2012年版，第335—336页。
③ 酒泉市文化馆编：《酒泉宝卷》第2辑，甘肃文化出版社2012年版，第146页。

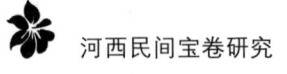

月的抄录本而就。"①

十四 《忠孝宝卷》

《忠孝宝卷》收录于《酒泉宝卷》第三辑，其后注："此卷又名《苗郎宝卷》，编号J047，系据甲、乙、丙三个版本校录，以甲本为主，乙、丙辅之。甲本《忠孝宝卷》编号J046，是酒泉市屯升乡农民向学安抄录并收藏，抄于民国三十二年（1943），前后各缺一页。乙本《苗郎宝卷》编号J048，较为完整，错别字较多，是酒泉市上坝乡农民党存亮抄录并收藏。"② 此外，《金张掖民间宝卷》第二册收有此卷，名为《卖妙郎》。

十五 《蜜蜂宝卷》

《蜜蜂宝卷》收录于《酒泉宝卷》第三辑，其后注："此卷是原酒泉市上坝乡（现肃州区上坝镇）农民乔德荣抄录并收藏。编号J070。毛笔竖写，字迹工整俊秀。抄录于民国廿年（1931）。原抄本装入抄录者棺内随葬。此次校录时依据文化馆干部齐霞抄录本而就。"③ 此外，《金张掖民间宝卷》第二册亦收有此卷，名称一致；古浪《宝卷》第一册、《山丹宝卷》下册均收有此卷，名为《蜜蜂计宝卷》。

十六 《沉香宝卷》

《沉香宝卷》收录于《酒泉宝卷》第一辑，其后注释："此卷又名《宝莲灯宝卷》，为酒泉市临水乡中渠村农民赵殿元收藏的抄本，抄录于民国三十七年（1948）三月。错别字甚多，……"④ 此外，古浪《宝卷》第四册收有此卷，名称一致；《甘州宝卷》收有此卷，名称为《神湘子劈山救母宝卷》；《金张掖民间宝卷》第一册、《临泽宝卷》均收有此卷，名称为《劈山救母宝卷》。

---

① 酒泉市文化馆编：《酒泉宝卷》第1辑，甘肃文化出版社2012年版，第328页。
② 酒泉市文化馆编：《酒泉宝卷》第3辑，甘肃文化出版社2012年版，第130—131页。
③ 酒泉市文化馆编：《酒泉宝卷》第3辑，甘肃文化出版社2012年版，第272—273页。
④ 酒泉市文化馆编：《酒泉宝卷》第1辑，甘肃文化出版社2012年版，第292页。

第八章 河西民众念卷活动的心理学分析

十七 《牧羊宝卷》

《牧羊宝卷》收录于《酒泉宝卷》第一辑,其后注:"《牧羊宝卷》是酒泉屯升乡文化站专干张润德抄写并收藏的,抄于1984年2月,所据之本已不明下落。该本字迹工整、内容完整。西北地方戏中有《放饭》折戏,就是该卷中的一个情节。"[①] 古浪《宝卷》第一册亦收有此卷。

十八 《如意宝卷》

《如意宝卷》收录于《酒泉宝卷》第二辑,其后注释:"此卷系孤本。编号J036,原本为酒泉市临水乡农民张德礼手抄。校录时参照酒泉市文化馆贺彩兰一九八二年之手抄本。抄本无标点,后缺。"[②]

十九 《金凤宝卷》

《金凤宝卷》收录于《酒泉宝卷》第四辑,其后注释:"此卷为肃州区农民于1982年在8开毛头宣纸上以小楷毛笔蘸黑墨抄录。2009年文化馆下乡搞非遗资源普查时,原卷本为文化馆收藏。"[③] 此外,《山丹宝卷》上册亦收有此卷,名称一致;《甘州宝卷》收有此卷,名为《金凤凰宝卷》。

二十 《牧牛宝卷》

《牧牛宝卷》收录于《酒泉宝卷》第四辑,其后注释:"牧牛宝卷(手抄本),以8开毛边纸,小楷毛笔,黑墨抄写。2009年3月被肃州区文化馆收藏。"[④]

二十一 《救劫宝卷》

《救劫宝卷》收录于方步和编著的《河西宝卷真本校注研究》,其后注

[①] 酒泉市文化馆编:《酒泉宝卷》第1辑,甘肃文化出版社2012年版,第193页。
[②] 酒泉市文化馆编:《酒泉宝卷》第2辑,甘肃文化出版社2012年版,第46页。
[③] 何国宁主编:《酒泉宝卷》第4辑,甘肃文化出版社2011年版,第292页。
[④] 何国宁主编:《酒泉宝卷》第4辑,甘肃文化出版社2011年版,第324页。

明:"赵连玺搜集自古浪县大靖镇,赵广军、吴晓梅、王斌银抄写。"[1] 王吉孝整理的古浪《宝卷》第一册也收有《救劫宝卷》,王吉孝在《救劫宝卷》前的提示语说:"此宝卷说的是中华民国十六年到十八年,古浪大靖冯相国先生,他身临其境、耳闻目睹了造就了,亡命逃荒要饭的一段真实情况。卷内除人物没有写真实姓名外,其他没有一点虚构和不实之词,他为古浪非物质文化遗产做出了一定贡献。"[2] 王吉孝是古浪人,所以关于《救劫宝卷》的编纂者及其成书自然能够得闻其详。此外,《金张掖民间宝卷》第二册、《山丹宝卷》下册均收有此卷。

需要指出的是,河西各地搜集整理出版的河西宝卷中,只有《酒泉宝卷》相对专业,一般都会以注的形式说明依据的版本及版本信息,其次是《临泽宝卷》《甘州宝卷》,注意保留宝卷原貌,并有收藏者和整理者信息,《河西宝卷真本校注研究》也注意著录宝卷搜集自何地,谁抄录整理的。其他的如《金张掖民间宝卷》《山丹宝卷》《凉州宝卷》,以及古浪《宝卷》《永昌宝卷》《河西宝卷集粹》等均缺乏版本信息,故而众多宝卷,我们无法知道是哪个时代的刻本或抄本。但是,仅就主要来自《酒泉宝卷》的以上版本信息,我们也可以大致看出清代初期直至20世纪80年代河西地区宝卷的刻印、抄录情况。从中可以看出,清光绪至中华人民共和国成立之前,是河西地区宝卷刻印、抄录的繁荣时期,说明河西地区的念卷活动是很兴盛的。

中华人民共和国成立后,河西地区的念卷活动出现了几次起伏。段平在他1992年出版的《河西宝卷的调查研究》中说:"今天的河西宝卷绝大多数流行的都是世俗的人间故事,只是将宗教作为外衣,套几句公式而已。但宝卷究竟是变文的后裔,它和宗教有着千丝万缕的联系。正因为如此,所以宝卷在解放后一直处于被禁止、被取缔的地位,往往是地下活动,被指斥为'牛鬼蛇神'的一种。可奇怪的是它随着时代的起伏有自己不息的高潮。第一次,1953—1958年,即'肃反'以后至'破除迷信'以前;第二次,1962—1964年,即生活好转至'社教'运动;第三次,

---

[1] 方步和编著:《河西宝卷真本校注研究》,兰州大学出版社1992年版,第230页。
[2] 王吉孝整理:《宝卷》第1册,2012年印刷,第1页。

第八章 河西民众念卷活动的心理学分析

1979年以后,这次虽是空前兴盛,但多数人逐渐将趣味转向现代视听艺术,听卷的人必然是越来越少。今天的念卷活动只能被视为一种历史的回流的现象,不会是什么新高潮的到来。"①

一些学者、宝卷爱好者和整理者对河西地区民众的念卷活动进行了深入的调查,通过他们的介绍,我们可以了解河西地区民众念卷活动的一些情况。由西北师范大学古籍整理研究所、酒泉市文化馆合编,1991年出版的《酒泉宝卷》的《前言》中说:"酒泉宝卷是指甘肃河西地区的敦煌以东,嘉峪关内外一带地区流传之宝卷,在这一带土生土长的六十岁上下的农民没有不熟悉宝卷的。他们有的念诵和抄录过卷本;有的会咏唱宝卷曲调。40年代前后至解放初期,这里的宝卷成为家喻户晓的卷籍。在城镇,每逢春节、二月二、四月八等传统节日有佛教会、居士会、商会及其他宗教团体发起主办,在一定的场所或街头公开念卷,在农村则以家庭院落为主请识字人念卷,妇孺皆参与其中,其活动盛况不亚于祭祀道场。"②

宋进林、唐国增主编的《甘州宝卷·甘州宝卷概述》中说:"甘州农村的念卷活动由来已久,是从什么时候兴起现无从考证。根据甘肃省民间文艺家协会研究人员调查资料显示:'在1964年,张掖的二十里堡就有人自发组织一次大规模的念卷活动,一连几天,共念了三十多种卷,参加者既有民间的念卷高手,还有中学生和乡村教师。'"③宋进林编著的《父子文集》中有一篇《甘州农村的念卷活动》,专门介绍了1978年以来甘州农村的念卷活动,其中说:"甘州农村的念卷活动由来已久,也不知道是从什么时候兴起的。但是有一点可以肯定:文革十年期间,没有人敢大肆组织有这样规模的念卷活动。到1978年,甘州农村的念卷活动又迅速升温,只要识几个字的人都在传抄宝卷,抄卷的人群中有古稀老人,有青年男女,有中小学生。有用毛笔抄者,也有用钢笔写的。条件好的用白纸,笔记本抄写,条件差的用旧账本反面抄写,用废旧化肥袋牛皮纸抄写。那时候,没有电视,一年四季电影也只有寥寥几场,群众文化生活十分单调贫

---

① 段平:《河西宝卷的调查研究》,兰州大学出版社1992年版,第39页。
② 西北师范大学古籍整理研究所、酒泉市文化馆合编:《酒泉宝卷》,甘肃人民出版社1991年版,第2页。
③ 宋进林、唐国增主编:《甘州宝卷》,中国书画出版社1995年版,第17—18页。

乏，一旦听到有人念卷，村子里的老少爷们，就纷纷涌向念卷人家，听卷、接声，直至夜深人静才肯回家。念卷成了群众业余文化生活的主要内容，只要是稍有名气的'文人墨客'，就最受群众的欢迎，自然就是村子里的'红人'了。逢年过节，会念卷的人常常被群众'抢'去，今日这家念，明日那家念，一连几天都回不了自己的家。念卷大多数是在秋收之后的农闲时间，或是逢年过节，或是喜事集会，或是天阴下雨，谁家念卷都是在盘有满间炕的大屋子里，在火炕中间放一张炕桌，炕桌除摆放宝卷外还要放上清茶、馍馍之类，用于念卷人使用。念卷活动一开始，整个屋子里秩序井然。所有宝卷都是白口散文和韵文相间构成，轮到白口散文只有念卷人一个人念，轮到七字格、十字格韵文，念卷人就要唱。七字格韵文由念卷人每念一句后，听卷人就要一起接一声'阿弥托〈呀〉佛'，十字格韵文由念卷人每念两句后，听卷人就要一起接一声'阿弥托佛'。这样一唱一接声的好处在于：（一）念卷人可以缓口气，以便准备好念下面的韵文。（二）听卷人与念卷人产生共鸣，整个屋子里的人融为一体，达到人人同乐的最佳效应。甘州农村大规模的念卷活动为繁荣当时农村的群众文化生活起到了积极的作用，同时，也使念卷人感受到了浓郁的戈壁大漠鸡鸣犬吠的乡情。"[1]

王学斌在《河西宝卷集粹》中讲述了张掖市民乐县民众的念卷活动，"我是1975年迁至民乐县的，定居后，和一些亲朋友人交谈，始知这里有一种古老的文化习俗——念卷：每到大年三十晚上，或是正月初一，找个识字人，请上几本卷，一直念到正月过罢，农活忙了才停止。也有在晴雪天气无法干活时，或二月十五、七月十五祭祖例日，端午、中秋传统佳节之时，亲朋好友欢聚一堂，拿本卷来念一念，大家开心愉悦的。人们认为念卷（包括抄卷）是积阴功，修福德，劝化人心，使人改恶从善。念的人不厌其烦，听的人津津乐道。过去县城及其周围的人乐此不疲，而在乡里就更是好家辈出，是皆大欢喜的文娱活动了：场地小，斗室亦可；人员少，两人即行，再不需要什么设施，挺方便的"[2]。王学斌曾向几位上了年

---

[1] 宋进林编著：《父子文集》，张掖市税亭印刷厂2008年印刷，第194—195页。
[2] 王学斌纂集：《河西宝卷集粹》（上卷），中国人民大学出版社2010年版，第20页。

第八章　河西民众念卷活动的心理学分析

纪的老人询问念卷活动的来龙去脉,老人们的说法是:"他们当娃娃的时候,听老人们的老人们讲,当时最时兴的就是念卷。过去当地识字的人少,偶有一本便奉为至宝,你家念了他家请。有的人还到张掖的寺院里去专门'请'卷,据说以前那里有专营抄卖者。新中国成立后,念书的人多了,传抄的也就多了。'文化大革命''破四旧'中确也烧了一些,但也有人想方设法保留了一些。我们农村里的文化生活单调,年头节下人们念卷既是娱乐,也是教育,青年人总能听来一些做人的道理。"①

冯天民给《凉州宝卷》所作的《序》中介绍了凉州地区民间的念卷活动:"凉州宝卷的讲唱形式是既庄严,又活泼的。每逢农闲时节,凉州乡下和山区的农民总爱三五成群,甚至几十个人聚在一起,津津有味地听念卷人演讲宝卷。念卷的场合一般都是在较为宽敞的大书房里,念卷人念卷前都要净手焚香,然后端坐在大炕上,面前摆上炕桌,炕桌上摆好卷本,然后开始念卷。念卷的主要方式是讲唱过程中的韵白结合,有说有唱,白话是念卷人为了叙述故事情节,交待事件发展,铺叙人物关系,时间地点而采用的一种表演手法,相当于戏曲中的'道白',是'讲'或'说'的。而韵文则是为了寄寓善恶褒贬,推动故事情节发展,抒发爱憎情绪,烘托渲染气氛的,是'吟'或'唱'的。韵文的主要形式是七字句和十字句。卷首一般都念'定场诗',如'池塘水满今朝雨,雨落庭前昨夜风。今日不知明日事,人争闲气一场空。'然后即以白话'却说……'开头往下讲唱,结尾一般都是千篇一律的劝善诗,如'男为孝心女为贤良……'、'事事都顺不哄人……'、'只要人人心向善'等。现在流传的又被当地人加进了凉州民歌的部分曲调如'哭五更'、'莲花落'、'十劝人'等。随着念卷人情绪的起落和宝卷中故事情节的发展变化,念到一定的'接口'上,听众们还会不约而同地加入集体朗诵和合唱,叫做'接佛声'。以'接佛声'为主要手段吸引听众积极参与演唱,不仅显得生动活泼,同时还能起到'一唱三叹'的艺术效果。"②

---

① 王学斌纂集:《河西宝卷集粹》(上卷),中国人民大学出版社2010年版,第10页。
② 赵旭峰编:《凉州宝卷》,甘肃人民美术出版社2014年版,第3—5页。

第二节 民众念卷活动的心理学分析

　　宝卷源于唐代佛教的俗讲。唐代随着佛教在中国的繁荣和发展，为了争取广大下层民众，一种针对普通民众的通俗讲解佛教思想和教义的讲经形式悄然出现，并在唐代中期以后至唐武宗灭佛之前的时间内盛极一时。但是，随着唐武宗灭佛运动的开展，佛教的俗讲活动在当时唐王朝的控制区域内戛然而止。然而，由于河西地区此时在吐蕃的占领之下，河西地区的佛教躲过了这一劫难，自然俗讲这一形式在河西地区仍然流行，直至五代时期。宋代，中国佛教在发展繁荣的同时，在前代的基础上进一步世俗化，佛教僧人走出寺院进入寻常百姓之家，为满足普通民众的宗教需求，举办法会和道场，将佛教经典进行通俗化的阐释和改编，以适合在法会和道场上讲唱，以符合普通民众的认识水平和口味，这样，一种新的宣传佛教思想和教义的形式——"宝卷"便产生了。在明代，明太祖朱元璋对佛教进行大力整顿，实行"分寺清宗"政策。朱元璋将全国佛寺按性质划分为禅、讲、教三类。禅僧以明心见性为目的，集众修禅；讲僧以天台、华严、唯识及净土诸宗经典为依据，讲授经义；教僧称为瑜伽教僧、瑜伽僧、赴应僧，或简称教僧，他们周行乡里，以执行瑜伽经忏法事为本职。朱元璋规定三宗僧人各自要着不同颜色和规格的服饰，凡僧人不许与民间杂处，务要三十人以上聚成一寺，二十人以下者听令归并成寺。其原非寺额，创立庵堂寺院名色并行革去。颁布《避趋条例》，严申除教僧外，禅、讲僧"止守常住，笃遵本教，不许有二，亦不许散居，及入寺村"。洪武年间的"分寺清宗"政策对佛教的发展产生了重大而深刻的影响，其后的历代皇帝恪守祖宗之法，致使禅、讲僧的活动受到极大限制，而瑜伽教僧的活动进一步世俗化。佛教的世俗化是一把双刃剑，一方面扩大了佛教的影响，使得佛教在社会下层民众间广为传播，但另一方面，不断迎合世俗的结果，偏离了佛教的本旨和精髓。佛教的根本目的是教化众生通过修持顿悟人之本性，见性成佛。然而明代由于"分寺清宗"政策，禅僧和教僧的活动受到很大的限制，而瑜伽教僧逐渐职业化，忙于为民众做经忏法事以谋取报酬，未能度得众生，反而使自己同化于芸芸众生，从而败坏了佛

第八章 河西民众念卷活动的心理学分析

教的名声，降低了人们对佛教的虔诚和信仰，佛教出现明显的衰落态势。随着佛教的衰落，明代中后期，以无为教为代表的民间宗教在北方大地勃然兴起，他们纷纷模仿佛教制作宝卷，传播自己的教义和思想，对中国的文化生态产生了重大而深刻的影响，其后，民间宗教的宝卷逐渐取代佛教宝卷，广泛传播。

通过前面的分析，我们看到，河西地区民众的念卷活动从清代初期一直持续到20世纪80年代末期。念卷活动是一个全国性的文化现象，河西地区的宝卷最初是从内地传入，并非本地产生。车锡伦对宝卷的产生、发展及其演变进行了深入的探讨，他指出："宋代佛教僧侣为世俗信徒做的各种法会道场孕育了宝卷"[1]，"宝卷的发展以清代康熙年间为界，可划分为两个时期：前期为宗教宝卷，后期主要是民间宝卷。前期的宗教宝卷又分为两个发展阶段：明中叶正德以前是佛教世俗化宝卷发展时期，正德以后是新兴民间教派宝卷发展时期"[2]。车锡伦的这一看法，基本符合历史实际。清代康熙以后，主要是民间宝卷的发展，但也有民间宗教宝卷的存在。康熙三十七年（1698）由板桥仙姑庙主持组织、金城人谢厯编辑的《敕封平天仙姑宝卷》是当地平天仙姑民间宗教的经典，是民间宗教宝卷，但全卷均围绕当地民众信仰的女神平天仙姑神异事迹展开，具有很强的故事性，所以又具有民间宝卷的特点。就目前整理出版的河西各地宝卷来看，其中大量的是民间宝卷，有一小部分是民间宗教宝卷。属于民间宗教宝卷的主要有：

（一）《敕封平天仙姑宝卷》

（二）《还乡宝卷》

（三）《护国佑民伏魔宝卷》

（四）《观音济度本愿真经》

（五）《目连救母幽冥宝卷》

（六）《新镌韩仙成仙宝卷》

（七）《岳山宝卷》

---

[1] 车锡伦：《中国宝卷研究》，广西师范大学出版社2009年版，第62页。
[2] 车锡伦：《中国宝卷研究》，广西师范大学出版社2009年版，第2—3页。

（八）《达摩宝卷》

（九）《无生老母临凡普度众生宝卷》

（十）《无生老母救世血书宝卷》

就民间宝卷而言，它们是世俗宝卷，不是教派宝卷，但是往往保留宗教宝卷的某些外壳，其内容也或多或少地浸透着民间宗教的一些思想和观念，总而言之，与宗教有着千丝万缕的联系。河西宝卷是全国宝卷的一个有机组成部分，其发展变化与全国其他地方有共同性的一面，但也有其自身独特性的一面。在中华人民共和国成立以前，河西地区的民间宝卷得到很大的发展，但民众的念卷活动，宗教人士仍然起着很大的作用。中华人民共和国成立以来的历次反封建迷信运动，对民间宗教及各种会、道、门是一次彻底的涤荡。改革开放以来，河西各地民间的念卷活动再次勃兴，由于没有了宗教的羁绊，民众的念卷活动基本上成了娱乐性的活动。

念卷活动要举行，少不了三个要素：念卷人、请卷人和听众。下面就这三个要素进行简要的分析。

念卷人是宝卷念唱活动当中最为重要的因素，据《酒泉宝卷》上卷《前言》，20 世纪 40 年代至新中国初期，酒泉地区宝卷成为家喻户晓的卷籍，"在城镇，每逢春节、二月二、四月八等传统节日有佛教会、居士会、商会及其他宗教团体发起主办，在一定的场所或街头公开念卷，在农村则以家庭院落为主请识字人念卷，妇孺皆参与其中，其活动盛况不亚于祭祀道场"。由此可以看出，其中的念卷人应当有和尚、居士以及念卷先生等。其实，这里的所谓佛教会、居士会并非传统的佛教，而应当是民间宗教组织。清代咸丰以后，处于内外交困中的清政府放松了对青莲教的镇压和打击，使得青莲教得以复苏，但不久，青莲教发生分裂，出现了灯花教、金丹道、先天道、归根道、一贯道、同善社、圆明教、普渡道等支派，这些支派，形成了中国近代史上主要的会道门。青莲教其教义糅合儒、释、道，主张三教归一，所谓"故善信乾坤，乃儒家之人，修老君之道，守释迦之戒，则三教归一原矣"[1]。这里所谓的佛

---

[1] 《还乡宝卷》，见程耀禄、韩起祥主编《临泽宝卷》，临泽县华光印刷包装有限责任公司 2006 年印刷，第 54 页。

第八章 河西民众念卷活动的心理学分析

教会、居士会其实是青莲教支派的宗教组织。《酒泉宝卷》所收录的《观音济度本愿真经》其作者是青莲教教首彭德源，为青莲教经典，《目连救母幽冥宝卷》《新镌韩祖成仙宝卷》《达摩宝卷》《岳山宝卷》就其内容分析，均是青莲教支派的经典。因此，20世纪40年代在酒泉地区的佛教会、居士会等团体组织的念卷活动，自然具有明显的宗教目的，念卷者当为宗教人士，他们念卷是为了向大众宣传本教派的教义和思想，争取更多的信众。历史的脚步很快，1949年，中华人民共和国的成立，使得河西地区民众念卷活动的性质发生了很大的变化，经过历次反封建迷信运动的整顿，各地的会道门组织被取缔，1978年改革开放以来，再次勃兴的念唱念卷活动，在很大程度上已成了民众的娱乐活动了。由于中华人民共和国成立后教育事业的快速发展，农村当中读书识字的人逐渐多了，这样，抄卷人和念卷人也就多了起来，抄卷、念卷和收藏宝卷一时成为风潮，涌现出一批宝卷爱好者。人们认为抄卷和念卷均是在做功德，这种认识自然有其历史的继承性，是宗教教义和思想的遗留。方步和在《河西宝卷的调查》中说："宝卷不像民间的小曲调、民歌民谣、传说故事，都属口耳相传，它是一本一本用文字记载的故事，人们想知道它，就互相辗转借抄。形成宝卷的故事都较长，最少的如《老鼠宝卷》也在5000字以上，最多的如《王敦造反》《薛刚反唐》分上下或上中下集，在4～5万字以上，抄一遍实非易事。但河西的人们认为抄卷也是功德，虽苦犹甜。显然，这是受佛教抄经是功德布施的影响。""在此影响下，识字者愿抄，为了自己，也为送人，都为来世修德；家家愿藏，不识字的请人抄，靠它镇妖辟邪——前些年遇到'浩劫'，也没法深藏。山丹县有位农民将宝卷埋在黄土里十几年。"他记录了两位宝卷的抄藏者，一位是高台县元山子一位具备中学水准的残疾青年，他特别喜欢宝卷，把全部精力用在抄卷上。由于他右手能写字，但右臂不能举，"抄写时，用左手将右臂扳到桌上，斜倚着抄"。"他藏的宝卷多，别人要借得符合他的条件：用他没有的和他交换；抄完互还。我们有许多宝卷就是用此'互利原则'，从他那儿抄得的。"另一位是在张掖的大满，有一位年过古稀的热爱宝卷的老人，"愿将他珍藏的'一箱子'（据他报的目录有26部）宝卷，全部慢慢而无偿地抄给我们。我们感激,但因春秋太高而婉谢;他乐意借抄,我们已感激不尽"①。

　　请卷、念卷和听卷同抄卷一样,也是在做功德,对此,一些宝卷在开卷偈语或卷末的结尾语中有清楚的表达。比如《临泽宝卷》收录的《孟姜女哭长城宝卷》的开头偈语说:"长城宝卷才展开,诸佛菩萨降临来。念卷之人坐端正,听卷之人要用心。操心听卷有功名,贵子贤孙辈辈长。"其结尾语又说:"许孟姜,哭长城,千变万化;留一部长城卷,劝化人心。念一遍,又一遍,大有功名;听一遍,又一遍,贵子贤孙。"② 再比如,《红江匣宝卷》的开卷偈:"江匣宝卷才展开,诸佛菩萨降临来。天龙八部生欢喜,保佑大众永无灾。"③《紫荆宝卷》的开卷偈:"紫荆宝卷才展开,诸佛菩萨降临来。念卷之人增福寿,听卷之人永无灾。"④ 正是由于有这样的传统和认识,所以自改革开放以来,在20世纪70年代末至80年代,文化娱乐活动十分匮乏的河西地区农村,念卷活动勃然复兴,形成风潮,出现一批宝卷的爱好者、念唱者和抄藏者。宋进林、唐国增主编的《甘州宝卷》,介绍了张掖市甘州区农村中的一些宝卷爱好者,为便于说明问题,转录几人事迹如下:

　　宋文轩(1925.3—1984.9)。原张掖市甘里堡乡十号村六社农民,自学脱盲。甘州宝卷整理、创作、念卷人。从1950年开始,从事河西宝卷搜集、整理和创作工作,搜集创作的宝卷有《二度梅宝卷》《土地宝卷》《劈山救母宝卷》《韩湘子宝卷》等十多部,但这些宝卷在"文化大革命"期间被全部查焚。"文化大革命"后(1976年起),继续从事河西宝卷搜集、连环画创作、民间曲艺改编的业余工作,至临终前,经他搜集整理的宝卷有20多部,其中自编创作了《武松杀嫂宝卷》《二度梅宝卷》《张浩求子宝卷》三部宝卷,部分宝卷已由甘肃省民间文艺家协会留存。他是一个名副其实的民间艺人。经他整理、创作、改编、搜集的宝卷、戏曲、故

---

① 方步和编著:《河西宝卷真本校注研究》,兰州大学出版社1992年版,第315—316页。
② 程耀禄、韩起祥主编:《临泽宝卷》,临泽县华光印刷包装有限责任公司2006年印刷,第38、50页。
③ 程耀禄、韩起祥主编:《临泽宝卷》,临泽县华光印刷包装有限责任公司2006年印刷,第91页。
④ 程耀禄、韩起祥主编:《临泽宝卷》,临泽县华光印刷包装有限责任公司2006年印刷,第107页。

第八章 河西民众念卷活动的心理学分析

事、诗歌等作品，少说也有上百万文字。20世纪70年代，每逢农闲时间，特别是年头节暇，他简直成了抢手人物！今日张家请去说书，明日李家请去念卷（甘州宝卷），后日王家又请去唱折子戏，忙得不亦乐乎，有时连续几天回不了家。

张文杰（1938.6—1992.12）。原张掖市廿里堡乡廿里堡村三社农民，初中文化程度，甘州宝卷抄卷、念卷人。张文杰一生十分喜爱民间宝卷，小时候爱听念卷、评书，20世纪六七十年代，常常念卷，特别是1977年至1988年的十多年中，他把抄卷简直当成了一种职业，一有空就抄抄写写，没有纸张，他就将装化肥用过的牛皮纸袋线装成册，抄写宝卷。经他搜集抄写的宝卷有《罗通扫北宝卷》《薛仁贵征东宝卷》《穆桂英大破天门阵宝卷》等二十多部。

张兆贵。1956年6月生，甘州区党寨镇十号村一社农民，甘州宝卷收藏、念卷人。爱听、爱念民间宝卷，他常给抄卷者到处寻找纸张，提供力所能及的服务，多方搜集、收藏宝卷十多部。惜卷如金，曾有人提出给他打下一万元的现金欠条作担保，借看一部宝卷，可他还是回绝了。他收藏有《康熙私访山东宝卷》《张彦休妻宝卷》《唐王游地狱宝卷》等十余部。

管作忠。1943年3月生，甘州区乌江镇乌江村六社农民，甘州宝卷爱好者。20世纪60年代经常给人念卷，有《旋风告状宝卷》《黑骡子告状宝卷》《侯梅英反朝宝卷》等。20世纪80年代，为了自己拥有一部宝卷，竟然请来文化程度高的人在自家抄卷，而他替人家到地里干苦活，别人给他抄了两部宝卷，他给别人干了十三天苦差事，但他心里还是觉得甜丝丝的。他珍藏的宝卷有《方四姐宝卷》《包公错断闫查三宝卷》等。[1]

中华人民共和国成立以来河西地区民众的念卷活动，和中华人民共和国成立以前由宗教团体组织的念卷活动有很大的不同，前者虽然也有娱乐的功能和性质，但其宣传民间宗教的教义和思想的功能应当是主要的，当然，对于组织者、念卷人、听卷人而言，他们也是各取所需，各自的目的是不一样的。而后者，则主要是娱乐性的文化活动。这种娱乐性的念卷活动，其形式和内容不再以宣传宗教教义和思想为主，但是，世俗宝卷毕竟

---

[1] 以上引自宋进林、唐国增主编《甘州宝卷》，中国书画出版社1995年版卷前彩页。

脱胎于民间宗教的宝卷，其形式和内容仍然保留有宗教宝卷的一些套路和思想，这样，娱乐性的念卷活动便具有宗教性、娱乐性和教育性的多重功用。

首先来说它的宗教性。民间宝卷的宗教性主要体现在其形式和套路上，主要是往往其开卷有开卷偈语，这些开卷偈语所要表达的意思一般是说念唱宝卷的活动诸佛菩萨及各路神灵是非常欢喜的，念卷活动就如同一个道场，随着宝卷的展开和念唱，诸佛菩萨和神灵会驾临道场，保佑和赐福道场内的所有人众。比如《金张掖民间宝卷》所收录的《鹦哥宝卷》的开卷偈："鹦哥宝卷才展开，诸佛菩萨降灵来。心存诸佛听宝卷，保佑众生永无灾。天地众神皆欢喜，一生一世保心田。男左女右且坐定，从头至尾说分明。"[1]《乌鸦宝卷》的开卷偈："乌鸦宝卷才展开，诸佛菩萨降灵来。天龙八部神欢喜，大众弟子念弥陀。"[2] 所以，从某种程度上讲，念唱宝卷首先是念给诸佛菩萨听，通过念唱宝卷这样的活动，使得诸佛菩萨及各路神灵心生欢喜，这样才能给念唱者及听众带来福气和平安。正因如此，念卷活动是有一套讲究的，表现在念卷前，念卷者首先要净手、焚香，甚至要叩首。张旭在《河西民间说唱文学——念宝卷》中说："念卷先生被让在炕中央摆放糖茶果品的炕桌上首盘腿而坐，被视为上宾，深受众人的尊崇。念卷先生在念卷开始前要洗手漱口，点上三炷香，向西方（或佛像）跪拜，待静心后，才开始念卷。"[3]

念唱宝卷同时又是一场娱乐活动，一群男女老少，围坐在农村中某一家的火炕上和地下，听念卷先生念唱宝卷。宝卷的故事情节曲折生动、波澜起伏、引人入胜。念卷过程有念有唱，念白主要是介绍故事发生的背景，而唱则有不同的曲调，比如花音十字符、七字符、山坡羊、耍孩儿、驻云飞、浪淘沙、哭五更、鹦哥赋、莲花落、十字符等，这些曲调根据主人公的经历及故事情节的发展被灵活运用，用以烘托某种喜庆、哀思、忧愁、苦闷等境况和气氛，以增强故事的感染力。念卷活动并非念卷先生独自一人完成，而是念卷先生和听众共同完成。听众的任务是扮演"接佛

---

[1] 徐永成主编：《金张掖民间宝卷》（1），甘肃文化出版社2007年版，第245页。
[2] 徐永成主编：《金张掖民间宝卷》（1），甘肃文化出版社2007年版，第281页。
[3] 张旭主编：《山丹宝卷》上册，甘肃文化出版社2007年版，第2页。

人"的角色，当念卷先生念完或唱完一个意思单位时，一人或全体接他最后一句的后半句，再加念"南无阿弥陀佛"，从而形成念卷先生与听众间的交流和互动，造成一唱三叹、烘托气氛的良好效果。这样，念卷活动进行到高潮处，"听卷者心驰神迷，如痴如醉，高兴处使人捧腹大笑，心酸处使人痛哭流涕"[1]。情绪得到宣泄，精神得到愉悦。对此，有些宝卷的结尾语中也有表述，比如，《临泽宝卷》收录的《绣红罗宝卷》的结尾语说："此本宝卷今念完，主人熬灯又熬眼。接卷之人不安闲，接了一晚口接干。听卷之人听得欢，卷内情由听心间。一本宝卷全念完，众位爷们回家转。若是有人请卷念，念罢即便送回还。"[2] 再如《河西宝卷集粹》收录的《精忠宝卷》的结尾语说："写卷人，费心计，不计日月；念卷人，花功夫，磨烂唇舌。只为的，听卷人，从善弃恶；万不要，当秋风，顺耳吹过；光不是，叫大家，听个红火；还须得，知忠奸，分清善恶。"[3]

念卷活动的教育功能主要体现在3个方面。首先，在中华人民共和国成立之前的河西地区，尤其是农村，民众的受教育水平很低，大部分人处于文盲状态，因此，听卷、念卷、抄卷成了年轻人学习文化知识的一条有效途径。一些喜欢宝卷的有心青年，通过抄卷和念卷增加了自己的文化知识。第二，人类社会万象纷呈，纷繁复杂，宝卷中一个个鲜活生动的故事，便是对万象纷呈、纷繁复杂社会的一种艺术化展现，因此，通过念卷和听卷，对于涉世未深的年轻人来讲，无疑也是了解和认识社会的一种途径。第三，脱胎于民间宗教宝卷的世俗宝卷，虽然剔除了宗教宝卷宣传宗教教义和思想的功用，但它又保留了宗教宝卷的劝善功能，教育人们存好心、做好事，孝敬父母、和睦邻里，做一个正直的人。比如《临泽宝卷》收录的《天仙配宝卷》，其结尾语就很典型："劝世人，发了富，学那尤公；救贫穷，济难人，大有阴功。有穷人，学董永，孝敬双亲；守忠心，有孝意，定不昧心。敬天地，和神明，念记先人；和乡党，睦邻居，不要争论。守本分，爱五谷，热爱祖国；建桥梁、修道路，都是阴功。世上

---

[1] 宋进林、唐国增主编：《甘州宝卷》，中国书画出版社1995年版，第18页。
[2] 程耀禄、韩起祥主编：《临泽宝卷》，临泽县华光印刷包装有限责任公司2006年印刷，第88页。
[3] 王学斌纂集：《河西宝卷集粹》上卷，中国人民大学出版社2010年版，第228页。

人,能孝心,解此阴功;这份心,行长久,百福并臻。得富贵,享天封,各生贵子;做好事,天保佑,无不分明。古人言,有大富,原有天念;有小富,由于人,勤善不分。这世上,勤苦人,多有吃穿;浪荡子,懒惰人,多受贫穷。说天地,并无私,完全分明;善致祥,恶降灾,分毫不差。正月里,元宵节,念卷一遍;两边的,男和女,牢记心间。这书卷,留世上,劝他众人;若要是,存孝心,孝敬双亲。现如今,好多人,一听念卷;倒气的,他心中,就如刀剜。因为他,不行孝,六亲不认;细思想,他怎么,长大成人。娘生下,半斤肉,挪干就湿;屎一把,尿一把,难以形容。长大了,娶妻子,他顶头上;父母亲,缺吃穿,他看不见。董状元,为葬亲,卖身还账;却怎么,见双亲,唤他就翻。一听见,妻子喊,跑的不慢;父母亲,使唤他,就把脸变。这般人,应该是,五雷焚身;留世上,无有用,不知西东。此卷完,听卷人,各回家中;手扪心,细思想,应该孝贤。"[①] 再比如《张四姐大闹东京宝卷》的结尾语:"劝世上,男共女,照样儿行;崔文瑞,受灾难,后来成功。要学那,崔文瑞,讨饭养母;感动了,天仙女,大闹东京。莫学那,王员外,奸计之人;不学那,张治军,受贿害人。听卷之人受了苦,念卷之人费了心。后人上来细细想,孝敬大人无罪行。行善之人天赐福,刮迫别人受灾殃。阳间世上做了恶,阴曹地府下油锅。人在世上心要公,免得日后造下罪。尖言巧语使不得,天地保佑永无事。前辈作恶天不允,后人上来就受穷。任样事情想得行,损公利己罪不轻。听卷之人一边坐,念卷之人说分明。念了此卷你不信,天降大罪不怨人。善男信女都在座,不能当成耳旁风。"[②]

  需要指出的是,念唱宝卷的宗教性、娱乐性、教育性这三种功用之间是一种相辅相成、互关互联的整体,无法将它们割裂开来。就拿娱乐性和宗教性来说,二者具有相互依存性。这里面牵扯到什么是真正的快乐的问题。如前所述,念卷活动首先是娱神。当地民众认为,随着宝卷的展开和念唱,诸佛菩萨和各路神灵会心生欢喜,降临人间,赐福于念卷人和听卷

[①] 程耀禄、韩起祥主编:《临泽宝卷》,临泽县华光印刷包装有限责任公司2006年印刷,第345页。

[②] 程耀禄、韩起祥主编:《临泽宝卷》,临泽县华光印刷包装有限责任公司2006年印刷,第359—360页。

人。也只有神灵高兴了，才会赐福于念卷人和听卷人，他们才会少病少灾，一年平顺，自然也就快乐高兴了。反过来，宝卷曲折生动、引人入胜的故事情节以及那种庄严神圣而又气氛热烈、共感共鸣的念卷场景，在那些文化娱乐活动十分匮乏的时代对人们有很大的吸引力，民众愿意听卷，愿意参加念卷活动，宝卷的宗教性功能才能发挥出来。就念卷活动的宗教性、娱乐性和教育性功能的关系而言，前两者是建立在后者的基础之上的。没有了宝卷的教育功能，宗教性和娱乐性便是虚的。因为，诸佛菩萨及各路神灵的赐福是建立在念卷者和听卷者存好心、做好事基础之上的。从宗教的角度看，做好事有做好事的善报，做坏事有做坏事的恶报。因此，听了宝卷之后，听卷者受到教育、孝敬父母、和睦邻里，勤奋努力，那么，诸佛菩萨自然会赐福于他，一生平顺，少病少灾，人生自然就是快乐的。反之，如果当作耳旁风，执迷不悟，做的坏事多了，诸佛菩萨自然不会赐福于他，则会多病多灾，诸事不顺，怎能快乐呢？

第三节 民间信仰人士是念卷活动的中坚力量

河西地区民众的念卷活动，其念卷者既有民间宗教人士，也有众多的念卷先生，其中民间宗教人士无疑是念卷活动的中坚力量。之所以这么说，是因为宗教人士由于信仰，他们特别肯下功夫去学习念卷中的技艺。我们看到，宗教宝卷，除了有严格的仪式之外，其中需要唱的地方往往标有不同的曲调，这些曲调的种类是比较多的，宗教人士通过刻苦学习，对曲调的掌握较之普通念卷先生自然要精湛得多，这就使得宗教人士的念卷，其艺术感染力要远高于普通念卷先生。也是由于信仰的原因，宗教人士特别注意宝卷的抄录和珍藏，他们收藏的宝卷比一般念卷先生要多，抄录的毛笔字水平比较高。还是由于信仰，宗教人士特别重视念卷的传承，注意选择具有潜在素质的年轻人传授技艺，千方百计要将念卷的手艺传承下去。在这里，我们来介绍几位河西地区的念卷先生。

一　乔玉安

乔玉安，男，酒泉市肃州区上坝镇营儿村七组人，1944年生，2018年上半年去世，国家非物质文化遗产——河西宝卷传承人。《丝绸之路》2014年第9期登载了王保东采访乔玉安先生的文章《河西宝卷传承人乔玉安》，对乔玉安先生的生平及念卷事迹进行了介绍，笔者于2016年5月也曾拜访和采访过乔玉安先生。乔玉安先生念卷，首先是得自父亲的传授。他的父亲乔德永，是个念卷先生，1987年去世，终年64岁，在世时念卷颇有名气，以前是走村串户为人们念卷。乔玉安受父亲熏陶和传授，和父亲一道走村串户，起初帮父亲帮腔接音，逐渐成了念卷的主角。他的父亲保存有很多宝卷，他一有空也主动抄卷，通过抄卷练就了一笔好字，成了当地有名的"秀才"，在农村红白喜事活动中派上了大用场。另外，乔玉安还曾拜师当地玉花堂堂主于加儒。玉花堂曾流行于酒泉、高台、安西、敦煌、玉门、金塔、鼎新七县，于加儒是酒泉红水片区的堂主，他是肃州区上坝镇新上村三组人，2011年去世，享年90岁。20世纪80年代，于加儒听说营儿村的乔玉安既会唱小曲，又会念卷，便主动上门了解情况，二人很快成了好朋友。1987年9月，乔玉安拜师于于加儒门下，得到师父的精心传授，成为堂主，并学会了念经及帮人料理丧事的本领，承接了于加儒师父的衣钵。为保护和传承河西宝卷这一国家非物质文化遗产，肃州区文化馆给乔玉安先生配备了人员，来学习和念唱宝卷，取得了较好效果。

二　郑殿有

郑殿有，男，酒泉市肃州区银达镇人，祖辈一直住在酒泉。他的父亲是旧时道观里的堂主，生有4个儿子，郑殿有排行第三。从郑殿有懂事起，父亲就在宣卷讲经。由于耳濡目染，他与宝卷结下了不解之缘，父亲看他是块讲经念卷的料，便有意让郑殿有继承他的事业。后来父亲送他到私塾读了一年书，之后就随父亲讲经念卷。此后几十年，通过讲经念卷，郑殿有识字识理，有了一定的文化知识。父亲去世后，郑殿有继承了父亲的衣钵，为群众讲经念卷。郑殿有有虔诚的信仰，把念卷看作劝化人、积德行善的神圣事业。20世纪，在酒泉的农村，虽然宝卷、经书广为流传，但底本还是非常少，加上经济条件限制，要获得一部宝卷，抄录是最节省、最简便的一种方式，为了拥有和保存宝卷，为了传承和发扬念卷这一文化传统，"他从中年开始注意搜集保护经卷。除了念卷，抄卷成为他的必修课。久而久之，郑殿

第八章　河西民众念卷活动的心理学分析

有练就了一手好字。郑殿有说，抄写经卷与一般意义上的抄写不同，没有书写功力和对经卷的彻悟是万万不成的。他在抄写经卷时必定怀着一份虔诚，敛神静气，双目微闭端身静坐，大人娃娃不得说话，个把钟头也仅能写上几十个字。61岁那年，他将花费大半年时间抄写的《地母经》印书千本赠送给乡邻"。20世纪80年代末，河西宝卷逐渐得到学术界及地方政府的重视，郑殿有把自己收藏的一些宝卷献给了肃州区文化馆，受到文化馆的保护和展览。"郑殿有告诉记者，经卷当中自有黄金屋，经和卷都是祖宗留下来的瑰宝，应该保护和继承。在他的眼里，经卷是其生命的支柱，也应该是所有国人重视和保护的宝贝。"郑殿有在念卷方面下过苦功夫，"听附近的老人们说，那时候，方圆几十里请郑殿有讲经念卷的人很多，郑殿有所到之处，听卷的村民从老到小，能把庭院、庙堂围堵个水泄不通；念卷唱卷的老人当中，郑殿有算是念得最好的，尤其是他读的哭经时下早已无人能及。'河西宝卷'的词牌曲调及各种唱腔有70多种，有哭音，有笑音，还有平常音等等，其中哭音的分寸最难拿捏，但郑殿有念卷时能将哭音掌握到恰到好处。情到深处自然真，郑殿有一生用真情念卷，用真实的情感劝化着许许多多的人行善积德尽孝。一本宝卷包含着许多独成一式，个个荡气回肠、催人泪下的故事，郑殿有声情并茂哀婉陈词，余音绕梁三日不绝，听卷者不论老幼无不唏嘘落泪、动容动情。郑殿有念卷60年，看似枯燥的经卷在他眼里字字珠玑，念卷时内心充满喜乐"。

郑殿有生有3子3女，其中小儿子郑辉继承了他的事业，2006年，郑辉54岁，"自从他懂事起父亲就在念卷而且有名气了，他跟随父亲多年，潜移默化学习了这门技术，现在父亲老了，念不动了，继承和发扬这一传统文化的担子就落到了他身上"。郑辉和他父亲一样，对于念卷也是下了很大功夫来学习其技艺，他不仅对《张四姐》《红江记》等许多留有底本或手抄本的宝卷，念起来轻松自如，而且对于那些陌生的宝卷，只要见到经卷内容，不管有没有卷名，也不管是否注有曲调，他都能根据字句的长短和故事情节念出恰当的音律来。"郑辉说，不管社会如何发展，不懂得行善积德尽孝的人也不可能对家庭、工作、社会和国家尽忠。念卷劝人行善有利于社会和谐，没有理由抛弃，要让子孙守护祖先留下来的宝贝。郑殿有说，他已经带着孙子开始学习念卷了，他不信经卷会在历史的舞台上

· 297 ·

彻底消失，至少他不希望这个宝贝在他的孙子手中丢失。他还说，没有人听，他就在逢年过节或农闲时组织家人自娱自乐。"① 笔者曾采访过郑辉先生，从中了解到，1958年反封建迷信运动中，文殊山的宗教殿堂楼阁被拆毁殆尽，改革开放以来，随着国家宗教信仰自由政策的落实，文殊山也开始了佛教、道教、民间宗教原有殿宇的复建工作，他和他的父亲积极参与了这一复建活动，出钱出力，付出了很大的心血和努力。如今，文殊山又恢复了往日的生机和活力，成了宗教活动的场所和著名的旅游景区。

三 代兴位

代兴位，男，1954年7月生，张掖市甘州区花寨子乡花寨子村人。代兴位的爷爷戴登科生于清光绪九年（1883）十月十九日②，清朝秀才，青年时为私塾教师，曾在花寨乡、和平乡訾家寨、刘家屯庄设馆教书，后期为佛家居士。善于抄卷、念卷及书画，家中珍藏的手抄宝卷，以精美小楷抄写，宝卷上还配有其手绘的各色动物花草画，用深蓝细布裱糊封面，十分精美。戴登科抄写民间宝卷300多册，一部分卖给民间宝卷爱好者，一部分在"文化大革命"期间被查抄，保留下来的仅有一小部分。

受戴登科的影响，代兴位的父亲代进寿也喜欢上了抄卷、念卷。代登科去世后，其手抄的宝卷传承给了代进寿。代进寿如爱惜自己的生命一样爱护着父亲传承的宝卷，每逢乡邻婚丧嫁娶及重大节日，代进寿都免费前往念唱《河西宝卷》助兴，深受村民喜爱。20世纪70年代末，突发一场洪水，给他们家收藏的宝卷带来一次灾难。洪水退却后，代进寿带着11岁的代兴位第一时间寻找抢救宝卷，看着淹没在院落淤泥中的宝卷箱子，父子俩心痛不已。父子俩在自家后院房顶上一页一页翻晒。这些水印和污泥至今还保留在宝卷上。

20世纪80年代后，由于代进寿疾病缠身，只念了三年小学的代兴位决定辍学挣工分养家。代兴位辍学后就为村里放羊，每天放羊他包里除了背着干粮就是一本宝卷，羊儿在山坡吃草，他则坐在山头念卷，遇到不认

---

① 以上据董开炜《"河西宝卷"的孤寂守望者》，见《兰州晨报》2006年11月27日。
② 张掖市花寨乡一代的代姓，"代"字原本写作"戴"，中华人民共和国成立后，据说在上户口时因"戴"字笔画繁复，而当地农民大多知识水平不高，写起来不方便，于是改成了"代"。

第八章 河西民众念卷活动的心理学分析

识的字或不会念的曲牌就标记出来,回家请教父亲。而每天放羊时,他周围都会聚集许多放羊汉听卷。那时候物质和精神生活匮乏,村民们对于念卷和听卷都非常喜欢。每逢春节,村民们都会来家中"请卷"去念,说是"请"其实就是借,"请"到卷后还要揣在怀里,生怕弄坏了宝卷。

代兴位的儿子代继生今年42岁,从小受父亲熏陶,也对《河西宝卷》爱不释手,从小学四年级开始念卷至今,父亲所念的十多种宝卷曲牌,代继生几乎全部学会,据说,目前张掖会念卷的人一般只会四五种曲牌,能念十几种曲牌的并不多见。代兴位家收藏最早的宝卷是其祖父戴登科于光绪二十九年(1903)手抄的《熊子贵休妻》和《唐王游地狱》,此外抄于民国三十年(1941)二月二十四日的《仙姑宝卷》,是《敕封平天仙姑宝卷》的节略本,曾借给张掖师专的方步和教授,收进了他的《河西宝卷真本校注研究》一书。

代兴位的家是一座普通小院落,与其他人家并无二致。而进入家中,桌子、茶几、炕头,到处都是手抄的河西宝卷,父子俩闲暇之余,抄卷、念卷就是最主要的工作,如今父子俩都是国家级非物质文化遗产《河西宝卷》传承人。由于以前借出去的许多宝卷都遗失了,为了更好地传承,代兴位一直延续着父辈抄卷的习惯,对祖辈传承下来破损或字迹模糊的宝卷,他凭借自己的记忆加以完善誊抄。如今他每天的生活基本就是抄卷,早晨8点开始一直能抄到次日凌晨1点,中间累了就到门外逛一圈继续抄写,"越抄兴头越大,根本停不下来了,就是想能将更多的宝卷传给子孙"。代兴位的小楷毛笔字笔画端正,一丝不苟,根本看不出他仅上过三年小学。

如今,代继生上初中的女儿和上幼儿园中班的儿子也在耳濡目染之下迷上了宝卷,闲暇之余经常缠着爷爷和父亲念卷,这令代兴位和代继生感到欣慰,他们也希望子女能继承祖先遗留的珍贵文化。[①]

笔者曾采访过代继生先生,了解到他们家是信仰宗教的,他的太爷爷戴登科晚年是佛家居士,他的爷爷也信仰佛教,后来又改成了道家。为什

---

① 以上据曹勇《念唱抄写传承百年——张掖一家四代的〈河西宝卷〉情缘》(见2017年5月19日每日甘肃网—兰州晨报)、《甘州宝卷》及方步和《河西宝卷真本校注研究》等文章和典籍。

么？因为佛家给人念卷是不准收报酬的，是义务的慈善活动，而道家则允许收一些微薄的报酬。念卷要花时间和精力，耽误农活，收一些报酬可以补贴家用，这样念卷活动才能坚持下去。

四　范积忠

范积忠，男，1948年生，永昌县新城子镇新城子村四社人，河西宝卷省级传承人。"文化大革命"时期，范积忠已经18岁了，和大多数当地的农村青年一样喜欢听念卷，自幼在耳濡目染中学会了好几种"卷"，在这之前，他已经能独立念卷。一天，范积忠听同村的人在议论，公社有一间废旧仓库马上要拆了，里面藏了好多破书本，其中还有好些是宝卷，这些东西都要被烧掉。范积忠听了后，冒着危险，跑到那间破仓库里，偷偷地拿出了十几本宝卷。

正值夏天，范积忠把宝卷包裹好放进院里的炕洞中，到了冬天他再转移到其他隐秘的地方。就这样在东挪西藏的日子里，那些宝卷被他保存了十几年，算是留了一点文化遗产的血脉。20世纪80年代，他才敢把这些宝卷公之于众，直到现在，念卷又重新受到了当地老百姓的欢迎。

范积忠说："我看着那么多宝卷眼看就要被毁掉，真觉得太可惜，加上年轻胆子大，就去藏了一点东西，万万没有想到现在它竟然又成了受保护的宝贝。"范老确实很"宝贝"这些宝卷，到目前为止，他已经收藏了20多本宝卷，都被他用一块大红布包裹起来，装进一个木头匣子中，然后放在家里既干燥又洁净的地方。他所收藏的宝卷全是手抄本，没有一件印刷品。有些是毛笔抄写的，有些是钢笔抄写的。有的字迹工整，有的就比较潦草。范老说，自己所收藏的宝卷中，有几本被别人借走后弄丢了，他到现在还感觉很可惜。为了壮大念卷的规模，他也是到处寻访，谁家有宝卷他就请求人家借给他誊抄，抄好后再把原本归还主人。

范老说，自己只有小学文化的程度，整理和抄写工作给他带来了不少难题，找来的宝卷有的规范，有的由于原本的抄写人比较草率，卷本语言不通，缺头少尾，情节连接不上，他又得去请教文化程度高的人，费了好大的劲才整理出来了现在的这些宝卷。

也许是热爱，也许是勤奋，范老念宝卷时，不仅口齿清晰，声音洪厚沧桑，还有一种独特的韵味在其中。他随着故事情节的发展和人物命运的悲欢离合、情感的喜怒哀乐而不断变换仪态声调，时而高兴，时而悲伤，时而喜，时而怒，时而高声，时而低诵……听众的情绪亦随其表情的变化而变化。为人物的命运而感动、叹息、着急、祈祷。当听到《方四姐宝卷》中主人公方四姐饱受婆母虐待；《丁郎寻父宝卷》中的丁郎受尽千辛万苦而寻父不见等情节时，许多人就不住地流泪。

现在，65岁的范积忠生活安定幸福，两个儿子都已成家，家里有二十几亩地，还养了20多只羊，虽然经济条件没有多富裕，可一家人生活得其乐融融。范老已经把念卷的衣钵传给了小儿子范善龙，经过多年的学习，范善龙也基本掌握了念卷的十多种曲调，如莲花落、零零落、山坡羊、佛腔调等。每年一到腊月、正月，他们父子俩就忙活了起来，只要有人请他们过去念卷，他们就会不打任何推辞立即赶去，不收一分钱的报酬。范老强调说："一直以来，我们这里就没有念卷收钱的习惯，人家给也不能要，不能要。"[①]

笔者采访范积忠先生时，他说，"宝卷是劝人经，一念宝卷，感动神灵，所以念卷前要净手、上香，神佛前来保佑。我信得很"。"谁家家里一年念上一次宝卷，该年一家平安，无灾无恼。""上至帝王将相，下至平民百姓，善有善报，恶有恶报，讲得非常好。""小时候思想好，不欺负人，为人诚实，不得罪大人、小孩，相信宝卷上的话，因果报应，劝人行善。"

五　李作柄

李作柄，男，汉族，1931年生。2006年5月，河西宝卷被列入第一批国家级非物质文化遗产保护名录民间文学类，项目编号Ⅰ—13。2009年6月，李作柄入选为第三批国家级非物质文化遗产项目代表性传承人。李作柄的爷爷李在泾，字效莲，清朝贡生，曾任酒泉县令，辞官不做，在家以教书为乐。后创立救世兴教会，尊崇孔子，提倡三教合一，宣扬因果报应。与大佛寺（即今天梯山石窟）方丈交情甚好，从大佛寺藏经阁里抄录宝卷数本，念唱以教化后人。李作柄的父亲李忠培，耕读传家，随其父入

[①] 以上据《他们，让非物质文化遗产传承有序》，见2013年10月29日《金昌日报》。

救世兴教会，崇尚儒学，倡导三教归一。1949年后救世兴教会被取缔，便承袭念卷风尚，半农半儒，耕读自乐。常说：读书乃人生之大事，也是乐事，万不可废也！李作柄传承家学，先念私塾，后上大佛寺学堂（原天梯书院）。从小传念宝卷。"文化大革命"期间，怕宝卷被抄，把卷本藏入地窖内，还不放心，干脆把卷本砌进墙壁里面，躲过了被烧毁的劫难。1976年后，与其叔父李恒培偷抄宝卷。李恒培原是大佛寺长老，法号丹巴，1958年兴修黄羊河水库，佛寺被毁，1959年天梯山石窟被清理搬迁，长老回村务农，后来当了五保户。两人白天忙活，夜里抄卷。1979年长老去世后，李作柄在家念卷。先是念与家人听，后来庄上邻舍全都来听，老人甚为欣慰。在此期间，还帮助别人抄写宝卷，家中留下四本。1981年后，念宝卷之风忽兴，乡人相继借抄宝卷，李作柄欣然帮忙，以为幸事。1997年之后，由于影视文化的冲击，宝卷渐渐无人问津。但作柄老人还是坚持不懈，苦守念卷文化。2002年，李作柄正式收儿子李卫善和邻居赵旭峰为念卷弟子。2006年，李作柄先生被评为国家级非物质文化遗产凉州宝卷传承人。①

---

① 参阅武威元辉的博客，2018年2月13日《拿什么拯救你，我们的凉州宝卷》。

参考文献

一 宝卷类

车锡伦主编：《中国民间宝卷文献集成·江苏无锡卷》，商务印书馆2014年版。

程耀禄、韩起祥主编：《临泽宝卷》，临泽县华光印刷包装有限责任公司2006年印刷。

段平编：《孟姜女哭长城——河西宝卷选》，兰州大学出版社1988年版。

方步和编著：《河西宝卷真本校注研究》，兰州大学出版社1992年版。

高德祥编：《敦煌民歌 宝卷 曲子戏》，中国图书出版社2009年版。

何登焕编：《永昌宝卷》，永昌县文化局2003年印刷。

霍建瑜主编：《美国哈佛大学燕京图书馆藏宝卷汇刊》，广西师范大学出版社2013年版。

李中锋、王学斌主编《民乐宝卷精选》，民乐县政协2009年印刷。

马西沙主编：《中华珍本宝卷》，社会科学文献出版社2012—2015年版。

宋进林、唐国增编：《甘州宝卷》，中国书画出版社2009年版。

王吉孝编：《宝卷》，2010年印刷。

王见川、车锡伦、宋军、李世伟、范纯武编辑：《明清民间宗教经卷文献（续编）》，新文丰出版公司2006年版。

王见川、林万传主编：《明清民间宗教经卷文献》，新文丰出版公司1999年版。

王奎、赵旭峰主编：《凉州宝卷》，武威天梯山石窟管理处编印，2007年6月武威华文印刷有限公司印刷。

王学斌纂集：《河西宝卷集粹》，中国人民大学出版社2010年版。

西北师范大学古籍整理研究所与酒泉市文化馆合编：《酒泉宝卷》（上），甘肃人民出版社1991年版。

西凉文学编辑部编：《凉州宝卷·民歌》，2003年版。

徐永成主编：《金张掖民间宝卷》，甘肃文化出版社2007年版。

尤红主编：《中国靖江宝卷》，江苏文艺出版社2007年版。

张旭主编：《山丹宝卷》，甘肃文化出版社2007年版。

赵旭峰编：《凉州宝卷》，甘肃人民美术出版社2014年版。

中共张家港市委宣传部等部门主编：《中国河阳宝卷集》，上海文艺出版社2007年版。

中国人民政治协商会议民乐县委员会编：《民乐宝卷》，《民乐文史资料》第15辑。

中国宗教历史文献集成编纂委员会编辑，濮文起主编：《民间宝卷》，黄山书社版2005年版。

二 古籍、著作类

（晋）竺法护译：《佛说盂兰盆经》，《乾隆大藏经》第39册，中国书店2009年版。

（晋）郭璞注，（宋）邢昺疏，李传书整理，徐朝华审定：《尔雅注疏》，北京大学出版社2000年版。

（隋）智顗疏，（唐）湛然记，（宋）道威入疏《妙法莲华经》，上海古籍出版社1990年版。

（唐）段成式撰，曹忠孚校点：《酉阳杂俎》，上海古籍出版社2012年版。

（唐）释道世撰，周叔迦、苏晋仁校注：《法苑珠林》，中华书局2003年版。

［日］圆仁撰，顾承甫、何泉达点校：《入唐求法巡礼行记》，上海古籍出版社1986年。

（唐）赵璘：《因话录》，古典文学出版社1957年版。

（唐）张鷟：《朝野佥载》，见《隋唐嘉话 朝野佥载》，中华书局1979年版。

（后晋）刘昫：《旧唐书》，中华书局1975年版。

（宋）李昉等编：《太平广记》，中华书局1961年版。

（宋）普济著，苏渊雷点校：《五灯会元》，中华书局1984年版。

（宋）宋敏求编：《唐大诏令集》，商务印书馆1959年版。

（宋）释志磐撰，释道法校注：《佛祖统纪》，上海古籍出版社2012年版。

（宋）释道元：《景德传灯录》，成都古籍书店2000年版。

（宋）王栐：《燕翼诒谋录》，《丛书集成初编》本，中华书局1985年版。

（宋）吴自牧：《梦粱录》，浙江人民出版社1984年版。

（宋）遵式：《金光明忏法补注仪》，《中华乾隆大藏经》第139册，中国书店2009年版。

（宋）赞宁撰，范祥雍点校《宋高僧传》，上海古籍出版社2014年版。

（宋）郑獬：《郧溪集》，文渊阁《四库全书》第1097册，上海古籍出版社1987年影印版。

（宋）张伯端撰，王沐浅解：《悟真篇浅解》，中华书局1990年版。

（宋）张君房编，李永晟点校《云笈七签》，中华书局2003年版。

（宋）佚名氏编，程毅中校注：《宣和遗事校注》，中华书局2022年版。

（元）脱脱等：《宋史》，中华书局1977年版。

（明）曹洞宗沙门重连重集：《销释金刚科仪会要注解》，南普陀在线太虚图书馆。

（明）陈铎：《滑稽余韵》《秋碧轩稿》，见谢伯阳编纂《全明散曲》（增补版），齐鲁书社第2016年版。

（明）兰陵笑笑生：《金瓶梅词话》，人民文学出版社2000年版。

（明）沈德符：《万历野获编》，中华书局1959年版。

（明）释幻轮汇编：《释氏稽古略续集》，见江苏广陵古籍刻印社1992年影印版《释氏稽古略、释氏稽古略续集》。

（明）吴承恩：《西游记》，人民文学出版社2010年版。

（明）徐宪忠：《吴兴掌故集》，吴兴刘氏嘉业堂刊本。

（明）郑之珍撰，朱万曙校点：《皖人戏曲选刊·郑之珍卷》，黄山书社2014年版。

（明）朱鼎臣：《南海观音菩萨出身修行传》，普通编著：《观音菩萨传》，文化艺术出版社2012年版。

（明）葛寅亮撰，何孝荣点校：《金陵梵刹志》，南京出版社2011年版。

（清）黄文炜：《重修肃州新志》，甘肃省酒泉博物馆 1984 年翻印。

（清）黄璟主纂，郭兴圣校注：《山丹县志》，甘肃文化出版社 2012 年版。

（清）黄育楩：《破邪详辩》，中国社会和科学研究院清史研究室编：《清史资料》，中华书局 1982 年版。

（清）马羲瑞著，周琪、周松校注：《天山雪传奇校注》，甘肃教育出版社 2012 年版。

（清）孙承泽纂《天府广记》，北京古籍出版社 1982 年版。

（清）许协：《镇番县志》，邸士智、邸玉焜点校：《历代方志集成民勤县志》，甘肃文化出版社 2016 年版。

（清）徐松辑，刘琳、刁忠民、舒大刚、尹波等校点：《宋会要辑稿》，上海古籍出版社 2014 年版。

（清）杨春茂著，张志纯等校点：《重刊甘镇志》，甘肃文化出版社 1996 年版。

（清）自融撰、性磊补辑：《南宋元明禅林僧宝传》，康熙乙丑岁（康熙二十四年，1685 年）王世雄瑞云精舍重刊本。

（清）张廷玉：《明史》，中华书局 1974 年版。

（清）赵翼著，栾保群、吕宗力校点：《陔余丛考》，河北人民出版社 1990 年版。

（清）张珩美总修，张克复等校注：《五凉全志》，甘肃人民出版社 1999 年版。

（清）董诰等纂：《全唐文》，中华书局 1983 年版。

（民国）傅增湘原辑，吴洪泽补辑：《宋代蜀文辑存校补》，重庆大学出版社 2014 年版。

（民国）张著常、樊德春著，刘汶等校注：《东乐县志 创修民乐县志校注》，兰州大学出版社 2003 年版。

民国二十六年（1937）《安西县新志》，见瓜州县地方史志办公室整理《安西县志》，2011 年印刷。

（民国）白册侯、余炳元著，张掖市市志办公室校点整理：《新修张掖县志》，张掖地区河西印刷厂 1998 年印刷。

（民国）吕钟修纂，敦煌市人民政府文献领导小组整理：《重修敦煌县志》，甘肃人民出版社 2002 年版。

（民国）王访卿编纂：《重修西和县志·文艺下》，甘肃人民出版社 2018

年版。
（民国）高季良总纂，张志纯等校点：《创新临泽县志》，甘肃文化出版社2001年版。
（民国）唐云海总纂，朱芳华、崔振兴、张奋武、田国志校点：《古浪县志》，古浪县多彩印务2006年5月印制。
蔡东洲、文廷海：《关羽崇拜研究》，巴蜀书社2001年版。
岑学吕编著：《虚云法师年谱》，宗教文化出版社1995年版。
《长阿含经》，宗教文化出版社1999年版。
车锡伦：《中国宝卷研究》，广西师范大学出版社2009年版。
车锡伦：《中国宝卷总目》，北京燕山出版社2000年版。
段平：《河西宝卷的调查研究》，兰州大学出版社1992年版。
侯冲：《云南与巴蜀佛教研究论稿》，宗教文化出版社2006年版。
黄靖：《宝卷民俗》，古吴轩出版社2013年版。
黄靖：《解读靖江宝卷》，江苏人民出版社2016年版。
嘉峪关市文殊镇志编纂委员会编：《文殊镇志》，甘肃人民出版社2014年版。
《嘉峪关志》编纂委员会编：《嘉峪关志》，甘肃人民出版社2011年版。
李永平：《禳灾与记忆——宝卷的社会功能研究》，中国社会科学出版社2016年版。
凌翼云：《目连戏与佛教》，广东高等教育出版社2011年版。
刘永红：《青海宝卷研究》，中国社会科学出版社2013年版。
刘祯：《中国民间目连文化》，北京时代华文书局2015年版。
陆永峰、车锡伦：《靖江宝卷研究》，社会科学文献出版社2008年版。
陆永峰、车锡伦：《吴方言区宝卷研究》，社会科学文献出版社2012年版。
马西沙、韩秉方：《中国民间宗教史》，浙江人民出版社1991年版。
《妙法莲华经》，中国友谊出版社1997年版。
《明太宗实录》，"中央研究院"历史语言研究所影印北京大学图书馆藏本。
屈守元、长思春主编：《韩愈全集校注》，四川大学出版社1996年版。
尚丽新、车锡伦：《北方民间宝卷研究》，商务印书馆2015年版。

宋进林编著：《父子文集》，张掖市税亭印刷厂2008年印刷。

《天城志》编委会编：《天城志》，甘肃省张掖市第二印刷厂2000年印刷。

天祝县志编纂委员会：《天祝藏族自治县志》，甘肃民族出版社1994年版。

王重民、王庆菽、向达等编：《敦煌变文集》，人民文学出版社1984年版。

王其英主编：《武威金石录》，兰州大学出版社2001年版。

王熙远：《桂西民间秘密宗教》，广西师范大学出版社1994年版。

王运天编著：《心道法师年谱》，甘肃民族出版社2006年版。

吴光正：《八仙故事系统考论——内丹道宗教神话的建构及其流变》，中华书局2006年版。

吴生贵、王世雄等校注：《肃州新志校注》，中华书局2006年版。

武威市市志编纂委员会编：《武威市志》，兰州大学出版社1998年版。

武威县志编纂委员会编：《武威简史》，1983年武威县印刷厂印刷。

向达：《唐代长安与西域文明》，生活·读书·新知三联书店1957年版。

杨永兵：《山西永济道情宝卷及音乐研究》，中国社会出版社2012年版。

姚桂兰主编：《马蹄寺石窟》，读者出版社2018年版。

张志纯等校：《高台县志辑校》，甘肃人民出版社1998年版。

郑振铎：《郑振铎文集》第6卷，人民文学出版社1988年版。

郑振铎：《中国俗文学史》，中国和平出版社2014年版。

政协高台县委员会、高台县文化广播影视新闻出版局编：《高台县非物质文化遗产》，黄河出版社2015年版。

周绍良：《敦煌文学作品选》，中华书局1987年版。

［美］欧大年著，马睿译：《宝卷——十六至十七世纪中国宗教经卷导论》，中央编译出版社2012年版。

三 论文类

史岩：《酒泉文殊山的石窟寺院遗迹》，《文物参考资料》1956年第7期。

李世瑜：《宝卷新研——兼与郑振铎先生商榷》，《文学遗产增刊》第四辑。

陈志良：《唐太宗入冥故事的演变》，见周绍良、白化文编《敦煌变文论文录》，上海古籍出版社1982年版。

谢生宝：《河西宝卷与敦煌变文的比较》，《敦煌研究》1987年第4期。

郭松义：《论明清时期的关羽崇拜》，《中国史研究》1990 年第 3 期。

王若、韩锡铎：《〈韩湘子全传〉探源》，《明清小说研究》1990 年第 2 期。

李伟实：《关羽崇拜初探》，《学术研究丛刊》1992 年第 4 期。

孟海生：《渴望福祉：中国沿海关公热》，《山西文化》1992 年第 5、6 期合刊。

罗忼烈：《文学和历史中的关羽》，《社会科学战线》1993 年第 1 期。

马西沙：《宝卷与道教的炼养思想》，《世界宗教研究》1994 年第 3 期。

蔡东洲：《关羽现象与儒佛道三教》，《中华文化论坛》1994 年第 2 期。

陈毓罴：《〈大唐太宗入冥记〉校补》，《文学遗产》1994 年第 1 期。

刘祯：《宋元时期非戏剧形态目连救母故事与宝卷的形成》，《民间文学论坛》1994 年第 1 期。

蔡东洲：《关羽现象五考》，《四川师范学院学报》1995 年第 1 期。

刘莲：《关羽信仰的文化内涵》，《中华文化论坛》1995 年第 3 期。

车锡伦：《清代民间宗教的两种宝卷》，《兰州学刊》1995 年第 4 期。

宋军：《红阳教经卷考》，《史学集刊》1995 年第 3 期。

王齐洲：《论关羽崇拜》，《天津社会科学》1995 年第 6 期。

车锡伦：《〈破邪详辩〉所载明清民间宗教宝卷的存佚》，《世界宗教研究》1996 年第 3 期。

陈毓罴：《新发现的两种〈西游宝卷〉考辨》，《中国文化》1996 年第 1 期。

余志斌：《关羽：儒称圣，释称佛，道称天尊——文化的"变异复合"》，《苏州大学学报》1996 年第 1 期。

周征松：《人神之间话关羽》，《山西师大学报》1996 年第 1 期。

车锡伦：《中国宝卷的发展、分类及其社会文化功能》，《中国文学的多层面探讨国际学术会议论文集》，台湾大学中文系，1996 年。

萧登福：《由佛道两教〈受生经〉看民间纸钱寄库思想》，参见萧登福《道教与民俗》，台北文津出版社 2002 年版。

濮文起：《晚清民间秘密宗教概说》，《天津社会科学》1998 年第 5 期。

齐清顺：《清代新疆的关羽崇拜》，《清史研究》1998 年第 3 期。

张羽新：《清朝对其保护神关羽的崇奉》，中国文物研究室编《出土文献研究》第4辑，中华书局1998年版。

谢忠岳：《宝卷考录两种》，《图书馆工作与研究》1998年第2期。

叶明生：《试论"瑜伽教"之衍变及其世俗化事象》，《佛学研究》，1999年。

车锡伦：《明清民间宗教与甘肃的念卷和宝卷》，《敦煌研究》1999年第4期。

秦宝琦：《清代青莲教源流考》，《清史研究》1999年第4期。

党芳莉：《韩湘子仙事演变考》，《人文杂志》2000年第1期。

马月亮：《河西宝卷的音韵研究》，硕士学位论文，南京师范大学，2011年。

车锡伦：《中国宝卷研究的世纪回顾》，《东南大学学报》2001年第3期。

崔云胜：《张掖平天仙姑信仰考》，《河西学院学报》2003年第1期。

马西沙：《宝卷与道教》，《北京联合大学学报》2003年第1期。

韩秉方：《观世音菩萨信仰与妙善的传说——兼及我国最早一部宝卷〈香山宝卷〉的诞生》，《世界宗教研究》2004年第2期。

陆永峰：《试论变文与宝卷之关系》，《中国俗文化研究》2004年第2辑。

车锡伦：《明代的佛教宝卷》，《民俗研究》2005年第1期。

徐晓望：《论瑜珈教与〈西游记〉的众神世界》，《东南学术》2005年第5期。

车锡伦：《"道情"考》，《戏曲研究》第70辑，文化艺术出版社2006年版。

崔云胜：《西夏黑河桥碑与黑河流域的平天仙姑信仰》，《宁夏社会科学》2006年第4期。

霍福：《青海目连手抄本述略》，《青海省社会科学》2006年第3期。

杨净麟：《青莲教祖派源流》，《宗教哲学》2006年第36期。

韩秉方：《〈香山宝卷〉与佛教的中国化》，《宗教哲学》2006年第36期。

韩秉方：《〈香山宝卷〉与中国俗文学之研究》，《北京科技大学》2007年第3期。

李志鸿：《宋元新道法与福建的"瑜伽教"》，《民俗研究》2008年第2期。

张荣明：《从南无教看秘密宗教信仰的特点》，《管子学刊》2008年第1期。

翟建红：《对河西宝卷中民间精神的认识》，《河西学院学报》2008 年第 4 期。

车锡伦：《新发现的清初南无教〈泰山圣母苦海宝卷〉》，《河南教育学院学报》2009 年第 1 期。

郇芳：《河西宝卷音乐历史形态与现状》，硕士学位论文，西北师范大学，2009 年。

濮文起：《明代黄天道及其思想简论》，《贵州大学学报》2009 年第 5 期。

李志鸿：《南传罗祖教初探》，《世界宗教研究》2010 年第 6 期。

田雨：《世俗的神圣——以罗教为中心对明清民间宗教的考查》，硕士学位论文，辽宁师范大学，2009 年。

吴玉堂：《河西宝卷的调查研究》，硕士学位论文，西北师范大学，2010 年。

高国藩、高原乐：《论敦煌话本〈唐太宗入冥记〉与南通童子十三部半民间说唱》，《文化遗产》2010 年第 3 期。

侯冲整理：《佛说受生经》，《藏外佛教文献》2010 年第 1 期。

王文仁：《河西宝卷总目调查》，《丝绸之路》2010 年第 12 期。

马月亮：《浅谈河西宝卷的音韵学价值》，《文教资料》2010 年 6 月号下旬刊。

王见川：《青莲教道脉源流新论——兼谈九祖"黄德辉"》，《清史研究》2010 年第 1 期。

袁桂娥：《〈香山大悲菩萨传〉与中国民间观音信仰体系的形成》，《平顶山学院学报》2010 年第 4 期。

孙小霞：《酒泉宝卷与话本小说的文体共性初探》，硕士学位论文，兰州大学，2010 年。

韦兵：《俄藏黑水城文献〈佛说寿生经〉录文——兼论 11—14 世纪的受生会与受生寄库信仰》，载《西夏学》第 5 辑，上海古籍出版社 2010 年版。

陆永峰：《论宝卷的劝善功能》，《世界宗教研究》2011 年第 3 期。

赵国鑫：《〈五部六册〉的宗教思想及其历史影响》，硕士学位论文，山西大学，2011 年。

张金国：《罗教与禅宗的修行观比较》，硕士学位论文，山西大学，2011 年。

王超、狄洪旭：《中国民众意识与明清秘密教门的滋生和发展》，《贵州师范大学学报》2011 年第 5 期。

朱利华、张斌：《关帝庙营建史及河西社会生活的原始档案——嘉峪关关帝庙碑文》，《档案》2015 年第 11 期。

申娟：《酒泉宝卷的调查研究》，硕士学位论文，兰州大学，2011 年。

车锡伦：《形成期之宝卷与佛教之忏法、俗讲和变文》，《民族文学研究》2011 年第 1 期。

罗海燕、吴建征：《论宝卷学研究的三个维度：宗教·文学·音乐——以古月斋藏〈鹦儿宝卷〉为例》，《北京化工大学学报》2011 年第 4 期。

杨会萍：《明清时期河西地区的道教与民间信仰》，硕士学位论文，兰州大学，2011 年。

柳旭辉：《娱乐的仪式》，《中国音乐学》2012 年第 2 期。

崔云胜：《平天仙姑宝卷中的河西历史》，《河西学院学报》2012 年第 3 期。

陈尚君：《韩湘子成仙始末》，《古典文学知识》2012 年第 1 期。

程国君：《河西宝卷的叙事形态与〈沪城奇案宝卷〉的启示意义》，《丝绸之路》2012 年第 20 期。

郭晓芸：《河湟目连戏：青海大地的江南记忆》，《中国土族》2012 年夏季号。

庆振轩：《图文并茂、借图叙事——河西宝卷与敦煌变文渊源探论》，载庆振轩主编《河西宝卷与敦煌文学研究》，人民出版社 2012 年版。

田多瑞：《从地域文化看河西〈孟姜女宝卷〉的情节演变》，载庆振轩主编《河西宝卷与敦煌文学研究》，人民出版社 2012 年版。

谷更有：《跋〈大金国陕西路某告冥司许欠往生钱折看经品目牒〉（俄 A32）》，载河北师范大学文学院编《燕赵学术》2012 年秋之卷，四川辞书出版社 2012 年版。

孟凡港：《从碑刻看明清时期张掖的民间信仰》，《世界宗教文化》2012 年第 2 期。

［韩］李浩栽：《中国民间宗教思想的结构与特点——〈龙华宝经〉新探》，《贵州大学学报》2012 年第 3 期。

王文仁：《河西宝卷的曲牌曲调特点》，《人民音乐》2012 年第 9 期。

钱光胜：《从敦煌写卷〈唐太宗入冥记〉到小说〈西游记〉》，《华侨大学学报》2012年第4期。

刘永红：《传说与信仰的互动——宝卷〈金花仙姑成道传〉形成与传播》，《青海师范大学学报》2012年第3期。

罗海燕：《多元化的解读：21世纪宝卷学研究新态势》，《理论界》2013年第8期。

刘志华：《〈白马宝卷〉研究》，硕士学位论文，山西大学，2013年。

文华：《"目连"——河湟多元文化的折射》，《青海日报》2013年1月4日。

尚丽新：《黄氏女宝卷中的地狱巡游与民间地狱文化》，《古典文学知识》2013年第6期。

陆永峰：《论宝卷中的创世说》，《民族文学研究》2013年第3期。

张灵、孙逊《从宝卷对小说的改编看民间多神信仰的历史生成》，《明清小说研究》2013年第2期。

张馨心：《河西宝卷与讲唱文学的关系——以〈方四姐宝卷〉为例》，《敦煌学辑刊》2013年第1期。

左莹：《从敦煌残卷〈唐太宗入冥记〉到〈西游记〉中"太宗入冥"》，《郧阳师范高等专科学校学报》2013年第4期。

郑红翠：《唐太宗入冥故事系列研究》，《哈尔滨工业大学学报》2014年第4期。

刘永红：《甘肃宝卷念卷中的明清曲牌与民间小调》，《青海师范大学民族师范学院学报》2014年第2期。

陈改玲：《河湟地区宗教宝卷〈观音菩萨嘛呢真经〉探析》，《西藏研究》2014年第2期。

任正君：《韩湘子故事的文本演变及其仙话意蕴》，《天中学刊》2014年第6期。

牟钟鉴：《民间宗教是中华民族信仰文化的丰厚基础》，《中国道教》2014年第4期。

周兴婧：《永昌"宝卷"的三重历史与文化抉择》，硕士学位论文，厦门大学，2014年。

赵晓璐：《张掖地区宝卷传承研究》，硕士学位论文，西北师范大学，2015年。

卞良君：《道情宝卷中的韩愈故事及其对相关地方戏曲的影响》，《学术论坛》2015年第8期。

朱瑜章：《河西宝卷存目辑考》，《文史哲》2015年第4期。

崔云胜：《从碑刻资料中探寻临泽县平天仙姑民间宗教的发展历程》，《民族与宗教》2015年。

崔云胜：《〈仙姑宝卷〉的版本及其相关问题研究》，《河西学院学报》2015年第3期。

李言统、刘永红：《宝卷与青海嘛呢经流变的关系》，《青海社会科学》2015年第4期。

李贵生：《从敦煌变文到河西宝卷》，《民族文化研究》2015年第1期。

王文仁：《河西宝卷曲牌与敦煌曲子词同名词牌的比较》，《人民音乐》2015年第8期。

李贵生、王明博：《河西宝卷说唱结构嬗变的历史层次及其特征》，《社会科学战线》2015年第11期。

王定勇、唐碧：《中国宝卷研究的纵深化、多元化和国际发展——中国宝卷国际研讨会暨中国俗文学学会2014年会综述》，《民间文化论坛》2015年第1期。

刘平：《"天人合一"还是"天地人合一"——明清民间"三才"思想研究》，《世界宗教文化》2015年第2期。

程诚：《〈韩湘子全传〉研究》，硕士学位论文，南京师范大学，2016年。

程瑶：《河西民间宗教宝卷的叙事体例》，《宗教学研究》2016年第2期。

哈建军：《河西宝卷中生存智慧和民间生态的建构与传播》，《宁夏师范学院学报》2016年第1期。

姜守诚：《明清社会的寄库习俗》，《东方论坛》2016年第4期。

敏春芳、程瑶：《河西宝卷方俗口语词的文化蕴涵——以民间宗教类宝卷为例》，《世界宗教研究》2017年第2期。

钱秀琴：《同源异流下的河西宝卷与凉州贤孝》，《河西学院学报》2017年第6期。

闫涛：《山陕会馆与关公信仰文化研究》，《天津师范大学学报》2017 年第 5 期。

郭文翠：《河西宝卷调查与研究》，硕士学位论文，西北师范大学，2017 年。

路其首：《明清时期张掖关公信仰研究》，《河西学院学报》2017 年第 4 期。

程诚：《论〈韩湘子全传〉的成书背景》，《牡丹江大学学报》2018 年第 6 期。

段小宁：《表演视域下的河西宝卷研究》，硕士学位论文，兰州大学，2018 年。

姜守诚：《佛道〈受生经〉的比较研究》（上、下），《老子学刊》第 9、10 辑，巴蜀书社 2017 年版。

李明阳：《明代佛教"分寺清宗"政策变迁与瑜伽教僧地位嬗变研究》，《安徽史学》2018 年第 3 期。

李亚琪：《中国民间文学的世界之路——河西宝卷的对外译介》，《语言与翻译》2018 年第 2 期。

王明博、李贵生：《近 70 年来中国宝卷研究回顾》，《社会科学战线》2019 年第 3 期。

王淑静：《河西宝卷故事叙事类型研究》，硕士学位论文，内蒙古大学，2019 年。

潘晓爽：《敦煌变文与河西宝卷比较研究》，硕士学位论文，上海师范大学，2020 年。

后　记

　　早在20世纪70年代后期，那时我正在上小学，宝卷在我的故乡临洮县改河乡白崖村就有流传，《湘子传》《鹦哥经》是我祖母所喜欢听且津津乐道的，其中有些故事情节比如林英哭湘子、八哥偷桃等，我亦深受感染。然而，我故乡宝卷（其时笔者并不知其为宝卷）的流传仅昙花一现，很快便没了踪迹，漫长的上学和工作生涯，使得我对宝卷的印象也早已隐入记忆的深处。岁月流逝、时移世异，孰知三十年之后，我竟有意无意之间步入了研究河西宝卷者的行列，读着河西宝卷中的《鹦鸽宝卷》《韩祖成仙宝卷》，顿觉似曾相识，儿时的记忆再次浮现在眼前。如今，我的国家社科基金西部项目"民间宗教视域下的河西宝卷研究"已顺利结题，拙作《河西民间宝卷》即将出版，回眸往事，深感事物机缘之奇妙！

　　在项目申报、书稿撰写和出版过程中，本人得到了学界前辈和同仁、同事的许多帮助和支持。河西学院历史文化与旅游学院前院长谢继忠教授、河西学院党委组织部部长高荣教授、河西学院历史文化与旅游学院院长贾小军教授在项目选题、申报书的撰写等方面多所指导和帮助，尤其是高荣教授，他兼任河西学院河西史地与文化研究中心主任，在本书出版时，由河西史地与文化研究中心给予了部分经费的资助。西北师范大学李清凌先生是本人读研期间的导师，兰州大学王希隆先生是本人本科时的老师，在项目结项前本人就书稿向二位先生征求意见，二位先生在百忙中阅读书稿，提出了一些很好的意见和建议，尤其是李先生还给本书写了《序》。西北民族大学的答小群教授也曾认真阅读书稿，提出了很好的有价值的参考意见。河西学院科技处处长杜军林教授、科长王小明先生在项目结项和本书出版方面提供了许多帮助。国家非物质文化遗产河西宝卷传承

后 记

人酒泉市肃州区乔玉安先生（已故）、郑辉先生，张掖市甘州区代继生先生，山丹县陈多祝先生，民乐县张龙先生，高台县周占民先生，临泽县张学友先生、牛登举先生，武威市凉州区赵旭峰先生，永昌县范积忠先生等，他们是河西宝卷的传承人，精通宝卷的曲调和讲唱技艺，懂得宝卷讲唱过程中的仪式和民俗内涵，在我调研过程中多有指导和帮助。另外甘州区任积泉先生热衷于河西宝卷的研究和创作，定西市岷县张润平先生倾心于岷州宝卷的搜集与整理，裴路平先生是岷州宝卷传承人，他们在我调研过程中多有帮助。对以上前辈、同事、同仁在笔者项目申请、攻关、书稿撰写、出版过程中所提供的指导和帮助，在此谨表谢意！

本书出版得到了河西学院河西史地与文化研究中心的资助，谨致谢忱！

崔云胜

2022 年 10 月